Das Buch

Zahlreiche Leserinnen hat Mary Ryan mit ihren beiden magisch-romantischen Romanen *Schattentanz* und *Grünes Feuer* bereits begeistert. In ihrem neuen Buch wendet sich die Autorin engagiert und überzeugend einem Thema der irischen Wirklichkeit zu, das ihr schon lange unter den Nägeln brennt: die Benachteiligung der Frauen vor den irischen Gerichtshöfen. Drei unterschiedliche Frauen stehen im Mittelpunkt: Patricia ist mit dem erfolgreichen, aber gefühlskalten Rechtsanwalt Gerry Galligan verheiratet. Sie fühlt sich vom Leben betrogen und entflieht ihrer inneren Leere mit Hilfe des Alkohols. Die schwangere Sarah, bereits Mutter von zwei Kindern, wird von ihrem Ehemann Jim tyrannisiert, wenn er betrunken nach Hause kommt. Nur Joan scheint es gut getroffen zu haben. Sie ist eine erfolgreiche Rechtsanwältin, glücklich verheiratet mit David, einem freischaffenden Maler. Doch David ist schwer krank.
Auf Drängen Patricias und mit Joans professioneller Hilfe entschließt sich Sarah, ihren Mann zu verlassen. Doch ihr Entschluß kommt leider zu spät, denn diesmal kann sie sich nicht mehr vor den Schlägen ihres Mannes retten. Patricias Tochter Orla wird von einem Bekannten vergewaltigt und muß eine demütigende Gerichtsverhandlung über sich ergehen lassen. Zwei einschneidende Ereignisse, die in Patricia den Wunsch wecken, ihr abgebrochenens Jurastudium wieder aufzunehmen, um als Anwältin Frauen zu ihrem Recht verhelfen zu können. Als sie ihre Jugendliebe Paddy wiedertrifft, der ebenfalls verheiratet ist, gerät auch ihr Privatleben gehörig in Aufruhr...
Ein kraftvoll geschriebener wie auch spannend zu lesender Roman, in dem sich Realität und Fiktion überzeugend verbinden.

Die Autorin

Mary Ryan stammt aus Dublin. Sie war Englischlehrerein, studierte dann Jura und begann mit dem Schreiben. Jahrelang hat sie die von Männern dominierten Gerichtshöfe Irlands beobachtet, vor denen Frauen gedemütigt werden. Ihr Bestseller-Roman Into The West wurde erfolgreich verfilmt. Im Wilhelm Heyne Verlag liegen vor: *Schattentanz* (01/9874) und *Grünes Feuer* (01/10287).

MARY RYAN

DREI FRAUEN

Roman

Aus dem Englischen
von Sonja Schumacher

WILHELM HEYNE VERLAG
MÜNCHEN

HEYNE ALLGEMEINE REIHE
Nr. 01/10829

Titel der Originalausgabe
SHADOWS FROM THE FIRE
erschien bei Headline

Umwelthinweis:
Dieses Buch wurde auf
chlor- und säurefreiem Papier gedruckt.

Wilhelm Heyne Verlag GmbH & Co. KG, München
Printed in Germany 1998
Umschlagsillustration: Beate Brömse, München
Umschlaggestaltung: Atelier Ingrid Schütz, München
Druck und Bindung: Pressedruck, Augsburg

ISBN: 3-453-14989-0

In Liebe für meinen »Plato«

Dank

Herzlichen Dank all jenen, die mit ihren Anregungen und ihrer Unterstützung so viel zur Entstehung dieses Buches beigetragen haben:
Paulyn Marrinan Quinn, die mir wichtige, für den ganzen Roman zentrale Denkanstöße gegeben hat; Bernadette Moran für ihre Informationen über die Strahlentherapie; Clodagh Corcoran, deren Flugblatt *Pornography the New Terrorism* mir als Grundlage für meine Auseinandersetzung mit Gewaltvideos gedient hat; meiner Familie und meinen Schwestern für ihre Geduld; meiner ehemaligen Lektorin Caroline Oakley für ihre hilfreichen Kommentare und meiner neuen Lektorin Cate Paterson für ihre Begeisterung und Ermutigung.

Die goldnen Lichter, die am blauen Weltrad gehn,
Haben sich viel gedreht und werden viel sich drehn. –
Und wir, im ew'gen Kreislauf der Erscheinungen,
Kommen auf kurze Zeit, um wieder zu vergehn.

Aus: *Die Sinnsprüche Omars des Zeltmachers*
»Rubaijat-i-Omar-i-Khajjam«

Prolog

Mai 1969

Die jungen Wanderer machten oben auf dem Hügel halt. Ein Otter, der ihnen den Graben entlang gefolgt war, verschwand verstohlen im Gebüsch. Patricia sah gerade noch den Schwanz, lachte und drehte sich zu Paddy um. »Jetzt ist er fort, der neugierige Kerl!«

Er umfasste sie mit beiden Armen, und sie lehnte sich an ihn; die Aussicht, den ganzen Abend, die ganze Nacht mit ihm allein zu verbringen, machte sie nervös. Doch beide ließen sie diese Tatsache unerwähnt, benahmen sich vielmehr, als unternähmen sie nur einen Tagesausflug. Im Magen hatte Pat aber ein flaues, freischwebendes Gefühl, als wäre sie mit dem Auto zu schnell über einen Buckel gefahren.

Es war ein schöner Sommerabend. Hinter ihnen lag die warme Teerstraße, die über Laragh nach Annamoe und Roundwood und weiter nach Dublin führte. Zur Rechten ging es hinauf zur Wicklow Gap. Vor ihnen lag Glendalough. Hier, in diesem geschützten Tal der zwei Seen zwischen den Bergen hatten die Mönche vor über tausend Jahren ihre Kapellen und Einsiedeleien errichtet. Hier, oberhalb der Klosterruinen, wollten Patricia und Paddy ihr Zelt aufschlagen.

Mit dem Bus waren sie nach Laragh hinausgefahren, und von dort war es nur noch ein Fußmarsch von etwa einer Meile bis zum Tal der zwei Seen.

Als Kinder waren sie oft mit der Familie in Glendalough gewesen, mit Eltern und Großeltern; sommerliche Sonntagsausflüge mit Tee und Gebäck, Geschwisterstreit und Übelkeit bei der Heimfahrt im Auto über die kurvenreiche Militärstraße nach Rathfarnam. Aber jetzt waren sie frei. Sie trugen Jeans und hatten Rucksäcke, in denen Schlafsack, Zelt und Verpflegung untergebracht waren.

Von ihrem Standort aus sahen sie das Tal unter sich und dahinter den Berg mit dem jähen Steilhang.

»Ist das nicht schön?«, meinte Paddy mit ausladender Geste. »Kein Wunder, dass man Wicklow den Garten Irlands nennt.«

»Als ich ein Kind war«, meinte Patricia, »ist mir das nie aufgefallen. Aber jetzt finde ich es atemberaubend.«

Sie kamen zum Royal Hotel, wo sie abbogen und die Stufen zum Klosterfriedhof hinaufstapften. Auf dem Friedhof sahen sie sich den Rundturm aus dem elften Jahrhundert an, der den Mönchen einst Zuflucht vor Plünderern geboten hatte, die Ruinen der ersten Kirchen und das uralte keltische Hochkreuz. Paddy schlang die Arme um den Längsbalken aus gemeißeltem Kalkstein.

»Wenn man ihn so umarmen kann, dass sich die Fingerspitzen berühren, wird man eine glückliche Ehe führen! Sagt die Legende.« Lachend versuchte sie es, aber auch ihr gelang es nicht. »Dafür braucht man Arme wie ein Neandertaler!«

Sie ließen die Grabsteine hinter sich, überquerten die Brücke und gelangten dann auf den Waldweg. Der Pfad führte am Ufer des unteren Sees entlang durch Eichen, Birken, Hasel- und Sanddornsträucher. Es war sechs Uhr; kaum jemand war jetzt noch unterwegs. Patricia hatte ihrer Mutter erzählt, sie ginge mit ihrer Freundin Bernadette zum Zelten.

»Morgen bin ich wieder da.«

»Wo wollt ihr hin?«

»Glendalough.«

»Ist das denn nicht gefährlich?«

»Natürlich ist es nicht gefährlich …«

»Mir gefällt es nicht, dass du zelten willst. Was ist, wenn ihr auf irgendwelche unangenehmen Typen stoßt? Damals in England, während des Krieges …«

Ihre Mutter war Engländerin und hatte allzu vieles noch lebhaft in Erinnerung. Pat seufzte laut auf. »Ach, Mama, der Krieg ist vorbei … Das hier ist Irland, und wir haben Mai 1969.«

Ihre Mutter zögerte; sie wollte sich nicht auf einen Streit einlassen. Patricia wusste, dass ihre Mutter sie für eigensinnig hielt; oft genug hatte sie mit angehört, wie ihre Mutter sich bei Pats Vater darüber beklagte: »Das Mädchen ist so eigensinnig! Sie lässt sich einfach nichts sagen!« Aber diesmal erhob ihre Mutter keine weiteren Einwände. »Zieh dich warm an. Nachts kann es ziemlich kalt werden«, war alles, was sie sagte.

»Keine Sorge. Der Wetterbericht ist gut.« Pat warf einen hastigen Seitenblick auf ihre Mutter dort in der Küche. Neben der Tür hing ein Spiegel, der früher ein Pub verschönert hatte, ein alter Spiegel, auf dem in großen Lettern PADDY stand. Ihrem Vater zufolge, der eine Schwäche für Jameson Twelve und obskure schottische Whiskys hatte, brannte PADDY wie Feuer, aber er meinte den Whisky und nicht den jungen Mann, der oft vorbeikam und Patricia abholte. Seit sie mit Paddy zusammen war, fand sie den Spiegel amüsant, wirklich passend, und es gefiel ihr, dass ihr Gesicht sie durch die Buchstaben seines Namens hindurch anschaute. Als sie sich jetzt umdrehte, um zu sehen, wie ihre Mutter reagierte, warf sie rasch einen Blick in den Spiegel. Sie sah ein Mädchen mit dichtem, lockigem braunem Haar, lebhaften Zügen und leuchtenden blauen Augen. Ich bin schön, dachte sie überrascht. Na ja, schön, wenn halt diese blöden Sommersprossen nicht wären! Normalerweise verweilte sie gern ein bisschen vor dem Spiegel, wenn sie zufällig daran vorbeikam, aber jetzt wollte sie sichergehen, dass ihre Mutter nichts merkte. Verstohlen musterte sie sie und war beruhigt. Patricia erkannte an der Haltung von Mrs. O'Hehir, die sich ganz ihrer weißen Soße widmete, dass diese nicht den mindesten Verdacht hegte, ihre Tochter wolle allein mit einem jungen Mann zum Zelten fahren. Graue Haarsträhnen hatten sich aus ihrem Knoten gelöst. Ihr Gesicht im

Profil, die Art, wie sie sich über den Topf beugte, erschienen Patricia plötzlich als das Inbild von Unschuld und Vertrauen. In letzter Zeit fühlte sich Patricia weltklug; allmählich kam ihr der Verdacht, dass Eltern sehr wenig wussten. Bei diesem Gedanken empfand sie eine solche Liebe zu ihrer Mutter, dass sie sie am liebsten geküsst hätte. Stattdessen deckte sie den Tisch, hörte die Nachrichten und wartete gespannt auf den Wetterbericht.

Das Wetter war mild, wie vorhergesagt, ein Sommerabend mit rosa Wölkchen am Himmel. Ein großer Junge angelte am Ufer; er warf seine Leine hoch hinaus aufs Wasser. Die Rolle ächzte, die Leine schwirrte und da, wo die künstliche Fliege landete, entstanden kreisförmige Wellen – und nicht nur da, denn Millionen von Eintagsfliegen waren unterwegs. Die Mücken sammelten sich zu tanzenden Nebelschwaden am Rande des Sees. Weiter draußen sah man Schilfrohr, Binsen und ein paar scheue Teichhühner. Das durchdringende Gackern der Blässhühner und das Krächzen der Saatkrähen war zu hören. Rundherum stimmten die Vögel in einem wahren Freudentaumel ihr Abendlied an. Paddy hielt Patricias Hand.

»Die Geräusche des Wassers werden wir noch die ganze Nacht über hören«, sagte er und drückte ihre Hand. Diesen warmen, festen Druck spürte sie so gerne.

»Wo wollen wir unser Zelt aufschlagen?«

»Im Wald am oberen See. Da war ich schon mal.«

»Allein?«

Er sah sie an, lächelte, senkte dann den Kopf. »Bist du eifersüchtig? Nein … mit Tom Curran.«

Sie kannte Tom, mit dem er sich an der Universität angefreundet hatte.

»War es schön?«

»Ja. Ganz toll. Wir haben auf einer Lichtung bei den Haselsträuchern gezeltet. Wir konnten die Sterne sehen.«

Der Weg war steinig, er wand sich bergauf und bergab und mündete schließlich auf einer einsamen Wiese mit einer verfallenen Kapelle, bei der ein paar Schafe grasten. Dahinter lag der obere See, eine dunkelblaue Wasserfläche mit sandigem Ufer, die fast mit dem dunklen Berg verschmolz. In der Ferne schäumte weiß der Wasserfall, der sich über die Klippe ergoss.

Sie standen am Ufer, warfen Kiesel ins Wasser und beobachteten die kreisförmigen Wellen, die entstanden, sich ausdehnten und erstarben.

»Wie das Leben«, sagte Paddy.

»Meinst du die Wellen?«

»Natürlich. Ein kleiner Stein schlägt aufs Wasser und erzeugt Wirbel auf dem See. Wie das Leben! Wir sind die Steinchen.«

»Soll das tiefsinnig sein?«

Er lachte und sah sie an. »Selbstverständlich ist das tiefsinnig!«

An einer Seite des Sees stieg der Fels jäh an, ein baumbestandener Überhang erhob sich steil über dem Wasser. Paddy deutete darauf. »Das ist Kevin's Bed.«

Sie blickte auf, hielt Ausschau nach der Klause des Heiligen Kevin, des Eremiten, der sich zum Fasten und Beten dorthin zurückgezogen hatte. Die Frau, die ihn liebte, war ihm gefolgt. Er aber war ein heiliger Mann und stieß sie hinab in den See, wo sie den Tod fand.

»Wie hieß denn die Frau?«, fragte Patricia. »Die, die er ertränkt hat?«

Paddy zuckte mit den Achseln und verscheuchte die Mücken. »Verschwinden wir hier, bevor wir bei lebendigem Leib aufgefressen werden.«

Im Gehen sah Patricia ihn an, sah sein Gesicht, seine tief liegenden Augen, die Selbstsicherheit, mit der er sich bewegte. Er legte seinen Arm um ihre Schulter, blieb so überraschend stehen, dass er sie beinah aus dem Gleichgewicht gebracht hätte, und küsste sie auf den Mund. Pat spürte einen elektrischen Impuls bis hinunter in die Zehen. Seine Lippen waren warm, sein Kinn ein klein wenig stoppelig. Er roch nach Leben und Gewissheit. Er roch nach Zukunft und Liebe, nach Aufregung und Hoffnung.

»Du machst mich ganz schwindlig«, flüsterte er nach einer Weile. »Du schöner Vogel, heute Nacht werde ich mit dir schlafen.«

Die flapsige Bemerkung ließ sie zusammenzucken.

»Ich bin kein Vogel.«

Er sah sie spöttisch an. »Was ist denn so schlimm daran, ein Vogel zu sein?«

»Nichts«, erwiderte sie gereizt, »solange man Federn hat!«

Er lachte. »Ich ziehe dich doch nur auf, Dummerchen. Ich schaffe es immer, dich auf die Palme zu bringen.«

Sie stiegen über den Abhang in den Wald hinauf. Er ging vor ihr her, und sie beobachtete, wie er sich bewegte, männlich, selbstbewusst, von einem Zauber wie von einem unsichtbaren goldenen Mantel umhüllt.

»Ich glaube, das da drüben ist ein guter Platz für uns zum Übernachten!«, sagte er und deutete auf eine trockene Lichtung zwischen den Bäumen. Er setzte den Rucksack ab, ließ sich auf ein paar knorrigen Wurzeln nieder und begann das Zelt auszupacken.

Patricia stand nur da und starrte ihn an; plötzlich ergriff eine überwältigende Schüchternheit von ihr Besitz. »Für uns zum Übernachten!« Ihr Magen verkrampfte sich und die Stimmen aller ihrer Mentoren hallten in ihrem Kopf wider, all die Warnungen vor Sex, vor der Todsünde.

Die Nacht war wunderbar. Pat hatte noch nie einen solch violetten Himmel gesehen, wie er sich jetzt über ihr ausbreitete, sternenübersät. Von unten hörten sie das immer während e Lied des Sturzbachs. Die beiden Seen lagen wie silberne Laken im Mondlicht. Eine Waldschnepfe schwirrte durch die Dunkelheit. Sie hatten das Zelt aufgebaut und saßen vor dem Campingkocher, auf dem sie ihr Abendbrot warm machten: Baked Beans mit Würstchen, Tee und Brot. Im Wald ringsherum hörte man es rascheln: aufgeschrecktes Wild, Augen, die plötzlich im Licht rostrot aufleuchteten, dann verschwanden. Sie hatten eine Sturmlaterne dabei, in einem endlosen Tanz umschwirrt von weißen Nachtfaltern;

hie und da zuckten Flämmchen auf, wenn die Falter von der Hitze angesogen wurden und verbrannten. Jenseits des Lichtkreises der Lampen warteten die Schatten. Eine Weile lauschten beide dem Rauschen des Wassers.

»Wie Musik, nicht wahr?«, sagte Patricia leise. Sie hatte den Kopf an seine Schulter gelehnt, die Locken noch voller Zweiglein von der Knutscherei vor dem Essen. »Wie im ›Lied der Lotosesser‹«, fügte sie hinzu und zitierte flüsternd:

»Weicher fallen diese süßen Klänge
als Rosenblätter, die der Wind verweht ...«

Sie beugte sich vor und trank Bier aus seiner Flasche; als sie fertig war, stellte er die Flasche weg, rückte näher an sie heran, tastete unter ihrem Pullover nach dem Verschluss von ihrem BH, zog ihr den Pullover hoch, bis ihre hellen Brüste entblößt waren, berührte sie ehrfürchtig, küsste sie, saugte daran.

»Wunderschön«, stöhnte er. »Lieber Himmel, Pat. Ich habe solches Verlangen nach dir, dass ich gleich sterbe. Lass mich dich lieben ...« Er zog an ihren Jeans, öffnete den Reißverschluss.

Jäh wurde Patricia aus ihrer Stimmung gerissen. Verlegen zog sie sich den Pullover herunter und griff nach seiner Hand.

»Nicht jetzt.«

Seufzend rollte er sich auf den Rücken. Patricia kam sich vor wie eine prüde Zicke, wie eine, die einen Mann erst reizt, dann aber einen Rückzieher macht. Aber eigentlich wünschte sie sich nur verzweifelt, dass es richtig war und er wirklich wusste, was es für sie beide bedeutete. Vielleicht hätte sie nicht mitkommen sollen. So wie jetzt war es auch auf dem Ausflug nach Dollymount gewesen, als sie sich von ihm losgerissen hatte und den Strand hinuntergelaufen war.

Wenn ich doch nur nicht solche Angst hätte, dachte sie. Wenn ich doch nur nicht solche Angst hätte. Wenn er doch nur nicht fragen würde. Wenn er mich einfach küssen würde, bis ich dahinschmelze, mich überall küssen, ganz zärtlich und so langsam, dass ich nicht versuchen müsste, mit ihm Schritt zu halten. Wenn er mich so küssen würde, wie könnte ich da noch widerstehen?

»Ist schon gut«, flüsterte er schließlich. Er hielt sie zärtlich im Arm, seine Stimme, sonst so pragmatisch, klang jetzt sehr weich. »Wir warten. Wir haben noch ein Leben lang Zeit.« Er zog etwas heraus, das wie eine Zigarette aussah, aber als er es anzündete, sah sie, dass es ein Joint war. Er machte ein paar Züge und bot ihn ihr dann an. Sie nahm ihn vorsichtig; es war untypisch für Paddy, dass er irgendwelche Krücken brauchte.

»Ich hab' nicht gewusst, dass du so ein Zeug rauchst.«

»Tu ich auch nicht. Ich hab's bisher nur einmal versucht. Es unterdrückt die Geilheit. Und ich bin ziemlich geil!« Er seufzte. »Tom hat mir den Joint gegeben und ich habe ihn mitgebracht, damit ich Ruhe gebe. Da verschwinden alle Sorgen!«

Nach einer Weile bat er sie: »Sag es noch einmal auf, das Lied der Lotosesser.«

Patricia tat ihm den Gefallen und zitierte langsam die erste Strophe. Danach wurden beide ganz still.

Schweigend rauchten sie den Joint zu Ende. Nach einiger Zeit kam der Frieden über sie, das Gefühl, in der Nacht und im Lied des Wassers, im leisen Rascheln ringsherum und ineinander aufzugehen. Patricia fühlte sich, als flöge sie empor in den violetten Raum, in die wispernde Nacht. Sie hörte seine Worte: »Ich liebe dich, Patricia, ich liebe dich und ich liebe deinen Namen und ich liebe die Patrizierin in dir und dein kleines Herz, das wie wild pocht«, und sie hörte ihre Antwort: »Ich liebe dich, Paddy Johnson.«

Irgendwann fügte er schelmisch, nur mühsam das Lachen unterdrückend, hinzu: »Ich glaube, wir beide sind aus demselben alten Mooreichenklotz geschnitzt!«

Pat lachte in die Dunkelheit hinein. »Das meinst aber auch nur du!«

Später krochen sie in ihre Schlafsäcke, schliefen nebeneinander, Händchen haltend, und am Morgen küssten sie sich verschlafen.

In Dublin träumte in jener Mainacht ein Mädchen namens Sarah von der Schule. Im Traum wurde sie von Schwester Martha ausgescholten. Die Schwester hatte schmale Hexenaugen wie die Königin im Märchen vom Schneewittchen und lange gebogene Fingernägel. »Du hast keine Zukunft, Sarah Dempsey«, sagte sie. »Keine Zukunft in dieser Schule oder sonst irgendwo ...«

»Es tut mir leid, Schwester. Ich wollte nicht schon wieder meine Hausaufgaben vergessen ...«

Starr vor Schreck wachte Sarah auf, mit wild pochendem Herzen. Und dann fiel ihr ein, dass sie die Hausaufgaben für morgen alle erledigt hatte und Schwester Martha gar keine Hexe war, zumindest nicht so eine wie die verrückte Königin. Ein alter Drachen war sie, aber so böse auch wieder nicht, dass sie derart interessant gewesen wäre. Trotzdem war ihr übel vor Entsetzen, ein Entsetzen, das in keinem Verhältnis stand zu dem Traum und schwer auf ihr lastete. Draußen vor dem Fenster stand ein Apfelbaum, dessen Laub leise an den Scheiben kratzte. Der Baum warf Schattenbilder auf den Vorhang, die sich plötzlich im Nachtwind bewegten.

Ich bin vierzehn, zu alt für so etwas. Sie dachte an ihre Eltern im Nebenzimmer und an früher, als sie sich bei ihnen verkriechen konnte, wenn sie einen Alptraum gehabt hatte. Dann seufzte ihre Mutter und rückte ein Stück; und Sarah lauschte eine Weile den tröstlichen Atemgeräuschen ihrer Eltern, dem leichten Schnarchen ihres Vaters, bis sie wieder einschlafen konnte. Warum muss ich nur erwachsen werden und alle Geborgenheit hinter mir lassen, dachte sie unwillkürlich, bis ihr wieder einfiel, dass sie erwachsen werden wollte, weil sie dann frei wäre.

Nicht weit entfernt in einem anderen Dubliner Vorort saß eine junge Frau bis spät in die Nacht über ihren Büchern. Am besten konnte sie nachts arbeiten, wenn völlige

Stille herrschte, abgesehen vom Nachbarshund; den hätte sie am liebsten erwürgt, wenn er so heulte, winselte und kläffte.

In ein paar Wochen würde sie ihr Abitur machen. Die Zukunft lag klar und deutlich vor ihr. Sie wollte Anwältin werden; sie wollte alle Zusammenhänge begreifen; sie wollte nie wieder die Machtlosigkeit der Kindheit spüren müssen. Bald würde sie zu studieren anfangen; dann würde es ihr freistehen, sich mit David zu verabreden, dem Kunststudenten, den sie in der Nationalbibliothek kennen gelernt hatte, der sie malen wollte, der sie auf einen Kaffee einlud und sich stundenlang mit ihr unterhielt. Der schlanke David mit den dunklen Augen, der so zart aussah wie ein viktorianischer Dichter. Er hatte zwei Mal angerufen, und ihre Mutter hatte gesagt, sie sei nicht zu Hause. »Für Jungs hast du immer noch genug Zeit, wenn du mit der Schule fertig bist.« Was ihre Mutter nicht wusste, war, dass sie sich trotzdem jeden Tag nach der Schule vor der Kunstakademie mit ihm traf.

»Wer ist dieser David?«, hatte ihre Mutter schließlich gefragt.

»Ein Kunststudent.«

»So einer also. Kein Geld und nackte Flittchen malen ...«

»Ja, wahrscheinlich tut er das«, erwiderte Joan lachend. »Daran hatte ich noch gar nicht gedacht.«

Manchmal, wenn sie müde vom Lernen war und Angst hatte, sie könnte den vielen Stoff nicht bewältigen, sprach ihr Vater ihr Mut zu. »Es ist die Sache wert, wart nur ab. Anstrengung überwindet jedes Hindernis!«

Manchmal gingen ihr diese Worte unaufhörlich durch den Kopf. »*Labor omnia vincit.*«

Zweihundert Kilometer von Dublin entfernt, in einer Kleinstadt in den Midlands, lag Jim O'Toole wach im Bett. Er war sechzehn und würde bald von daheim fortgehen, um auf Baustellen in London und Manchester zu arbeiten. Jetzt aber lag er da und hörte, wie seine Eltern stritten, und dann die Laute, die er so sehr fürchtete – das dumpfe Klatschen, wenn sein Vater zuschlug, das Wimmern seiner Mutter und die wütende, anklagende Stimme seines betrunkenen Vaters: »Blöde Schlampe, blöde Sau ...«

Jim zog sich die Decke über den Kopf. Er wünschte sich nichts sehnlicher, als endlich auszuziehen. In England konnte man viel Geld verdienen, ein tolles Leben führen. Jede Menge Bier und Mädchen; dann war endlich er erwachsen und konnte tun, was ihm gefiel. Dann wäre er frei, befreit von seinem prügelnden Vater und seiner jammernden Mutter. Sie tat ihm Leid; irgendwie liebte er sie, aber er verachtete sie auch. Seinen Vater hasste er, doch Verachtung empfand er nicht für ihn. Ihn konnte er nicht verachten, weil er Macht hatte, weil er etwas Absolutes verkörperte; Jim verstand den Zorn seines Vaters, das Bedürfnis, auf die Machtlosen einzuprügeln.

1. Kapitel

Jura ist ein seltsames Geschäft ... Diese Hartnäckigkeit, mit der versucht wird, das, worum es im Leben geht, auf ein Regelwerk zu reduzieren! Ich weiß, dass es notwendig ist, aber ich würde mir gern fundierte Kenntnisse aneignen, damit Gerry auf seine Kosten kommt.

Aus: *Die Pferdeohren*, 1972

November 1989

Als Joan erwachte, war es draußen noch dunkel. Sie hörte den Regen, der mit kalter Wut gegen das Fenster prasselte, nachließ, dann erneut zum Angriff überging. Sie entschärfte den Wecker und lauschte noch eine Weile Davids gleichmäßigem Atem. Sie genoss dieses wohlige Gefühl in vollen Zügen: neben ihm aufwachen, seine Wärme spüren. Er atmete so ruhig, dass sie angestrengt lauschen musste, so wie früher, in ihrer ersten Zeit in Ranelagh, wenn sie nachts aufwachte und in der Stille plötzlich vor Angst erstarrte, er sei gestorben. Das war noch vor seiner Krankheit, noch bevor sie Paul bekamen. Die Nacht war immer die Zeit der Liebe, der Verletzlichkeit. Und der Tag war die Zeit des Kampfes.

Bei dem Gedanken an den arbeitsreichen Tag, der vor ihr lag, graute ihr vor dem Aufstehen; doch gleichzeitig wusste sie, dass sie die Kraft finden würde, mit allem fertig zu werden, wenn erst der Tag anbrach und sie aktiv wurde. Ich hasse den Morgen, dachte sie, vor allem im Winter, da nimmt einem der Morgen alle Kraft.

Sie kuschelte sich noch tiefer unter das Federbett und tastete mit den Fußsohlen nach Davids Beinen. Er drehte sich um, legte den Arm um sie.

»Wie geht's dir, Liebling?«, flüsterte sie.

»Könnte nicht besser sein.«

»Ich dachte, du schläfst.«

»Vor ein paar Minuten bin ich aufgewacht.« Schweigend und warm lagen sie beieinander und gönnten sich noch einen Augenblick Ruhe. Schließlich machte sie das Nachttischlämpchen an, stand zitternd auf und öffnete auf dem Weg zum Bad Pauls Tür, um auch ihn zu wecken.

»Komm schon, aufstehen, aufstehen …« Sie wartete seine verschlafene, abwehrende Antwort ab: »Oh, nein! Es kann doch noch nicht Morgen sein!«

Die Tür zu Davids Atelier stand offen und sie nahm den sauberen Duft nach Farbe, Terpentin- und Leinöl wahr. Sie schloss die Tür, damit die Wärme nicht entwich. Er würde den Großteil des Tages dort verbringen, in seiner Leidenschaft aufgehen, das Universum der Phantasie und Wahrnehmung erforschen, und vom Rest der Welt nichts mehr mitbekommen.

Als Joan aus der Dusche kam, war David schon in der Küche und machte Frühstück. Der Geruch nach Toast strich durchs Haus. Sie zog sich rasch an – grauer Wollrock, perlgraue Bluse –, trug ein wenig Make-up auf und ging zu ihm hinunter. Er stand im Morgenmantel am Herd, kochte Eier, stellte den Toast auf den Tisch, rührte den Porridge für Paul.

In dem gemütlichen Raum war es dank der Hitze vom Kohleherd, der die Nacht hindurch brannte, richtig warm.

Vom Fenster der weißgestrichenen Küche aus blickte man auf einen kleinen Garten hinaus. Früher war er größer gewesen, aber dann hatten sie angebaut und aus der Küche einen Wohnraum gemacht, in dem es genügend Platz gab für den alten hölzernen Geschirrschrank. Sie hatte ihn bei einer Auktion erstanden, dann abgebeizt und mit Wachs behandelt. Auch ein alter Schaukelstuhl stand hier, in den sich Joan gern sinken ließ, wenn sie nach Hause kam.

David stellte ein Frühstücksei vor sie auf den Tisch. »Schön gekocht, schön serviert«, witzelte er mit affektierter Stimme und brachte sie damit zum Lachen. Es war ein alter Witz noch aus jener Zeit, als ihr ein schlanker, junger David in überschwänglicher Lebensfreude kulinarische Ratschläge aus Zeitschriften vorlas.

Damals hatten sie sich immerzu geliebt, als könnten sie gar nicht genug voneinander bekommen, als besäße jeder von ihnen etwas, das der andere unbedingt zum Leben brauchte.

»Du bist Luft und Erde und Wasser für mich«, hatte er gesagt.

Und Joan, überwältigt von seinen Beteuerungen, hatte sie anfangs angezweifelt. Später wusste sie, dass er es ernst meinte – und, was noch schlimmer war: Sie empfand genau wie er. Sie war hörig, süchtig, wurde in den Strudel seiner Wahrnehmungen hineingezogen und verglich ungläubig ihr früheres Leben, das ruhig und gleichmäßig dahingeflossen war, mit der Unruhe und der Aufregung, die er ihr brachte. Fünf Jahre hatten sie in der kleinen Wohnung in Ranelagh zusammengelebt; dann wurde sie mit Paul schwanger und sie heirateten.

Ihre Mutter war ganz niedergedrückt vor lauter Enttäuschung, wenn sie an all die netten Männer mit guten Anstellungen dachte, die ihre Joan hätte haben können; ihr Vater fand sich dagegen schnell damit ab.

»Aus was für einer Familie kommt er denn?«, hatte die Mutter wissen wollen.

»Seine Mutter ist tot. Sein Vater hat die Familie verlassen, als David drei war, er erinnert sich nicht an ihn. Er hatte einen Bruder, der ein Jahr jünger war, aber der ist bei einem Unfall gestorben.«

»Was für einem Unfall?«

»Ich weiß nicht. Er will nicht darüber reden.«

Es hatte Jahre gedauert, bis sie ihm die Geschichte entlockt hatte. Jetzt war so vieles anders: Die körperliche Kraft hatte er eingebüßt, aber sein inneres Feuer brannte weiter.

»Leg dich lieber wieder hin«, sagte sie leise, als sie seine Blässe bemerkte. Sie wusste, dass er es nicht mochte, wenn sie ständig auf seine Krankheit anspielte.

»Mir geht's gut. Ich könnte Bäume ausreißen. Welche Vergnügungen hält der Tag heute für dich bereit?«

»Mal sehen.« Sie dachte nach. »Ein Termin um halb neun, High Court um elf – es geht um ein Testament.«

»Eine interessante Sache?«

»Irgendwie schon. Ziemlich menschlich jedenfalls! Ein armer Idiot ist gestorben und hat ein nicht ganz eindeutiges Testament hinterlassen. Und jetzt machen drei alte Weiber mit demselben Vornamen Ansprüche geltend!«

»Wirst du dich auch mit solchen Sachen beschäftigen, wenn du zu Wharton gehst?«

»Eher nicht«, erwiderte Joan und dachte an das Angebot, das sie von einer der großen Kanzleien bekommen hatte. »Die sind spezialisierter. Da werde ich es vor allem mit Grundstücksübertragungen zu tun haben.«

»Hast du im Büro schon Bescheid gesagt, dass du kündigst?«

»Nein. Heute sage ich es ihnen.«

»Gut. Vielleicht gibt das dem Sklaventreiber Galligan ja endlich mal zu denken! Jetzt muss er sich jemand anderen suchen, der die ganze Drecksarbeit macht.«

Joan schnaubte verächtlich. »So schlimm ist es nun auch wieder nicht. Ich lege mich gern ins Zeug.«

Paul kam herein. Er war vierzehn und hatte immer noch ein kindliches Gesicht, obwohl er jetzt sehr schnell wuchs. Vom Vater hatte er die Hände, von der Mutter die graublauen Augen geerbt. Er hatte seine Schuluniform an, schlief noch halb und bewegte sich langsam.

»Guten Morgen«, sagte sein Vater.

»Was soll daran gut sein?« Der Junge unterdrückte ein Grinsen und sah nacheinander seine Eltern an, um zu prüfen, ob sie Sinn für seinen Humor hatten. Joan und David tauschten einen Blick.

»Ein neuer Tag, und du lebst noch«, bemerkte Joan. Sie

startete einen Überraschungsangriff und kitzelte ihn am Bauch.

Unwillkürlich lachte Paul laut auf und machte einen Satz nach hinten.

»Was wünscht ihr euch zum Abendessen?«, fragte David, als er Paul sein Frühstück servierte.

»Mach dir keine Gedanken ums Essen«, murmelte Joan. »Ich hole uns auf dem Heimweg ein gegrilltes Hähnchen. Warum ruhst du dich nicht ein wenig aus?«

»Ich hab' die Nase voll davon, mich immerzu auszuruhen«, bemerkte er gereizt, fügte dann aber hinzu: »Tut mir leid. Ich habe noch so viel zu tun. Ich möchte die *Mohnblumen* fertig malen. Die Galerie schickt heute jemanden vorbei – einen Franzosen – einen Kunsthändler, der für eine Pariser Galerie nach neuen Talenten sucht.«

Joan starrte David begeistert an. Er sah unbeteiligt in seine Tasse, als wäre die Angelegenheit kaum der Rede wert.

»Ein Kunsthändler? Aus Paris? Warum hast du mir das nicht erzählt?«

»Was macht das schon für einen Unterschied? Wahrscheinlich gibt er nur ein paar nichtssagend höfliche Bemerkungen von sich!«

»Nein«, gab Joan nachdenklich zurück. »Das glaube ich nicht. Du weißt, dass deine Arbeiten gut sind; und was du in letzter Zeit gemacht hast, lässt einen nicht mehr los. Ich glaube, er wird interessiert sein.«

David lächelte bedächtig, was die Angespanntheit von seinem Gesicht zauberte. Er beugte sich über den Tisch und nahm Joans Hand. Seine Hände waren schön, die Finger lang und sensibel. Er hatte dunkle Ringe unter den Augen und ein hageres Gesicht; in Haaren und Bart zeigten sich graue Strähnen. Doch sein Lächeln milderte alles und brachte Lebendigkeit in sein Gesicht. Joan lächelte liebevoll zurück und fragte sich zum wiederholten Male, wie sie es nur geschafft hatte, sich einen so schönen Mann zu angeln. Er musterte sie eine Weile; plötzlich kam ein melancholischer Ausdruck in seine Augen und seine Lippen wurden schmal.

»Tut mir Leid, dass ich dich angefahren habe.« Er wandte den Blick ab, wirkte mit einem Mal mutlos und erschöpft. »Du hast ein unausstehliches altes Ekel von einem Mann, der nicht den Anstand besitzt, endlich zu sterben.«

Joan blickte auf ihr Frühstücksei. Ihre Augen füllten sich mit Tränen. Am liebsten hätte sie ihnen freien Lauf gelassen, aber sie starrte weiter auf ihr Ei und unterdrückte den Impuls.

»Du hast Mama traurig gemacht«, sagte Paul anklagend.

David stand auf, trat hinter Joans Stuhl und fing an, ihre Schultern zu massieren. »Schsch ... du hast einen dummen Mann, der blöde Witze macht.«

Joan wandte sich um, nahm Davids Hand und barg ihr Gesicht darin. Paul wurde verlegen. Sie stand auf.

»Komm schon, junger Mann«, sagte sie zu Paul. »Nicht dass du noch zu spät zur Schule kommst.« Paul holte seine Schultasche und seine Jacke. Sie küsste David. »Bis heute Abend. Ich ruf' dich in der Mittagspause an. Viel Glück mit dem Franzosen.«

»Tschüss, Dad.«

»Tschüss, Paul.«

Joan ließ den Motor an, fuhr die morgens noch menschenleere Straße der kleinen Wohnsiedlung hinunter, bog bei Kinsellas Laden ab, dessen Fensterläden noch geschlossen waren, und nahm dann die Abkürzung durch die schmale Allee am Fluss. Von dort gelangte sie auf die Hauptstraße. Noch war es dunkel, eine graue, wolkenverhangene Morgendämmerung stahl sich über die Stadt. Es nieselte, und die Straßen glänzten nass; die Ampeln leuchteten trostlos im Regen; der Berufsverkehr war noch nicht in vollem Gange. Joan machte die Heizung an, und ließ das Gebläse auf Hochtouren laufen.

»Dad sieht miserabel aus«, sagte Paul.

»Er war in der Nacht auf, es ist nur die Müdigkeit.«

Nach kurzem Schweigen fragte der Junge mit leiser, verkrampfter Stimme: »Was fehlt ihm denn, Mama?«

Sie sah ihren Sohn an; hinter seiner verbissenen Miene

verbarg er Gefühle, die er um keinen Preis offenbaren wollte. Stürzte er sich deshalb mit solchem Feuereifer auf das Lernen? Er war der Klassenbeste, lebte nur für die Schule. Manchmal schlug sie vor, er solle doch mit einem Freund ins Kino gehen. »Ach nein, Mama. Ich muss noch was für Biologie machen …« Seine Lehrer waren begeistert, aber manche merkten, dass er damit etwas zu kompensieren trachtete, das sich seiner Kontrolle entzog.

Sie ließ Paul am Schultor aussteigen. Wieder dachte sie an David. Manchmal hatte sie das Gefühl, dass nur ihr Wille ihn am Leben erhielt und diese mysteriöse Krankheit in die Schranken wies; sie konzentrierte sich auf ihn, hüllte ihn in ein Kraftfeld positiver Energie. »Offensichtlich ein Spasmus der Darmmuskulatur«, hatte ihr der Arzt erklärt. »Aber die Blutwerte sind gut, er hat weder ab- noch zugenommen. Wir haben eine Unmenge Tests gemacht!« Das sollte heißen, es sei nichts Ernstes. Aber der Doktor wusste nichts von den kochend heißen Bädern, die David in aller Frühe nahm, um die Schmerzen zu lindern.

»O Gott, in diesem Land leben so viele Paare, die sich hassen. Aber wir nicht. Mach, dass er gesund wird. Lass uns in Frieden weiterleben. Gib uns diesen Frieden.«

David fühlte sich schon seit einiger Zeit schlecht. Er klagte über Bauchschmerzen, Rückenschmerzen, Erbrechen, führte es aber auf Überarbeitung zurück und wollte erst gar nicht zum Arzt gehen.

Der Arzt, den er dann schließlich doch aufsuchte, hatte ihn beruhigt, ihn ins Krankenhaus eingewiesen, um verschiedene Untersuchungen durchzuführen. Dann hatte man ihn nach Hause geschickt. Der einzige Befund war ein Dickdarmkrampf gewesen.

Ihre Gedanken wanderten weiter, zum Büro, zu der Arbeit, die heute auf sie wartete. Um elf hatte sie einen Termin beim Nachlassgericht, und am Nachmittag drei Auflassungen – es ging dabei um Hypotheken, eine unkomplizierte, aber anstrengende und langweilige Sache. Ihr Chef, Gerry Galligan, wälzte immer mehr von seinem eigenen Aufgabenbereich – Grundstücksübertragungen – auf Joan ab und konzentrierte sich auf die wirklich großen Fälle wie den Tunnymore-Vertrag, mit dem sich gerade beschäftigte; ein Zwei-Millionen-Pfund-Objekt. Larry Ryder, der andere Teilhaber, erledigte den Großteil der Prozesse, bis auf die Verhandlungen vor dem Kreisgericht, die er Joan aufbürdete – und nicht nur die, sondern auch alle anderen strittigen Nachlasssachen und sonstigen absonderlichen Fälle. Außer Joan wurden noch zwei Anwältinnen beschäftigt, zwei junge Frauen, die den Großteil der unkomplizierten Grundstücksübertragungen am Grundbuchamt sowie Mietsachen und Verkehrsdelikte erledigten.

Gerry war mit Patricia verheiratet. Joan kannte sie flüchtig von der Universität her. Patricia, die Kunststudentin mit den kastanienbraunen Haaren, zwei Jahre älter als Joan, war mit Paddy Johnson, einem Maschinenbaustudenten, mehr oder weniger verlobt gewesen. Er war ein großer Herzensbrecher, ein hoch gewachsener, gut aussehender Typ, der vorzüglich mit Worten umgehen konnte und eine selbstsichere Ausstrahlung besaß. Pat war in den verschiedensten Universitätsclubs Mitglied gewesen, sehr intelligent, dazu noch lebhaft und schön. Aber dann war die Verlobung dieses Traumpaars in die Brüche gegangen; der verwegene Paddy hatte sich aus dem Staub gemacht und eine andere geheiratet. Patricia, die daraufhin prompt durchs Examen gefallen war, hatte Gerry Galligan geheiratet, sich von heut auf morgen fürs Hausfrauendasein entschieden und zwei Kinder in die Welt gesetzt. Ab und zu kam sie noch in die Kanzlei, immer schick angezogen und ein wenig spröde; irgendwie hatte sie sich verändert, und das war nicht nur eine Frage des Alters. Es hatte den Anschein, als ginge sie ganz und gar in der Rolle der Mrs. Gerry Galligan auf und hätte zu spät entdeckt, dass diese Rolle kein Ende nahm, dass es keinen Strafaufschub, keine Begnadigung wegen guter Führung gab, dass diese Rolle, die sich aus ihren inneren Kraftquellen nährte, im Grunde nichts mit ihr zu tun hatte. Das überraschte Joan nicht. Sie konnte sich kaum etwas Kräftezehrenderes vorstellen als mit Gerry verheiratet zu sein. Für Larry galt das übrigens genauso.

Larry war fünfunddreißig, drei Jahre jünger als Joan. Mittelgroß, dunkle Haare, dunkelblaue Augen, dünn, gerade Nase, eine extravagante Erscheinung. Auf Zehenspitzen kam er in ihr Büro, mit seinen Akten unterm Arm. »Joan, Schatz, hier sind ein paar Akten vom Kreisgericht: Bei dem einen Fall geht es um die Lizenz für einen Pfandleiher, das andere ist ein kleiner Vertragsbruch. Kein Problem für dich. Tu einfach dein Bestes, so wie immer.« Sie quittierte das stets mit einem Lächeln, obwohl sie innerlich fluchte.

Sie arbeitete nicht gern an den Fällen fürs Kreisgericht, ihr erschien es immer wie viel Lärm um nichts. Das Auftreten vor Gericht war nicht Teil ihrer Rechtsanwaltsausbildung gewesen; doch seitdem auch die Solicitors das Recht hatten, vor Gericht zu plädieren, vertraten sie ihre Fälle vor dem Kreisgericht meist selbst. Das war für den Klienten billiger, für den Solicitor aber meist reine Zeitverschwendung.

Joan musste sich also über die Vorschriften zur Lizenzvergabe an Pfandleiher kundig machen, den elenden Fall von Vertragsbruch zu Hause durcharbeiten, damit sie die Bagatelle auch selbstsicher vertreten konnte, und einen ganzen Nachmittag im Gericht verbringen, während dessen sie sich beim Richter anbiedern und ihr Messer für das Kreuzverhör wetzen würde. Aber heute hatte sie eine Überraschung für Gerry und Larry parat. Eine der größten Kanzleien der Stadt – Wharton, Kelly, Phelan & Co. – hatte ihr eine Stelle angeboten, und sie war fest entschlossen zuzusagen.

Sie stellte den Wagen auf dem Parkplatz hinterm Haus ab, schloss die Hintertür auf, trat in die Eingangshalle und begrüßte Breda, die Empfangsdame, mit einem Lächeln. Breda sagte gerade mit der Nasalstimme, die den Klienten vorbehalten war: »Tut mir Leid, Mr. Galligan ist noch nicht im Hause. Wenn er kommt, wird er Sie sofort zurückrufen.«

Joan ging nach oben, warf im Vorbeigehen einen Blick in Gerrys Büro, wo Larry gerade die Post öffnete. Er verteilte die Brief auf mehrere Stapel: ihren, seinen und Gerrys sowie zwei Stapel für Mary und Sheila, die beiden anderen Juristinnen. Draußen hatte es endlich zu nieseln aufgehört, die Sonne kämpfte sich durch den Nebel und fiel schräg durchs Fenster auf die Goldbuchstaben der *Encyclopaedia of Forms and Precedents*, deren Bände mehrere Regalreihen füllten, und den glänzenden Ledereinband von *Halesbury's Laws*. Das alte Stehpult in der Ecke leuchtete auf, als wollte es sagen: »Hier bin ich, seht mich an. Seht her, wie viel Tinte auf mir verschüttet wurde. Seht nur auf die Spuren wahrer juristischer Schwerstarbeit!« Gerry hatte das alte Pult auf den Sperrmüll schaffen wollen, aber Joan hatte ihn davon überzeugt, dass es seinem Büro etwas Authentisches gab, und so durfte es bleiben.

Larry drückte Joan einen Stapel Briefe in die Hand. »Sieht aus, als wäre das heute Morgen dein Anteil, Joan.«

Gerrys Sekretärin kam ins Vorzimmer, als Joan hinausging. »Guten Morgen, Mrs. de Barra«, sagte sie. Gerry bestand in der Kanzlei auf steifen Umgangsformen, zumindest seitens der Sekretärinnen.

»Morgen, Prue.«

Joan nahm die Briefe mit in ihr Büro eine Treppe höher. Rita, ihre Sekretärin, saß im Vorzimmer und räumte eine Schreibtischschublade auf, in der sie eine riesige Packung Papiertaschentücher aufbewahrte. Sie schniefte, und ihre Nasenspitze war rot.

»Guten Morgen, Mrs. de Barra.«

»Morgen, Rita. Wie geht's heute mit Ihrer Erkältung?«

»Viel besser, danke.«

»Machen Sie mir bitte als erstes den Entwurf für den Pachtvertrag fertig, den ich Ihnen gestern gegeben habe? Ich brauche ihn so bald wie möglich, damit ich ihn durchsehen kann, bevor ich zum Gericht gehe.«

»Okay.«

Joan mochte Rita sehr. Sie war zierlich, eine hervorragende Sekretärin, flink, intelligent und gewissenhaft. Joan betrat ihr Büro und schloss die Tür hinter sich. Das Zimmer war von der Morgensonne durchflutet. Sie ging zum Fenster, ließ die Jalousie halb herunter, warf einen Blick auf den träge dahinfließenden Verkehr, die regennassen Straßen, den Fluss. Die Akte für ihren ersten Termin lag auf dem Schreibtisch. Joan setzte sich und machte sich an die Arbeit.

Zu Hause ging David gerade in sein Atelier. Es war eigentlich als Schlafzimmer für ihn und Joan gedacht gewesen. Aber stattdessen schliefen sie im hinteren Zimmer und Paul im Abstellraum. Von den Dimensionen her war es nicht gerade ideal für ein Atelier, aber durch sein großes Nordfenster fiel ein sanftes Licht herein. Mehrere Bilder in unterschiedlichen Stadien der Fertigstellung lehnten an den Wänden, hauptsächlich Ölgemälde; es waren aber auch Pastellzeichnungen, Mischtechnikbilder und ein paar Aquarelle darunter. Auf dem Tisch und den Regalen dahinter standen Becher, Marmeladegläser und Farbdosen, aus denen Pinsel ragten – ein Wald von Pinseln; dazwischen lagen farbverschmierte Lappen, Skizzenblöcke und ausrangierte, mit Farbklecksen übersäte Paletten.

In der Mitte des Raums stand eine Staffelei mit einem unvollendeten Gemälde: Eine Wiese mit Sommerblumen und Gräsern, Mohnblumen und Margeriten, darüber ein leuchtend blauer Himmel. Auf dem Bild war kein Leben, keine Vögel oder Insekten zu sehen, auch kein Mensch außer einer Gestalt in Schwarz in der rechten oberen Ecke. Diese Gestalt, ein Mann, stand am Rande der Wiese. Er trug eine Art Umhang und einen weichen schwarzen Hut. Sein Gesicht lag im Schatten.

David zuckte zusammen, als er das Bild betrachtete. Jedes Mal spürte er die Anziehungskraft des Fremden in Schwarz, der ihn aus der Ecke des Gemäldes heraus anstarrte – ihn sah. Während er, David, der von seiner Schöpfung faszinierte Künstler, ihm kein Gesicht geben konnte. Das Bild vermittelte den Eindruck, dass die Wiese mit den Gräsern und Wildblumen, die Sommerwelt, den Atem anhielt; die dunkle Erscheinung am Rande nahm ihr die Freude, weil sie eine Dimension verkörperte, die so mächtig und unentrinnbar war, dass jede Freude und jeder Sommer zum Trugbild wurden – so als könnte dieser dunkle Mann die ganze Wiese mit ihrer Helligkeit schlucken, ohne selbst seine Farbe zu ändern, als könnte er seine Dunkelheit auf alles übertragen. Die Gestalt zog die Blicke auf sich und gab der Vorstellungskraft Rätsel auf.

Joan hatte David einmal gefragt, warum er ein Gemälde nicht einfach änderte, wenn es ihm nicht gefiel, wie es sich entwickelte.

»Solange ich finde, dass es von der Technik her gelungen ist, spielt es keine Rolle, ob es mir gefällt oder nicht. Es führt ein Eigenleben, ich bin nur sein Diener.«

Sie sann darüber nach. »Mein Gott, klingt das ominös. Gilt das auch für Porträts?«

»Gewiss doch. Ich sehe mir ein Gesicht an, und das Gesicht sagt mir, wer es ist!«

»Was siehst du denn in meinem Gesicht?« Sie reckte das Kinn und grinste.

»Eitelkeit.« Sie versetzte ihm einen Knuff, lachte und verkündete, sie würde sich nie von ihm malen lassen.

»Ich male dich auf jeden Fall!«, sagte er und lächelte sein bitteres Lächeln. Er hatte sie gemalt. Es hing im Wohnzimmer, das Bild eines nachdenklichen Mädchens mit grauen Augen und einem entschlossenen Mund.

»Sie sieht ja nicht gerade wie ein eitles Huhn aus!«, bemerkte Joan, als sie das fertige Werk sah.

»Ist sie auch nicht. Sie zeigt Stärke. Das ist ihre wichtigste Eigenschaft.«

»Pfui Teufel. Sie hätte viel lieber etwas, auf das sie sich was einbilden kann.«

Er lachte. »Aber das hat sie doch! Und sie wird überdauern, diese junge Frau. Sie ist eine Überlebenskünstlerin.« Er nahm sie in den Arm. »Und sie gehört mir, mir ganz allein!«

In Saal fünf unter dem Kuppeldach der Four Courts saß Joan auf der Bank, die den Solicitors vorbehalten war, und beobachtete Nuala O'Byrne, die vor ihr stand und zum Richter sprach. Nualas Rosshaarperücke mit dem kurzen Zopf saß genau auf dem Haaransatz und das schwarze Gewand verlieh ihr ein würdevolles Aussehen, das im Widerspruch zu ihrer Jugend stand. Sie las aus der eidesstattlichen Versicherung der Antragsteller vor, der Testamentsvollstrecker von Dennis Joseph McCarthy, der als Junggeselle verstorben war. Die Erklärung umfasste sechzehn Abschnitte, die alle darauf hinausliefen zu beweisen, dass Brigid Murphy aus St Teresa's, Ballsbridge, in der Grafschaft Kerry, als Erbin einer Hinterlassenschaft von vierzigtausend Pfund vorgesehen war. Offensichtlich hatte der Verstorbene nicht die Absicht gehabt, die beiden anderen putativen Nutznießerinnen zu begünstigen. Brigid, die in St Teresa's lebte, war eine Kusine des Verstorbenen und hatte immer engen Kontakt zu ihm gehalten. Die beiden anderen Brigids waren ihm hingegen kaum bekannt gewesen, obwohl sie in derselben Stadt gewohnt hatten.

Nuala leierte ihren Antrag herunter. Als sie fertig war, stellte der Richter eine Frage und entschied dann, dem Antrag stattzugeben.

»Und die Kosten, Euer Ehren?«

Die Kosten sollten aus dem Erbe bestritten werden. Dinny Joe, der zu geizig gewesen war, sich sein Testament von einem Anwalt aufsetzen zu lassen, würde sich im Grabe umdrehen.

Als Joan in die Kanzlei zurückkehrte, richtete Breda ihr aus, Mr. Galligan wolle sie sprechen. Joan ging in Gerrys Büro hinauf. Sie klopfte und trat ein. Er stand am Bücherschrank und schlug einen Gesetzestext in den *Acts of the Oireachtas* von 1978 nach. Er bedeutete ihr, sich zu setzen.

Joan fragte sich, warum er sie hergebeten hatte. Sie kannte ihn seit dem Studium. In den ersten Jahren hatte sie damit gerechnet, dass er sie auffordern würde, als Teilhaberin in die Kanzlei einzutreten, aber er hatte stattdessen Larry hereingeholt. »Wir brauchen einen Prozessexperten«, meinte er.

Ihre Enttäuschung hatte sie hinuntergeschluckt; sie hatte andere Sorgen: einen gesundheitlich angegriffenen Mann, einen halbwüchsigen Sohn. Jetzt beobachtete sie Gerry:

dünn und angespannt wirkte er, seine Halbglatze, sein dunkler Nadelstreifenanzug, seine konzentrierte Miene. Sie versuchte, die Überschrift des Gesetzes zu entziffern, in dem er gerade las; es war das »Landlord and Tenant (No. 2) Act, 1978«.

»Ich habe einen neuen Mietrechtsfall.« Er schwieg. Erwartet er, dass ich ihn übernehme?, fragte sich Joan. Wollte er mich deshalb sprechen?

Sie sagte nichts. Gerry klappte den Band zu, schloss den Bücherschrank und kehrte an seinen Schreibtisch zurück. Stirnrunzelnd sah er sie über die Mahagoniplatte hinweg an; mit seiner Brille und den Haaren, die am Rande seiner Halbglatze ein wenig abstanden, hatte er Ähnlichkeit mit einer Eule.

»Du erinnerst dich an Frank Larkin?«

»Natürlich.«

»Er und seine Familie sind schon seit Jahren Klienten unserer Kanzlei.«

»Ich weiß.«

»Du warst die Letzte, die mit ihm zu tun hatte.«

»Das stimmt. Es ging um sein Testament.«

»Lies den Brief.«

Joan las den Brief, den Gerry ihr hinhielt. Er stammte von einer Anwaltskanzlei in Bellybegg, County Carlow, und besagte, man handle im Auftrag von Frank Larkin und bitte um die Übersendung von Urkunden über Rechtsansprüche.

»Was hast du mit ihm angestellt, Joan? Du hast es geschafft, dass wir ihn verlieren.«

Joan starrte ihn an. Manchmal fand sie Gerry so launisch und unberechenbar, dass sie sich fragte, warum sie sich überhaupt mit ihm abgab. »Ich habe nichts dergleichen getan. Das letzte Mal, als ich ihn sah, stand noch alles zum Besten.«

»Warum wechselt er dann die Kanzlei? Du musst irgendetwas Dummes gesagt oder getan haben.« Gerry strömte Ärger, unverhohlene Aggressivität und herablassende Selbstsicherheit aus. Ihm war es zuwider, einen guten Klienten zu verlieren, einen reichen Klienten. Sein Gebaren war anklagend, kalt, bedrohlich. Joan zitterte innerlich; sie war aufgebracht, aber auch verunsichert.

»Gar nichts habe ich getan. Warum rufst du ihn nicht einfach an und fragst ihn selbst? Frag ihn doch, wozu die Leute in Ballybegg seine Dokumente brauchen. Sag einfach, es sei eine Sicherheitsmaßnahme.«

»Vielleicht mache ich das auch«, entgegnete Gerry kalt. »Aber ich finde, so etwas darf nicht passieren.« Sein Tonfall deutete an, dass das Gespräch beendet sei. Und seine vorwurfsvolle Stimme ließ keinen Zweifel daran, dass sie in Ungnade gefallen war, dass sie sich etwas hatte zuschulden kommen lassen. Joan blieb sitzen.

»Ich wollte es dir und Larry eigentlich erst später mitteilen, Gerry, aber ich kann es ebenso gut gleich erledigen. Ich kündige. Mir wurde eine Stelle bei Wharton angeboten und ich habe beschlossen, sie anzunehmen.«

Auf Gerrys Gesicht spiegelte sich Unglauben. Sein Mund stand offen; er drehte seinen Füller zwischen den Fingern hin und her. Das Telefon läutete. Er nahm ab. »Ja?«, fragte er herrisch. »In Ordnung. Durchstellen.«

Joan hörte eine weibliche Stimme am anderen Ende der Leitung. »Ich bin in einer Besprechung.« Er sprach jede Silbe überdeutlich aus. »Ich habe dir doch gesagt, du sollst mich nicht in der Kanzlei anrufen. Darüber sprechen wir heute Abend.«

Er legte den Hörer auf und lachte verächtlich. »Pat glaubt, ich habe sonst nichts zu tun, als Probleme der Kindererziehung mit ihr durchzukauen.« Er hielt inne. Sein Ton veränderte sich. »Das meinst du doch nicht ernst, Joan?«

»Doch.«

»Warum?«

»Mehr Geld. Eine Abwechslung. Ich arbeite schon sehr lange hier. Es ist Zeit zu gehen.«

Er spielte immer noch mit dem Füller herum und nickte nachdenklich. »Tut mir Leid, das zu hören. Können wir irgendetwas tun, damit du es dir anders überlegst?«

»Das bezweifle ich.« Sie stand auf und ging hinaus.

David arbeitete den ganzen Vormittag. Von Zeit zu Zeit setzte er sich auf einen Stuhl, nahm seine Arbeit von dort aus in Augenschein, machte weiter, setzte sich wieder, um zu schauen. Die Anwandlungen von Müdigkeit, die gelegentliche Übelkeit ignorierte er.

Um die Mittagszeit kam der französische Kunsthändler. David hörte die Türklingel in seinem Atelier und ging hinunter. Sein Rücken schmerzte und jeder Schritt erschöpfte ihn.

»Mr. de Barra?«

»Ja. Kommen Sie rein.«

Der Kunsthändler nannte seinen Namen.

»Mein Atelier ist oben«, sagte David. »Gehen Sie voran. Erste Tür rechts.«

Unsicher blieb der Mann stehen. Er sah, wie sich David am Geländer festhielt. »Ist alles in Ordnung?«

»Ist schon gut … ich bin nur ein wenig außer Atem. Ich komme gleich nach.«

Als David in sein Atelier trat, war der Kunsthändler bereits dabei, die Gemälde durchzusehen, die an der Wand lehnten. David setzte sich für eine Weile auf seinen Stuhl.

»Lassen Sie sich Zeit«, sagte er, als sich der Mann höflich zu ihm umdrehte.

»Ich mache einfach mit meiner Arbeit weiter.« Er kehrte an die Staffelei zurück, nahm seinen Pinsel, legte letzte Hand an die Gräser in der linken unteren Ecke und betupfte den Himmel mit Kobaltblau.

»Ihre Arbeit gefällt mir, Mr. de Barra«, sagte der Franzose nach ein paar Minuten. »Ihr Galerist meinte, ich würde Ihre Bilder interessant finden. Wann haben Sie zuletzt ausgestellt?«

»Letztes Jahr. Dieses Jahr bin ich nicht dazu gekommen.«

»Verstehe. Und werden Sie nächstes Jahr wieder ausstellen?«

»Ja. Wenn ich bis dahin genügend Arbeiten fertig habe.«

Der Händler hielt ein Bild in die Höhe. Es glich dem auf der Staffelei, nur dass die Sommerszene eine Moorlandschaft zeigte, hell und melancholisch, mit einer kleinen dunklen Gestalt im Westen.

»Sie arbeiten an einer Serie, hab' ich Recht?« Er zeigte auf das Bild. »Diese Figur zum Beispiel? *L'homme mysterieux?*«

»Ich weiß nicht«, antwortete David ehrlich verwirrt und zuckte die Achseln. »Ich male nur, was da ist, was sich zeigt, was darum kämpft zu erstehen ... Und ich erschaffe es nicht, sondern versuche, ihm als Mittler zu dienen!«

Der Mann nahm ein anderes Gemälde hoch, deutete darauf und auf das Bild auf der Staffelei, wies auf die dunkle Erscheinung am Rande. »Er kommt immer näher.«

David wandte sich um, sah die klugen, aufmerksamen Augen seines Gastes, das unverkennbare Interesse unter der Höflichkeit.

»Natürlich«, flüsterte er. »Er hat etwas für mich.«

Joan arbeitete ihre halbe Mittagspause durch. Dann ging sie hinaus, überquerte die Capel Street Bridge und setzte ihren Weg bis zur Church of Adam and Eve am Merchants Quay fort. Diese Pilgerreise unternahm sie jeden Tag. Hier in der Kirche betete sie für David, bat Gott, ihn gesund zu machen. Ihr Glaube war ihr zu einer unentbehrlichen Stütze im Leben geworden. Sie hatte ihn aus der Kindheit herübergerettet, von ihren frommen Eltern übernommen, die stenggläubige Katholiken waren. Als Joan erwachsen und unabhängig wurde, hatte sie sich davon entfernt, doch als David krank wurde, fand sie Trost in ihren flehentlichen Gebeten. David aber, so krank er auch sein mochte, teilte ihren Glauben nicht.

Anschließend kaufte sie in einem kleinen Geschäft ein paar Türen weiter ein Sandwich und die *Irish Times* und nahm alles mit in die Kanzlei. Dort machte sie sich eine Tasse Kaffee, setzte sich an den Schreibtisch, schlug die Zeitung auf, las den Leitartikel, überflog die Auslandsnachrichten und dann den Artikel über die Frau aus Cork, die der Anstiftung zur Ermordung ihres Mannes angeklagt war. Der Mann hatte sie jahrelang brutal geschlagen, eine Fehlgeburt verursacht, sie verlassen. Als er zu ihr zurückkehren wollte, hatte sie sich Hilfe geholt, um ›ihm einen Schrecken einzujagen und ihn zu vertreiben‹, aber der ›Helfer‹ hatte den Mann getötet. Joan fragte sich, welches Urteil man wohl verhängen würde, wenn sie für schuldig befunden würde. Die Frau hatte mehrere Kinder.

Joan machte die beiden Auflassungen fertig, legte die Unterlagen zum Stempeln und für die Registratur bereit, und stellte sich dann auf den Besuch von Peter Knight ein, den sie um halb vier erwartete. Peter gehörte zu den Klienten, die sie schätzte: ein kleiner, dicker Mann mit bissigem Humor. Er suchte Joan wegen der verstorbenen Emily Jane Harper auf. Emily Jane war nun schon zehn Jahre tot, aber ihre Akte war noch offen, weil es sich als unmöglich erwies festzustellen, wer ihr nächster Verwandter war. Die in ihrem Testament Begünstigten waren noch vor ihr verstorben. Kürzlich war die Akte auf Joans Schreibtisch gelandet.

Sie hatte den Familienstammbaum der Verstorbenen studiert und die Fragezeichen bemerkt. Vier Neffen, zwei davon wahrscheinlich unehelich und daher nicht erbberechtigt. Alle waren sie inzwischen tot und hatten Kinder hinterlassen. Peter Knight war eines dieser Kinder. Über seine Großtante wusste er nicht viel, außer dass sie ›eine tolle Frau‹ gewesen war.

Peter war ein Draufgänger, zumindest was seine Geschäfte betraf; er neigte zur Unbescheidenheit und suchte die Konfrontation.

»Langsam!«, warnte ihn Joan, als er sich anschickte, einen Kaufinteressenten für eine Gewerbefläche einzuschüchtern, die er, Peter, abzustoßen gedachte. Der Käufer wollte sich die Sache in Ruhe durch den Kopf gehen lassen, bevor er sich entschied. Das Gelände war ausgezeichnet und warf eine gute Pacht ab, aber Joan fürchtete, dass Peter den Interessenten verschrecken würde.

»Ich habe mich bisher noch mit jedem angelegt, außer mit Ihnen und dem Finanzamt«, meinte Peter augenzwinkernd.

Als er ging, machte sich Joan daran, ein langes, kompliziertes Testament aufzusetzen. Sie konzentrierte sich voll und ganz darauf; bei einem Letzten Willen durfte man sich keine Fehler erlauben, wie der Fall vom Vormittag überdeutlich gezeigt hatte. War jemand erst einmal gestorben, konnte man ihn nicht mehr um Aufklärung bitten.

Müde blickte sie von ihrer Arbeit auf. Das Neonlicht brannte ihr in den Augen. Der dunkle Winterabend stand schwarz vor dem Fenster. Die kleine Uhr auf dem Schreibtisch zeigte fünf. Bald war es Zeit, nach Hause zu gehen. Sie freute sich auf David und Paul, die warme Küche, das Zusammensein mit den beiden.

Joan sah sich in ihrem Büro um, sah den Druck der Four Courts, den gerahmten Stadtplan von Dublin im Jahre 1798, das Bücherregal, die Aktenschränke. Sie fragte sich, ob sie wohl ihr Leben lang als Angestellte in einer Kanzlei arbeiten würde.

Labor omnia vincit, pflegte ihr Vater zu sagen. Für sie war diese Aussage fragwürdig. Das Römische Reich hatte auf dem Höhepunkt seiner Macht eine gewisse Ähnlichkeit mit dem Dritten Reich gehabt. Dort hatte man einen ähnlichen Spruch geprägt: ›Arbeit macht frei‹. Machte Arbeit frei? War es die Arbeit, die alles überwand – oder angeborenes Talent? Oder einfach Glück?

Gerry rief an. »Kommst du noch in mein Büro, bevor du gehst, Joan?«

»In Ordnung.«

Sie arbeitete bis Viertel vor sechs, diktierte Briefe, setzte eine Abtretungsurkunde auf. Immer wieder kehrten ihre Gedanken zu David zurück. Sie hatte ihn in der Mittagspause angerufen, und er sagte, es ginge ihm gut. Der Kunsthändler sei da gewesen; er wollte ihr alles ausführlich erzählen, wenn sie nach Hause kam.

»Haben ihm deine Arbeiten gefallen?«

»Anscheinend war er interessiert.«

»Was hab' ich dir gesagt?«

Auf dem Weg nach draußen klopfte Joan an Gerrys Tür

und trat ein. Mit freundlicher Miene blickte Gerry ihr entgegen und lehnte sich in seinem großen Drehstuhl zurück. Das Licht spiegelte sich auf seiner Halbglatze. Auch Larry war da; schlank und elegant lehnte er am Fenster und blickte hinaus in die Dunkelheit auf die quecksilbrigen Lichter, die auf dem Fluss tanzten.

»Ah, Joan, da bist du ja!« Er deutete auf einen Stuhl. Larry setzte sich ebenfalls. Gerry gab ihr den Entwurf für eine Grundstücksübertragung. »Was hältst du davon?«

Sie überflog das Dokument. »Der Hinweis auf die Verjährungsfrist fehlt. Wer hat es aufgesetzt?«

»Es wurde mir heute zur Billigung zugeschickt; sieht aus, als hätte es ein Student geschrieben!«

Sie gab ihm das Dokument zurück, da ihr klar war, dass es den beiden nicht darum ging; man hatte sie aus einem anderen Grund hergebeten.

»Hast du Näheres über Frank Larkin herausgefunden?«, erkundigte sie sich.

Gerry zögerte. »Ja. Ich bin deinem Rat gefolgt und habe ihn angerufen«, gab er verlegen zu. »Er sagt, er habe Sweeny in Ballybegg nur beauftragt, sich um das Pachtverhältnis bei einem seiner dortigen Objekte zu kümmern. Er hat nicht die Absicht, die Kanzlei zu wechseln. Ich muss mich bei dir entschuldigen ...«

»Ist schon gut«, murmelte sie peinlich berührt und wollte aufstehen.

»Joan ...«, sagte Larry lächelnd und fuhr sich durch seine weichen schwarzen Haare. »Bleib noch einen Augenblick, Schatz. Wir möchten dir einen Vorschlag machen. Wharton hat dir ein verlockendes Angebot gemacht, gewiss, aber vielleicht überlegst du es dir ja doch noch anders.« Er sah kurz zu Gerry hinüber, bevor er Joan mit einem jungenhaften Lächeln bedachte.

Gerry beugte sich vor. »Was wir dich fragen möchten, Joan – was hältst du davon, als Teilhaberin der Sozietät beizutreten?«

Später, als sie durch den Regen am Franziskanerkloster

vorbei nach Hause fuhr, reckte Joan in ihrer stillen Zwiesprache mit Gott den Daumen in die Höhe. Sie war im Begriff, ihr Dasein als Lohnsklavin hinter sich zu lassen und in die Reihen der Kapitalisten vorzustoßen.

2. Kapitel

Gerry hat eine Anzahlung für ein sagenhaftes Haus geleistet – viktorianisch, die zeitgenössischen Stilmerkmale sind erhalten.

»Hier bitte!«, sagte er grinsend. »Jetzt kannst du nach Herzenslust nisten!«

Aus: *Die Pferdeohren*, 1971

Dezember 1989

Patricia lag auf dem weißen Bett. Sie hörte, wie Una Foley im Erdgeschoss herumhantierte, im Wohnzimmer letzte Hand anlegte, Schälchen mit gesalzenen Erdnüssen, Chips und Käsestangen hinstellte.

Das Lampenlicht warf Schatten auf die Zimmerdecke. Dort, wo ein Handwerker, der kürzlich den Tank auf dem Dachboden überprüft hatte, sich mit dem Fuß abgestützt hatte, zog sich wie eine unregelmäßige Radierung ein feiner Haarriss durch den weißen Stuck. Es war nicht besonders auffällig, aber während Patricia den Riss anstarrte, wurde daraus ein Gesicht mit einer spitzen Nase und einem Hexenkinn.

Heute Abend stand ihr wieder einmal eine Dinnerparty bevor. Gerry war unten, kümmerte sich um Gläser und Getränke. Es wurde gefeiert, dass Joan de Barra als Teilhaberin in die Sozietät eintrat. Joan arbeitete schon seit Jahren für Gerry.

»Ist sie eine gute Juristin?«, hatte Pat einmal gefragt, und Gerry antwortete wie aus der Pistole geschossen: »Eine gute

Juristin? Sie ist phantastisch! Und arbeitet wie ein Pferd, sieht dabei aber aus, als könne sie kein Wässerchen trüben.«

Gerrys anderer Teilhaber, Larry, wollte auch kommen; er brachte seine schöne Freundin Virginia mit, eine schlanke Frau mit einer roten Mähne, die bei jeder Bewegung wogte wie ein Weizenfeld. Larry und Virginia hatten sich kürzlich verlobt.

Patricia dachte an ihre eigene Verlobung zurück, an den Diamantring, den ihr Gerry an den Finger gesteckt hatte.

»Ist der schön, Gerry!«

Er hatte sie hastig geküsst, gelächelt, an diesem Abend immer wieder ihren Finger betrachtet, als wollte er sich vergewissern, dass der Ring – sein Ring – noch da war.

›Ich will dich nicht heiraten‹, waren die Worte gewesen, die ihr unwillkürlich durch den Kopf schossen, als er sie nach Hause brachte. Aber sie sprach die Worte nicht aus. Andere Gedanken rückten in den Vordergrund. »Was mit mir geschieht, ist doch egal. Spielt alles keine Rolle, solange ich nur nicht an Paddy denken muss!«

Gerry gab ihr einen korrekten Gutenachtkuss. Nicht einmal die Nonnen hätten etwas daran auszusetzen gehabt. Die Nonnen, die Priester, das System hatten es ihr gründlich eingebläut: Sex ist von Übel, Sex ist Sünde, Sex wird nur im heiligen Bund der Ehe geduldet, denn die Ehe ist ein Sakrament und macht das Böse unschädlich.

Sie alle hätten nichts gegen Gerry einzuwenden, dachte Patricia, als sie vor ihrem Elternhaus stand und seinen Wagen durch die lange, von Bäumen gesäumte Hauptstraße von Rathfarnham davonfahren sah. Sie drehte sich um und stieg die sechs Steinstufen bis zum Eingang hinauf.

Ihre Mutter war noch auf, und sie zeigte ihr den Ring.

»Der ist wirklich hübsch, Liebes. Bist du glücklich?«

Sie zuckte die Achseln. »Natürlich bin ich glücklich.«

Dann ging sie in ihr Zimmer hinauf, schloss die Tür ab, holte die Fotos von Paddy heraus und riss sie in Stücke, eins nach dem anderen, in winzige Fetzen, und die Tränen liefen ihr dabei übers Gesicht. Ein Foto behielt sie – es zeigte sie beide nach einem Tanzabend – und warf es in die Schachtel mit seinen Briefen. Von ihnen konnte sie sich nicht trennen.

Die Hochzeit fand vier Monate später statt. Patricias Vater hatte sie zum Altar geführt (eine Zeremonie, bei der eine Frau den Besitzer wechselt, dachte sie; für was halten die uns eigentlich?). Gerry stand sehr aufrecht am Fuße der Altarstufen und steckte ihr – ziemlich steif in Gegenwart aller Verwandten und Freunde – den schlichten Goldreif an den Finger, im Namen des Vaters, des Sohnes und des Heiligen Geistes.

Später half ihr ihre Mutter, die dem Champagner zugesprochen hatte, den sie so gern mochte, aus dem weißen Hochzeitskleid.

»Er soll sich ruhig Zeit lassen!«, vertraute sie ihrer Tochter in verschwörerischem Tonfall an, von Ehefrau zu Ehefrau. Und dann, ein Lachen über ihren tollen Scherz unterdrückend, zwinkerte die Mutter ihr verschmitzt zu und erzählte ihr im Flüsterton den Witz über den feurigen Bräutigam.

» … Nach drei Tagen zog er die Jalousie wieder hoch …!«

»Ach, Mama!« Pat lachte, Freudentränen in den Augen, als sie den schelmischen Gesichtsausdruck ihrer Mutter sah.

»Ach, Mama, du bist unverbesserlich!«

Das war lange her. Sie war entschlossen gewesen, eine gute Ehe zu führen, hatte sich in die Arbeit gestürzt, das Haus eingerichtet, Kinder bekommen, gelernt, eine gute Ehefrau und Gastgeberin zu sein. Vor der Geburt der Kinder besuchte sie Kochkurse, probierte immer wieder neue Rezepte aus. Und sie hatte Erfolg, ihre Ehe funktionierte, sie brachte Gerry zum Lachen, er war mit ihr zufrieden und sie mit sich, weil sie ihn zufrieden stellte. Solange sie das tat, ging die Ehe gut. Doch als sie ihre Bemühungen, es ihm recht zu machen, einstellte, als sie ausgelaugt war, als ihre innere Leere sich nicht länger ignorieren ließ, da wartete sie darauf, dass von ihm etwas kam – Annäherungsversuche, Liebesbekenntnisse, seelische Unterstützung, Anregungen.

Aber es kam nichts. Sie unterdrückte den Impuls, die Leere mit hektischer Betriebsamkeit zu füllen. Sie nahm Abstand, um die Beziehung beurteilen zu können, auf der sie ihr Leben aufgebaut hatte; und da begann ihr zu dämmern, dass es gar keine Beziehung war. Ihren Mann und sie verband nur eine Illusion, die auf seinen Erwartungen an die Ehe beruhte – das, was ihm, wie er meinte, zustand – und auf ihren eigenen Projektionen, die sie willentlich aufrechterhielt.

Gerry hatte in seinem Beruf großen Erfolg. Sie hatten zwei Kinder. Nach außen hin waren sie ein erfolgreiches Paar, passten gut zusammen, waren zufrieden. Heute Abend gaben sie eine Dinnerparty, eine von vielen.

Inzwischen hasste Pat diese Partys geradezu. Gerry kündigte immer am Tag zuvor an, es kämen Gäste zum Abendessen. »Ich habe für morgen ein paar Leute eingeladen, Pat.« Von da an war die Sache Pats Problem. Gerry erwartete ein schönes Essen, und dass seine Frau die Rolle der Gastgeberin spielte, geistreich plauderte, schön anzusehen war, ihm alle Ehre machte. Seine Gäste waren in der Regel Klienten, Menschen, die fürs Geld lebten, von Geld träumten, so dass die Atmosphäre gleichsam damit aufgeladen war. Nach einem gelungenen Abend sagte er dann: »War nett heute, Pat«, mit der Miene eines Mannes, der weiß, was sich gehört, und verschwand in seinem Arbeitszimmer.

Manchmal blieb Pat, nachdem alle gegangen waren, vor der erlöschenden Glut des Feuers sitzen und sehnte sich vergeblich nach einigen ruhigen Augenblicken mit ihm, einer kleinen Atempause friedlicher ehelicher Zweisamkeit. Als Gast war ihr Joan eine willkommene Abwechslung. Pat mochte sie, kannte sie flüchtig von früher, vom Studium, als Joan im ersten Semester war und sie kurz vor der Abschlussprüfung stand. Joan würde lächeln, ihre Freude über die Beförderung nicht zu deutlich zeigen, die neue Teilhaberin bei Galligan und Ryder, Anwälte und Notare. Joan hatte den beiden gehörige Angst eingejagt, als sie ihnen kürzlich mit Kündigung drohte. Das hätte sie schon eher machen sollen. Ihr Mann war auch eingeladen, hatte sich aber entschuldigt.

Ihm ging es gesundheitlich nicht gut. Pat hatte ihn nur einmal gesehen, als sie ihm und Joan an einem Samstagvormittag zufällig bei Eason's begegnete. Er war Künstler.

»Ein Spinner!«, war Gerrys Urteil gewesen, als Patricia einmal fragte, wie er denn so sei. »Meiner Meinung nach passen die beiden überhaupt nicht zusammen! Sie ist durch und durch pragmatisch, und er ein Traumtänzer!« Pat nickte, aber gleichzeitig war ihr klar, dass sie nichts über Joans Ehe wusste.

»Man weiß nie, was Menschen aneinander finden. Sie könnten auch sehr gut zusammenpassen!« Sie sah Gerry herausfordernd an. »Wahrscheinlich ist er ein wunderbarer Liebhaber«, fügte sie verschmitzt hinzu, aber Gerry rümpfte die Nase. Ein wunderbarer Liebhaber zu sein war völlig ohne Bedeutung.

»Woher willst du wissen, dass er ein Spinner ist?«, fragte sie dann.

»Da brauche ich ihn nur anzusehen!«, meinte Gerry. »Diese bärtigen Typen haben immer etwas zu verbergen!«

Heute Abend würde Gerry gewiss nett zu seiner neuen Teilhaberin sein; die Bemerkungen hinter ihrem Rücken würde Joan nicht mitbekommen.

»Arbeitet wie ein Pferd ... sieht aus wie ein Mauerblümchen ...«

Gerry beurteilte das Leben nach seiner persönlichen Werteskala: Reichtum, beruflicher Erfolg, schönes Haus, großes Auto, Vaterschaft, gut aussehende Frau – in dieser Reihenfolge. Es war eine Art Erfolgsliste, auf der er das Erreichte abhakte. Und je mehr er abhaken konnte, umso zufriedener war er. Das Leben war für ihn eine geometrische Reihe von Erwerbungen.

Pat hörte, wie ihre Tochter Orla in ihrem Zimmer herumhantierte. Pat hatte ihr nicht erlaubt, zu einer ›Party mit Übernachten‹ bei einer Freundin zu gehen. Die Eltern der Freundin waren übers Wochenende in London.

»Das ist ungerecht – Simon darf schon weggehen!«

»Simon geht nicht auf eine Party!«

»Was hast du denn gegen Partys?«
»Nichts, solange die Eltern zu Hause sind!«
»Die Party ist nur für Mädchen!«
»Tatsächlich?«
Orla war jetzt siebzehn, ziemlich störrisch, bald mit der Schule fertig, auf der Suche nach sich selbst, rebellisch. Bis vor kurzem hatte Orla Jura studieren wollen, wie ihr Vater, aber dann hatte sie diesen Jungen kennen gelernt, der sie anscheinend faszinierte.

»Das nächste Mal habt ihr bestimmt mehr Glück, dann bekommt ihr euren Sohn und Erben«, hatte einer von Gerrys Freunden zu ihr gesagt, als Orla zur Welt gekommen war – als hätte sie einen Luftballon geboren, als wäre ihr Bauch nur mit Wind aufgepumpt gewesen und hätte nicht dieses Wesen aus Willen und Feuer beherbergt, ihre Tochter. Pat hatte all das in ihr gesehen, damals am ersten Tag, den Willen und das Feuer, und darum gebetet, dass nichts – kein Glaube, keine Liebe, kein wahnhaftes Sichaufopfern – diesen Willen brechen möge.

Orla wuchs heran, hielt sich schon für erwachsen, eingehüllt in eine Aura der Unschuld. Fast jeden Tag holte sie ein Junge mit schwarzer Lederjacke und Motorrad von der Schule ab. Einige Tage zuvor war sie erst nach Mitternacht heimgekommen.

»Wo warst du, Orla? Ich habe mir wahnsinnige Sorgen gemacht.«

»Och, nur mit Mick unterwegs.« Gereizter Tonfall. Mutter langweilte schon wieder, war besitzergreifend, unvernünftig. Das junge Gesicht erhitzt, die Kleidung unordentlich. Nur nicht überreagieren; sie ist siebzehn und weiß Bescheid. Was sie noch nicht weiß, wird sie lernen; da muss sie selbst durch. Ich hoffe, sie ist nicht schwanger, ganz zu schweigen von den anderen Möglichkeiten. Als ich versuchte, mit ihr darüber zu reden, ist sie ausgeflippt. Ich könnte den Kerl umbringen. An dem Abend, als ich auf Orla wartete, sah ich ihn vom Fenster im ersten Stock aus, im Licht der Straßenlaterne, ein anmaßender Kerl. Küsst meine Tochter, als wäre er der Herr. Orlas Körpersprache signalisiert Unterwerfung, weil sie es für bedeutsam hält. Sie will, dass es auch für ihn etwas Besonderes ist, dass er sie anerkennt. Glaubt sie etwa, sie sei verliebt? Gibt sie sich ihm hin, einem solchen Tier? Der ganze Willen und das Feuer verraucht wegen diesem aufgeblähten kleinen Widerling in der Lederjacke. Mit ihr reden? Aber ich muss. Ich hätte das nicht so laufen lassen sollen.

Und Simon, mein Sohn, ist heute Abend ausgegangen, übernachtet bei einem Freund. Sechzehn ist er, groß geworden, männliche Stimme, aggressiv wie der Teufel. Mutter ist der Feind; der Mutter muss ich's zeigen. Mit dem Vater legt er sich nicht an. Schlaues Bürschchen!

Ich war auch einmal siebzehn, mit der Schule fertig, ging aufs College, studierte, sah die Zukunft vor mir. Und Paddy war da. Neben mir in der Bibliothek, beim Twist-Tanzen in der Aula, beim Küssen im Säulengang des Newman House unter dem traurigen Steinlöwen und im Park auf der anderen Straßenseite. Petting in den Dünen von Dollymount; durch den Sand rennen, mehr auf der Flucht vor mir selbst als vor ihm, auf der Flucht vor der Verwirrung, dass ich das Verbotene will, und der Unsicherheit, nicht zu wissen, ob ich dennoch danach greifen soll. Und Glendalough. Die Nacht in Glendalough mit dem Lied des Wassers …

»Ich liebe dich, Patricia O'Hehir«, sagte er.

»Heirate mich! Komm schon, sag ja«, drängte er am nächsten Tag, als sie nach Hause trampten. Diese Frage stellte er mitten auf der Straße zwischen Laragh und Annamoe, und die Landschaft um sie herum lächelte dazu, weiß blühten Kastanien und Weißdorn, weiß blühte der Silberwurz im Straßengraben.

»Vielleicht.« Sie lachte vor Freude. »Es könnte schon sein!« Was war schief gegangen? Der blöde Streit. Eifersucht, brennende Eifersucht. Susan Carton. Jemand hatte ihr zugetragen, er sei mit Susan ausgegangen, er hätte sich an sie rangemacht. Susan war Gasthörerin, sie besuchte einzelne Vorlesungen, hatte sich aber nicht für den Studiengang eingeschrieben. Susan hatte einen schlechten Ruf. Pat war übers Wochenende zu Besuch bei ihren Großeltern gewesen, und als sie wiederkam, hatte jemand nichts Eiligeres zu tun, als ihr zu erzählen, Paddy und Susan seien zusammen gesehen worden.

»Bist du mit Susan Carton ausgegangen?«

»O Gott! Wer hat dir das erzählt?«

»Ist doch egal wer! Warst du mit ihr aus?«

»Es spielt keine Rolle. Wir waren auf einer Party. Sie hat mich eingeladen. Es ist nicht wichtig!«

»Hast du mit ihr geschlafen?«

Er konnte ihr nicht in die Augen sehen. »Um Himmels willen, wofür hältst du mich eigentlich?« Aber sie merkte, dass er innerlich bebte, dass er nicht ganz die Wahrheit sagte.

Danach hatten sie eine Woche lang nicht miteinander gesprochen. Sie war krank vor Eifersucht, fühlte sich hintergangen. Obwohl sie nach drei Tagen wusste, dass sie ohne ihn nicht leben konnte, ließ sie sich am Telefon verleugnen, ging ihm an der Uni aus dem Weg, verließ die Bibliothek, wenn sie ihn kommen sah.

»Wie konnte er nur? Wie konnte er nur? Ausgerechnet mit ihr ausgehen! Mit ihr schlafen! Hat er mit ihr geschlafen? Ich halte das nicht aus ...«

Ihre Mutter bekam den Auftrag zu sagen, Pat sei nicht zu Hause, wenn er anrief. Er sprach sie in der Main Hall an, aber sie ließ ihn stehen und ging mit Gerry Galligan weiter, einem Jurastudenten, den sie aus einem ihrer Clubs kannte.

Gerry war seit Monaten hinter ihr her; jetzt benutzte sie ihn als Instrument ihrer Rache. An der Tür warf sie einen Blick zurück, sah Paddys Gesicht, verletzt, wütend, und sie lachte, mehr aus Verzweiflung als aus irgendeinem anderen Grund; und Gerry nahm sie an der Hand und lud sie bei Bewley's in der Grafton Street zum Kaffee ein. Mit Gerry wollte sie Eindruck schinden. Sie interessierte sich nicht für ihn, ging aber trotzdem mit ihm ins Kino. Er hielt ihre Hand, als sie die O'Connell Street hinunter zum Savoy gingen. Paddy sah sie erst, als er direkt vor ihnen stand. Sie blieb stehen und bekam plötzlich Angst, dass sie den Bogen überspannt hatte, wollte mit ihm reden, ihm erklären, dass sie sich nur aus Wut so verhielt, dass sie ihn liebte und sonst nichts zählte. Aber er hatte nur den Schritt beschleunigt, Gerry zugenickt und ihr einen verächtlichen, vorwurfsvollen Blick zugeworfen.

Danach rief er sie nicht mehr an. Allmählich geriet sie in Panik.

Dann sah sie ihn mit Susan. Er ignorierte sie und wandte sich Susan zu; in der Bibliothek ging er an ihr vorbei und direkt zu Susans Platz. Susan mit den schönen Kleidern und dem perfekten Pfannkuchen-Make-up, die blauen Augen sorgfältig geschminkt und ganz dick Wimperntusche. Susan, die gewinnend lächelte, Susan, die Verführerin. Susan mit den reichen Eltern. Heirate mich und das alles gehört dir. Schenk mir einen goldenen Ehering und schau, was du dafür bekommst! Diesen weiblichen Körper, diesen femininen Geist und dazu noch das Bankkonto!

So war der Streit eskaliert, der Stolz siegte, sie verloren einander und er machte zu gegebener Zeit Susan einen Antrag. Susan sagte ja, und sie, Patricia, rasselte durch ihr Examen.

»Du kannst es im Herbst wiederholen«, meinte ihre Mutter, versuchte ihre Enttäuschung zu verbergen, spendete freundlich Trost.

»Jedem geht mal etwas schief. Das Wichtigste im Leben ist Beharrlichkeit.«

»Nein.«

Sie wollte die Prüfung nicht wiederholen. Sie ging zur Trauung, saß ganz hinten in der neobyzantinischen Universitätskirche und etwas starb in ihr.

»Willst du, Patrick, diese Frau zu deiner rechtmäßigen Ehefrau nehmen …?«

Gerry nutzte die Gunst der Stunde. Sie heiratete ihn, sobald er sein Examen in der Tasche hatte, seine erste Stelle antrat. Voll enttäuschter Leidenschaft warf sie sich in seine Arme, doch ihre Gefühle prallten an ihm ab. Von Leidenschaft hatte er keine Ahnung. Das war keine Ware, deren Wert sich in Mark und Pfennig berechnen ließ. Mit Erfolg hatte Leidenschaft nichts zu tun, sie war peinlich und unerheblich.

Gerry war kalt wie ein Fisch. So war es und nicht anders. Lange Zeit hatte sie versucht, eine richtige Beziehung aus ihrer Ehe zu machen. Nach einer Weile hatte sie den Versuch zwar aufgegeben, aber es hatte Jahre gedauert, bis sie es kapierte, bis sie begriff, dass es immer so sein würde. Dass er niemals ihr Freund oder ihr Kamerad oder ihr Geliebter werden konnte. Dass sie in der Falle saß. Er verlangte nichts von ihr, nur gelegentlichen Beischlaf, ihre Fähigkeiten als Gastgeberin, Kinder und den schönen Schein, um die Welt zu beeindrucken. Er bemaß ihr ein großzügiges Taschengeld, bezahlte eine Haushaltshilfe; wenn sie sich beklagte, sagte er, sie sei hysterisch und lächerlich, meinte, das läge am Alter, sie solle einen Arzt aufsuchen. Aber das lehnte sie ab.

»Ich will kein Valium!«

»Was willst du dann?«

»Ich will wissen, wer du bist! Ich will an deinem Leben teilhaben, unserem Leben, wissen, was du fühlst, was du denkst. Ich will einen Geliebten, ich will die Kraft, die wir einander geben könnten.«

Mit müdem, gereiztem Gesichtsausdruck verließ er den Raum.

An jenem Abend hatte sie noch einen letzten Anlauf gemacht. Sie hatte über die Zukunft nachgedacht, die Jahre, die vor ihnen lagen, wenn die Kinder erst groß waren und niemand mehr im Haus wäre außer ihnen beiden. Und bei dem Gedanken fühlte sie sich so einsam und leer, dass ihr schauderte.

»Gerry, legst du den Arm um mich?«, bat sie schüchtern und mit großer Selbstüberwindung, weil es dabei auch um ihren Stolz ging. Aber er drehte sich im Bett um und bemerkte mit kalter, gereizter Stimme: »Pat, wenn du glaubst, dass du das, was du suchst, woanders bekommst, kannst du es gerne versuchen! Es existiert einfach nicht!«

Sie war nach unten gegangen und hatte auf der Couch geschlafen.

Als er an diesem Abend heimkam, sah sie, wie erschöpft er war; einem Impuls folgend murmelte sie: »Gerry, du siehst müde aus.« Aber auf seinem Gesicht zeigte sich keine Regung; er war mit den Gedanken woanders. Der Tunnymore-Vertrag machte ihm Sorgen; der Deutsche schien es sich anders überlegen zu wollen. Ein großes Geschäft stand auf dem Spiel mit einer fetten Provision. Gerry ging ins Wohnzimmer und schenkte sich einen Drink ein.

»Ich möchte auch einen«, sagte Patricia.

Aber er folgte ihrer Bitte nicht, sondern sah sie nur mit schmerzlichem Gesichtsausdruck an. »Zieh dich an, Pat. In einer Stunde sind die Gäste hier.«

Sie fühlte sich sofort auf den Status der Ehefrau, der Hausfrau reduziert. »Ich bin angezogen«, gab sie schnippisch zurück.

Ohne ein Wort zu sagen, blickte er von seiner Zeitung auf und musterte sie in ihrem Rock und Pullover. Patricia sah weg.

Plötzlich bekam sie Angst. Seine Augen waren so kalt, dass ihr ein Schauder den Rücken herunterlief. Es würde mir nichts ausmachen, vor einem Mann Angst zu haben, der mich erregt, dachte sie. Schon komisch. Das wäre eine Herausforderung, vielleicht sogar eine Art Sicherheit. In so einer Angst könnte ich wachsen. Ich könnte sie in etwas anderes verwandeln.

Manchmal sah sie sich die Geschäftsfreunde näher an, die er mit nach Hause brachte, Männer in teuren Anzügen und Seidenkrawatten; manche machten verstohlene Annäherungsversuche, eine Hand auf ihrem Knie unter dem Tisch, ein scheinbar freundschaftlicher Griff um die Taille. Sie hätte nur darauf einzugehen brauchen. Aber bei näherer Betrachtung sah sie, dass für diese Männer genau wie für Gerry nur Ego und Geld zählten; sie, Patricia, wäre nur eine Beute gewesen. Die meisten waren verheiratet, manche von ihnen gewiefte Frauenhelden.

Sie hatte sich nach oben in ihr Zimmer zurückgezogen, das kleine Schwarze aus dem Schrank geholt, das ihr so gut stand, mit angefeuchteten Fingern Make-up aufgetragen, damit sich das verdammte Zeug besser verteilte. Ein wenig blauer Lidschatten, ein Hauch Wimperntusche, pflaumenfarbener Lippenstift. Mit ihrer selbst geschaffenen Maske machte sie sich unkenntlich. Sie begann sich für die Verwandlung zu interessieren, wie die Augen leuchtender, die Lippen rot und feucht wurden. Sie zog einen Schmollmund, einen Bardot-Schmollmund, vor dem Spiegel. Dann prustete sie los, lachte über die verrückte Frau hinter der Maske. Für einundvierzig sah sie nicht übel aus. Man braucht gar nicht alt zu werden. Das spielt sich alles im Hirn ab. Ein paar Falten fallen nicht auf. Sie bürstete ihre Haare, die dicht und glänzend und immer noch kastanienbraun waren; die paar grauen Strähnen ließ sie sich beim Friseur färben. Sie zog das schwarze Kleid an, drehte sich vor dem Spiegel, betrachtete ihre schlanke Gestalt: Diese weltkluge Person, die sie nicht war, die nichts gemein hatte mit der Frau, die sich so leer fühlte, die einen erfolgreichen Mann und zwei Kinder und eine Flasche Wodka in der Wäscheschublade hatte.

Paddys Briefe bewahrte sie woanders auf, in einem kleinen Geheimfach ihrer viktorianischen Kommode, das keinen Knauf hatte, dessen Sicherung sich aber auf Druck öffnete. Da lagen sie lose aufeinander gestapelt, Briefe, die er ihr in den Ferien geschrieben hatte, Zettel mit Gedichten. Patricia nahm sie nur selten heraus; das war gar nicht nötig. Sie kannte sie ohnehin auswendig. Nach seiner Heirat hatte er sogar damit begonnen, ihr Weihnachtskarten zu schicken: »mit besten Grüßen von Susan und Paddy«. Anfangs hatte sie die Karten verbrannt; und dann, nach ein paar Jahren, stellte sie sie zu den anderen auf den Kaminsims und warf sie nach Weihnachten ebenso wie die anderen weg.

Sie hatte ihn vergessen. Er gehörte der Vergangenheit an; er führte jetzt das Leben, das er sich in London und Paris aufgebaut hatte; er gehörte zu Susan und seiner Familie.

Und doch war er ihr manchmal, ohne dass sie es wollte, ganz gegenwärtig; Worte aus seinen Briefen, aus dem Gedicht, das er ihr nach dem Campingausflug nach Glendalough geschickt hatte, kamen ihr plötzlich in den Sinn:

… und fände ich
im Schweigen bald die Antwort
auf alles, was mich schmerzte und verwirrte –
warum du so warst und die Nacht so schön
und so nah meinem Herzen der Wald.

Worte von Rupert Brooke oder von anderen Dichtern: Wordsworth, Eliot, Auden, Yeats. Damals hatte er sie zum Vergnügen gelesen, im Lehrplan für Maschinenbau kamen sie nicht vor.

Als sie Gerry geheiratet hatte, hatte sie den Versuch unternommen, ihn für Lyrik zu interessieren; aber er hatte nur gelacht und einen albernen Reim aufgesagt: »›Im Frühling, wenn der Schnee am Bach taut,/ Ihr Nest die Schwalbe unterm Dach baut …‹ Für so ein Zeug kannst du dich doch nicht allen Ernstes begeistern!«

»Tu ich auch nicht!«

Er nahm den Gedichtband zur Hand, den sie gerade las. »Was ist das?«

»Die *Rubaijat* des Omar-i-Khajjam.«

Er lachte auf und las mit Fistelstimme, jede Silbe höhnisch betonend, ein paar Zeilen daraus vor.

Hoch überm Firmament sucht ich die Quelle
Von Vorbestimmung, Paradies und Hölle.
Da sprach mein weiser Lehrer: »Freund, in dir
Allein sind Kismet, Paradies und Hölle.«

Er hielt inne, sah sie über den Brillenrand hinweg an und grinste herablassend. »Was für ein alter Käse ist denn das?«

»Das ist kein Käse«, rief Patricia. »Es ist wunderbar. Schau, dieser Mann hat im zwölften Jahrhundert in Persien gelebt …«

»Ach so, ein Kümmeltürke!«, bemerkte Gerry vielsagend; damit war für ihn alles klar und er wandte sich wieder seiner Zeitung zu.

Und mit der Zeit begriff sie, dass alles, wirklich alles, was mit Gefühlen und seelischen Regungen zu tun hatte, dieselbe Reaktion bei ihm hervorrief. Vernichten. Vernichten. Wie ein emotionsloser Kampfroboter! Die Kontrolle behalten. Das Seelenleben ausbrennen, mit Hohn und Spott abtöten, mit Verachtung zudecken.

Sie hörte die Türglocke, die Stimmen in der Eingangshalle. Panik. Larry und Virginia und diese verdammte Joan de Barra, die perfekte Anwältin. Sie griff in ihre Wäscheschublade, wühlte zwischen den Baumwollschlüpfern, fand die Flasche, nahm einen kräftigen Schluck, schraubte den Verschluss wieder zu und stieg die Treppe hinunter. Kopf hoch.

Gerry, der an der Tür stand, musterte sie misstrauisch aus schmalen Augen.

»Larry, wie schön dich zu sehen, mein Lieber ... und Virginia, elegant wie immer.« Sie küsste die beiden auf die Wange und dachte, mein Gott, wie ich dich hasse, Pat, du Heuchlerin. Sie hatte nichts für Larry übrig. Er war aus demselben Holz geschnitzt wie Gerry, aber er legte noch dazu eine bewusste Oberflächlichkeit an den Tag, die Patricia auf die Nerven ging.

Virginia zuckte zusammen. Anscheinend roch sie den Wodka. Sie zog ihren Mantel aus und gab ihn Gerry, der ihn zur Garderobe trug. Hastig musterte sie sich im Spiegel, zog Vergleiche. Ich bin zehn Jahre jünger als diese Frau, sagte Virginias selbstgefälliger Blick.

Patricia sah den Blick und interpretierte ihn richtig. Keine Angst, meine Liebe. Larry wird nicht lange brauchen, bis er alles Leben aus dir herausgequetscht hat. Mit deinem guten Aussehen, deiner Weiblichkeit, deiner Lebendigkeit gehst du trotzdem in die Falle: Beweisstück A, Besitzer Larry Ryder, Erfolgsanwalt. Mrs. Larry Ryder, wie gefällt dir der Titel? Und du wirst ihm das Leben versüßen, den Neid seiner

Freunde wecken und dein Körper wird Kinder für ihn produzieren, die dich nach spätestens fünfzehn Jahren ihren Hass spüren lassen. Viel Spaß, meine Kleine.

»Ist Joan schon da?«, wollte Larry wissen, als Pat die beiden ins Wohnzimmer führte.

»Noch nicht.«

»Ich habe sie noch nie gesehen«, bemerkte Virginia.

Gerry kam wieder und schenkte Getränke ein. »Was möchtest du, Virginia?«

»Weißwein.«

»Larry?«

»Scotch.«

Warum sollte ich mir nicht einen Jameson genehmigen?, überlegte Patricia.

»Ich nehme einen Jameson«, sagte sie.

Gerry warf ihr einen kalten Blick zu und schenkte ihr ein wenig Whisky ein. Er mag es nicht, wenn ich trinke. Ich sollte bei Ballygowan bleiben. Das passt besser ins Bild.

Gerry ging hinaus, um die nächsten Gäste hereinzulassen. Vom Flur drangen Stimmen herein: Gerry herzlich, Joan ein wenig nervös. Patricia lächelte und bot Larry und Virginia Erdnüsse an. Virginia lehnte ab.

»Hallo, Joan.« Larry erhob sich halb, als sie hereinkam, und ließ sich dann wieder in seinen Sessel sinken. Sie trug einen schwarzen Rock und eine weiße Spitzenbluse. Während Patricia sie vorstellte, fiel ihr auf, dass Virginia ihr Gegenüber mit einem raschen Blick taxierte. Keine Sorge, Schätzchen. Die ist nicht gefährlich. Die schmeißt den Laden: Schriftsätze, Testamente, Urkunden, Scheidungsvereinbarungen – schneller als du dir die Farbe ins Gesicht pinselst. Gelegentlich plädiert sie mal vor Gericht, aber meistens sitzt sie in der Kanzlei, Tag für Tag, und liest Urkunden und es ist ein Wunder, dass ihr nicht vor tödlicher Langeweile die Augen aus dem Kopf fallen. Sie ist jünger als ich, sieht aber älter aus. Schließlich hat sie auch nicht so viel um die Ohren wie ich. Sie hat keinen Mann, der pausenlos hinter dem Geld herrennt, und keine Piranhas als Kinder. Ihr

Mann ist krank, ein Künstler, einen Sohn hat sie, ist noch ein Teenager. Sie lässt sich nicht aushalten, aber ausbeuten bis zum Geht-nicht-mehr.

»Wieviel bezahlst du Joan eigentlich?«, hatte sie Gerry einmal gefragt.

»Das geht dich nichts an, Pat.«

»Ich wette, sie bekommt nicht mehr als achtzehntausend Pfund im Jahr.«

Gerry sah sie an, las dann, ohne ein Wort zu verlieren, weiter. Da habe ich wohl ins Schwarze getroffen, dachte Patricia im Stillen.

»Was möchtest du trinken, Joan?«

»Sherry, danke.«

Gerry gab ihr ein volles Glas, das bernsteinfarben leuchtete. Joan nippte daran. Patricia musterte sie, bemerkte, dass Joan ihre beiden Kollegen mit einem gewissen Misstrauen ansah, sah die schönen Beine, die billigen Schuhe so wie auch alles Übrige, mit Ausnahme der wunderbaren Spitzenbluse.

»Deine Bluse ist schön. Carrickmacross?«

»Nein. Meine Großmutter hat sie für meine Mutter gemacht.« Joan lächelte Patricia zu, doch ihr Blick war ernst. »Die ist mehr oder weniger unverwüstlich.«

»Herzlichen Glückwunsch zur Aufnahme in die Sozietät.«

»Danke.«

»Tut mir Leid, dass dein Mann nicht hier sein kann.«

»Ja. Er wäre gerne gekommen. In letzter Zeit ist er oft müde.« Pat bedauerte wirklich, dass er nicht gekommen war. Gegen ein Gespräch mit ihm hätte sie nichts einzuwenden gehabt.

»Wie geht's mit seiner Arbeit voran?«

»Ganz gut.« Joan hielt inne, und Patricia hörte den Stolz aus ihrer Stimme heraus. »Eine Galerie in Paris interessiert sich für seine Arbeit!«

Pat starrte Joan an. »Wie schön! Da muss er ja was auf dem Kasten haben!«

Joan lächelte, blickte in ihr Glas. »Ja, das glaube ich auch.«

Patricia fühlte, wie ihr der Whisky zu Kopf stieg. Sie beugte sich ein wenig vor und sagte mit gedämpfter Stimme: »Die Partnerschaft war längst überfällig. Du hättest den beiden schon viel früher Feuer unterm Hintern machen sollen.«

Joan zog lächelnd die Brauen hoch und sagte nichts. Sie ließ ihren Blick durch den Raum schweifen, und Patricia sah ihn plötzlich mit ihren Augen: luxuriös, angeberisch. Der ganze Schnickschnack erschien ihr mit einem Mal ekelerregend. Die Hausbar, die Gerry gekauft hatte, war ihr schon immer zuwider gewesen, protzig dort in der Ecke mit den Whisky- und Ginflaschen. In einer anderen Nische stand der Chippendale-Schrank mit ihrer Porzellansammlung: Ansley und Coalport – eine Sammlung, die mit ein paar Hochzeitsgeschenken angefangen hatte; im Lauf der Jahre war immer mehr hinzugekommen.

»Joan leistet Großartiges für uns«, bemerkte Gerry jovial. »Auf unser gemeinsames Unternehmen.« Er hob sein Glas. Alle folgten seinem Beispiel. Der lamettageschmückte Christbaum leuchtete im Feuerschein. Virginia streckte ihre langen Beine aus und rieb sie an Larrys. Ihr Rock war geschlitzt, so dass man ihre wohlgeformten Schenkel in der schwarzen Strumpfhose sehen konnte. Joan errötete, als sie es bemerkte.

»Wie geht's deinem Sohn?«, erkundigte sich Patricia, um Joan über ihre Verlegenheit hinwegzuhelfen.

»Er lernt viel – zur Zeit für die Weihnachtsprüfungen.« Wie schön, ein Kind zu haben, das viel lernt und nicht mit einem streitet! Gesprächspause. Virginia betrachtete ihre Fingernägel. Die Torfbricketts im Kamin fielen mit einem aromatisch duftenden Funkenschauer in sich zusammen.

Schließlich stand Patricia auf. »Entschuldigt mich eine Sekunde. Ich sehe mal in der Küche nach dem Rechten. Wir können gleich essen.«

»Kann ich helfen?«, fragte Joan.

»Eigentlich nicht, aber komm ruhig mit in die Küche, wenn du magst.«

Una Foley beugte sich gerade über den Herd.

»Ich kann jetzt auftragen, Mrs. Galligan.«

Joan sah sich in der teuren Küche um. »Ein schönes Haus habt ihr.«

»Danke.«

Joan beobachtete Patricia. Sie spürte, dass die trotzige Haltung, der etwas gereizte Humor eine Maske waren. Darunter verbarg sich die pure Verzweiflung. Sie hatte Pat etwas mitzuteilen, das sie nicht in Gerrys Gegenwart hatte sagen wollen.

»Übrigens habe ich heute einen alten Freund von dir gesehen. Er hatte einen Termin bei Gerry, um einen Vertrag zu erörtern. Er wird eine Zeit lang in Irland arbeiten, bis die neue Tochtergesellschaft seiner Firma auf eigenen Beinen steht.«

»Tatsächlich ...?«

»Ich bin ihm heute Abend auf dem Korridor begegnet, als ich heimgehen wollte. Er lässt dich grüßen und will dich bald anrufen.«

Patricia drehte sich um, den Teelöffel in der Hand, mit dem sie die Soße probiert hatte. Plötzlich war sie auf der Hut. »Und – wer ist es?«

»Paddy Johnson.«

Bedächtig legte Patricia den Löffel beiseite. Sie antwortete nicht.

Später, als alle gegangen waren, sagte sie zu Gerry: »Hattest du heute viel zu tun? Irgendwelche neuen Klienten?« Gerry lag im Bett, las einen Artikel über Wirtschaftsrecht, und sie bürstete sich vor der Frisierkommode die Haare.

»Was? Neue Klienten? Nein. Warum fragst du?«

»Ach nichts. Nur, weil Joan so etwas erwähnt hat ...«

Schweigen.

»Also hattest du keine neuen Klienten?«

Er blickte auf. »Um Himmels willen, Pat, lässt du mich bitte in Ruhe lesen?« Patricia salutierte steif vor dem Spiegel. Sehnsuchtsvoll dachte sie an die Flasche in ihrer Schublade. Sie sah sich im Zimmer um. Das gedämpfte Licht der Lampe fiel auf Gerrys Fachzeitschrift und auf seine gänzende Halbglatze. In seiner Brille spiegelte sich ein hellblauer Schimmer. Seltsamerweise war sein Gesicht immer noch jungenhaft, obwohl die ihm verbliebenen Haare schon ganz grau waren. Konzentriert zog er die Stirn in Falten; er widmete sich allem, was mit seiner Arbeit zu tun hatte, mit voller Konzentration. Ihren forschenden Blick bemerkte er nicht. Der gegenwärtige Augenblick legte sich wie eine zentnerschwere Last unerträglicher Leere auf sie. Überdeutlich spürte sie das Schweigen, das vollkommene Schweigen, das sich bis in den letzten Winkel ihrer Existenz ausbreitete. Sie ging zum Schrank und holte ein dickes Schulheft aus dem Regal, setzte sich an die Frisierkommode und begann zu schreiben.

Sie nannte ihr Notizbuch *Die Pferdeohren*, in Anlehnung an die irische Sage von dem Mann, der herausgefunden hatte, dass der König Pferdeohren hatte; er wusste, dass sein Leben verwirkt war, wenn er jemandem die Wahrheit gestand, und weil er es nicht mehr aushielt, das Geheimnis für sich zu behalten, erzählte er es einem Baum.

Nach einiger Zeit blickte Gerry von seiner Lektüre auf. »Was schreibst du denn da?«

»Briefe.«

»Komm ins Bett.«

Patricia klappte das Heft zu, das keinerlei Briefe enthielt. Sie räumte es fort und ging ins Bett. Gerry löschte das Licht. Dann zog er seine Schlafanzughose aus, um in seiner pedantischen Art mit ihr zu schlafen. Patricia dachte daran, was sie in ihr Heft geschrieben hatte, und fragte sich, was er wohl sagen würde, wenn er es jemals läse. Dass sie verrückt war? Ja. Das würde er sagen.

3. Kapitel

Mein Gott, warum hat uns niemand vorher gesagt, wie eine Geburt abläuft? Es hat achtzehn Stunden gedauert, und am Ende sah ich doppelt und wollte sterben. Der Arzt kam, stand zwischen meinen Beinen und unterhielt sich mit den Schwestern über eine Krankenhausparty. Ein oder zwei Mal geruhte er zu bemerken, dass ich es war, die da lag, und nicht nur ein Klumpen Fleisch.

»Pressen, Mrs. Galligan« – als hätte ich etwas anderes tun können! Es war mir zuwider, wie er dastand, in meine blutende Scheide starrte und sich mit den Schwestern über Belanglosigkeiten unterhielt, während mein Fleisch riss und ich halb rasend wurde vor Schmerz.

»Braves Mädchen«, sagte er.

Wie hätte er sich gefühlt, wäre er so dagelegen, nackt von der Taille abwärts, die Füße in Steigbügeln? Wie hätte er sich gefühlt, wenn er Leben schenkt, und jemand sagt zu ihm »Braver Junge«?

Aber die Erfahrung selbst kann man gar nicht beschreiben. Plötzlich ein Schrei, vorher ein Pfeifen, wenn Luft in unberührte Lungen strömt, und dann wird der neue Mensch, den du hervorgebracht hast, auf deinen Bauch gelegt, ganz schmierig und feucht, dein Blut in seinen Haaren. Du kannst die Augen nicht von ihm abwenden. Von Kopf bis Fuß zitterst du vor Erschöpfung. Im Innern fühlst du, dass du eine Reise zum Ende der Welt gemacht hast, dahin, wo alles anfängt. Aber die Demütigung, die sie daraus gemacht haben, ist unerträglich.

Auf jeden Fall ist es vorbei, und jetzt bin ich – Mutter. Das

Baby ist das schönste Wesen, das ich je gesehen habe. Wir nennen sie Orla.

Aus: *Die Pferdeohren*, 1972

Patricia bewahrte ihr Notizbuch, das sie ein Jahr nach ihrer Heirat begonnen hatte und in dem sie gelegentlich ihre Eindrücke festhielt, in einem Pappkarton im Kleiderschrank unter ihren Pullovern auf. In letzter Zeit trank sie erst etwas Wodka, bevor sie ihre Einträge machte; dann wieder las sie es schamerfüllt und war kurz davor, es zu vernichten. In so einem Augenblick ging ihr auf, dass sie im Unrecht war, dass sie so nicht denken durfte, dass sie das alles nicht hätte schreiben dürfen. Was sollte werden, wenn Gerry es einmal fand? Wenn er es las? Sie hatte Angst vor seiner Reaktion, vor seiner Verachtung. An anderen Tagen war ihr klar, dass Gerry, selbst wenn er es fand, nicht darin lesen würde. Es würde ihn nicht interessieren.

Der Tag nach der Dinnerparty war ein Samstag. Jedes Mal, wenn das Telefon läutete, wartete Patricia eine Weile, bevor sie abhob, und meldete sich dann mit gespielter Gleichgültigkeit. Und jedes Mal war es entweder ein Freund von Gerry oder jemand für die Kinder. Oder Nell, ihre beste Freundin, die mit einem Auktionator verheiratet war. Nell hatte einen Sohn, Peter, der mit Simon befreundet war; aber heute sprach sie von ihren Nichten, den Kindern ihrer Schwester, bei denen sie als Babysitter einsprang.

Gerry ging früh aus dem Haus. Zum Mittagessen war er verabredet und am Nachmittag gedachte er Golf zu spielen.

Simon kam mittags heim. Orla lag noch im Bett; sie hatte eine Erkältung und Patricia hatte ihr das Frühstück nach oben gebracht, die Kopfkissen aufgeschüttelt und sich auf ein kurzes Gespräch mit ihr gefreut. In ihre Tochter war sie regelrecht verliebt. Aber Orla hatte einen glasigen Blick und zeigte sich unversöhnlich. Am Abend zuvor hatte sie es nicht gewagt, sich über das Verbot ihrer Mutter hinwegzusetzen und trotzdem auszugehen, und jetzt wollte sie Pat dafür bestrafen.

Also hatte sich Pat in ihr Zimmer zurückgezogen und von dort mit angehört, wie Simon ins Zimmer seiner Schwester platzte.

»Wo ist mein Radio? Ich hab' dir schon tausend Mal gesagt, du sollst es nicht anrühren!«

Patricia hörte den Streit durch die geschlossene Tür. »Hau bloß ab. Ich nehme mir dein blödes Radio, so oft ich Lust dazu habe.«

»Du bist und bleibst ein Arschloch!« Mit diesen Worten stürmte er aus dem Zimmer, das Radio unterm Arm.

Patricia fing ihn auf dem Treppenabsatz ab. »Lass deine Schwester in Ruhe. Sie ist krank. Geh ja nicht noch einmal in ihr Zimmer. Und in diesem Haus will ich derartige Ausdrücke nicht hören.«

Simon spürte, wie sehr seine Mutter seine Schwester liebte, und hatte beschlossen, dass es ihm gleichgültig war. »Lass deine Schwester in Ruhe. Sie ist krank«, äffte er sie nach. Patricia versperrte ihm den Weg; er stieß sie beiseite. Groß und stark wie er war, fiel ihm das nicht schwer. Ich bin ein Ungeheuer, besagte diese Geste, aber ein Ungeheuer mit Macht. Darunter klagte eine leisere Stimme – liebe mich. Liebe mich, obwohl ich ein Ungeheuer bin!

Patricia hob die Hand und schlug ihm ins Gesicht. Ein impulsiver Akt aus der Wut heraus. »Versuch das nicht noch mal, junger Mann.«

Im ersten Moment sah Simon entgeistert aus, den Tränen nahe; doch dann verzerrte sich sein Gesicht und er blickte seine Mutter hasserfüllt an. »Und was willst du dagegen machen, Mutterherz? Mich aus dem Familiennest werfen? Mir die Nahrung verweigern?«

»Ich werde es deinem Vater sagen«, flüsterte Patricia, hin- und hergerissen zwischen Ohnmacht und Zorn. »Ich werde ihm von deinem Verhalten erzählen.«

»Mach doch«, sagte Simon. »Erzähl ihm schlimme Sachen über mich. Was meinst du wohl, was er dann sagt? Glaubst du, er schert sich einen Dreck darum? Lauf nur zu Dad. Oder noch besser, trink einen Schluck Wodka.

Glaubst du, Orla und ich wissen nichts von deinem Geheimversteck!« Patricia lehnte sich gegen die Wand. Sie war blass und brachte kein Wort heraus.

»Woher weißt du, was ich in meinem Zimmer habe?«, flüsterte sie nach einer Weile. Da war er aber schon heruntergegangen – mit triumphierender Miene, weil er ihr den Todesstoß versetzt hatte. Wenn er schon nicht ihre Liebe für sich haben konnte, blieb ihm wenigstens der Triumph.

Zuerst wollte sie ihm folgen, dann dachte sie, es sei besser, erst Orla zu befragen. Doch plötzlich überwältigte sie ein Gefühl der Erschöpfung und des Ekels. Sie war dieser Machtposen überdrüssig. Entweder war es Simon oder Orla – und wenn die beiden einmal Ruhe gaben, dann war es Gerry: ein unaufhörliches Gerangel um Überlegenheit. Patricia fühlte sich hineingezogen in ein Gewirr trübseliger familiärer Grabenkämpfe, in denen sie zur Gorgo wurde, weil es um Stolz und Überleben ging. All das zermürbte ihre Willenskraft.

Sie kehrte in ihr Zimmer zurück und schloss die Tür. Sonnenstrahlen fielen auf die Wand neben dem Bett und ließen das Bettgestell aus Messing aufleuchten. Die Frisierkommode mit dem bestickten Deckchen und den säuberlich aufgereihten Haarbürsten wirkte freundlich. Die Vorhänge wurden von Bändern in derselben Machart gehalten.

Ich weiß, es ist ein schöner Raum. Aber das weiß ich so wie ich weiß, dass die Erde rund ist. Ich erlebe es nicht. Dieses Zimmer, dieses Haus mit den teuren Möbeln, das alles ist völlig bedeutungslos.

Es tat so weh. Der Gedanke an Simon, fast ein junger Mann jetzt, an der Schwelle zum Erwachsensein. Patricia war eine Frau. Er hatte den Drang, sie zu beherrschen, ihren Freiraum einzuengen. Er glaubte, es sei von seiner Gnade abhängig, ob sie ein Dasein in Würde führen durfte. Die Situation war ausweglos, weil sie seine Mutter war. Sie hatte Macht über ihn, und das ertrug er nicht. Von seinem Vater nahm er manches zähneknirschend hin, von ihr nicht. In dieser Kontroverse zählte nichts anderes mehr, weder die Verbundenheit zwischen Mutter und Kind noch die Jahre, die sie für ihn gesorgt hatte.

Was sie am meisten erschreckte war, dass sie nichts mehr für ihn empfand außer Abneigung und einer hartnäckigen Duldsamkeit. Eines Tages würde es vorbei sein. Irgendwann würde sich das Ungeheuer in einen Menschen verwandeln. In der Zwischenzeit nutzte es andere aus, um sein brüchiges Selbstbild zu stärken. Wenn Simon seiner Mutter mit unverschämtem Betragen weh tun konnte, war er da nicht Gott? Ich kann ihn nicht rausschmeißen; das verdammte Haus gehört mir nicht einmal. Und obwohl er es nicht wahrhaben will, ist er noch ein Kind. Aber ich mache das jetzt schon seit Jahren mit, und ich will auch leben.

Sie griff in die Schublade und holte den Wodka heraus. Wann hatte sie eigentlich angefangen zu picheln? War es ein Jahr her oder ein halbes? Nur ein bisschen, mein Gott, nur einen Schluck. Ich will von dem Zeug ja nicht abhängig werden. Aber ein Gläschen macht die Langeweile und den Schmerz erträglicher.

Später am Nachmittag würde Patricia einen Einkaufswagen durch die Regalreihen im Supermarkt schieben. Sie kaufte nicht gern ein – am allerwenigsten Lebensmittel; so ein Metallmonster vor sich herschieben, das an jeder Kurve streikt, ein Produkt nach dem anderen einladen: Fleisch, Gemüse, Käse, Obst, Konserven, Cornflakes, Tiefkühlkost, Klopapier, Zahnpasta, Waschmittel. Einmal in der Woche ging sie einkaufen, machte die Runde durch die Regalzeilen, warf die Sachen in den Wagen, stellte sich an der Kasse an, bezahlte, holte den Einkauf aus dem Kofferraum, wenn sie heimkam, verstaute ihn im Kühlschrank, im Gefrierschrank, in den Regalen ihrer hochmodernen Einbauküche aus Eichenholz, deren Perfektion sie inzwischen auch schon verabscheute. Und dann setzte sie sich an den Tisch und trank eine Tasse Kaffee. Genau wie die braven kleinen Hausfrauen aus der Werbung. All die hirnlosen Frauen. Warum muss man Frauen immer hinstellen, als wären sie geistig minderbemittelt?

Also genehmigte sie sich heute, weil sie das Einkaufen so sehr hasste, vorher noch ein Schlückchen Wodka; nicht zu viel, nur um die Langeweile zu vertreiben, einen Augenblick der Euphorie zu erleben.

Im Supermarkt war ein riesiger Christbaum aufgestellt; Nippes, Rauschgold und »Jingle Bells«-Klänge lagen in der Luft. Patricia blieb stehen, verglich verschiedene Markenartikel miteinander, rollte den Wagen zum nächsten Regal, beobachtete sich selbst, als wäre sie eine Videokamera irgendwo über oder hinter ihr. Pat leistet heute gute Arbeit, summte sie vor sich hin. Pat liest die Zutatenauflistung ganz genau. Selbstverständlich. Pat sorgt dafür, dass Seine Kaiserliche Wichtigkeit und die beiden Piranhas nicht durch irgendwelche Lebensmittelzusätze vergiftet werden ...

Da rummste es: ein Auffahrunfall zweier Einkaufswagen, das dumpfe, selbstzufriedene Klirren von Glas. »Oh, das tut mir aber Leid«, sagte sie zu der Frau im glänzenden Regenmantel, die den anderen Wagen schob. »Ich sollte besser schauen, wo ich hinfahre. Was habe ich kaputtgemacht?«

Im Sitz des Einkaufswagens hockte ein Kind mit Eiscremespuren am Mund. Der kleine Junge fing an zu heulen.

»Sei still oder es setzt was«, wies die Mutter das Kind zurecht. Sie sah Patricia an. »Nur ein paar Wassergläser. Die taugen eh' nicht viel. Ich tausch sie rasch gegen heile ein.« Die beiden Frauen starrten einander an.

»Kennen wir uns nicht von irgendwoher?«, fragte Patricia und versuchte, das Gesicht ihr gegenüber einzuordnen, die braunen Augen, das schiefe Lächeln, die Lachfältchen. Beide Frauen runzelten die Stirn, dann lachten sie.

»Ich weiß, wer du bist«, sagte die Frau plötzlich. »Warst du nicht auf der St. Anne Schule? Warst du nicht im sechsten Jahr Vertrauensschülerin, als ich im ersten war ...? Patricia O'Hehir!«, fügte sie triumphierend hinzu. Pat nickte. »Natürlich!« Sie versuchte die Gesichter aus ihrer Schulzeit vor ihrem geistigen Auge Revue passieren zu lassen. Die meisten hatte sie längst vergessen.

»Einmal hättest du mich beinah verpfiffen!«, fuhr die Frau mit kummervoller Miene fort. »Du hast unsere Klasse für Schwester Martha beaufsichtigt, und ich habe einen Papierpfeil geworfen, der dir in den Haaren hängen blieb …«

Patricia lachte. Plötzlich sah sie das runde Gesicht einer Dreizehnjährigen vor sich, die als der größte Wildfang der unteren Klassen galt.

»Du hast es durchgehen lassen, warst aber ganz schön sauer!«

»Ich war Vertrauensschülerin!«, sagte Patricia in feierlichem Ton. »Das Leben war eine ernste Sache … Wie heißt du noch mal?«

»Sarah … früher Dempsey. Jetzt O'Toole.« Sie sah Patricia an und fügte dann hinzu: »Im Grunde hatte ich eine strenge Hand bitter nötig! Damals dachte ich, ich könnte mein Leben lang den Clown spielen!«

Sie sah müde aus. Ihre dunklen Haare waren strähnig und sie hatte Ringe unter den Augen. Auf ihrer rechten Wange war ein deutliches Mal zu sehen. Es war mit Make-up überdeckt, aber unverkennbar.

Patricia ging mir ihr zu den Haushaltswaren, half die richtigen Gläser herauszusuchen, ein Sechserpack im Karton. Die zerbrochenen wurden zurückgestellt.

»Hättest du vielleicht Lust auf einen Kaffee?«, fragte Patricia und wies mit einer Kopfbewegung auf die Cafeteria. »Ich jedenfalls könnte einen gebrauchen.«

Sarah zögerte. »Ich würde gern, aber so viel Zeit habe ich nicht. Ich muß heim. Die Kinder stehen sonst zu Hause vor verschlossener Tür.«

»Wie viele Kinder hast du?«

»Drei!« Sarah warf einen Blick auf die Uhr. »Na ja, auf eine schnelle Tasse …«

Patricia holte den Kaffee und zwei Stück Schwarzwälder Kirschtorte und stellte alles auf den Tisch. Sarah zierte sich zunächst, aß die Torte dann jedoch mit Genuss, obwohl sie wegen der Kalorien jammerte.

»Ich esse schrecklich gern Süßes.«

Patricia kostete von dem anderen Stück und fütterte schließlich das Kind damit. Der kleine Junge grapschte sich den Löffel und schaufelte sich Torte in den Mund, so dass ihm die Schokolade am Kinn und zwischen den Fingern klebte.

»Dara ist unglaublich gefräßig«, meinte Sarah. »Gib ihm bloß nichts mehr davon.«

Dann sprachen sie über ihre Kinder und ihr Zuhause und Sarah wartete mit ein paar Namen auf – ob sich Pat an die und die aus der Schule noch erinnere? Dann erwähnte sie eine Mitschülerin, die bei einem Unfall ums Leben gekommen war, eine, die an Krebs gestorben war, und eine dritte, die zu einem richtigen Fernsehstar avanciert war. »Erinnerst du dich an sie? Die war doch eigentlich eine graue Maus!«

Wir sind wie Soldaten, dachte Pat. Man hat uns in eine Schlachtordnung gestellt. Jetzt kann man allmählich die Gefallenen und die Heldinnen unterscheiden; und die übrigen kapitulieren einfach oder kämpfen weiter.

»Kaufst du immer hier ein?«, fragte Patricia dann.

»Nicht immer.«

»Was ist mit deinem Gesicht passiert?«

Sarah seufzte. Ihr Blick verlor sich in der Ferne. Dann musterte sie Patricia argwöhnisch und betastete ihre Wange. »Fällt es so sehr auf?«

»Nicht besonders. Aber vielleicht solltest du besser auf dich aufpassen.«

Sarahs Augen wurden schmal. »Ich habe mich an einer Tür gestoßen. Und vielleicht solltest du mit dem Wodka vorsichtiger sein.«

»Fällt das auch so auf?«

Sarah lachte. »Nein. Aber ich bin Expertin. Ich rieche das Zeug zehn Meilen gegen den Wind.«

Die Frauen lächelten einander zu; braune Augen begegneten blauen voller Verständnis.

»Ich muss gehen«, sagte Sarah schließlich und stand auf. »Bis bald einmal, Pat. Danke für den Kaffee.«

Patricia sah ihr nach, wie sie den voll beladenen Wagen

vor sich herschob. Das Kind drehte sich um und warf ihr einen langen Blick zu.

Am Abend gingen Gerry und Simon aus; Orla, die nach wie vor eingeschnappt war, hütete das Bett – »Um Himmels willen, Mama, lass mich bloß in Ruhe« – und Patricia beschloss zu lesen. Sie hatte ihre Freundin Nell angerufen, ob sie Lust hätte mit ins Kino zu gehen, aber Nell passte immer noch auf ihre Nichten auf.

Auf ihrem Tisch lag *Inferno und Ekstase*; es handelte von Michelangelo, von seiner Schaffenswut. Sie hatte auch ein paar alte Zeitungen aufbewahrt, um die Kreuzworträtsel darin zu lösen. Gerry nahm sich selten die Zeit dafür, aber ihr machte es Spaß. Sie nahm die Zeitungen und stapelte sie aufeinander; da fiel ihr Blick auf eine Überschrift: »FRAU ZU 30 JAHREN VERURTEILT«.

Es ging um das Urteil im Fall der Frau aus Cork, die der Anstiftung zum Mord beschuldigt wurde. Dreißig Jahre! Und dabei hatte er sie ständig verprügelt! Er hätte sie mit seinen Schlägen beinahe umgebracht, und jetzt bekam sie dreißig Jahre! Sie hatte aus panischer Angst zur Selbsthilfe gegriffen, und hatte doch dasselbe Urteil bekommen wie ein kaltblütiger Mörder! Patricia warf die Zeitung auf den Tisch. Ihre Gedanken kehrten zu Sarah Dempsey zurück, mit der sie im Supermarkt buchstäblich zusammengestoßen war. Jetzt sah sie sie ganz deutlich vor sich, ein Mädchen mit samtiger Haut und schelmischem Grinsen. Sarah hatte häufig nachsitzen müssen, weil sie ihre Hausaufgaben nicht gemacht oder den Unterricht gestört hatte. Dann sah sie das Mädchen bei den anderen Nachsitzerinnen, wenn sie, Patricia, sich auf den Heimweg nach Brierly machte.

Sarah hatte sich verändert. Die samtige Haut war blass geworden; sie sah müde aus und das Mal auf ihrer Wange, wo sie sich angeblich an der Tür gestoßen hatte, ließ sich nicht mit Make-up verdecken. Patricia betrachtete ihr eigenes Gesicht im Spiegel und verglich es mit dem Gesicht des Schulmädchens, das sie einmal gewesen war, versuchte sich an ihre damalige Weltsicht zu erinnern, die Träume, die Erwartungen an die Zukunft. Geräuschlos öffnete sie die Schublade mit der Wodkaflasche. Geistesabwesend goss sie etwas Schnaps in den Plastikdeckel ihres Haarsprays, krampfhaft darum bemüht, jeglichen Gedanken darüber, was sie da eigentlich trieb, gar nicht erst aufkommen zu lassen – so als würde ihr Tun dadurch null und nichtig. Allmählich fürchtete sie den Wodka. Dann holte sie Paddy Johnsons Briefe hervor.

Sie las einen nach dem anderen und nippte dabei Wodka aus dem Plastikdeckel. Warum hast du nicht angerufen, wo du es doch versprochen hast? Du hast es Joan gesagt. Sie legte die Briefe zurück in die Schublade; dann ließ sie sich aufs Bett sinken und starrte die Umrisse des Hexengesichts an der Decke an. Sie spürte Paddys Hände auf ihrem Körper, stellte sich vor, wie es wäre, mit ihm zu schlafen, wie es gewesen wäre, mit ihm zu leben. Aber es war zu spät. Ihre Mutter sagte immer, das seien die traurigsten Worte, die es gibt. Zu spät!

Wie immer, wenn sie etwas getrunken hatte, gingen ihr Verszeilen durch den Kopf; die Worte von Omar Khajjam ließen sie nicht mehr los.

»Umsonst ist unsre Angst, vergebens unser Hoffen,
Ein Trug des Jenseits Qual, ein Wahn des Jenseits Glück!«

Unaufhörlich drehten sich die Worte im Kreis, schufen ein eigenes Metrum und betörten sie mit ihrem Rhythmus.

»Umsonst ist unsre Angst, vergebens unser Hoffen …«, in ständiger Wiederholung, während ihr heiße Tränen übers Gesicht liefen.

Als Gerry heimkam, fand er sie daliegen, die leere Wodkaflasche auf dem Nachttisch.

»Mein Gott, Pat«, sagte er voller Entsetzen und Ekel. »Du bist betrunken!«

Sie drehte sich um und erwiderte mit schwerer Zunge: »Nur … ein bisschen beschwüppst …« Sie kicherte hemmungslos und schlief wieder ein.

Entrüstet und mit wachsener Besorgnis starrte er sie an.

Seine Frau, halb im Koma, volltrunken! Sie bewegte sich und er zischte ihr ins Ohr: »Du pichelst schon seit einer ganzen Weile! Entweder du hörst auf damit oder du verschwindest, verstanden?«

Pat schlug die Augen auf. Sie waren blutunterlaufen und ihr Atem roch säuerlich scharf.

»Was?«, fragte sie benommen. »Was hast du gesagt?«

»Du ekelst mich an«, entgegnete Gerry. »Wenn ich daran denke, wie ich mich für diese Familie abrackere!«

Simon streckte den Kopf zur Tür herein. »Was ist mit Mama los?« Seine Pupillen waren vor Angst geweitet. »Ist sie krank?«

»Sie ist betrunken«, erwiderte Gerry. »Deine Mutter ist betrunken.«

Simons besorgter Gesichtsausdruck wandelte sich. Er lachte halb amüsiert, halb verächtlich und zuckte die Achseln. Dass Eltern sich eigentlich nicht betrinken sollten, war selbst ihm klar.

»Sollen wir einen Arzt rufen?«, fragte er unsicher.

»Damit er das hier sieht?«, zischte Gerry abfällig. Simon sah das Gesicht seines Vaters, und nach und nach nahm seines denselben Ausdruck kalter Verachtung an.

»Steh nicht herum und halt Maulaffen feil«, herrschte Gerry ihn an. »Geh lieber runter und hol mir Pralinen. Die Schachtel, die Joan de Barra gestern Abend mitgebracht hat.«

Simon starrte ihn an. »Wofür brauchst du Pralinen?«

»Hol sie einfach! Und eine Schüssel aus der Küche kannst du auch gleich mitbringen.« Gerry blickte auf die leere Flasche. »Die kannst du in den Müll werfen.«

Als Simon mit den Pralinen und der Plastikschüssel wiederkam, suchte Gerry eine mit Erdbeercreme gefüllte aus, setzte sich auf den Bettrand und hob Patricias Kopf an. »Aufwachen, ich hab' was für dich!« Er schob ihr die Praline zwischen die Zähne. »Iss das.«

Patricia drehte den Kopf weg. »Ich will nicht.«

Gerry schüttelte sie. »Komm schon, Pat, es ist wichtig. Iss das! Nun mach schon!«

Patricia kaute die Praline kurz und schluckte sie dann hinunter. Gerry schob ihr sofort die nächste zwischen die Zähne, drückte ihr den Mund zu und rieb ihr die Wangen. »Schlucken!«

Sie gehorchte und öffnete kurz die Augen. Mit einer Geste der Unterwerfung aß sie auch die dritte Praline und schluckte mechanisch alles, was er ihr in den Mund schob. Als sich ihr der Magen umdrehte, hielt Gerry die Schüssel bereit. Er zog sie in die Bauchlage und er und Simon stützten ihr den Kopf über der Bettkante. Als Pat sich ausgekotzt hatte, gab Gerry Simon die Schüssel zum Ausleeren. Der Junge verzog das Gesicht und nahm die Schüssel vorsichtig hoch. Gerry hielt Patricia ein Glas Wasser an den Mund, damit sie trinken konnte. Sie schluckte; etwas Wasser lief ihr übers Kinn.

»Ich schlafe im Gästezimmer!«, verkündete Gerry mit verkniffenem Gesicht.

Am nächsten Morgen wachte Patricia in aller Frühe auf; sie verspürte höllischen Durst und rasende Kopfschmerzen. Weil sie bei der geringsten Bewegung das Gefühl hatte, dass ihr der Schädel barst, lag sie so ruhig wie möglich da. An den vergangenen Abend erinnerte sie sich nur noch bruchstückhaft – sie hatte Wodka getrunken, war auf dem Bett gelegen, wurde von Gerry geweckt, der sie zum Erbrechen gebracht hatte. Und, mein Gott, Simon war auch da gewesen! Gerry hatte zugelassen, dass ihr Sohn alles mitbekam. Der Mistkerl! Sie döste, wachte auf, schlief wieder ein. Ans Aufstehen war überhaupt nicht zu denken. Selbst das durch den Vorhang gedämpfte Licht tat weh. Sie hörte, wie Gerry auf dem Flur mit Orla sprach, aber er kam nicht herein.

Um halb zehn kam Orla mit grimmiger Miene und brachte ihr eine Kanne Tee mit etwas Toast. Sie stellte das Tablett auf dem Nachttisch ab und sagte nur: »Da ist dein Tee!« Dann seufzte sie vorwurfsvoll und verzog angeekelt das Gesicht. Meine Tochter weiß es auch, dachte Patricia. Wie hätte ich mich in ihrem Alter gefühlt, wenn meine

Mutter getrunken hätte? Ich werde also zur Alkoholikerin. Hält die Zukunft das für mich bereit?

Später stand sie auf und setzte sich vor die Frisierkommode. Im Spiegel sah sie eine Frau, die kaum noch Ähnlichkeit mit der alten Patricia hatte: das Gesicht aufgedunsen und blass, die Augen blutunterlaufen und rot gerändert. Sie schleppte sich wieder ins Bett und zog die Decke über den Kopf, um der Scham und der Angst zu entfliehen.

Als sie sich körperlich ein wenig besser fühlte, dachte sie: So weit wird es nie wieder kommen, ganz gleich, was noch alles passiert. Das ist es nicht wert. Sie versuchte zu analysieren, was die Ursache war, warum sie sich so elend fühlte, warum sie trank.

»Es hat etwas mit Freiraum zu tun«, murmelte sie vor sich hin. »Mir fehlt der Raum, in dem ich leben könnte, also versuche ich zu entfliehen!«

Sie lehnte sich zurück, blickte zur Decke, auf das dumme Hexengesicht. Ich will nicht zur Trinkerin werden. Ich will nicht mehr weglaufen. Das Hexengesicht starrte ausdruckslos auf sie herab. »Das musst du mit dir selber ausmachen«, schien es zu sagen. »Du brauchst mich gar nicht so anzusehen!«

Ich muss mich meinem Leben stellen und es ändern. Es liegt bei mir, was aus mir wird.

Sie stand auf und ging in die Küche hinunter. Orla, die gerade das Mittagessen vorbereitete, wandte sich ab. Patricia seufzte.

»Du musst mir verzeihen, Orla! Du kannst es genauso gut gleich versuchen. Wenn ich mir verzeihen kann, kannst du es auch!«

Orla sah überrascht aus, warf ihr einen zweifelnden Blick zu, als wüsste sie nicht recht, wie sie sich entscheiden sollte. Dann verhärtete sich ihre Miene.

»Ich wünschte, ich hätte eine Mutter, die nicht so verkommen ist!«, verkündete sie würdevoll und ging hinaus. Patricia stützte mutlos den Kopf auf die Hände; dann stand sie auf und schälte die Kartoffeln fertig.

4. Kapitel

*Ich bin seit drei Jahren verheiratet. Gestern war unser Hochzeitstag und Gerry hat mir Blumen geschickt. Sie kamen gegen Mittag, ein riesiger Strauß mit einer Karte, auf der in Großbuchstaben stand: »*IN LIEBE GERRY*« – von seiner Sekretärin geschrieben. Keine Unterschrift.*

Ich arrangierte sie sorgfältig und stellte sie in den Flur. Als er nach Hause kam, bedankte ich mich und er wirkte einen Moment lang ganz überrascht, so als könne er sich gar nicht entsinnen, sie geschickt zu haben. Wir waren mit Nell und Fred zum Abendessen verabredet, aber das Baby war unruhig, und so blieb ich daheim. Das arme kleine Würmchen hat immer noch Koliken, und ich lasse es nicht gern allein. Ich habe ihn herumgetragen, seinen Namen geflüstert – »Simon, Simon« – und ihm den Bauch gerieben. Das mag er gern. Schließlich schlief er ein, aber da wachte Orla auf und ich nahm sie zu mir ins Bett.

Als auch sie eingeschlafen war, nahm ich mir Gerrys Buch über Familienrecht vor. Ich habe aus Neugier immer wieder darin gelesen. Was da steht, ist einfach unglaublich und faszinierend. Ich wünschte, ich hätte Jura studiert. Das habe ich schon oft zu Gerry gesagt – dann würde ich mich nicht so verdammt ohnmächtig fühlen; und ich weiß, ich wäre gut darin. Aber er seufzt nur und meint, ich solle nicht albern sein.

Aus: *Die Pferdeohren*, 1973

»Kann ich dir etwas anvertrauen?«, sagte Patricia am folgenden Tag zu Nell. Die Freundin war am frühen Nachmittag auf dem Heimweg von einem Arbeitsessen hereingeschneit, bei dem es um eine Wohltätigkeitsveranstaltung ging: die Organisation einer Weihnachtsfeier für unterprivilegierte Kinder. Nell war immer außer Atem, ständig wirkte sie gehetzt, als wäre ihr das Leben dicht auf den Fersen und sie hätte sich entschlossen, ihm um jeden Preis zu entwischen. Manchmal kam Pat der Verdacht, dass Nell es bewusst vermied, auch nur für einen Augenblick allein zu sein.

»Natürlich!«, erwiderte sie und lächelte ihre Freundin aus blauen Augen an. »Schieß los ...«

Pat kam ins Stottern. » ... ich will einiges in meinem Leben ändern!«

Nell lachte. »Das willst du mir also anvertrauen? Was willst du denn ändern?«

Nell war groß. Sie trug eine Hose mit Jackett, was ihr gut stand. Ihre dicken dunklen Haare waren schulterlang. »Du siehst ziemlich spitz aus, Pat, wenn ich mir die Bemerkung erlauben darf. Und totenblass!«

»Ich weiß ...«

»Was ist denn passiert?«

»Ach – das ist eine lange Geschichte. Ich möchte Gerry verlassen!«

Nell sah Pat aus großen Augen und mit offenem Mund an. »Wie in aller Welt kommst du denn auf die Idee?«

Patricia zögerte. Dann sagte sie: »Ich denke schon seit langem darüber nach.«

Nell wurde ernst. Sie senkte den Kopf, so dass sich Hängebacken über ihrem schwarzen Rollkragen abzeichneten.

»Meine Liebe – wovon willst du denn leben? Was ist mit den Kindern?«

»Die Kinder sind jetzt groß. Sie können mit mir ausziehen, wenn sie wollen. Ich suche mir Arbeit!«

»Und an was hattest du dabei gedacht?«

»Keine Ahnung. Irgendetwas muss ich ja können. Ich weiß, dass ich keine Ausbildung habe, aber ich könnte mir einen Bürojob suchen ...«

Nell erwog den Gedanken. »Kannst du tippen?«

»Das könnte ich lernen!«

»Kennst du dich mit Textverarbeitung aus?«

»Nicht die Bohne!«

»Kannst du Steno?«

»Das braucht man heutzutage doch nicht mehr. Gerry benutzt nur das Diktiergerät.«

»Täusch dich da nicht. Sehen wir weiter – welche Fremdsprachen sprichst du?«

Patricia lehnte sich im Sessel zurück. »Ich kann Englisch«, erwiderte sie gereizt. »Das sollte eigentlich reichen. Und Französisch kann ich auch ... na ja, Schulfranzösisch.«

Nell zuckte die Achseln. »Schau, ich möchte wirklich nicht überheblich klingen, aber wenn du nichts kannst, findest du auch keine Arbeit. Niemand beschäftigt eine Frau deines Alters und deiner Herkunft als Bürohilfe, und selbst wenn, würden sie dir ein lächerliches Gehalt zahlen. Glaubst du, du kämst mit achttausend Pfund im Jahr aus?«

»Gerry müßte mir Unterhalt zahlen.«

»Nicht, wenn du ausziehst. Das nennt sich böswilliges Verlassen. Und das Haus – bist du Miteigentümerin?«

»Nein. Es ist auf seinen Namen eingetragen.«

Beide schwiegen. Draußen fuhr ein Wagen vor. Als der Fahrer die Zentralverriegelung betätigte, erklang ein durchdringender Piepston.

Patricia seufzte. »Mein Gesamtvermögen beläuft sich auf 1800 Pfund auf der Bank, sonst habe ich nur noch meine Kleider und mein Auto.«

»Damit kommst du nicht weit! Und ohne Auto wärst du aufgeschmissen.«

Patricia wollte etwas erwidern, überlegte es sich aber anders. Nell schüttelte den Kopf.

»Du darfst in deiner Situation nicht unüberlegt handeln«, fuhr sie leise fort. »An dem Punkt, wo du jetzt bist, war ich auch schon. Ich habe es noch niemandem erzählt, aber vor fünf Jahren wollte ich nur noch eins: meine Koffer packen und gehen. Aber dann habe ich mich hingesetzt und alles noch einmal genau durchdacht. Okay, Fred hat sich bei Frauen keine Gelegenheit entgehen lassen ... ich weiß, dass er sich auch an dich rangemacht hat, Pat, du brauchst also nicht so überrascht zu tun. Okay, ich hatte die Nase gründlich voll. Aber was hatte die große böse Welt der kleinen Nell zu bieten? Armut, Not, Überlebenskampf! Fred hätte einer Trennung nie zugestimmt, also war von ihm in finanzieller Hinsicht kaum etwas zu erwarten. Dann machte ich mir klar, dass ich mich nur innerlich von ihm abwenden und auf andere Dinge konzentrieren musste, dass ich gefühlsmäßig nichts von ihm erwarten durfte. Sollte er doch fremdgehen! Solange er das Geld nach Hause brachte, uns ein Dach über dem Kopf bot, mir mein Taschengeld zugestand. Mir wurde klar, dass ich eine Freiheit besaß, die ich mit einem Achtstundentag niemals hätte. Damals fing ich an, mich im Komitee zu engagieren und fand viele neue Freunde. Das solltest du auch tun. Du brauchst neue Interessen. Du liest zu viel und du grübelst zu viel! Geh raus und lern neue Leute kennen! Nimm dein Leben in die Hand! Wenigstens hüpft dein Mann nicht von einem Bett ins andere! Du hast ein schönes Haus, alles, was man sich nur wünschen kann!«

Nells Worte vermittelten Patricia das Gefühl, sie litte an einer Art Kurzsichtigkeit, so dass sie die Wirklichkeit nur bruchstückhaft wahrnahm und die Einzelteile nicht zueinander in Beziehung setzen konnte. Sie schauderte bei dem Gedanken, was sie hatte wegwerfen wollen: Sicherheit. Status. Wohlstand. Sie sah sich mit einundvierzig und einem Jahresgehalt von achttausend Pfund irgendwo in einem winzigen Apartment, als kleine Angestellte.

»Nell, du bringst mich so weit, dass ich mir wie ein verzogenes Kind vorkomme! Weißt du, was ich gestern Abend getan habe? Mich betrunken. Eine ganze Flasche Wodka hab' ich leer gemacht, und dann hat mich Gerry gefunden und zum Erbrechen gebracht!«

Nell zog die Luft durch die Zähne ein und schüttelte den Kopf. »Zweiter Tip: Lass die Finger von dem Zeug. Dafür setzt er dich noch vor die Tür!«

Patricia blickte auf ihren gepflegten Rasen hinaus. Nells roter Wagen stand in der Einfahrt, das Wintersonnenlicht fiel auf die kahlen Äste des Kirschbaums. Sie nahm ihr Wohnzimmer wahr, den Kaminsims aus Marmor mit den Familienfotos, die Mahagonikommode mit der Elfenbeinstatue des Konfuzius, den Glasschrank mit ihrer Porzellansammlung in der Ecke und Gerrys grauenhafte Cocktailbar. Sie hob die Hände.

»Aber Nell … wenn du dafür dein Allerinnerstes erstikken musst, was nützt dir das alles dann noch?«

Nell sah sie mitleidig an. »Meine Liebe, wenn du ums Überleben kämpfen musst, was glaubst du wohl, wie viel Zeit dir dann noch für dein Seelenleben bleibt?«

Nell ging. Patricia beobachtete sie durchs Fenster, sah, wie sie beschwingt die Auffahrt hinunter zu ihrem Wagen ging. Nell hatte einen selbstbewussten Gang, hielt sich gut, sie wirkte flott mit ihrer lohfarbenen Schultertasche. Aber Pat sah auch Nells Einsamkeit, die sie umhüllte wie ein dünner blauer Schleier. Nell warf einen Blick zurück aufs Haus, als sie die Autotür öffnete, winkte fröhlich und hielt den Daumen in die Höhe. Patricia zog den dünnen Vorhang beiseite und winkte zurück. Dann tauchte das rote Coupé mit schnurrendem Motor in den Verkehr von Ballsbridge ein.

Patricia fühlte sich, als litte sie an Schizophrenie. Es kam ihr vor, als hätte man sie gerade noch vom Rande des Abgrunds zurückgezogen. Was wäre gewesen, wenn sie am Abend zu Gerry gesagt hätte: ›Ich werde dich verlassen‹? Wie hätte er reagiert?

Sie wusste es. Er hätte sie aus kalten Augen angesehen, dann wieder den Blick auf seine Zeitung gesenkt. »Du bist ein freier Mensch, Patricia. Wo die Tür ist weißt du ja!«

Er würde sie gehen lassen, einfach so, und aus Stolz nicht den geringsten Versuch unternehmen, sie aufzuhalten. Und dann würde er ganz skrupellos handeln. Sie würde völlig leer ausgehen. Die jahrelange Arbeit im Haus, die Tage und Stunden mit den Kindern, als Köchin und Gastgeberin, als Hausfrau, all die Sorge und die Planung, all das zählte nichts. Kein Gericht würde ihr einen roten Heller dafür zubilligen, dass sie ihr Leben investiert hatte. Patricia würde als die Frau dastehen, die ihren Mann verließ. »Aber wie kann man jemanden verlassen, der überhaupt nicht da ist?«, fragte sie sich. Wie sollte sie das nur erklären? Unmöglich. Sie würde ihr Leben selbst in die Hand nehmen müssen. Und diese Aussicht machte ihr Angst. Vielleicht sollte sie wirklich froh sein über das, was sie hatte. Sie dachte an Nell, die so beschwingt den Weg hinuntergegangen war. Aber Pat wusste, dass in Nell etwas abgestorben war. Das hatte sie schon vor Jahren an ihr beobachtet: eine Art schleichende Paralyse der Seele. Das Feuer in Nell war erstorben. Ich will nicht sterben, dachte Pat. Aber ich will mich auch nicht mühselig für meinen Lebensunterhalt abrackern müssen, nach all den Jahren. Aber sterben will ich auch nicht.

Sie ging nach oben. Im Bemühen, die Depression abzustreifen, wusch sie sich die Haare, trocknete sie sorgfältig, indem sie sie von unten nach oben föhnte. Auch auf ihr Gesicht verwandte sie einige Zeit, legte eine Gesichtsmaske auf und massierte anschließend eine Feuchtigkeitscreme ein, bis ihre Haut gut durchblutet war. Dann machte sie ein paar Gymnastikübungen auf dem Boden vor dem Spiegel, um das Unwohlsein loszuwerden, das die Ereignisse des Wochenendes hinterlassen hatten. Dabei begutachtete sie ihre Figur: der flache Bauch, die immer noch jungen Brüste, ein bisschen voller als früher, aber wen störte das schon? Sie hatte eine schmale Taille und straffe Hüften. Auf ihren Körper war sie stolz; sie war entschlossen, ihn nicht dem Verfall preiszugeben. Sie hatte sich früh entwickelt, so dass ihr schon als ganz jungem Mädchen die Männer lüsterne Blicke zugeworfen hatten.

Auf dem Heimweg von der Schule war sie einmal stehen geblieben, um einem Hufschmied bei der Arbeit zuzusehen, und ein alter Mann mit einer schmierigen Schirmmütze, der sich bei der Schmiede herumtrieb, legte den Arm um sie, ging ein Stück Weg mit ihr und bat sie um einen Kuss. Da war sie dreizehn gewesen.

»Bitte lassen Sie mich in Ruhe.«

Als sie ein paar Tage später von der Bushaltestelle aus die Landstraße entlangging, sah sie ihn wieder.

»Willst du dir noch mal die Pferde ansehen?« Er grinste lüstern und Pat spürte, wie sich sein Blick durch ihre Schuluniform bohrte und auf ihren Brüsten verweilte.

Er trat neben sie und sagte leise, die Stimme heiser vor Verlangen: »Ich geb dir 'nen Fünfer ... komm mit auf den Feldweg ...« Er fasste sie mit seiner wettergegerbten Hand an, und als sie sich umdrehte, sah sie den Speichel auf seinen Lippen.

»Ich sag's meinem Vater, wenn Sie mich nicht in Ruhe lassen!«, Er hatte ihr einen gehörigen Schrecken eingejagt, aber das ließ sie sich nicht anmerken.

Später erzählte sie ihrer Mutter davon, die äußerst entrüstet reagierte. »O mein Gott ... Das hätte dein Ende sein können ...« Und dann fügte sie hinzu: »Erzähl nur deinem Vater nichts ... er würde den Kerl umbringen!«

Aber am nächsten Morgen hatte ihre Mutter Pat vom Bus abgeholt, die Schrotflinte des Vaters auf dem Rücksitz. Auf dem Heimweg nach Brierly zeigte Pat auf den Mann, der wieder an der Straße wartete.

Ihre Mutter hielt an, nahm die Schrotflinte und richtete sie durch das Fenster auf ihn.

»Entschuldigen Sie«, sagte sie freundlich, fast beiläufig zu dem Mann – in einem Tonfall, den Pat an ihrer Mutter sonst nicht kannte –, »aber wenn Sie meine Tochter je wieder anfassen oder belästigen, dann schieße ich Sie nieder. Und ich treffe immer ins Schwarze!«

Der alte schmuddelige Mann schrak zurück. Entsetzen und Furcht standen ihm ins Gesicht geschrieben, als er in den Doppellauf der Flinte blickte.

»Ich wusste gar nicht, dass du schießen kannst, Mama!«, sagte Patricia, als sie Brierly erreichten.

Ihre Mutter lächelte. »Er weiß ja nicht, ob ich es kann oder nicht. Außerdem dürfte es ja nicht besonders schwierig sein, ihm den Lauf an den Rücken zu halten und abzudrücken!«

Die Flinte war an ihren Platz zurückgestellt worden und der Mann hatte Patricia nie wieder belästigt. Sie beendete ihre Gymnastik und warf einen Blick auf die Uhr. Fast drei. Die Kinder waren noch in der Schule. Orla kam um halb drei nach Hause, Simon eine Viertel Stunde später. Dann musste die Hausarbeit erledigt, das Abendessen gerichtet und die beiden Streithähne gebändigt werden.

Das Telefon auf Gerrys Nachttisch klingelte. Patricia, die schon auf dem Treppenabsatz stand, kehrte noch einmal ins Schlafzimmer zurück und nahm ab.

»Hallo!«

Es folgte ein kurzes Schweigen, nur den Bruchteil einer Sekunde, und sie wusste, wer der Anrufer war, noch bevor er sich meldete.

»Ach«, sagte der Mann am anderen Ende der Leitung. »Merkwürdig, wie schön es ist, deine Stimme zu hören. Wahrscheinlich hast du keine Ahnung, wer ich bin?«

»Hmmm«, überlegte Patricia laut. Plötzlich war die Welt hell und es gab Raum für Lachen, und die Bruchstücke ihrer Wirklichkeit fügten sich zu einem Bild.

»Du hörst dich an wie Paddy Johnson, aber das kann natürlich nicht sein …«

»Deine Stimme klingt noch genauso wie früher, Patricia. Jung und lebendig wie eh und je. Wie geht's dir?«

»Gut. Schön, von dir zu hören. Joan hat mir erzählt, dass sie dir begegnet ist!«

»Ach, deshalb hast du mich gleich erkannt!«

»Nein, ich glaube, ich hätte dich auf jeden Fall erkannt!«

Schweigen.

»Was machst du morgen Mittag? Ich würde dich gern auf einen Happen einladen. Wir könnten ein bisschen plaudern.«

»Das wäre schön!«

»Wollen wir uns im Shelbourne treffen? Um halb eins im Foyer?«

»Großartig! Ich freue mich!«

»Bis dann …«

»Paddy!«

»Ja?«

»Ich nehme nicht an, dass du inzwischen eine Glatze hast oder so … nur für den Fall, dass wir einander nicht erkennen.«

Er lachte. »Nein. Ich habe noch ein paar Haare auf dem Kopf, und sogar noch die eigenen Zähne. Wie steht's mit dir?«

»Ich bin in einem fürchterlichen Zustand. Völlig kahl und nur ein Zahn ist mir geblieben!«

»Nun, in diesem Fall sollte es für mich ein Leichtes sein, dich zu erkennen!«

Beide lachten wie Kinder.

»Okay. Bis dann. Tschüss …«

»Tschüss …«

Patricia setzte sich aufs Bett und sah ihr Gesicht im Spiegel, lächelnd, glühend. Er hörte sich noch genauso an wie früher, dieselbe Stimme, derselbe neckende Tonfall. Die Zeit dazwischen war wie ausgelöscht. Patricia war wieder zwanzig, auf der Landstraße zwischen Laragh und Glendalough.

Als sie nach unten ging, traf sie Orla auf dem Flur und freute sich ausnahmsweise sogar, dass sie so früh nach Hause kam.

»Hallo, Liebes … Wie war dein Tag?«

Orla sah ihre Mutter mit unverhohlener Überraschung an, und ihr Gesicht entspannte sich. »Heute bist du ja richtig gut drauf, Mama.«

Pat holte ihren Mantel aus der Garderobe. »Ich gehe noch in die Stadt, Liebling. Mach deine Hausaufgaben.«

»Wann kommst du wieder?«

»Gegen sechs.«

Patricia kaufte sich ein neues Kostüm, eine cremefarbene Seidenbluse und eine kleine Flasche Armani. Das Kostüm war gerade geschnitten, schwarzer Rock und karierte Jacke mit schwarzen und goldenen Knöpfen. Dann ging sie zum Friseur, ließ sich die Haare färben und ein wenig schneiden. Sie legte den Kopf auf das Becken zurück, hörte die gedämpfte Hintergrundmusik und dachte nur an Paddy. Der Shampooschaum knisterte in ihren Ohren und der Rand des Beckens drückte hart gegen ihren Nacken; das Wasser war etwas zu heiß, aber sie merkte es kaum, war in Gedanken weit weg. Später betrachtete sie erstaunt ihr Gesicht im Spiegel. Sie sah jung aus, sprühend; sie hätte ebenso gut dreißig sein können.

Als sie auf die Straße trat, war es schon dunkel. Ein kalter Wind fuhr durch die weihnachtlich geschmückte Grafton Street, auf der sich die Menschen drängten. Ein kleiner Chor sang Weihnachtslieder und nicht weit davon entfernt kauerte ein kleines Waisenmädchen, das zum fahrenden Volk gehörte, in einem Hauseingang und spielte Flöte. Pat sah ihr im Vorübergehen in die Augen; sie waren ohne Berechnung, ein wenig glasig von der Kälte und der Musik. Gerührt legte Pat zwei Pfund in die Blechdose, die vor dem Mädchen auf dem Boden stand.

»Danke, Missus«, sagte das Mädchen mit kindlicher Stimme, während Pat vom Strom der Passanten weitergetrieben wurde.

Sie kam um halb sieben heim. Im Haus war es angenehm warm. Erleichtert, dass sie nun daheim war, der Kälte und den vielen Menschen entkommen, zog sie die Küchenvorhänge zu. Sie hatte gegrilltes Fleisch mitgebracht und rief nach Orla und Simon, damit sie den Tisch deckten. Sofort begannen die beiden um die Aufgabenverteilung zu streiten, bis Pat Simon auf sein Zimmer zurückschickte. Orla beklagte sich, dass immer sie helfen musste.

»Ich komme allein zurecht, Orla! Tu dir keinen Zwang an!« Aber Orla blieb, deckte den Tisch, warf ihrer Mutter einen Seitenblick zu und sagte nach einer Weile: »Mama, deine Haare sind schön. Du siehst wirklich gut aus!« Dabei war sie um einen möglichst unbeteiligt klingenden Tonfall bemüht, um ja keinen Zweifel daran aufkommen zu lassen, dass sie nur eine Tatsache konstatierte und sich im Übrigen längst noch nicht geschlagen gab.

Pat lächelte ihre Tochter an. »Danke, Orla.«

Das Mädchen deckte den Tisch, holte das Tomatenketschup, auf das Simon nicht verzichten wollte, und ein paar Minuten lang herrschte in der Küche die uralte stille Vertrautheit zwischen Frauen. Aus dem Augenwinkel sah Pat, wie ihre Tochter sie ab und zu verstohlen betrachtete, als versuche sie einzuschätzen, welche Veränderung vor sich gegangen war, warum ihre Mutter plötzlich mehr Raum für sich beanspruchte. Die Billigung der Tochter war offenkundig, wenn auch unbewusst; sie interessierte sich für diesen Menschen, ihre Mutter, deren Verhalten auf einmal nicht mehr vorhersehbar war.

Gerry kam spät. Pat richtete ihm das Abendbrot und setzte sich zu ihm, während er aß. Mit seinen Gedanken war er wieder einmal ganz woanders. Die Kinder hatten schon gegessen und erledigten oben ihre Hausaufgaben.

»Wie war's heute, Gerry?«

Er sah sie an. Offensichtlich bemerkte er nicht, dass sie beim Friseur gewesen war, aber sie sah gut aus und das fiel ihm auf. Er zeigte so etwas wie vorsichtige Erleichterung. Seit der Episode am Samstag hatten sie kaum ein Wort gewechselt. Es war nicht Gerrys Art, auf Unstimmigkeiten zurückzukommen, um eine Lösung für problematische oder strittige Fragen zu finden. Stattdessen schenkte er ihnen einfach keine Aufmerksamkeit und erwartete, dass sie sich dadurch in Luft auflösten.

»Ich hatte viel um die Ohren. In der Vorweihnachtszeit ist das immer so. Jeder will noch in der letzten Woche alles erledigt haben. Und was ist mit dir? Was hast du heute gemacht?«

Patricia war drauf und dran ihm zu erzählen, dass Paddy angerufen hatte, überlegte es sich dann aber doch anders. »Ich habe einen Stadtbummel gemacht und mir ein neues Kostüm gekauft!«

Sein Blick drückte Zustimmung aus; er nahm zur Kenntnis, dass sie sich zusammenriss. »Gut. Du hast dir ja schon eine ganze Weile nichts mehr gekauft …«

Patricia wollte ihm erzählen, wie das Kostüm aussah, es

sogar vorführen, sollte er Interesse daran bekunden; aber sie sah, dass seine Gedanken schon wieder abschweiften.

»Ich muss noch einige Unterlagen durcharbeiten, die ich mir mitgebracht habe. Ich bin dann im Arbeitszimmer.« Er stand auf und verließ den Raum.

Pat räumte das Geschirr in die Spülmaschine und dachte an morgen, malte sich den Augenblick des Wiedererkennens aus.

Patricia trat durch die Drehtür ins Foyer des Shelbourne Hotels. Durch die Glasscheibe hindurch konnte sie das Feuer im Kamin flackern sehen, das Porträt darüber, den Mann auf dem Sofa, der die *Irish Times* las.

Außer ihm waren noch zwei Leute da, ein Paar, das sich angeregt unterhielt. Der Mann mit der *Times* war allein. Er trug einen offenen Trenchcoat und einen dunkelgrauen Anzug. Seine Haare waren immer noch lockig, aschblond, hier und da graue Strähnen, Geheimratsecken. Er strahlte Selbstvertrauen und Weltgewandtheit aus. War es möglich, dass dieser selbstbewusste, offenbar gut situierte Mann in den besten Jahren derselbe Paddy war, der schlaksige Junge, neben dem sie einst in einer Mainacht unter dem Sternenhimmel geschlafen hatte? Er blickte auf, als sie auf ihn zukam, erhob sich, lächelte. Die Nervosität verflog. Sie streckte ihm die Hand entgegen, die er voll Herzlichkeit ergriff.

»Pat!«

»Paddy!«

»Du hast dich überhaupt nicht verändert!«

»Was für ein Unsinn!«

Er führte sie in die Hotelbar zu einem Tisch neben dem Klavier. »Möchtest du einen Aperitif?«

» ... Ballygowan!«

Paddy bestellte Ballygowan und einen trockenen Martini mit Eis. Dann lehnte er sich zurück und sah sie an. Er hatte sich verändert, auf subtile Weise, aber unverkennbar. An seinem Mund sah Pat senkrechte Falten, die früher nicht da gewesen waren und die von Ernst und Skrupellosigkeit zeugten. Leichte Furchen auf der Stirn. Das Grau der Haare trat an den Schläfen deutlicher hervor. Seine Hände waren gepflegt. Der Ehering. Paddy war der Alte, und doch ganz anders. Den Zauber, den er als junger Mann ausgestrahlt hatte, spürte sie noch, aber er hatte sich in Zielstrebigkeit und Macht verwandelt.

»Und wie sehr habe ich mich verändert? Ich sehe es in deinen Augen.«

»Du bist reifer geworden, vielleicht sogar eindrucksvoller ... Es steht dir.«

Er lächelte. »Danke. Ein wenig hast du dich auch verändert ... Du bist noch schöner geworden, wenn ich das mal so sagen darf.«

»Aha«, sagte Patricia. »Das Leben auf dem Festland hat abgefärbt. Du schmeichelst den Frauen!«

»Das ist keine Schmeichelei!« Er lehnte sich zurück. »Es ist die reine Wahrheit! Außerdem musst du bedenken, dass ich eine glatzköpfige Dame mit nur einem Zahn erwartet hatte!«

Patricia lachte. »Du siehst sie vor dir! Sie hat sich ein Gebiss besorgt und ein paar Haare transplantieren lassen!«

Woraufhin beide in ein übermütiges Gelächter ausbrachen. Dann erkundigte sich jeder nach der Familie des anderen, und Patricia fragte höflich nach Susan.

»Ihr geht's gut. Sie kann wunderbar mit Kindern umgehen. Aber inzwischen sind beide aus dem Haus: Guy studiert Betriebswirtschaft in Cambridge und Michelle Kunstgeschichte in London.«

Patricia lächelte höflich. »So weit sind meine beiden noch nicht.«

Später saßen sie im Ashling-Restaurant am Fenster. Patricia bestellte Suppe und Lammrücken, Paddy entschied sich für Roastbeef. Er sah die Weinkarte durch, fragte, was sie trinken wolle.

»Ich nehme nur Mineralwasser. Für mich ist es noch ein bisschen früh am Tag.«

»Wirklich?« Er bestellte eine halbe Flasche Burgunder für sich.

Der Speisesaal füllte sich rasch, man unterhielt sich, lachte, war in Weihnachtsstimmung.

»Hat Gerry dir gesagt, dass ich ihn letzte Woche aufgesucht habe? Dass er sich für uns um einige Verträge kümmert?«

»Nein. Aber Joan de Barra hat es mir erzählt.«

»Bestimmt ist das die Frau, die mir auf dem Flur begegnet ist.«

»Ja.«

»Würde es Gerry stören, dass wir uns zum Mittagessen treffen?«

»Nein, warum?«

»Ich dachte, dass er womöglich zur Eifersucht neigt!«

»Gerry doch nicht.« Sie blickte von ihrer Suppe auf. »Er vertraut mir.« Beide schwiegen. Patricia löffelte ihre Suppe. Sie spürte Paddys Blick, sah seine nachdenklichen, forschenden Augen fragend auf sich ruhen: Wer bist du jetzt, Patricia? Was für ein Mensch bist du geworden?

»Wenn du zu mir gehörtest, wäre ich sehr besitzergreifend!«, sagte er leise. Dann fügte er hinzu: »Wie seltsam, jetzt hier mit dir zu sitzen, Patricia O'Hehir, nach all den Jahren ...!« Er streckte die Hand nach ihr aus und berührte ihre Fingerspitzen.

Patricia ging es durch und durch. Ein elektrischer Impuls durchzuckte ihren Arm, ein Gefühl des Wiedererkennens, der Sehnsucht, der Hoffnung stieg in ihr auf. Und dann die Wut. Hast du es jetzt auf mich abgesehen, du verheirateter Mann? Du hättest mich haben können, wir hätten einander haben können! Jetzt ist es zu spät! Wir treffen uns hier, als wären wir nur oberflächlich miteinander bekannt. Ging unsere Geschichte tief genug, als dass wir uns jetzt wenigstens als alte Freunde bezeichnen könnten? Sie starrte auf ihren Teller. Ihre Finger blieben reglos, die Empfindung ging vorüber, ließ nach.

Dann plauderten sie über Dublin, über Richmond, wo

Paddy wohnte, und über Paris, wo er und Susan eine Wohnung hatten.

»Susan hat sie von ihrem Erbe gekauft. Eine ausgezeichnete Investition.«

Und sie erzählte ihm von ihrem Haus in Ballsbridge und den beiden Kindern, plauderte, als wäre ihr Leben hell und freundlich.

»Ich bin froh, dass du glücklich bist«, sagte er plötzlich, aber es war mehr eine Frage als eine Feststellung.

Patricia lächelte. »Du musst mal zum Essen zu uns kommen. Wann würde es dir passen?«

»Am Freitag fahre ich nach Richmond zurück. Heiligabend.«

»Natürlich. Bestimmt vermisst dich deine Familie.«

»Es wird schön sein, die Kinder zu Weihnachten zu sehen.«

»Und Susan. Gewiss fehlt sie dir?«

Er wandte den Blick ab. »Natürlich!«

»Du musst uns jedenfalls besuchen, sobald du dich mal für einen Abend frei machen kannst«, sagte Patricia. »Wann bist du wieder zurück?«

»Am Dienstag – heute in einer Woche.«

Patricia rechnete rasch nach. Am Dienstag war der 28. Was hatte sie am 28. vor? Natürlich. Die blöde Party.

»An dem Abend geben wir eine Cocktailparty. Hättest du Lust?«

»Liebend gern ...«

Er bestand darauf, sie nach Hause zu fahren.

»Vor Weihnachten fahre ich nie mit dem Auto in die Stadt«, sagte sie. »Man findet keinen Parkplatz.«

»Entdecke ich da einen ängstlichen Zug an Ihnen, Mrs. Galligan?«, zog er sie auf. »Früher warst du nicht so zaghaft.«

»Ach, Paddy ... du kannst dich doch unmöglich erinnern, wie ich war, ob ängstlich oder nicht!«

Er lächelte sie an. »Meinst du? Du würdest dich wundern. Du hast mich also vergessen? Wolltest du das damit sagen?«

Die Bemerkung klang scherzhaft, hatte aber einen resignativen Unterton. Das kurze Schweigen, während er auf ihre Antwort wartete, barg viele unausgesprochene Fragen.

»Ich habe dich nie vergessen«, sagte sie. »Nie! Du wolltest die Wahrheit hören! Ich habe deine verdammten Briefe aufbewahrt – und die Gedichte!«

Er nahm ihre Hand, und ließ sie auch dann nicht los, als er in einen anderen Gang schaltete. »Hast du Zeit?«, fragte er. »Oder musst du jetzt schon nach Hause?«

»Nein.«

»Machen wir eine Spazierfahrt, aus der Stadt raus?«

»Gut ... aber was ist mit dir – hast du heute Nachmittag keine Termine?«

Sein Grinsen erinnerte sie an den alten Paddy. »Ich habe meiner Sekretärin gesagt, sie soll sie verlegen. Weil ich womöglich aufgehalten werde!« Er drückte ihre Hand. »Ab und zu ist es schön ›aufgehalten‹ zu werden!« Wieder sah er sie an und lächelte verschwörerisch, dann konzentrierte er sich auf den Verkehr und die Straße, die aus der Stadt hinaus in Richtung Rathfarnham und in die Berge führte.

5. Kapitel

Offenbar hat Gerry kraft Gesetzes Anspruch auf meine Dienste (meine Dienstleistungen im Haushalt!) und auf meinen Körper; er darf mich ungestraft vergewaltigen, wenn ihm der Sinn danach steht (bei der eigenen Ehefrau ist das kein Verbrechen!). Damit wird ihm das Recht zugebilligt, so viele Kinder von mir zu bekommen, wie ich zu gebären in der Lage bin. In dieser gerechten und umsichtigen Weise wägt das Gesetz das sexuelle Verlangen des Mannes gegen die körperliche Unversehrtheit der Frau ab, gegen die Qualen der Geburt, die Erschöpfung der Mutter, Hypertonie, Blutung oder Tod!

Gerry kann jeden Mann verklagen, der mich verführt oder mir Schutz gewährt oder mich ihm abspenstig macht, unabhängig davon, ob ich mit diesem Ansinnen einverstanden bin oder nicht (die Wünsche der Ehefrau zählen nicht). Umgekehrt habe ich ihm gegenüber keine vergleichbaren Rechte, abgesehen von dem Anspruch auf Unterhalt, dessen Höhe er festlegt. Diese wohlerwogene Weisheit und Gerechtigkeit ist geradezu überwältigend.

Aus: *Die Pferdeohren*, 1973

Paddy fuhr die kurvenreiche Scholarstown Road entlang, schaltete herunter, bog in die Stocking Lane ein und brachte, ohne Patricias Hand loszulassen, den Wagen schließlich an dem Aussichtspunkt oberhalb von Kilakee zum Stehen.

Von hier aus überblickte man die Stadt und die Bucht. Es war drei Uhr. Allmählich setzte die Dämmerung ein. Unter ihnen funkelten die Lichter der Stadt durch den dichten, dunklen Dezembernebel; in der Ferne konnte man die abgeschiedene blaugraue Fläche der Bucht ausmachen.

Paddy drückte einen Knopf und das Fenster auf Patricias Seite ging auf. Kalte Winterluft strömte herein und brachte ländliche Stille, das einsame Zirpen einzelner Vögel, den Ruf des Windes mit.

Vor ihnen gabelte sich die Straße: Der eine Weg führte weiter in die Berge hinein und nach Sally Gap, der andere über Lamb Doyles zurück in die Stadt.

Schweigend saßen sie da und blickten auf die Stadt und die Bucht hinunter.

»Was ist mit uns geschehen, Patricia O'Hchir?«, fragte Paddy nach einer Weile. »Damals dachte ich, aus uns beiden könnte etwas werden.«

Patricia hatte einen Kloß im Hals. »Du hast Susan kennen gelernt!«, sagte sie, so fröhlich sie nur konnte.

»Und du Gerry!«

»Ja.«

»Bereust du es?«

Patricia ließ den Blick über die Konturen der Küste schweifen. Dort lag die Halbinsel Howth und Ireland's Eye und dort die beiden Schornsteine von Pigeon House und die Molen von Dun Laoghaire. Die gelben Natriumdampflampen gingen an und tauchten die Küstenstraße in orangerotes Licht.

»Erwartest du, dass ich mein Leben bereue, nur weil du wieder aufgetaucht bist?«

Paddy sah sie an. Seine Selbstsicherheit und seine Melancholie waren überwältigend. »Nicht weil ich, wie du es ausdrückst, ›wieder aufgetaucht‹ bin. Mir ist sehr wohl bewusst, dass es mich nichts angeht und ich nicht das Recht habe, Fragen zu stellen. Aber jetzt, hier neben dir, habe ich das Gefühl, dass Zeit eine Illusion ist. Soll ich dir sagen, dass ich dich nie vergessen habe, dass ich oft an dich denke …?«

Patricia schwieg und wandte sich ab. Seine Stimme war verführerisch, sie hatte ein Timbre, das ihr Innerstes ansprach, das darauf abzielte, dieses Innerste anzusprechen. Frauen fahren auf die Stimme von Männern ab, das hatte sie einmal gelesen und es war wohl auch so. Er war unglaublich attraktiv, dieser neue Paddy, umgeben von den Attributen seines Erfolgs, Zielstrebigkeit ausstrahlend. Der Paddy von damals war im Vergleich dazu ein grüner Junge gewesen. Aber sie sah auch die Spuren der Jahre, seine Härte, die Tricks, die er anzuwenden gelernt hatte, um seine Ziele zu erreichen. Und sie empfand die alte Nähe wieder, die sich mühelos einstellte und ihr doch wie ein weißer Fleck auf der Landkarte der Seele vorkam. Er war ihr fremd und vertraut zugleich. Vor allem aber spürte sie in seinem Schweigen, seinem konzentrierten Blick das unverkennbare Drängen seines Verlangens. Paddy beugte sich über sie und küsste sie auf den Mund. Sie nahm alles deutlich wahr: sein raues Kinn, den Duft seines Aftershave, wie sich seine Kleidung anfühlte, und ihre eigene Reaktion, heftig, unwillkürlich.

»Das dürfte ich auch nicht tun, aber wir haben weniger Zeit als damals«, flüsterte er, als er sie losließ und seine Hand dabei wie zufällig ihre Bluse unter dem offenen Mantel streifte.

Patricia spürte die zarte Berührung auf ihrer Brust, erschauderte, schloss die Augen; als sie sie wieder aufschlug, sah sie, dass er sie beobachtete.

Verlangen. Man hat uns eingetrichtert, das sei etwas Schmutziges. Der Wunsch zu besitzen und sich hinzugeben, so übermächtig, dass der ganze Sinn des Lebens darin enthalten scheint.

Auf dem Rückweg in die Stadt ließ sie ihn wieder ihre Hand halten. Sie sprachen von früher, von der Studentenzeit. Manches war banal, anderes persönlicher. Patricia blieb vorsichtig, er nicht. Er wirkte wie ein Mann, der eine unerledigte Angelegenheit regeln muss, etwas Wichtiges, ein Mann, dem nicht mehr viel Zeit bleibt und der daher auf die üblichen Formalitäten verzichtet.

»Ich wollte dich wieder sehen. Deshalb habe ich mich für die Aufgabe hier in Dublin zur Verfügung gestellt, weißt du, damit ich bei dir sein kann! Und als ich vom Flugzeug aus auf die Dublin Bay herunterschaute und die Stadt sah, konnte ich an nichts anderes mehr denken, als dass du dort unten irgendwo bist, eine glückliche Ehefrau und Mutter, jemand, den ich wieder sehen, wirklich gerne wieder sehen wollte. Das war alles! Aber du bist nicht glücklich, Patricia. Das sehe ich. Und ich spüre noch etwas, eine Wahlverwandtschaft zwischen uns – die ich schon vergessen hatte und jetzt nicht noch einmal verlieren will. Ich bin auch nicht glücklich, also brauchst du mir nicht weiszumachen, dass ich mich irre.«

»Was ist mit Susan?«, fragte Patricia schließlich. »Ist sie glücklich?«

»Wahrscheinlich. Allem Anschein nach. Um zufrieden zu sein, braucht sie etwas anderes als ich.«

»Was brauchst du denn?«

Er lachte. »Ach ... das kann ich gar nicht so sagen. Aber wenn ich es finde, erkenne ich es.«

»Hast du es schon oft gefunden?«

»Nein. Ich hatte gehofft es zu finden. Die Welt ist riesengroß und es leben schrecklich viele Menschen darin. In diesem Land wird eine Art Graben durch die menschliche Seele gezogen, eine Furche bis ins Mark. Und das tut ein Leben lang weh und wir suchen immer nach dem richtigen Vergussmörtel ... damit wir uns wieder ganz fühlen können und in der Lage sind, glücklich zu sein.«

Er wartete, erwartete eine bedeutungsvolle Antwort von ihr, eine Aussage darüber, wie es wirklich um sie und ihr Leben stand – und sei es auch nur durch versteckte Andeutungen. Aber Pat fragte bloß: »Was ist denn Vergussmörtel?«

»Das ist ein flüssiger Mörtel, mit dem man Fugen füllt.«

»Du redest wie ein Ingenieur!«

Er lachte. »Tut mir Leid. Ich bin einfach nicht sehr wortgewandt.«

»Bin ich so eine Art Vergussmörtel?«

Wieder musste er lachen. »Du bist wirklich sehr direkt. Eine Frau wie dich habe ich noch nie erlebt. Nein, aber vielleicht könnten wir uns gegenseitig die Fugen füllen ...« Er beendete den Satz mit einem Lachen. »O Gott, ich sollte lieber den Mund halten.«

»Ja, das glaube ich auch!«

Nun lachten sie beide laut auf.

Nach einer Weile sagte er: »Woran denkst du?«

Patricia sah die Lichtkegel der Scheinwerfer, die Dunkelheit zu beiden Seiten, die Grasstreifen, die schwarzen Äste, die über die Straße ragten.

»Ich habe mich gefragt ...«, begann sie leise. »Mir fällt da eine Strophe aus einem alten Gedicht ein – ich habe mich gefragt, ob du dich wohl daran erinnerst ...?«

»Welches denn? Sag es auf!«

Patricia räusperte sich.

... und fände ich
im Schweigen bald die Antwort
auf alles, was mich schmerzte und verwirrte –
warum du so warst und die Nacht so schön
und so nah meinem Herzen der Wald.

»Das kommt mir irgendwie bekannt vor. Von wem ist es?«

»Von niemandem«, murmelte Patricia enttäuscht. »Von gar niemandem!«

Er warf ihr einen Seitenblick zu. »Wirklich? Aber nein – ich glaube, es stammt von einem jungen englischen Dichter namens Rupert Brooke«, sagte er neckend. »Und ich habe es einem Mädchen geschickt, in das ich verliebt war. Früher, vor langer Zeit ...« Er sah sie nicht an. »Erfüllt das deine Erwartungen?«

Patricia lächelte in die Dunkelheit. »Es erfüllt meine Erwartungen!«

Als sie wieder in die Scholarstown Road einbogen, sagte er leise: »Wollen wir nach Brierly fahren?«

»Nein. Das Haus ist verkauft. Es ist weg. Mama ist in eine Wohnung gezogen.«

Wieder griff er nach ihrer Hand und ließ sie nicht mehr los.

Als sie vor Pats Haus angelangt waren, zog er ihre Hand zu sich heran und küsste sie behutsam. Es war nach vier und längst dunkel. Paddy wollte sie zur Tür begleiten.

»Ist schon gut … das ist nicht nötig. Danke, Paddy!«

Ich lebe, dachte Patricia, als sie die Stufen zur Eingangstür hinaufging. Warum fühle ich mich so lebendig und so ganz? So geheilt? Sie suchte nach dem Schlüssel, steckte ihn ins Schloss und hörte, wie Paddy wegfuhr.

Im Haus war es still. Sie ging in die Küche, schaltete das Licht ein, sah Orlas Schultasche auf einem Stuhl liegen. Wo steckte sie nur? Anscheinend war sie wieder ausgegangen. Aber dann entdeckte Pat an der Garderobe im hinteren Flur Orlas Jacke.

Sie ging nach oben, hörte gedämpfte Rockmusik, sah den Lichtschein unter Orlas Tür. Als sie näher kam, vernahm sie ein deutliches, drängendes Flüstern, hörte Orla sagen: »Nein … Mick. Hör auf! Ich will nicht!« In Orlas Stimme mischten sich Wut und Angst.

»Ach, komm schon … sei nicht so zickig …«, entgegnete der junge Mann ziemlich laut, ziemlich abfällig und gleichzeitig fordernd – in einem Tonfall, der andeutete, dass er ein Nein nicht akzeptierte, dass Orla dazu da war, seine Bedürfnisse zu befriedigen.

Patricia stieß die Zimmertür auf. Ihre Tochter lag auf dem Bett, das dunkelblaue Sportkleid bis über die Schenkel hochgezogen, die Bluse offen, das Gesicht gerötet, die Haare zerzaust; daneben derselbe Junge, den Patricia eines Abends im Schein der Straßenlaterne gesehen hatte. Er lag mit dem Rücken zur Tür und versuchte Orlas Rock hochzuziehen, während sie ihn runterzog und den Jungen mit der anderen Hand wegstieß. Über dem Stuhl hing seine Lederjacke, der Ärmel mit dem Stahlreißverschluss baumelte bis fast auf den Boden herunter.

»Raus!«, befahl Patricia.

Der Junge fuhr hoch und drehte sich zu ihr um. »Mein Gott!«

Orla brachte hastig ihre Kleider in Ordnung und starrte ihre Mutter gekränkt an. »Wir haben nur ein bisschen Musik gehört, Mama!«, erklärte sie mit matter Stimme.

Patricia schenkte ihr keine Beachtung. »Raus mit Ihnen«, wiederholte sie. »Und lassen Sie sich nie wieder in diesem Haus blicken!«

Der Junge setzte sich provozierend langsam auf, zog seine Stiefel an, nahm seine Jacke und bewegte sich schlendernd zur Tür. Er war kräftig gebaut, hatte einen Militärhaarschnitt. Im herkömmlichen Sinne sah er gut aus, wirkte aber dreist und grob, was im Widerspruch zu seiner Jugend stand. Seine Pupillen waren geweitet. Er strahlte Männlichkeit und ungeschlachte Stärke aus.

Patricia folgte ihm die Treppe hinunter und schloss energisch die Tür hinter ihm.

Dann kehrte sie ins Zimmer ihrer Tochter zurück und setzte sich aufs Bett. Orla hatte inzwischen ihre Bluse wieder zugeknöpft und den Trägerrock zurechtgerückt. Mit gesenktem Kopf stand sie vor dem Kassettenrekorder auf ihrem Schreibtisch und schaltete die Musik aus. Stille breitete sich aus. Sie vermied es, ihrer Mutter in die Augen zu sehen.

»Wir haben nichts gemacht«, sagte sie schließlich abwehrend.

»Warum hast du ihn auf dein Zimmer mitgenommen?«

»Wir haben nichts Schlimmes getan! Wir wollten nur ein paar Kassetten hören.«

»Hat er dich von der Schule abgeholt?«

»Nein, ich verabrede mich nicht mehr mit ihm. Ich gehe jetzt immer sofort nach Hause.«

»Also ist er hierher gekommen?«

»Ja!«

»Und in dein Zimmer zu gehen war seine Idee?«

»Ja …« Orla war den Tränen nahe. »Er sagte: ›Gehen wir in dein Zimmer und hören ein bisschen Musik.‹ Er ist einfach raufgegangen.«

»Nachdem du ihm gesagt hattest, dass ich nicht zu Hause bin?«

Auf diese Frage gab Orla keine Antwort.

»Ich mag ihn nicht mehr …«, sagte sie schließlich mit tränenerstickter Stimme. »Anfangs hab' ich gedacht, er wäre nett …«

Patricia sah ihre Tochter weinen. Am liebsten hätte sie Orla in die Arme genommen und gewiegt, aber sie spürte, dass Orla sie wütend und empört abgewiesen hätte, weil sie noch nicht um die Verletzlichkeit eines jeden Lebewesens wusste. Orlas fleckiges, tränenverschmiertes Gesicht erinnerte Pat an das Baby von sechs Monaten, das ärgerlich weinte, wenn sein grüner Gummiigel aus dem Kinderwagen gefallen war. Aber Orla hatte keine Erinnerung mehr an diese Zeit, der grüne Gummiigel war längst vergessen, und deshalb verstand sie den Ausdruck in den Augen ihrer Mutter nicht.

»Um Himmels willen, Mama, hau ab und lass mich in Ruhe.«

Patricia behauptete ihre Stellung. Wenn sie schon nicht mütterlich sein durfte, ließ sich das Problem immer noch pragmatisch angehen. »In Ordnung. Aber wenn du so weitermachst, bist du bald schwanger. Oder du bekommst Aids. Oder beides …«

»Weitermachst! Ich mache nicht weiter«, heulte Orla. »Ich wollte mich nicht von ihm betatschen lassen. Ich dachte, vielleicht wird es romantisch … nur ein bisschen Musik … Ach lass mich in Ruh'!«

Patricia kämpfte mit widersprüchlichen Gefühlen: Mitleid, zärtliche Zuneigung, Wut auf die Überempfindlichkeit ihrer Tochter, Ärger über ihre eigene Unfähigkeit, damit umzugehen.

»Wo ist Simon?«, fragte sie, um ein neutrales Thema anzuschneiden.

»Woher soll ich das wissen?«, schluchzte Orla.

Patricia ging in ihr Zimmer, zog das neue Kostüm aus und hängte es auf einen Bügel. Dann setzte sie sich vor die Frisierkommode und betrachtete ihr Gesicht im Spiegel. Sie war völlig aufgewühlt. Der Nachmittag mit Paddy, das Gespräch mit Orla, der Abend im trauten Familienkreis, der ihr bevorstand – Gerry nicht ansprechbar, Simon aggressiv, Orla beleidigt.

Und so würde es noch jahrelang weitergehen. Paddy

würde zu seiner Familie nach England zurückkehren; die kurze Zeit mit ihm würde zu einem unauslöschlichen Teil ihres Traums von ihm werden. »Es ist eine Träumerei! Ein Hirngespinst!«

Trotz ihrer Selbstermahnungen glühte noch das Feuer des Nachmittags in ihr, erhellte ihre Umgebung, ließ ihr Herz schneller schlagen. So kurz war die Zeit mit ihm gewesen und so nachhaltig die Wirkung. Aber wahrscheinlich spielte er nur mit ihr. Was sollte es sonst sein nach zwanzig Jahren? Orla hatte von Romantik gesprochen; zumindest anfangs hatte sie die Begegnung in ihrem Zimmer als romantisch empfunden. Tat sie, Patricia, nicht genau dasselbe? Es war so eine Eigenart der Frauen, das Streben nach etwas Höherem, Feinerem, der Hunger nach Transzendenz.

Das Geheimfach mit Paddys Briefen war in Reichweite. Sie drückte auf die Sicherung, so dass sich die Schublade herausziehen ließ, und griff nach dem Stapel. Beim Anblick seiner etwas unleserlichen Schriftzüge fühlte sie sich ihm wieder nah. Sie nahm einen Stift aus einer Schublade und schrieb, plötzlich von der Gewissheit überwältigt, dass alles sinnlos sei, ein paar Zeilen auf die Rückseite eines Briefs.

Frauen weben den Schleier der Romantik
Aus Fetzen und Schnipseln und Resten
Und vergolden ihn mit dem leuchtenden Blut der Seele …

Sie hörte, wie Simon die Haustür aufsperrte. Bald würde auch Gerry heimkommen. Sie legte die Briefe zurück und ging hinunter in die Küche.

Nach dem Abendessen sagte Patricia zu Gerry: »Heute habe ich einen alten Bekannten getroffen!«

Gerry blickte von seiner Zeitung auf. »Ach ja – wen denn?«

»Paddy Johnson.«

»Und wo?«

Patricia brachte es nicht über sich zu sagen, dass sie mit

ihm gegessen und den Nachmittag mit ihm verbracht hatte. »Im Stephen's Green Park. Er hat mir erzählt, dass er dich im Zusammenhang mit irgendwelchen Verträgen konsultiert hat.«

»Das stimmt.«

Gerry schwieg erneut. Er versuchte sich am Kreuzworträtsel, dann begann er mit dem Silbenrätsel, seufzte schließlich entmutigt und stand auf.

»Wohin gehst du?«

»Ins Arbeitszimmer.«

Als er an der Tür war, sagte Patricia: »Gerry.«

Er drehte sich um. »Ja.«

»Was hältst du von ihm?«

»Von wem?«

»Paddy Johnson.«

Er sah sie eine Weile ratlos an, obwohl sie sehr wohl wusste, dass er sich an ihre Beziehung mit Paddy erinnerte und alles in seiner Macht Stehende getan hatte, um eine Versöhnung zwischen ihnen zu verhindern. Dann erwiderte er abfällig: »Er ist ein Windhund. Warum fragst du?«

»Nur so. Ich habe ihn zu unserer Party am 28. eingeladen.«

Gerry nickte gleichgültig und ging hinaus.

»Wenn er ein Windhund ist, befindet er sich in bester Gesellschaft!«, murmelte Patricia ärgerlich vor sich hin.

Später rief Pats Mutter an und fragte, was sich die Kinder zu Weihnachten wünschten. Die Erinnerung an das Weihnachten ihrer Kindheit in Brierly blitzte in Patricia auf: das Holzfeuer, der Christbaum mit dem silbernen Engel auf der Spitze und durchs Fenster der Blick auf die Berge. Gegen drei wurde es um die Jahreszeit allmählich dunkel und die Berge hüllten sich in purpurnen Nebel, dunkel, geheimnisvoll. Wie gern hatte sie aus dem Fenster geschaut und dabei den Weihnachtsliedern der Wiener Sängerknaben gelauscht – »Stille Nacht«, »Adeste Fidelis« – während die Scheite im Kamin knackten und ihr Vater seine Pfeife rauchte und las.

Nach ihrer Heirat hatte sie nur noch ein Weihnachten in ihrem Elternhaus gefeiert, denn ihr Vater war im folgenden Jahr überraschend an einem Herzanfall gestorben. Ihre Mutter hatte das Anwesen verkauft und war in eine Mietwohnung unweit von Gerry und Pat gezogen.

»Du könntest ihnen Pullover kaufen.«

Ihre Mutter schwieg für einen Moment. »Pat, als du in ihrem Alter warst, wärest du wegen eines Pullovers zu Weihnachten nicht gerade in Jubelschreie ausgebrochen. Ich hatte mir überlegt, für Simon einen ›Ghetto-Blaster‹ zu kaufen – du weißt schon, so einen großen Kassettenrekorder. Und Orla hätte vielleicht gern Schminkzeug oder ein gutes Parfum. Sie ist jetzt schließlich eine junge Dame!«

»Mama, heutzutage gibt es keine ›jungen Damen‹ mehr. Die Spezies ist ausgestorben!«

Lachend fragte Mrs. O'Hehir: »Und was ist an ihre Stelle getreten? Säbelzahntigerinnen vielleicht?«

»Frauen, Mama. Mädchen wachsen auf und werden Frauen.«

Ihre Mutter seufzte. »Heute amüsiert man sich nicht mehr! Alles ist so ernst geworden. Es ist eine Schande!«

6. Kapitel

Nell ist religiös. Sie findet Trost darin. Aber wie teuer ist dieser Trost erkauft? Was haben Frauen von der Religiosität? Als Teenager habe ich einmal an Exerzitien für Frauen in der Pfarrkirche teilgenommen. Ich habe mit angehört, wie der Priester die Frauen davor warnte, sich ihren Männern zu verweigern, sie an die Pflicht zum Gehorsam erinnerte. Die Frauen trugen Kopftücher und knieten nieder, eine Reihe nach der anderen, während ihnen der Priester erzählte, welches Schicksal Gott für sie vorgesehen hatte und dass sie dagegen nicht Einspruch erheben dürften. Demütig niederkniend fügten sie sich der Demütigung; es war das Wort Gottes.

»Wie viele Mütter haben einen guten Sohn geboren, der dann von einem bösen Mädchen ins Verderben gestürzt wurde?« Harter Tobak.

In den Beichtstühlen drängten sich von Schuldgefühlen gequälte Frauen, die sich verzweifelt um eine Ehrenmitgliedschaft in der Männergesellschaft bemühten, um das Recht bettelten, eine Gruppe von Männern stützen zu dürfen, die die Frauen Selbsthass lehrte.

Aus: *Die Pferdeohren*, 1978

Januar 1990

Sarah fragte sich, wie sie Jim beibringen sollte, dass sie wieder schwanger war.

Dass sie es war, wusste sie auch ohne Schwangerschaftstest. Sie wusste es wegen der Spannung in ihren Brüsten und der leichten Übelkeit, die sich im Lauf der folgenden Monate verschlimmern würde. Ob er einen Tobsuchtsanfall bekommen oder es gut aufnehmen würde, hing ganz von seiner Laune ab. Sarah war völlig verzweifelt gewesen, als sie die alten Symptome erkannte, aber jetzt, da die Schwangerschaft ein wenig fortgeschritten war, hatte sie das Baby ins Herz geschlossen; das war immer so gewesen. Sie stellte sich vor, wie es in ihr eingekuschelt lag und darauf wartete, zur Welt zu kommen. Das hatte sie stets als ein kleines Wunder empfunden. Ein neuer Mensch, jemand, der vielleicht einmal etwas in der Welt bewegen würde, jemand, der zu ihr gehörte ... Dann wieder war sie wütend; all die Kinder auf ihre Kosten, während er nur herumtobte, sie beschimpfte, sie schlug und noch mehr Kinder zeugte.

Manchmal fragte sie sich, warum sie blieb. Es gab keinen Grund mehr dafür. In diese Ehe hatte sie bereits so viel investiert – Hoffnung, Stolz, Tag für Tag etwas von ihrer Lebenskraft, ihrem Ansehen in der Welt. Sie saß in der Falle der Mutterschaft; also war sie gezwungen, sich auf die Pluspunkte zu konzentrieren, die wenigen Goldklümpchen häuslicher Harmonie. In diese Goldsuche steckte sie so viel Energie, für jeden winzigen Fund wurde ihr so viel abgerungen, dass ihr keine seelische Kraft mehr blieb, um ihr Leben zu ändern. Sie setzte ihren ganzen Willen daran, ihre Ehe zu retten; es war ihr so wichtig, dass sie dafür fast jeden Preis bezahlt hätte. Ihr Mann hatte auch seine guten Seiten: War er nicht immer ganz beschämt, nachdem er sie zusammengeschlagen hatte? War er nicht fast schon zu großzügig? Sie wehrte sich dagegen, die Wahrheit zu sehen – sie fürchtete die Konsequenzen, die dann von ihr gefordert wären. Die Hoffnung, die sie nie aufgab, und ihr Durchhaltevermögen erwiesen sich als Fluch.

Aber Weihnachten war dieses Jahr schön gewesen. Jim war gut aufgelegt und hatte nicht getrunken. In der Vorweihnachtszeit war er auf eine Sauftour gegangen und hatte sich anschließend reumütig gezeigt.

»Ich werde mir Mühe geben«, hatte er gesagt. »Es wird nicht wieder vorkommen«, beteuerte er.

Am Weihnachtsmorgen waren die Kinder früh auf den Beinen und sahen nach, was ihnen der Weihnachtsmann gebracht hatte: eine Puppe für Lorraine, eine Eisenbahn für Liam und Duplo und einen Teddy für Dara. Sie stürmten ins Schlafzimmer der Eltern.

»Schau, Mami, Papi, was mir der Weihnachtsmann gebracht hat ...« Sarah hielt den flauschigen Teddy in die Höhe.

»Wie willst du deinen Teddy denn nennen?«, fragte sie, und Dara sah sie aus großen blauen Augen an, bevor er nach seinem Plüschtier griff. »Didi«, erklärte er ernst.

Jim hatte ein anständiges Weihnachtsgeld bekommen. Mit Geld war er wirklich großzügig. Er sprach von der neuen Küche, die er für Sarah bauen wollte. »Was hättest du denn gern, Süße? Eiche ist beliebt, aber ziemlich dunkel. Esche ist auch hübsch.« Sarah sah den Katalog seiner Firma durch, die neuen Einbauküchen.

»Ich glaube, die helle Esche gefällt mir am besten«, sagte sie. »Die schluckt nicht so viel Licht.«

»Nach Weihnachten fange ich damit an. Ich frag ein paar von meinen Kumpels, ob sie mir helfen.« Und während sie über die Küche sprachen und die Prellungen von der letzten Tracht Prügel abheilten, keimte in Sarah wieder die Hoffnung.

Wie versprochen, nahm er in der zweiten Januarwoche die Küche in Angriff. Zwei seiner Kollegen kamen vorbei und halfen bei den Anfangsarbeiten, stellten mitten in der Küche eine Hobelbank auf und hatten bis Montag fast alles fertig, benötigten aber noch die ganze folgende Woche, um der Sache nach Feierabend den letzten Schliff zu geben. Fiona, die Nachbarin, kam vorbei und sah sich die neue Küche an.

»Die ist toll. Ich wünschte, Charlie würde mal so was für mich machen!«

Jim ließ mehrere Wochen lang die Finger vom Alkohol. Er erledigte alle Handwerksarbeiten im Haus, die Sarah von ihm verlangte, fragte sie immer wieder, ob ihr die Küche gefiele, war begeistert, wenn sie antwortete, wie sehr sie sich darüber freute.

»Danke, Jim. Sie ist wirklich schön. Sogar Fiona hat gesagt, eine schönere hätte sie noch nie gesehen!«

»Sie war grün vor Neid, darauf wett' ich. Charlie würde so was nie im Leben zustande bringen. Er hat zwei linke Hände. Und wenn man sich richtige Handwerker ins Haus holt, zahlt man astronomische Preise! Nicht jeder kriegt das Zeug zum Selbstkostenpreis.«

Jim wusste, dass er sich damit lossprach von dem Verbrechen, seine Frau geschlagen und ihr weh getan zu haben. Er hatte mit Arbeit und Geld Abbitte geleistet. Sie hatte eine neue Küche bekommen, und damit war alles wieder in Ordnung. Es ging ihm gut, so gut wie lange nicht mehr. Jetzt fühlte er sich nicht mehr so minderwertig im Vergleich zu ihr und ihrer unendlichen Geduld, die ihn rasend machte. Er hasste diese Geduld, weil er kein Recht darauf hatte, weil sie angesichts dessen, was er Sarah antat, pervers wirkte. Und er hasste sie umso mehr, als ihm klar war, dass Sarah diese Geduld der Kinder wegen aufbrachte und nicht seinetwegen. Aber nun hatte er ihr die Einbauküche geschenkt, und sie gefiel ihr, und deshalb fühlte er sich besser. Er hatte ein neues Selbstbild – eines, das ihm behagte: das des starken, nachsichtigen Ernährers.

Wenn ihn seine Kumpels ins Pub einluden, lehnte er mit einen Blick auf Sarah ab. »Heute Abend nicht. Heute geh' ich mit meiner Frau aus!«

Sarah bat Donna, Fionas vierzehnjährige Tochter, auf die Kinder aufzupassen, und ging mit ihrem Mann ins Kino. Sie sahen sich *Amadeus* an.

»Ein vollkommen verrückter Kerl, dieser Mozart«, sagte Jim nach dem Kino auf dem Heimweg.

»Der andere – Salieri – war aber noch verrückter!«

»Der Typ, der ihn angeblich umgebracht hat? Wundert dich das?«

»Die Musik war schön«, meinte Sarah. »Die Musik hat mir wirklich gut gefallen.«

»Sie war in Ordnung«, erwiderte Jim, »aber der Mann konnte einem wirklich auf den Geist gehen, ständig herumzufurzen, ein richtiger Klugscheißer, aber nicht in der Lage sein Geld beisammen zu halten!«

Sarah sagte nichts dazu. Sie hörte den Unterton in Jims Stimme, erkannte ihn wie ein Seemann, der den herannahenden Sturm spürt, wenn der Wind dreht. Also zog sie wie ein Seemann ihre Segel ein und schwieg. Ihr Rückzug reizte ihren Mann.

»Du bist so still. Hat dir der Film nicht gefallen?«

»Doch!«

»Warum bringst du dann kein Wort heraus? Ich habe nur versucht, dir heute Abend eine Freude zu machen.«

»Es hat mir wirklich gut gefallen. Es war toll!«

»Wenn es so toll war, könntest du ruhig etwas von dir geben, ohne dass ich dir jedes Wort aus der Nase ziehen muss! Ich wollte dir einen schönen Abend machen. Tut mir Leid, wenn mir das nicht gelungen ist. Echt Leid!«

Sarah sah ihn an. »Mach jetzt nicht alles kaputt, Jim. Ich hab' doch gesagt, dass es schön war! Wirklich nett von dir … Ich hoffe, Donna hatte keine Probleme mit den Kindern …«, fügte sie hinzu, um das Thema zu wechseln; aber auch, weil sie an die Kinder dachte und rasch nach Hause wollte.

»Mein Gott! Denkst du auch mal an was anderes als an die verdammten Kinder?«

»Ja«, entgegnete Sarah lebhaft. »Ich denke an dich! Ich denke sogar sehr oft an dich!«

Jim sah ihr in die Augen und verstummte. Sarah wurde nervös, fürchtete, er würde nun wissen wollen, was sie von ihm hielt. Aber nach einer Weile begann er zu pfeifen, und Sarahs Anspannung fiel allmählich von ihr ab.

»Du bist so gut wie Roger Whittaker«, wagte sie schließlich zu bemerken, und er lachte auf.

»Der ›Mexican Whistler‹? Vielleicht. Aber so viel Geld wie er hab ich nicht!«

»Ich wüsste zu gern, woran Sie gerade denken, Mrs. de Barra!«

Joan blickte von dem Gobelin auf, an dem sie arbeitete – ein Weihnachtsgeschenk für ihre Schwester Delia – und starrte David an. Sie saß in einem Sessel in einer Ecke des Ateliers, den sie hierher gestellt hatten, damit Joan abends möglichst oft bei David sein konnte, wenn er arbeitete. Meistens schwieg sie, um ihn nicht in seiner Konzentration zu stören. Sie genoss seine – wenn auch wortlose – Gesellschaft, weil sie sich nicht von ihm getrennt fühlte, sondern es eher so empfand, als begleite sie ihn auf seiner künstlerischen Reise, als nehme er sie mit in seine Einsamkeit. Also zog sie nach der Arbeit einen alten schwarzen Trainingsanzug an, setzte sich in ihren Polstersessel und antwortete, wenn er sie ansprach. Manchmal brachte sie Papiere aus der Kanzlei mit, die sie durcharbeiten musste, aber meistens nutzte sie die Zeit zum Nachdenken oder versuchte sich im Gobelinknüpfen, so wie jetzt, hörte mit halbem Ohr das Klatschen und Schaben des Spachtels, das Wispern des Pinsels, die kontrollierten, nervösen Atemzüge des Künstlers und roch den scharfen, sauberen Geruch nach Farbe und Leinöl.

»Nicht der Rede wert.«

»Du musst doch an irgendwas gedacht haben!«

»Ich habe mich gefragt, wann du wohl wieder von dem Kunsthändler hörst!« David zuckte die Achseln. Sie sah seine schwarzen Haare, den drahtigen Bart; sein Gesicht war halb verdeckt von der Leinwand. Seit dem Besuch des französischen Kunsthändlers, der versprochen hatte, sich im neuen Jahr wieder zu melden, war eine unübersehbare Wandlung mit David vor sich gegangen. Er arbeitete härter denn je, weniger fieberhaft, dafür mit mehr Sicherheit. Anscheinend ging es ihm besser; er war nicht mehr so blass wie früher.

Der Mann in Schwarz tauchte auf seinen neuen Bildern nicht mehr auf. Sein letztes Gemälde, eine Leinwand von gut einem Meter im Quadrat, war eine einzige Gefühlsaufwallung; Freude sprach aus den Farben, aus dem Wirbel der Bewegung, den angedeuteten menschlichen Gestalten, die ausgelassene Heiterkeit ausstrahlten: zerbrechlich wirkende Tänzer, die von einer Dynamik unerreichbarer menschlicher Glückseligkeit ergriffen waren. Zumindest kam es Joan so vor.

»Dieses Glück ist übermenschlich«, bemerkte sie, als David ihr das Bild zeigte.

Der Kommentar missfiel ihm. »Nichts ist übermenschlich. Der Mensch ist das Maß aller Dinge. Was Ausdruck findet, existiert auch, denn wenn ich es erfassen kann, dann muss der Mensch es ja haben ...!«

»Und was ist mit der Frau?«, fragte sie.

Mit einem leisen Lachen küsste er ihren Nacken. »Die Frau ist mit gemeint. Der Ausdruck ›Mensch‹ ist ein Oberbegriff, wie du sehr wohl weißt. Niemand – ob Mann oder Frau – weiß um die eigene Macht!«

»Und Künstler sind dazu da, sie ihnen zu zeigen?«

Er seufzte. »Ach, Joan ... du glaubst, das sei vermessen? Das Höchste, was ich erreichen kann, ist Anstöße zu geben!«

Während sie so im Sessel saß und seinen innersten Gedanken lauschte, sann Joan darüber nach, dass die Schwankungen zwischen Überschwang und Melancholie, die in seinen Bildern so heftigen Ausdruck fanden, Zeichen der Enttäuschung einer übersensiblen Seele waren, die die schmerzlichen Begrenzungen des körperlichen Daseins kaum ertrug. Sie konnte das gezeitenhafte Auf und Ab seiner Stimmung nachfühlen, die Flut leidenschaftlicher Kreativität, den ungestümen Wunsch das auszudrücken, was er als Wunder erlebte, um danach leer, enttäuscht und erschöpft auf seinen Stuhl zu sinken. Aber sie vermutete, dass seine Berufswahl, seine wütenden Anstrengungen ein Versuch waren, die Vergangenheit auszublenden, die Ereignisse seiner Kindheit, den Verlust seines Bruders. Sie hatte ihn gefragt, wie der Bruder umgekommen war, und nur eine kurze Erklärung erhalten: ein Badeunfall. Doch über die Umstände seines Todes hatte er sich ihr gegenüber lange Zeit ausgeschwiegen; darüber sprach David erst, als eines Abends im Fernsehen ein ertrunkenes Kind gezeigt wurde, was ihn zutiefst erschütterte.

Sein Bruder Damion war ein Jahr jünger gewesen als er. In einem Sommer, Damion war zehn Jahre alt, hatten sie im Hallenbad der benachbarten Schule gespielt. Das Bad war abgeschlossen, aber David hatte entdeckt, dass sich ein Fenster des Umkleideraums von außen öffnen ließ. Er und Damion waren an einem Sommerabend durch das Fenster in den Umkleideraum geklettert und von dort ins Schwimmbad gelangt.

Das Becken war klein, die Wasseroberfläche glatt und ein wenig unappetitlich. Die Jungen zogen sich aus und balancierten am Beckenrand entlang. Keiner von ihnen konnte schwimmen. Sie hatten bei Sandymount zwischen Felsen in den schäumenden Wellen geplanscht. Unter Aufsicht ihrer Mutter hatten sie sich ins Seichte gewagt, aber wie man im Wasser überlebt, hatte ihnen niemand beigebracht.

»Wo ist das tiefe Ende?«, hatte Damion gefragt und David hatte auf die andere Seite des Beckens gedeutet. Er wusste nicht, wo das tiefe Ende war, war es aber gewohnt, vor seinem kleinen Bruder die Rolle des Klügeren zu spielen und wollte seine Unwissenheit nicht eingestehen.

Damion hüpfte sofort hinein, tauchte in dem über zwei Meter tiefen Becken bis zum Grund, kam wieder hoch und schlug wild um sich, während David hineinsprang, sich am Rand festhielt und nach seinem Bruder greifen wollte, schwimmen wollte, es aber nicht konnte, rauskletterte und um Hilfe schreiend wegrannte. Aber als die Hilfe kam, trieb Damion mit dem Gesicht nach unten im Wasser und alle Wiederbelebungsversuche waren vergebens.

David weinte, als er Joan die Geschichte erzählte, vergrub sein Gesicht in den Händen, wollte sich nicht trösten lassen.

»Ich bin ein Mörder! Du bist mit einem Mörder verheiratet!«

»Es war ein Unfall. Du warst noch ein Kind!«

Als David sich gefasst hatte, sagte er: »Wir waren wie Zwillinge. Überall sind wir zusammen hingegangen. Er wäre diesen September neununddreißig geworden. Er hatte mehr Mut als jeder andere, den ich kannte, obwohl er noch ein Kind war, mehr Mitgefühl ... Du hättest ihn gern gehabt, Joan!«

Und dann zeigte er ihr ein Foto von Damion, für eine Rolle in einer Schulaufführung verkleidet, mit schwarzem Umhang und Dreispitz, unter dem ein ernstes Kindergesicht in die Kamera blickte.

»*Das scharlachrote Siegel.* Er war sehr gut als ›Scarlet Pimpernel‹. Ich werden den Verdacht nicht los, dass mir die Rolle des Chauvelin zugedacht war ... Meiner Mutter habe ich damit das Herz gebrochen. Sie hat mir nie verziehen ...«

»Du hast versucht ihn zu retten«, wandte Joan ein. »Du hast getan, was du konntest.«

David schwieg. Dann sagte er: »Ich versuchte zu schwimmen, ihn zu packen. Aber ich konnte nicht. Ich tauchte auf den Grund und da war ein Dröhnen in meinen Ohren. Das Wasser war grünlich und durchsichtig. Ich bekam Panik, ich wurde dieser anderen Welt gewahr, die ich nicht kannte, die mir keinen Halt bot, die völlig gnadenlos schien, und bemerkte einen Schatten, der durchs Wasser auf mich zukam, und plötzlich empfand ich das Verlangen, nach ihm zu greifen.«

»Was für einen Schatten? Meinst du Damion ...«

David sah sie an und schüttelte den Kopf. »Nein!«

Joan schauderte.

»Danach träumte ich lange Zeit von Damion im Wasser, seine Haare hochgeschwemmt, die Augen starr, ganz starr, die Hand Hilfe suchend ausgestreckt ...«

»Wie bist du rausgekommen?«

»Als ich wieder hochkam, war ich so nah am Beckenrand, dass ich nach dem Geländer greifen konnte. Dann rannte ich los und schrie um Hilfe.«

Joan wollte schon das Thema wechseln, da fügte David

nachdenklich hinzu: »Damion und ich hatten einen Pakt. Wir wollten uns, ganz gleich, wo wir beide dann wären, an meinem vierzigsten Geburtstag treffen.« Er lächelte. »Wir dachten, dann wären wir so alt, dass es fast an der Zeit sei abzukratzen!«

»Du wirst im Juni vierzig!«

Er warf Joan einen Blick von der Seite zu. »Wenn er zurückkommen kann, wird er es tun.«

Joan starrte ihren Mann an und unterdrückte die Worte, die ihr auf der Zunge lagen. Davids Gesicht war vollkommen ernst. Er ist tot, dachte Joan bei sich. Damion ist tot.

Nach der Fernsehsendung über das ertrunkene Kind, nach diesem Gespräch, hatten Davids Schmerzen begonnen. Joan sprach danach nie wieder mit ihm über Damion, sondern tat alles, um die Gedanken an seine Kindheit zu vertreiben. Aber sie wusste, dass in einer Ecke des Ateliers mit der Vorderseite zur Wand das Bild eines ertrinkenden Kindes lehnte, das mit weit aufgerissenen dunklen Augen durchs Wasser starrte, als blicke es gelassen in Dimensionen jenseits von Zeit und Raum.

Aber heute Abend war David ruhig und gelassen. Er hatte das Gemälde *Der Tanz* weggestellt und ein neues begonnen, und während er daran arbeitete, warf er ihr hin und wieder einen Blick zu. Sie saß mit untergeschlagenen Beinen, über den Gobelin gebeugt, im Sessel, doch dann legte sie ihre Arbeit weg und streckte sich plötzlich, ließ Hals und Kopf über die eine Armlehne baumeln und die Knie über die andere, so dass sie den Raum verkehrt herum sah und spürte, wie ihre Haare den Boden berührten und ihr das Blut ins Gesicht schoss. Als sie sich wieder aufrichtete, sah sie, dass David sie beobachtete. »Mach das noch mal!«

»Was denn?«

»Dich so strecken, rücklings über die Armlehne. Sei genauso hemmungslos wie eben, lass alles los!«

Joan lachte und tat ihm den Gefallen, warf die Arme zurück, ließ einen auf den Boden hängen. Sie hörte das Kratzen der Kohle auf der Leinwand.

»Malst du ein Bild von mir?«

»Du hast mich auf eine Idee gebracht. Bleib so!«

»Ich ersticke!«

»Nur einen Augenblick!«

David, das ganze Zimmer sahen so, Hals über Kopf, irgendwie komisch aus, als hätte sie ihn oder diesen Raum nie zuvor gesehen. Ihr fiel auf, dass Davids Gesicht zu dünn war, die Knochen traten überdeutlich hervor. Aber das Blut rauschte ihr in den Ohren und sie fühlte sich benommen.

»Jetzt setze ich mich auf. Ich bin nicht bereit, für die Kunst zu sterben!«

Er lachte. »In Ordnung.«

Später, als sie sich vor dem Schlafengehen auszog, fragte sie: »Wolltest du mir schon einmal Gewalt antun?«

David lag im Bett und beobachtete sie aus dunklen Augen. »Ja, ständig. Gewalt, Leidenschaft, Zärtlichkeit, alles.«

»In diesem Sinne meine ich das nicht … Es ist nur, weil heute eine Frau bei mir war und mir gesagt hat, dass ihr Mann sie schlägt. Sie ist völlig ratlos. Er ist Lehrer. Ich habe ihr gesagt, sie soll eine Unterlassungsverfügung erwirken, doch das macht sie bestimmt nicht. Oder sie könnte ausziehen und ins Frauenhaus gehen. Das habe ich ihr nahe gelegt. Wahrscheinlich macht sie das auch nicht! Schließlich ist er ihr Ernährer.«

David verzog angeekelt das Gesicht. »Mit diesen widerlichen Kerlen sollte man kurzen Prozess machen … am besten nimmt sie das selbst in die Hand!«

Joan seufzte. »Wenn sie das tut, dann gnade ihr Gott … Du hast ja gesehen, wie das Gericht mit Frauen verfährt, die sich verteidigen.«

David betrachtete sie schweigend. Dann sagte er: »Das männliche System geht davon aus, dass den Männern die Vorherrschaft von Rechts wegen zusteht, basierend auf ihrer eigenen Beschränktheit, und behauptet beharrlich, dass die eigene Beschränktheit der objektive Maßstab aller Dinge sei. Dieses System reagiert brutal, wenn Frauen ihren Wert als Individuum geltend machen.«

»Warum?«

»Die Männer bekommen Angst!«

»Vor den Frauen?«

»Vor dem Leben, vor allem, was sie nicht kontrollieren können. Die fraueneigene Kultur ist nicht zu ertragen. Denn sie bedeutet, dass die männliche Erfahrung nur eine Hälfte der menschlichen Gleichung ist, dass es jenseits ihrer Grenzen menschliche Bereiche gibt, die sie nicht einmal im Ansatz verstehen!« Er lächelte schalkhaft. »Das können wir nicht haben!«

Joan ignorierte die Provokation. »Ich glaube, viele Männer haben einfach Angst davor, althergebrachte Kastenbräuche abzuschaffen. Für sie steht zu viel auf dem Spiel. Aber ich mag Männer«, fügte sie hinzu. »Deinetwegen bin ich hoffnungslos romantisch. Und deinetwegen habe ich eine gute Meinung von Männern. So lange es Männer wie dich gibt, haben Frauen die Chance, auf dieser Welt glücklich zu werden!«

David neigte den Kopf. »Ich fühle mich geehrt ...« Dann sagte er: »Du hast einen starken Glauben in dir. Ich möchte, dass du alles bekommst, was das Leben zu geben hat. Als ich dich kennen lernte, wollte ich dich am liebsten einpacken und davonschleppen! Früher träumte ich davon, ein Häuschen auf dem Land für uns zu bauen, mit Rosen und allem, und dass dein Busen so groß würde, dass du nicht mehr zur Tür hinaus passt.«

Joan lachte. »Männerphantasie in Reinkultur!«

Als sie im Bett lag, schob David ihr Nachthemd in die Höhe und liebkoste sie. Joan streifte es ab, löschte das Licht und zog ihn an sich, und er vergrub seinen Kopf zwischen ihren Brüsten.

»Sind sie dir zu klein? Eins muss ich dir sagen, ich passe immer noch durch die Tür!«

Patricia zog sich zum Ausgehen um. Sie war mit Paddy zum Abendessen verabredet. Nach Weihnachten war er nach Dublin zurückgekehrt und hatte am 28. ihre Party besucht.

Inmitten der angeregt plaudernden Menschen hatte Patricia auf den einzigen Gast gewartet, den sie wirklich sehen wollte. Er traf ein, als die Party bereits in vollem Gange war, und stellte eine in Weihnachtspapier gewickelte Flasche auf den Tisch im Flur.

»Ah, hallo, Paddy«, begrüßte ihn Gerry höflich. »Pat hat mir erzählt, dass sie dich eingeladen hat. Dass ich nicht selbst daran gedacht habe!« Er nahm Paddy unter seine Fittiche und stellte ihn verschiedenen Leuten vor. Patricia mischte sich unter ihre Gäste und wechselte ein paar gut gelaunte Worte mit Paddy, wie es sich für eine Gastgeberin gehört, während die Leute um sie herum in Grüppchen zusammenstanden und sich unterhielten. Der Raum war von fröhlichen, lachenden Stimmen erfüllt, vom Duft nach Wein und Schnaps.

»Hattest du ein schönes Fest?«

»Weihnachten ist ein Fest für Kinder«, sagte Paddy.

»Stimmt!«

»Du siehst wunderbar aus«, flüsterte er.

»Schmeichler!«

Er grinste. »Darüber haben wir uns schon mal unterhalten ...« Patricia lächelte.

»Kann ich dich wieder anrufen?«, fragte er mit gedämpfter Stimme.

»Brauchst du dafür eine Erlaubnis?«

Dann war Nell gekommen, Patricia stellte sie vor und Paddy entfernte sich, während Nell Pat über den Jungen ausfragte, der Orla belästigte. Während der Ferien hatte es Probleme mit ihm gegeben. Er saß draußen auf seinem Motorrad und beobachtete das Haus. Stundenlang hielt er Wache, bis Gerry auf ihn aufmerksam wurde und ihm nahe legte zu verschwinden.

»Er heißt Mick Clancy. Orla wollte mit ihm Schluss machen, aber er ignoriert das einfach! Sitzt draußen vor dem Haus auf seinem Motorrad, so dass sie sich kaum noch auf die Straße wagt. Gerry hat heute die Polizei verständigt, die haben ihn verwarnt.«

»Wahrscheinlich ist er verliebt, der arme Kerl!«, meinte Nell. »Er kann einem fast Leid tun.«

»Du hättest ihn sehen sollen!«, erwiderte Patricia. »Um die Wahrheit zu sagen, er jagt mir richtig Angst ein.«

»Warum?«

»Nur so ein Gefühl. Sein Gesichtsausdruck, diese Entschlossenheit! Als hätte er irgendwelche Rechte, die ihm verweigert werden!«

Nell lachte. »Er leidet nur ein bisschen am Drüsenfieber. Darüber kommt er hinweg!« Sie nippte an ihrem Drink und fügte nach einer Weile hinzu: »Offensichtlich hast du dich für den vernünftigeren Weg entschieden ...«

Pat dachte an ihr Gespräch vor Weihnachten zurück und lächelte reumütig. »Ach, Nell – was heißt schon vernünftig?«

Paddy ging früh. Patricia und Gerry begleiteten ihn zur Tür. »Schön, dass du gekommen bist.«

»Danke für die Einladung.« Seine Stimme war gedämpft und höflich, seine Augen verrieten nichts, aber als Pat an der Eingangstür stand und sich verabschiedete, hatte sie das Gefühl, als bestünde eine ganz besondere Verbindung zwischen ihr und ihm, als könnten sie einander alles geben, was das Leben an Wärme, Bedeutung und Lebendigkeit zu bieten hatte. Und es kam ihr vor, als nähme er dieses Leben und diese Wärme mit sich fort, als er die Eingangstufen hinunterging.

Aber jetzt würde sie mit ihm essen gehen. Er hatte wieder angerufen und mit verschwörerischer Stimme gesagt: »Hast du heute Abend Zeit für einen kleinen Imbiss? Ich würde gern in die Berge hinauffahren. Da könnten wir irgendwo essen gehen.«

Patricia zögerte nur der Form halber. Gerry wollte erst spät heimkommen. Sie würde ihm einen Zettel dalassen. Die Kinder konnten Pizza essen. Es gab keinen Grund, abzulehnen. Schließlich war es nur eine Einladung zum Abendessen. Da war doch nichts dabei.

»Um wieviel Uhr?«
»Halb acht?«
»Ich erwarte dich dann!«

7. Kapitel

»Der Staat erkennt an, dass die Frau durch ihr Leben im Heim der Familie einen Beitrag für den Staat leistet, ohne den das Gemeinwohl nicht gesichert werden könnte.« (Artikel 41,2 der Irischen Verfassung.)

Ist das nicht nett? Erscheint nicht dadurch alles der Mühe wert? Aber wenn Frauen nur Mittel zum Zweck sind, um wessen ›Gemeinwohl‹ handelt es sich dann eigentlich?

Aus: *Die Pferdeohren*, 1980

Januar 1990

Sarah weinte. Ihr Kopf schmerzte. Das Kreuz tat ihr weh. Ihre Arme waren grün und blau; und der linke Ellenbogen, auf den sie gefallen war, pochte schmerzhaft. Wie immer, wenn Jim loslegte, herrschte im Haus eine unnatürliche Stille; heute Abend würden die Kinder weder raufen noch streiten. Bestimmt schlief Dara fest, die runden Wangen nass vor Angsttränen. Er schlief immer schnell ein, wenn sein Vater wütete.

Sarah saß auf einem Stuhl, rieb sich ihren geschwollenen Ellenbogen und spürte, wie ihre Wut und ihre Angst verebbten. Ihre Kraft war erschöpft. Jim war zu Bett gegangen. Sie würde heute Nacht auf der Couch schlafen und am Morgen so tun, als wäre nichts gewesen. Auch die Kinder würden so tun, als wäre nichts gewesen, nur dass sie sich nur unvollkommen verstellen konnten – Liams Blässe, Lorraines ängstliche Augen verrieten sie. Schweigend würden sie ihren

Porridge essen und dann zur Schule gehen. Und Jim würde herunterkommen, mürrisch, in sich gekehrt, und wortlos eine Kanne Tee für Sarah kochen. So würde es am Morgen sein. Am Morgen danach war er immer so nett zu ihr.

Jetzt hatte sie Schmerzen. War ihr Ellenbogen gebrochen? Was war mit ihrem Rücken? Würde sie das Baby verlieren?

»Allmächtiger Gott, was bist du nur für eine Sau! Du glaubst wohl, ich habe einen Goldesel, dass ich nicht Besseres zu tun habe, als dich und deine Bälger zu ernähren?«

Auch während ihrer anderen Schwangerschaften hatte er sie geschlagen; das konnte immer passieren, wenn der Teufel in ihn fuhr, so dass er außer sich geriet und jede Kontrolle verlor. So machte er seiner Enttäuschung über das Leben Luft, und sich an Sarah abzureagieren war so bequem. Sie war seine Frau und daher fühlte er sich dazu berechtigt. Manchmal wollte er unmittelbar danach Sex, konnte es nicht abwarten, riss ihren Rock hoch und drang in sie ein, drückte sie gegen die Küchenwand, schnaufte und grunzte wie die Seeelefanten, die Sarah einmal im Fernsehen gesehen hatte. Drei Kinder hatte er auf diese Weise gezeugt, auch das, mit dem sie jetzt schwanger war.

Heute Abend war er einfach ins Schlafzimmer hinaufgegangen, nachdem er die Küchentür so heftig zugeknallt hatte, dass sich ein Scharnier lockerte und eine Schraube auf den Boden fiel. Sarah starrte sie an. Da war eine Schraube locker … wie bei ihm! Jim hatte auch eine Tasse vom Tisch gefegt, die jetzt in Scherben dalag.

Sarah kannte die widersprüchlichen Gefühle nur zu gut, die sie durchlebte, wenn er sie geschlagen hatte. Zuerst die Demütigung, dass jemand ihr so etwas antun konnte, und zwar ungestraft. Und dann die Schuldgefühle. Hatte sie es womöglich nicht anders verdient? Vielleicht hätte sie ihm etwas vorsichtiger beibringen sollen, dass sie schwanger war. Ja, sie hätte sich geschickter anstellen können … Es war teilweise ihre Schuld, weil ihre Taktik nicht ausgeklügelt genug gewesen war. In allem, was sie tat, musste sie perfekt sein. Dann kam ihr zu Bewusstsein, dass sie im Augenblick die

Oberhand hatte; nachdem er sie geschlagen hatte, war er immer ernüchtert, fast niedergeschlagen, als hätte er Angst, dass er diesmal zu weit gegangen war. Das weckte in ihr vorübergehend ein verrücktes Triumphgefühl. Und als letztes folgte die Wut, der schwelende Zorn, der Wunsch in das Zimmer hinaufzugehen, in dem er lag und von dem Gewaltausbruch gegen Sarah ganz erschöpft seinen Rausch ausschlief, und ihm mit dem Schürhaken den Schädel einzuschlagen. Aber sie musste an die Kinder denken, an morgen; ganz gleich, wie sie es auch drehte und wendete, alles schien hoffnungslos. Um es mit jemandem wie Jim aufzunehmen, musste man seine Möglichkeiten klar vor Augen haben und bereit sein, sie zu ergreifen. Aber Sarah war schwanger, sie hatte Kinder und sie war stolz wie Cäsar. Und sicher, sicher, sicher würde er doch diesmal einsehen – er musste es einfach einsehen –, dass es so nicht weiterging. Hatte sie in seinem Gesicht, als er davontorkelte, nicht einen Anflug von Selbstverachtung gesehen?

Und während dieser Konflikt in ihr tobte und sich partout kein einfacher, eindeutiger Lösungsweg abzeichnen wollte, kam eine schleichende Lähmung ihrer Willenskraft über sie.

Sie stand auf, holte Schaufel und Besen und fegte die Scherben auf. Ihr Rücken schmerzte beim Bücken und sie bewegte sich vorsichtig. Dann deckte sie mechanisch den Frühstückstisch. Wenn die Kinder herunterkamen, sollten sie die Spuren des Streits nicht sehen.

Es klopfte an die Hintertür. Sarah zog den Vorhang beiseite und sah Fiona draußen stehen. Ihr erster Impuls war, die Nachbarin wegzuschicken, aber damit hätte sie eingestanden, wie durcheinander sie war, wie ernst ihre Lage war. Also schloss sie die Tür auf und ließ Fiona herein. Fiona musterte sie. Dann half sie ihr wortlos beim Tischdecken, trocknete das saubere Geschirr ab, das in der Spüle stand, wischte die Arbeitsfläche ab und stellte die Milch zurück in den Kühlschrank.

»Ich würde ihm den Schädel einschlagen«, zischte sie nach einer Weile. »Wenn Charlie Hand an mich legen würde, würde ich ihn umbringen!«

Sarah legte ein nasses Tuch auf ihre Wange. »Das sagt sich so leicht«, erwiderte sie ärgerlich. »Er tut es ja nie! Und du würdest dich wundern, was du dir alles um der Kinder willen gefallen lässt!«

»Ich wollte schon die Polizei holen, als ich heute Abend hörte, wie er auf dich losging. Das nächste Mal tu ich's.«

»Was hätte das für einen Sinn?«, fragte Sarah müde. »Das habe ich dir doch schon mal gesagt. Die interessiert das nicht. Weißt du noch, wie Maura D'Arcy ihren Alten vor Gericht gebracht hat und dem Richter fiel nichts Besseres ein, als ihm gut zuzureden, er wäre doch ein anständiger Mann, wenn er nur nicht trinken würde, und er solle sich doch bitte von Schwester Genevieve helfen lassen, die sich um die Alkoholiker kümmert?«

»›Ist das in Ordnung, Ma'am?‹, sagte er zu der armen Maura, und was blieb ihr anderes übrig als ja zu sagen? Nachdem sie ihren ganzen Mut zusammengenommen hatte, um ihn vor Gericht zu bringen! Dann musste sie mit ihm nach Hause gehen und er hat geschwitzt wie ein Schwein. An diesem Abend hat er sie halb tot geprügelt! ... Nein, die Polizei zu holen würde überhaupt nichts nützen, da würde er nur noch mehr ausrasten!«

»Brauchst du einen Arzt?«, fragte Fiona, die sah, wie Sarah zusammenzuckte, als sie behutsam das feuchte Tuch auf ihre Wange drückte.

»Ich glaube nicht. Anscheinend ist nichts gebrochen. Ich kann mir keinen Arzt leisten.«

Fiona machte Tee. Sarah hoffte, dass Fiona den Mund halten würde. Sie war eine schreckliche Klatschbase – ein lieber Mensch, der jedoch der Versuchung nicht widerstehen konnte, sich im Gespräch hervorzutun. Während sie den Tee und die Tassen auf den Tisch stellte, gab sie eine Geschichte über eine Freundin zum Besten, die mit ihrem Liebhaber übers Wochenende nach London gefahren war. Der Mann behauptete, sie zu lieben; seiner Frau hatte er gesagt, er sei auf Geschäftsreise.

»Die halbe Zeit hat sie damit zugebracht, einen Laden

nach dem anderen mit ihm abzuklappern, während er Einkäufe für seine Frau erledigte. Seine Frau rief sogar im Hotel an, weil er noch etwas besorgen sollte, was nicht auf der Liste stand! Kannst du dir das vorstellen? ›Hallo, Liebling. Ja, natürlich, ja, ja … Bis Sonntag … Ich liebe dich auch.‹ Kannst du dir das vorstellen, während sie im Bett lag und auf ihn wartete? Ein merkwürdiges Aphrodisiakum!«

Sarah lachte. »Du lieber Gott!«

»Sie trifft sich immer noch mit ihm.«

»Frauen suchen etwas«, sagte Sarah. »Sie sind Schatzgräberinnen. Immerfort suchen sie und graben. Sie sind überzeugt, dass sie etwas finden, wenn sie nur fleißig genug buddeln. Und während der Ausgrabungsarbeiten verzeihen sie alles, solange sie noch Hoffnung haben.«

»Kannst du Jim etwa verzeihen?«, fragte Fiona.

»Bisher schon«, antwortete Sarah nach einer Weile. »Irgendwie auch jetzt noch, wenn ich das Gefühl habe, dass er nichts dagegen machen kann. Aber manchmal bin ich so wütend, dass ich Angst habe, ich könnte ihn umbringen. Und manchmal habe ich Angst, dass er mich umbringt.«

Fiona ging nach Hause und Sarah holte sich ein Federbett und ein Kopfkissen aus dem Schrank im Zimmer der Jungen. Sie schlich an der Schlafzimmertür vorbei, ging hinunter, legte das Bettzeug auf die Couch, schloss die Tür und zog sich aus.

Im Spiegel über dem Kaminsims sah sie ihren Körper, ihre Bewegungen, wie sie vorsichtig daran ging, ihren Pullover auszuziehen, weil es ihr schrecklich weh tat, die Arme über den Kopf zu heben, ihr schmerzverzerrtes Gesicht. Behutsam betastete sie ihre Brust und zuckte zusammen. Sie war wund und geschwollen. Auf Sarahs Armen hatten Jims Finger rote Male hinterlassen.

Als sie das Nachthemd übergezogen hatte, löschte sie das Licht und zog die Vorhänge ein wenig zurück, so dass sie die schattenhaften Umrisse der kleinen Weide im Vorgarten sah. Das Licht der Straßenlaterne fiel in den Garten auf die kleinen violetten Krokusse und auf die Osterglocken, die schon aus dem Boden spitzten und bald aufblühen würden. Die kahlen Zweige der Weide mit ihren frischen Knospen wiegten sich im Wind. Eines Tages würde sie ein schöner Baum sein, aber dann wäre der Rasen zu klein für sie. Sarah erinnerte sich noch gut an den Tag, an dem sie die Weide aus der Baumschule geholt hatte – kurz nachdem sie das Haus gekauft hatten. Sie hatte sich vorgestellt, wie sie an Sommerabenden mit einem Buch unter den herabhängenden Zweigen sitzen würde. Früher hatte sie gern gelesen, aber jetzt blieb ihr keine Zeit mehr dazu. Kinder im Alter von acht, sechs und zweieinhalb – und das vierte unterwegs – machten viel Arbeit. Nach Lorraines Geburt hatte Sarah eine Weile die Pille genommen, sie aber nicht vertragen, und der Arzt hatte ihr empfohlen, sie wieder abzusetzen. Danach hielten sie sich an die sicheren Tage und benutzten Kondome – solange Jim nüchtern war. Wenn er nicht nüchtern war, bumste er sie auf dem Küchentisch oder gegen die Wand gelehnt. Und dann musste sie am nächsten Tag so tun, als sei nichts gewesen, deckte die blauen Flecken im Gesicht mit einer dicken Schicht Make-up ab und bemühte sich, nicht bei jeder Bewegung zusammenzuzucken. Schlimmer als die Prügel war nur die Angst, dass die Leute etwas merkten, dass sie perverse Neugierde oder Mitleid in ihren Augen entdeckte.

Früher war alles anders gewesen. Da hatte sie eigenes Geld gehabt, einen Job als Zahnarzthelferin und Sekretärin. Sie hatte Schreibmaschine gelernt und Kurse besucht und Mr. Ward hatte ihr beigebracht, wie man Amalgam mischt, die in der Praxis anfallenden Büroarbeiten und die Buchführung erledigt. Bei ihrem Arbeitgeber, Mr. Ward, hatte sie immer alle Hände voll zu tun gehabt; oft hatte sie in der Mittagspause Besorgungen oder im Notfall Überstunden gemacht. Mehr Geld hatte sie dafür nie bekommen. Aber das störte sie nicht; sie war stolz auf ihre Arbeit gewesen. Nur manchmal hatte sie Mitleid mit den Patienten gehabt, die sich keine anständige Behandlung leisten konnten, wie die arme Witwe, die von der Sozialhilfe lebte und eine Krone brauchte. Mr. Ward hatte stattdessen den ganzen Zahn gezogen, einen Schneidezahn. »Ich bin ja schließlich keine Wohltätigkeitsorganisation.«

Jim hatte sie über ihre Arbeit kennen gelernt. Eines Morgens war er ohne Termin in die Praxis gekommen.

»Ich habe Schmerzen. Könnten Sie den Zahnarzt bitten, mich dranzunehmen, Miss?« Mr. Ward hatte ihn behandelt. Die Röntgenaufnahme zeigte Karies unter einer Plombe im linken oberen Eckzahn als Ursache der Schmerzen. Die alte Plombe wurde entfernt und durch eine provisorische Füllung ersetzt. Bei seinem nächsten Termin war Jim dann sehr charmant gewesen.

»Ich möchte mich dafür bedanken, was Sie letzte Woche für mich getan haben. Ich war halb wahnsinnig vor Schmerz.«

»Keine Ursache.«

»Hätten Sie nicht Lust, einen Happen mit mir zu essen? Ich muss erst um halb zwei wieder auf dem Bauhof sein.«

»Wo arbeiten Sie denn?«

»O'Connor's Baustoffhandlung. Ich bin Vorarbeiter.«

»Aha.«

»Wie heißen Sie?«

»Sarah.«

»Ich heiße Jim. Jim O'Toole.«

Sie hatten in Kennedy's Pub um die Ecke zu Mittag gegessen und über Steuern geredet: »O Gott, mit dem Quellenabzug kann doch kein Mensch leben. Ich wette, Mr. Ward versteuert nicht jeden Penny, den er verdient!«

»Woher soll ich das wissen?«, erwiderte Sarah, die um einiges mehr wusste, als sie zugab.

Er lächelte sie an, ein gewinnendes Lächeln, und um seine hellblauen Augen bildeten sich Lachfältchen. Sein Interesse schmeichelte Sarah. Er sah sie an, als wäre sie der einzige Mensch in dem Lokal, als wäre sie das Wichtigste auf der Welt.

»Sie haben einen schönen Mund … wenn ich das sagen darf, Sarah, so ein hübsches Mädchen wie Sie hab' ich schon lang nicht mehr gesehen. Das meine ich ernst.«

Sie war rot geworden. Damit hatte alles begonnen. Er holte sie von der Wohnung ab, die sie mit Myra und Jenny teilte, und führte sie aus: ins Kino, zum Essen, auf einen Spaziergang, zu einem Ausflug hinaus nach Howth, wo sie lange knutschten. »Hör auf, Jim. Nicht.« Seine Hände unter ihrem Rock, auf ihren Brüsten. Aber im Grunde wollte sie gar nicht, dass er aufhörte, zumindest nicht ganz, und er hatte auch nicht die Absicht von ihr abzulassen. Vor Erregung hatte sie einen Orgasmus; es reichte, dass sie seine Hand auf ihrem Schenkel und seine Erektion spürte, dass er ihre Brust liebkoste. So begehrt zu werden bedeutete Macht, eine berauschende Macht.

»Ich liebe dich, Süße, ich liebe dich.«

Daran zweifelte sie nicht. Sie hatte das Gefühl, dass sie von einer Woge davongetragen wurde, und niemand machte sich die Mühe zu fragen, ob sie mitwollte oder nicht.

»Was hältst du von ihm, Myra?«, fragte sie ihre Mitbewohnerin.

»Er ... er sieht gut aus ...«

Jennys Urteil fiel zurückhaltend aus. Stirnrunzelnd meinte sie: »Wenn du mich fragst, ist er nur aufs Bett aus.«

»Da wäre er nicht der Erste«, entgegnete Myra.

Die Wohnung war klein, eine winzige Küche, ein Schlafzimmer mit zwei Betten, ein Wohnzimmer mit Schlafcouch. Das war Sarahs Bett und sie wollte es auf keinen Fall mit Jim teilen, ganz gleich wie sehr er ihr schmeichelte, wie ärgerlich er wurde.

Sarah merkte sehr wohl, welche Auffassung er vertrat. Seine Bedürfnisse hatten Vorrang. Männer brauchten Sex. Das hatte er ihr selbst gesagt. Wenn Männer etwas brauchten, so war damit automatisch entschuldigt, dass sie es sich einfach nahmen. Ich brauche es, deshalb habe ich ein Recht darauf. Was Frauen brauchten, spielte keine Rolle.

»Mein Gott, man könnte glauben, du wärst eine Prinzessin im Elfenbeinturm«, brummte Jim eines Abends. »Ich hätte gute Lust, dich zu vergewaltigen und dir ein Kind zu machen.«

Sarah war vor Schreck wie erstarrt. »Dann würde ich nie wieder mit dir reden ... ich würde dir die Polizei auf den Hals hetzen!«, flüsterte sie, und noch während sie das sagte, wurde ihr klar, wie unzureichend diese Antwort war. Er hatte so schnoddrig davon geredet, ihr Gewalt anzutun, als wäre das irgendeine folgenlose Dreistigkeit, eine kleine Verfehlung, die man auch von der lustigen Seite nehmen konnte. Aber sie war unfähig, einen klaren Gedanken zu fassen. So hatte noch nie im Leben jemand mit ihr gesprochen.

Später, als sie gründlich darüber nachgedacht hatte, sagte sie: »Wenn du je versuchst mich zu vergewaltigen, bringe ich dich um. Ich bringe dich um, und wenn es das Letzte ist, was ich tue. Ich sage dir das gleich, damit es da keine Missverständnisse gibt. Es ist mir auch egal, wenn ich dafür ins Gefängnis komme.« Sie sprach so sachlich und nüchtern, dass Jim, der schweigend am Steuer saß, sichtlich zusammenzuckte.

»Außerdem will ich dich nie wieder sehen.«

Jim machte am Straßenrand Halt. »Mein Gott, was ist denn los? Was hast du denn?«

»Nichts ist los. Nicht nach dem, was du da eben gesagt hast.«

»Heiliger Strohsack, was habe ich denn gesagt?«

»Dass du mich vergewaltigen, mir ein Kind machen willst!«

Er atmete hörbar aus. »Süße ... ich habe doch nur einen Witz gemacht. Verstehst du denn keinen Spaß?« Er legte den Arm um sie und hob mit der rechten Hand ihr Kinn, so dass sie in seine hellen Augen schaute.

»Komm schon, Sarah. Dafür kennen wir uns zu gut! Du wirst doch nicht wegen so einer albernen Sache ärgerlich werden! Du weißt, wie sehr ich dich liebe, Süße.«

»Das war nicht albern«, bemerkte Sarah schmollend. Aber sie ließ sich erweichen. Es ist einfach seine Art, sagte sie sich. Er würde ihr nie weh tun. Vielleicht hätte sie nicht gleich beleidigt sein sollen.

Sie nahm ihn mit nach Hause und stellte ihn ihren Eltern

vor. Er zeigte sich von seiner charmantesten Seite, brachte ihrer Mutter eine Schachtel Pralinen mit. Aber Sarah merkte, dass ihr Vater nicht beeindruckt war, sie sah es an seinen hochgezogenen Brauen, an dem harten Zug um seinen Mund. Später bestätigte sich dieser Eindruck, als sie hörte, wie die Mutter in der Küche den Vater beschwichtigte.

»Um Himmels willen, Michael, er ist doch nur auf einen Tag zu Besuch. Kannst du nicht wenigstens um Sarahs willen ein bisschen freundlicher sein?«

»Dieser Kerl ist kein Mann und wird nie einer sein«, hatte ihr Vater leise bemerkt. »Ich hoffe, es ist ihr nicht ernst mit ihm!«

»Natürlich nicht, dafür ist sie zu jung. Gib ihr eine Chance.«

Zu der Zeit hatte Sarah einen Traum, einen romantischen Traum, der davon handelte, von einem Mann respektiert zu werden, auf dessen Respekt es wirklich ankam. Diese Anerkennung erschien ihr wichtiger, als Staatspräsidentin zu werden – wenn das möglich gewesen wäre – oder eine andere tolle Karriere zu machen. Und so ein Erlebnis würde ihr nie zuteil werden, wenn sie Jims Wünschen nachgab, wenn sie aufs Ganze ging. Eine Frau, die ihre Jungfräulichkeit verloren hatte, war eine ›Ware aus zweiter Hand‹. Und sie war sich keineswegs sicher, dass sie Jim heiraten wollte – nicht seit dem Tag, an dem sie in ihrer Wohnung Irish Stew mit Lammfleisch für ihn gekocht hatte und er durchgedreht war. »Du böde Kuh ... das kann doch kein Mensch essen!« Auf der Oberfläche schwamm das Fett, und man erwartete von ihm, er sollte das essen!

»Ich kann das Fett ja abschöpfen ...« Aber er ließ sich nicht beschwichtigen. Sarah wusste, dass er von seinem Recht zu toben und zu wüten Gebrauch machte, weil er sie für sein Eigentum hielt, weil er hungrig und ungeduldig war, weil er fürchtete, um sein Essen gebracht zu werden, weil er sich auf ein köstliches Irish Stew gefreut hatte, das sich nun als zu fettig erwies, weil sich alles nur um ihn drehte. Wie sollte das erst werden, wenn sie verheiratet waren?

Sie hatte den ganzen restlichen Tag kein Wort mehr mit ihm gesprochen und schließlich hatte er sich entschuldigt. »Es tut mir leid, Süße. Sei nicht böse auf deinen alten Jim.« Er brachte ihr eine Schachtel Pralinen mit.

»Er ist wirklich großzügig«, meinte Myra, als sie die Pralinen durchprobierten. »Wenn du ihn nicht willst, trittst du ihn mir dann ab?« Aber Sarah wollte ihn. Er war besser als nichts. Sie hatte Angst vor der Einsamkeit, weil sie kein gefestigtes Selbstbild besaß und daher glaubte, es sei ihr Schicksal allein zu bleiben. Sie hielt sich nicht für besonders hübsch und war überzeugt, sie sei dumm, weil sie nicht einmal den Schulabschluss geschafft hatte. Dass sie attraktiv genug war, einen anderen Mann zu finden, hielt sie für fraglich. Trotz all ihrer Lebendigkeit wusste sie nicht um ihren eigenen Wert. Sie ersehnte den romantischen Traum, den sie mit dem Mann, der sie liebte, teilen konnte. Das war der einzige Traum, den das Leben ihr zu bieten hatte. Sie war sicher, dass sie Jim würde ändern können, wenn er sie nur liebte. Mit ihrer Zuneigung und Lebensfreude würde sie ihn ändern, so dass sie sich mit vereinten Kräften der Welt stellen konnten.

Und danach war er vorsichtig geworden. Er gab ihr gerade so viel Liebe, dass sie mehr wollte, dass sie über seine Gereiztheit hinwegsah, dass sie Zugeständnisse machte. Sarah hungerte nach Liebe, denn sie versprach Ekstase und Frieden.

Sarah schlief. Sie erwachte mit dem ersten Licht der Dämmerung, versuchte sich umzudrehen und stellte fest, dass sie ganz steif war. Ein stechender Schmerz fuhr ihr durchs Kreuz.

Sie drehte sich auf die Seite, stand mühsam auf und zog sich unter Schwierigkeiten an. Dann ging sie zum Spiegel und betrachtete ihr Gesicht. Auf dem Wangenknochen war eine blaurot gefärbte Schwellung, die immer noch empfindlich auf Berührung reagierte. Plötzlich stieg die Wut in ihr hoch. Der Teufel soll den Dreckskerl holen! Das muss ich jetzt irgendwie zukleistern. Sie ging in die Küche und bereitete das Frühstück zu.

Lorraine kam herein. Sie wirkte verstört. Normalerweise kam sie fertig angezogen und gekämmt herunter, aber heute Morgen war ihre Bluse noch offen und sie hielt die Krawatte ihrer Schuluniform in der Hand.

»Setz dich, Liebling. Der Porridge ist fertig«, sagte Sarah und füllte dem Kind die Schale. Während sie das tat, spürte sie Arme um ihre Hüften; ihre Tochter barg das Gesicht an ihrem Bauch.

»Was ist denn los, Liebes?«, flüsterte Sarah.

»Ich hatte einen schlimmen Traum«, schluchzte Lorraine. »Und ich bin in dein Zimmer gegangen, aber da lag nur Daddy im Bett … und ich dachte, du wärst weggegangen …« Das Schluchzen wurde heftiger und Lorraine klammerte sich noch fester an sie.

»Wie kommst du denn auf die Idee?«, fragte Sarah, setzte sich und nahm ihre Tochter auf den Schoß. »Oh, bist du schwer geworden. Warum glaubst du denn, dass Mami weggehen würde? Wie sollte sie denn ohne dich zurechtkommen? Schsch, schsch …«

»Ich hasse Daddy«, sagte Lorraine dann. Ihr Gesicht war tränenverschmiert und ihre Nase lief. »Ich hole das große Messer aus der Schublade und bringe ihn um, wenn er dich je wieder schlägt.«

Sarah liebkoste Lorraines nasse Wangen und sah in ihre blauen Augen. »Schau, Liebling – Daddy will Mami nicht weh tun. Nur wenn er zu viel trinkt … dann weiß er nicht, was er tut.«

»Das ist mir gleich«, sagte Lorraine, rieb sich die Augen und sah ihre Mutter eindringlich an. »Er darf dich einfach nicht schlagen.«

»Schau, er schlägt mich bestimmt nicht mehr«, erwiderte Sarah. »Wahrscheinlich tut es ihm längst selber Leid. Er macht es nicht mehr. Also lächle! Ich will mein großes Mädchen lächeln sehen!«

Sie holte ein Tuch, wischte ihrer Tochter das Gesicht ab,

flocht ihr die langen hellen Haare und schlang Schmetterlingshaargummis um die Zopfenden.

»Iss jetzt dein Frühstück. Du willst doch nicht zu spät zur Schule kommen!«

Dann holte sie Liam aus dem Bett und mahnte ihn zur Eile. Ihr ältester Sohn hatte die hellen Augen und den Mund seines Vaters. Er sah seine Mutter mitleidig an und betrachtete schweigend ihre blauen Flecken.

»Geht es dir gut, Mama? Hat Daddy dir weh getan?«

Sarah spürte, dass Liam insgeheim keinen Respekt vor ihr hatte, weil sie es hinnahm, dass ein Mann sie so behandelte.

»Komm schon, mein Schatz, du verspätest dich sonst«, flüsterte sie. Aber seine Frage beantwortete sie nicht, weil sie sich plötzlich ihrer Verletzbarkeit schämte. Sie deutete auf Dara, der noch im Kinderbett schlief. »Leise, damit du ihn nicht aufweckst …«

Liam kam zum Frühstück herunter. Während die Kinder aßen, legte Sarah Make-up auf und zog den Mantel an, um sie zur Ecke zu begleiten, wo der Schulbus hielt. Unterwegs traf sie zwei Frauen, die sie kannte.

»Gott, ist das kalt heute Morgen«, sagte die eine von ihnen, und Sarah zog ihren dicken Wollschal hoch, damit man ihre Wange nicht sah.

Sie ging ins Haus zurück. Dara war aufgewacht und aus dem Kinderbett geklettert und stand jetzt auf der Treppe. Als er sie sah, piepste er »Mami!«, und Sarah ging das Herz über wie immer, wenn sie seine kleinen molligen Beine sah. Seine Windel war schwer und stank zum Himmel, also wickelte sie ihn, gab ihm zu essen und setzte ihn dann in der Küche auf seinen leuchtend gelben Topf, während sie das Frühstücksgeschirr von Liam und Lorraine abräumte. Dann breitete sie ein Handtuch auf dem Tisch aus und legte Dara rücklings darauf. Während sie ihm eine frische Windel anzog, küsste sie sein rundes Bäuchlein und brachte ihn damit zum Lachen. Doch als sie sich über ihn beugte und mit ihm scherzte, geschah etwas mit ihrem Rücken, denn sie merkte plötzlich, dass sie sich nicht mehr aufrichten, nicht mehr stehen konnte. Es fühlte sich an, als wäre die Verbindung zwischen Rumpf und Beinen abgeschnitten. Der Kleine dachte zuerst, das gehöre noch zum Spiel und gluckste entzückt, als seine Mutter zur Seite taumelte, bis sie einen Stuhl zu fassen bekam und sich darauf stützte.

»Jim – steh auf, komm und hilf mir!«, brüllte sie durch die offene Tür.

Dara fing an zu weinen.

»Hörst du mich? Komm aus deinem verdammten Bett«, schrie Sarah, so laut sie konnte. »Jim!«

Er kam im Schlafanzug herunter und blickte erst ärgerlich, dann blöde drein, als er sie auf dem Boden kauern sah.

»Nimm Dara vom Tisch.«

Er setzte das Kind auf den Boden, dann griff er nach Sarah und versuchte sie hochzuziehen.

»Mit meinem Rücken stimmt was nicht. Ich muss mich hinlegen. Hilf mir zur Couch im Wohnzimmer.«

Auf Jims Gesicht malte sich erst Abwehr, dann Bestürzung, während er Sarah mit verschlafenen hellblauen Augen musterte. Als er sie hochnahm, ins Wohnzimmer schleppte und auf der Couch ablegte, roch sie seinen nach Schnaps stinkenden Atem und seinen Körpergeruch nach abgestandenem Schweiß.

»Bleib da eine Weile liegen«, meinte er barsch. »Du kommst schon wieder in Ordnung, wenn du eine Weile liegen bleibst.«

Er holte Dara herein, setzte ihn in den Laufstall und warf ihm Spielzeug und eine Pappschachtel hinein. Dara nahm die Schachtel, untersuchte sie, legte Sachen hinein und setzte sie sich schließlich auf den Kopf.

Jim ging in die Küche, machte Kaffee und brachte Sarah eine Tasse, mit Milch und einem Stück Zucker, wie sie ihn mochte. Er rückte einen kleinen Tisch neben die Couch und stellte den Kaffee darauf. Dann holte er seine Tasse und hockte sich neben Sarah auf das Sofa.

»Mein Gott, Sarah, es tut mir Leid«, sagte er nach einer Weile ganz leise. »Ich wollte dir nicht weh tun. Ich weiß nicht, was in mich gefahren ist.« Er sah ihr nicht in die Augen. »Ich mache es wieder gut, Schatz, wirklich. Wir könnten heute Abend ins Kino gehen, wenn du magst«, fügte er eifrig hinzu.

»In diesem Zustand? So kann ich nicht ins Kino gehen. Ich kann nicht einmal von der verdammten Couch aufstehen. Du musst dir heute frei nehmen. Du musst den Arzt holen!«

Jim wirkte gehetzt. »Du kommst schon wieder in Ordnung, Süße. Bald geht's dir wieder gut. Ich nehme mir frei. Du ruhst dich aus und dann geht's dir wieder gut.«

Sarah antwortete nicht. Sie versuchte sich zu bewegen. Die Beine gehorchten ihr, fühlten sich aber an, als gehörten sie nicht zu ihrem Körper. Im Kreuz spürte sie einen dumpfen Schmerz.

»Hol den Doktor, Jim. Ich brauche einen Arzt.«

»Ich kann den Doktor nicht holen. Nicht, wenn du so beieinander bist!«, sagte er schließlich. »Er könnte glauben, es ist meine Schuld.«

»Ja«, erwiderte Sarah. »Er könnte glauben, dass du mich geschlagen hast. Wäre das nicht schrecklich? Keine Sorge. Die ganze Straße weiß, dass du mich schlägst. Die Leute sind schließlich nicht taub und blind! Aber ich sage dem Doktor, dass ich die Treppe hinuntergefallen bin. Dann merkt er nicht, dass du mich geschlagen hast.«

Jim legte die Hand an die Stirn und ließ den Kopf hängen. »Spar dir doch deine höhnischen Bemerkungen, Sarah. Ich habe doch gesagt, dass es mir Leid tut.«

»Bitte ruf den Arzt an«, bat Sarah vorsichtig. Sie fürchtete mit einem Mal, dass er wieder wütend werden könnte. »Sonst bleibe ich vielleicht für immer gelähmt!«

Jim rief im Bauhof an und nahm sich den Tag frei. Dann benachrichtigte er den Arzt. »Er kommt gegen Mittag«, sagte er.

»Keine Sorge«, beruhigte ihn Sarah. »Ich verrate ihm nichts. Schließlich habe ich auch meinen Stolz!«

Der Doktor kam pünktlich um zwölf. Jim, der seiner Frau

inzwischen ins Bett geholfen hatte, öffnete Dr. Roche mit verlegener Miene die Tür.

»Sie hat sich den Rücken verletzt.«

Der Arzt schloss die Schlafzimmertür hinter sich und trat an Sarahs Bett; sie lehnte gegen die Kissen, die Jim für sie aufgeschüttelt hatte.

»Was ist denn mit Ihrem Rücken passiert?«

»Ich bin die Treppe hinuntergefallen«, sagte Sarah.

»Verstehe. Haben Sie sich dabei auch die blauen Flecken im Gesicht geholt?«

»Ja.«

Er untersuchte sie, holte hörbar Luft, tastete ihr Rückgrat ab, übte sanften Druck auf die Wirbelsäule aus, während Sarah sich zusammenreißen musste, um nicht vor Schmerz aufzuschreien.

Er prüfte ihren Puls, maß den Blutdruck. »Ich nehme nicht an, dass Sie Rugby spielen, Mrs. O'Toole?«

Sie dachte, er mache einen Scherz, aber seine Miene war grimmig. »Natürlich nicht! Wie kommen Sie auf die Idee?«

»Weil Sie aussehen, als wären Sie in ein ziemlich übles Gedränge geraten.«

»Machen Sie sich darüber keine Gedanken«, gab Sarah bissig zurück, da sie merkte, dass er die Wahrheit ahnte. »Was fehlt mir?«

»Entzündung der Wirbelgelenke am Kreuzbein. Prellungen. Am liebsten würde ich Sie zum Röntgen schicken.«

Sarah überlegte rasch. Wenn sie zum Röntgen ging, dann würde der Röntgenologe ihre blauen Flecken sehen, und auch die Schwestern und irgendwelche widerlich neugierigen Studenten – alle könnten es sehen.

»Auf keinen Fall! Wer sollte sich dann um die Kinder kümmern?«

»Ihr Mann würde schon damit fertig.«

»Nein!«

Der Arzt warf einen wütenden Blick zur Tür, seufzte und schrieb ein Rezept aus. »Entzündungshemmende Tabletten und ein Schmerzmittel. Hüten Sie mindestens drei Tage das Bett.«

Er klappte seinen schwarzen Koffer zu. »Sie sollten etwas gegen diese gefährliche Treppe unternehmen. Mit so etwas darf man sich nicht abfinden!« Er warf ihr einen bedeutungsvollen Blick zu.

Jim erwartete den Arzt unten im Flur und bezahlte die Rechnung mit einem Scheck. Dr. Roche war kurz angebunden und nannte lediglich den Betrag, den Jim ihm schuldete.

Unterdessen starrte Sarah die Hieroglyphen auf dem Rezept an und riss es schließlich in Fetzen. Sie tätschelte ihren Bauch.

»Mit dir gehe ich kein Risiko ein, kleiner Schatz. Vielleicht hätte ich dem Arzt von dir erzählen sollen, aber das hat Zeit. So ein verdammt starkes Schmerzmittel ist nichts für dich!«

Sie dachte an die sarkastische Bemerkung des Arztes. Aber unwillkürlich flackerte wieder Hoffnung in ihr auf, denn insgeheim klammerte sie sich an die Möglichkeit einer großen Wandlung, insgeheim war sie überzeugt, dass Jim einsah, wie entsetzlich sein Verhalten war, und sich daher ganz gewiss ändern würde. Dieses Aufflammen der Hoffnung erlebte sie immer am Tag danach, wenn Jim wieder nett zu ihr war.

8. Kapitel

Es ist einfach nichts persönlich. Er schenkt mir etwas, aber es ist nicht persönlich. Er schläft mit mir, aber es nichts Persönliches. Wir unterhalten uns, manchmal sogar sehr intensiv, über ›juristische‹ Probleme, die ich mir ausdenke, aber auch daran ist nichts Persönliches. Wenn ich frage: »Liebst du mich?«, sagt er »Natürlich liebe ich dich!« Aber in seinem Tonfall schwingt allenfalls leichte Gereiztheit mit – oder er macht einen Witz daraus. Wenn ich sage: »Ich liebe dich«, fasst er es als etwas auf, das ihm zusteht, aber es zieht keine Offenbarungen seinerseits nach sich. Es ist nicht so, dass er eine bewusste Abscheu vor dem Persönlichen empfände; er weiß nur einfach nicht, dass es existiert.

Aus: *Die Pferdeohren*, 1978

Paddy verfuhr sich. Patricia war zu sehr damit beschäftigt gewesen, den Umstand auszukosten, dass sie miteinander allein waren, um auf die Straße zu achten. Als sie den Wegweiser nach Enniskerry sah, wurde ihr jedoch klar, dass sie vom Weg abgekommen waren.

»Willst du nach Enniskerry?«

»Eigentlich nicht!« Lachend sah er sie an. »Bist du beunruhigt? Hast du gedacht, ich wollte dich entführen?«

Am liebsten hätte Patricia gesagt: »Ich wünschte, du tätest es.« Aber sie machte nur eine Bemerkung darüber, dass sie im Kreise gefahren waren.

»Ich kann gar nicht glauben, dass ich mich nicht mehr zurechtfinde!«, meinte Paddy. »Am Stadtrand von Dublin habe ich mich früher so gut ausgekannt.«

»Der ›Stadtrand von Dublin‹, wie du das nennst, hat sich verändert. Wo früher Felder waren, stehen jetzt Häuser, und die Leute sitzen vor dem Fernseher oder am Abendbrottisch, wo einst der Wind ungehindert wehte.«

»Werden wir jetzt poetisch?«

Patricia lachte. »Nein, nur geschwätzig!«

Aber die Fahrt war schön. Der Regen klatschte gegen die Windschutzscheibe, die Scheinwerfer der anderen Autos leuchteten auf und wurden von der Dunkelheit verschluckt. Übermütiges Lachen funkelte auf und erstarb. Paddy machte das Radio an. Klassische Musik ertönte, dazwischen leise die Stimme des Ansagers, das beständige Brummen des Motors. Sie war mit Paddy allein. Selbst das Schweigen zwischen ihnen war prickelnd.

Das Restaurant lag an den Ausläufern der Berge – Kildoran House, ein altes Anwesen mit offenem Torffeuer und französischer Speisekarte. Sie saßen in Lehnstühlen am Kamin. Als die Kellnerin mit der Karte kam und fragte, was sie trinken wollten, zögerte Patricia. Seit jener schrecklichen Nacht, als Gerry sie mit der leeren Wodkaflasche vorgefunden hatte, hatte sie keinen Alkohol mehr angerührt; doch nun hätte sie gerne etwas getrunken, und sei es nur ein Glas Wein. Aber das war zu gefährlich. Was das Trinken anbetraf, hatte sie kein Zutrauen mehr zu sich.

»Mineralwasser«, sagte sie zu Paddy. »Ich trinke nicht.«

»Nicht einmal Wein?«, fragte er. »Nicht einmal Wein zum Essen?«

»Nein.«

Sie gaben ihre Bestellung auf. Die Kellnerin wollte wissen, ob sie Hilfe mit der Speisekarte bräuchten, und Paddy, der sich beruflich häufig in Frankreich aufhielt und fließend Französisch sprach, lächelte und ließ sich die Karte erklären. Während sie warteten, schauten sie ins Feuer, in das leuchtende Orange im Zentrum, spürten die Hitze auf ihren Gesichtern. Seine Hand berührte die ihre, umfasste sie, und sie unterhielten sich leise, während sie den Tanz der Flammen beobachteten.

Patricia empfand den Frieden, der mit der Luft und dem Duft des Torffeuers, der schwarzen Nacht draußen und der Berührung von Paddys Hand über sie kam. Dieser Frieden hüllte sie ein und schirmte sie gegen die Welt ab. Es war, als hätte sie plötzlich eine Tür in der sie umschließenden Mauer gefunden, an der sie sich seit einer Ewigkeit entlangtastete. Endlich war sie in den Zauberkreis vorgedrungen: weise, frei und zutiefst glücklich.

Warum fühle ich mich so? Diese Leichtigkeit des Seins, dieses Gefühl, alles Wichtige im Leben sei in Reichweite? Es ist, als wäre ich wieder Kind. Oder als wäre ich alt und hätte ein erfülltes Leben hinter mir.

Das mittelgroße Gastzimmer war halb leer. Ein junger Mann im Abendanzug spielte Klavier. An den Wänden hingen Jagdbilder und ein Geweih. Kerzenlicht flackerte. Ein köstlicher Essensduft erfüllte den Raum. Paddy lächelte sie an.

»Du siehst hinreißend aus. Du hast Farbe vom Feuer bekommen!«

»Wie kommst du darauf, dass das vom Feuer kommt?«, fragte sie leise.

Er lächelte. »Heißt das, es ist etwas anderes?«

Nach einer Weile beugte er sich zu ihr und sagte mit gedämpfter Stimme: »In Frankreich gibt es Hotels, wo wir ein offenes Holzfeuer haben könnten, so wie hier, aber auf dem Zimmer … einem Zimmer mit einem großen Bett, und das Essen wird vom Zimmerservice gebracht … Würde dir das gefallen?« Paddy sprach so gelassen und selbstsicher, dass Patricia dachte, sie hätte sich verhört. Sie errötete bis an die Haarwurzeln.

»Du wirst ja rot«, murmelte er.

»Ich dachte, ich wüsste nicht mehr, wie das geht!« Aber auf seine Frage ging sie nicht ein.

Da es aufgehört hatte zu regnen, schlug er anschließend einen kurzen Spaziergang vor. »Vertreten wir uns die Beine, bevor wir zurückfahren.«

Er nahm ihren Arm und führte sie einen Weg hinunter, der im Mondlicht gerade noch sichtbar war; und dort, zwischen den Feldsteinmauern, zog er sie an sich und küsste sie ohne Hast. Patricia erwiderte wie berauscht seinen Kuss, legte die Arme um seinen Hals.

Aber noch während sie sich küssten, wurde ihr klar, wie viel sich verändert hatte: Der Kuss war zu sachkundig, seine Erektion, die sie spürte, zu fordernd, sein Vorschlag beim Essen zu glatt vorgebracht gewesen. Paddy hatte seine Unschuld verloren. Im Vergleich zu ihm fühlte sich Patricia sehr jung. Sie hatte sich bisher nicht einmal ins Seichte jener Gewässer gewagt, in denen er offensichtlich zu Hause war. Sie fühlte sich fehl am Platz und plötzlich irgendwie unbehaglich.

Patricia wurde traurig. Wie hatte sie nur erwarten können, dass es anders sein würde, dass die Frische der alten, schüchternen Freundschaft sich wieder einstellen, dass Paddy so wie früher sein würde? Er war ein Mann von Welt geworden, was immer das hieß. Schon schickte er sich an, ihre Bluse aufzuknöpfen, und sie riss sich los. Sofort machte er eine entschuldigende Geste.

»Ich bin zu aufdringlich, das wollte ich nicht.«

Auf der Rückfahrt nach Dublin war ihre Unterhaltung eher sprunghaft und immer wieder von längerem Schweigen unterbrochen. Die innere Ruhe, die Patricia zuvor empfunden hatte, war dahin. Sie stand unter einer Anspannung, die an ihren Nerven zerrte, ihre Haut prickeln ließ und ihr Denken verwirrte.

Er setzte sie vor ihrer Haustür ab. »Gehst du bald wieder mit mir essen?«, fragte er.

Patricia sah ihm in die Augen; abgesehen von den Fältchen waren es noch die alten Augen, aber dahinter verbarg sich das Leben, das er geführt hatte, ein Leben, von dem sie nichts wusste. Sie hätte ihn jetzt abwimmeln können; er hätte es verstanden.

Sie konnte Nein sagen, zu ihrem Leben mit Gerry und den Kindern zurückkehren und die Sehnsucht, ihm zu entfliehen, in sich bekämpfen.

Ich mache keinen Rückzieher, dachte sie. Ganz gleich, wohin das führt!

»Ja, gerne«, sagte sie. »Danke für den schönen Abend, Paddy!«

Gerry war schon im Bett. Er las, in seiner Brille spiegelte sich das Licht der Nachttischlampe. Als Pat hereinkam, blickte er auf.

»Wo warst du?«

»Ich habe dir doch einen Zettel geschrieben.«

»Auf dem stand, du seist mit Nell ausgegangen. Sie hat aber angerufen, während du aus warst, und wusste offenbar nichts von einer Verabredung.« Patricia griff nach einem rettenden Strohhalm.

»Ich hatte vor, mit Nell wegzugehen, aber da bekam ich überraschend einen Anruf von einer Schulfreundin und habe den Abend mit ihr verbracht.«

»Ach? Und wer ist sie?«

Patricia ging im Geiste ihre alte Schulklasse durch. »Monica Dwyer ... du kennst sie nicht.«

»Was habt ihr gemacht?«

»Wir haben uns auf einen Drink getroffen und bei Ferdia gegessen.«

Sie spürte den prüfenden Blick ihres Mannes, der nach Anzeichen von Alkohol suchte.

»Hattest du einen netten Abend?«

»Ja, wir haben uns gut unterhalten.«

Gerry kehrte zu seiner Lektüre zurück. Was bist du nur für eine gute Lügnerin geworden, Patricia, schalt sie sich. Wie bist du nur in die Situation geraten, lügen zu müssen?

»Übrigens ist der Kerl wieder aufgetaucht, der so in Orla vernarrt ist. Er hat an der Haustür geläutet. Ich habe ihn zum Teufel geschickt.«

Patricia empfand eine Mischung aus Beunruhigung und Widerwillen. Sie hatte Gerry nicht erzählt, dass sie den Jungen in Orlas Zimmer erwischt hatte. In ihr stieg Wut auf darüber, dass er es wagte, ihr zu trotzen.

»Gut! Der hat vielleicht Nerven, hier aufzukreuzen. Man

möchte meinen, sie wäre sein Eigentum! Was hat sie dazu gesagt?«

»Mit ihr habe ich nicht darüber gesprochen«, entgegnete Gerry kalt. »Ich habe mich nicht all die Jahre für die Familie abgerackert, damit dann solche Typen vor meiner Haustür stehen.«

Auf ihrem Weg ins Bad sah Patricia nach, ob Orla und Simon schon im Bett lagen. In beiden Zimmern war es dunkel; sie sah die Köpfe ihrer Kinder sich auf dem Kopfkissen abzeichnen und erinnerte sich an die vielen Abende, an denen sie bei ihnen gesessen und ihnen vorgelesen hatte, sie umarmt, geküsst, ihre kleinen molligen Hände gehalten hatte.

»Lies die Geschichte über die Beakers«, hatte Simon oft gebeten. Die Beakers waren eine Biberfamilie, die am Fluss lebte und deren Wohnung bei einer Überschwemmung zerstört worden war. Deshalb hatte sich der kleine Biber, das jüngste Kind, davongestohlen und flussabwärts eine neue Wohnung gebaut; so wurde er zum Helden des Tages.

Simon identifizierte sich mit dem kleinen Beaker. Orla hingegen liebte das Märchen von Däumelinchen und betrachtete gerne die Farbillustration des winzigen nackten Mädchens in der Tulpe. Aber die Beakers und Däumelinchen gab es nicht mehr. Und Gutenachtküsse von der Mutter waren auch nicht mehr gefragt.

Am nächsten Tag rief Nell an.

»Pat … ich hoffe, ich bin gestern Abend nicht ins Fettnäpfchen getreten. Als ich anrief, meinte Gerry, du seist mit mir ausgegangen. Ich wusste nicht, was ich sagen sollte! Bestimmt habe ich mich wie ein Idiot angehört.«

»Mach dir keine Gedanken darüber. Ich habe mich mit einer alten Freundin getroffen … die zu Besuch in Irland ist. Gerry hat da was durcheinander gebracht.«

»Tatsächlich? Das sieht Gerry aber gar nicht ähnlich!«

Nell wartete darauf, dass Patricia den Abend schilderte und von ihrer Freundin, vielleicht auch deren Mann erzählte. Aber Patricia wechselte das Thema.

Joan holte ihren Zeugen in den Zeugenstand. Es ging um einen Auftrag über kundenspezifisch angefertigtes Verpackungsmaterial, der zum Gegenstand eines Rechtsstreits wurde. Der Auftraggeber weigerte sich die Lieferung zu bezahlen, weil die Größe falsch sei, wie er behauptete. Sein Unternehmen habe ein anderes Format bestellt.

Joans Zeuge legte den Bestellschein vor, auf dem die gelieferte Größe verlangt wurde. Joan übergab dem Gerichtsdiener eine Kopie und dieser reichte sie dem Richter weiter. Der Verhandlungssaal war behaglich, mit Teppichboden ausgestattet, einer der angenehmen neuen Säle in Dolphin House. Neben ihr sah der Barrister, den die Gegenseite beauftragt hatte, seine Notizen durch.

»Dieses Auftragsformular kenne ich nicht«, sagte er.

Joan gab auch ihm eine Kopie. »Sie haben wunderbare Augen«, bemerkte er.

Joan ignorierte ihn. »Wurde dieser Auftrag vom Beklagten unterschrieben?«, fragte sie den Zeugen.

»Ja.«

»Entsprach die Lieferung dem Auftrag?«

»Gewiss!«

»Danke.« Sie wandte sich an den Anwalt des Beklagten. »Ihr Zeuge.«

Joan setzte sich und lauschte den Argumenten der Verteidigung. Diese erbärmlichen Schachteln im Wert von neunhundert Pfund, und dafür ging der ganze Nachmittag drauf! Sie dachte an David, der daheim in seinem Atelier malte, an sein neuestes Bild, auf das sie bereits einen Blick geworfen hatte: ein Zimmer mit einem riesigen Fenster, hinter dem der Nachthimmel zu sehen war. Eine Frau, die sich hintüber beugte; ihre Haare fielen auf den Boden, die Hände schlaff, voller Hingabe. Was ihr an dem Bild nicht gefiel, war die sich nähernde Gestalt in der Ecke, die die Frau überschattete und den dunklen Kopf in ihre Richtung neigte. Die drei Hauptelemente des Gemäldes waren der große leere Himmel, die Frau, die aussah, als ertränke sie in der Beengtheit des Zimmers, und die undurchschaubare dunkle Gestalt, die sich beliebig interpretieren ließ. Jedes Mal, wenn sie das Bild ansah, hatte Joan das Gefühl, dass die Gestalt den Menschen schlechthin verkörperte, wie er geworden wäre, hätte man ihn sich selbst überlassen, frei von Beschränkungen jedweder Dogmen, im Vollbesitz seiner Macht. Dass er in Davids Bildern immer auftauchte, beunruhigte sie.

Der Barrister setzte sich. Er hatte soeben den Zeugen der Verteidigung vernommen, der behauptete, er habe den Auftrag telefonisch abgeändert und die Änderung schriftlich nachgereicht. Er legte eine Kopie des Briefes vor, den er geschrieben hatte.

»Haben Sie den Brief selbst eingeworfen?«, fragte Joan.

»Nein, meine Sekretärin hat ihn aufgegeben.«

»Sagt sie in der Sache aus?«

»Sie hat gekündigt. Sie arbeitet nicht mehr für mich.«

»Hat sie das Telefonat geführt, mit dem der Auftrag angeblich abgeändert wurde?«

»Ja.«

»Welche Beweise haben Sie dafür, dass der Telefonanruf erfolgte und der Brief abgeschickt wurde?«

»Ich weiß, dass er eingeworfen wurde. Er ging mit der übrigen Post hinaus.«

»Sie haben gehört, dass mein Klient sagt, er habe ihn nicht erhalten. Haben Sie den Brief per Einschreiben geschickt?«

»Nein.«

»Würden Sie die Möglichkeit einräumen, dass der Brief vielleicht gar nicht abgeschickt wurde, dass er übersehen wurde?«

Der Zeuge seufzte. »Ich denke, das ist möglich, aber ...«

»Danke«, sagte Joan. »Keine weiteren Fragen.« Sie setzte sich.

Der Zeuge wollte schon den Zeugenstand verlassen, da griff der Richter ein. Er wollte seine Punkte so schnell wie möglich abhaken, der Fall langweilte ihn zu Tode.

»Sie haben einen Auftrag unterschrieben. Sie behaupten, ihn abgeändert zu haben, legen dafür aber keine Beweise vor. Ist das richtig?«

»Ich fürchte ja, Euer Ehren.«

»In diesem Fall«, erklärte der Richter, »habe ich keine andere Wahl als zugunsten des Klägers zu entscheiden. Über die Kosten ergeht keine Verfügung!«

Der Barrister und Joan standen auf und murmelten das übliche »Mit Ihrer Erlaubnis, Hohes Gericht«.

Der Barrister sah Joan mit hochgezogenen Brauen an, sammelte seine Unterlagen ein und verließ mit einer kurzen Verbeugung vor dem Richter den Verhandlungssaal. Joan folgte ihm.

»Na, wie ist es dir ergangen?«, fragte Larry, den Joan auf dem Flur der Kanzlei traf.

»Wir haben gewonnen! Aber über die Kosten wurde nicht entschieden.«

»War Mr. Stapleton erfreut?«

»Natürlich. Ich glaube, er hatte seine Zweifel.«

»Ich weiß, dass es langweilig war, Joan, aber er ist ein guter Klient und da konnten wir ihn nicht enttäuschen.«

»Wir müssen jemand anderen für solche Fälle abstellen«, sagte Joan. »Ich habe wirklich Besseres zu tun.«

Larry starrte sie verblüfft an. Offenbar hatte er nicht damit gerechnet, dass sich Joan jemals beschweren würde. War sie etwa hochnäsig geworden, seit sie Sozius war?

»Übrigens habe ich gehört, dass dein Mann vorhin für dich angerufen hat. Anscheinend war es dringend.«

Joan rannte fast die Treppe in ihr Büro hinauf. Kaum hatte sie die Tür hinter sich geschlossen, da ließ sie ihre Aktentasche fallen und griff zum Telefon.

David meldete sich sofort. Seine Stimme klang fröhlich und vergnügt. Joans Nervosität machte grenzenloser Erleichterung Platz.

»Du hast angerufen, während ich bei Gericht war?«

»Ich wollte dir nur sagen, Liebling, dass wir im Juli nach Paris fahren.« Seine Stimme wurde ganz ruhig. »Die Galerie in Paris hat mir einen Vertrag angeboten! Für September ist eine Ausstellung geplant und die Bilder sollen schon bald ausgeflogen werden!«

Joan holte tief Luft. Sie hatte das Gefühl, der Horizont, der ihr Leben umgab, sei in weite Ferne gerückt, so dass sich ein grenzenloser Ausblick bot. In diesem Augenblick hatte sie den Eindruck, dass David ihr entglitt, dass er aus dem vertrauten Kokon aus Bemühen und Besorgnis schlüpfte, den sie um ihn gesponnen hatte.

»Nun?«, fragte David. »Freust du dich denn gar nicht?«

»Ich bin im siebten Himmel«, erwiderte Joan aufrichtig. »Herzlichen Glückwunsch!«

Als Joan abends heimkam, war David immer noch im Atelier. Aufgeputscht durch einen Adrenalinstoß hatte er sich in die Arbeit gestürzt. Joan deckte den Abendbrottisch und brachte ihm ein Glas Wein hinauf.

»Wir feiern!«

Paul ließ seine Hausaufgaben liegen und kam mit ins Atelier, wo sich die kleine Familie zwischen Farbtiegeln, Pinseln und Stapeln von Leinwänden niederließ und plauderte.

Wäre es nicht seltsam, fragte sich Joan und sah Mann und Sohn an, wenn diese Familie nicht mehr von mir abhängig wäre? Wie würde ich mich fühlen, wenn David gesund und erfolgreich und ich nicht länger die Stütze der Familie wäre?

Wunderbar, hieß die ehrliche Antwort. Es wäre einfach zu schön, wenn diese Last von mir genommen würde. Aber sie bemerkte auch den leichten Schauer der Angst. Wenn sie nicht länger die Hauptlast trug, würde sie dann den neuen David, der ihr die Bürde abnahm, überhaupt noch kennen? Seine Zähne blitzten und aus den Augen leuchtete der Schalk, als er lächelnd den Arm um sie legte und mit ihr anstieß.

»Hier sind wir, wer nimmt's mit uns auf?«, sang er.

»Verdammt wenige«, antwortete Joan. »Und die sind alle tot!«

Es war ein alter Witz, aber in diesem Augenblick wirkte er entsetzlich widersinnig. Paul wurde nervös und das Lächeln in Davids Augen erstarb.

9. Kapitel

Wenn eine Frau (Angehörige einer Klasse, die niemals für Vernichtungskriege verantwortlich war) eine Abtreibung braucht, selbst aus einem so zwingenden Grund wie Vergewaltigung heraus, wird ihr das in unserem rechtschaffenen Lande verweigert. Das war schon immer so. Warum also dieses Abtreibungsreferendum? Und selbst wenn eine Abtreibung für das psychische Überleben der Mutter unverzichtbar ist, wird ihr ein solches Maß an Selbstbestimmung gar nicht zugebilligt. Man spricht von gleichen Rechten; man spricht von der Vernichtung unschuldigen Lebens. Aber die Sache ist von vornherein ungleich – eine Partei gibt der anderen aus ihrem Körper heraus das Leben und zahlt dafür einen immensen Preis. Wenn der Embryo eine Person mit eigenen Rechten ist, dann muss er auch rechtlichen Beschränkungen unterworfen sein (eine ›Person‹ ist nicht berechtigt, den Blutkreislauf einer anderen anzuzapfen, deren Körper bis zur Unkenntlichkeit anschwellen zu lassen und ihr große Schmerzen und körperliche Schädigungen zuzufügen!). Und wenn eine Frau vor dem Gesetz ebenfalls eine Person ist, warum sollte man sie dann zwingen dürfen, sich einem solchen Raubbau ihrer Kräfte auszusetzen?

In Wahrheit geht die Schwangerschaft nur die Schwangere etwas an, und die ganze Rhetorik ist fehl am Platz. Wer das Land in einen Polizeistaat verwandeln und Frauen zu Bürgern zweiter Klasse machen will, bewirkt nur, dass wir in der Geschichte der Zivilisation einen Schritt zurück machen. Eine Kampagne über die Gründe für Abtreibung – eine Aufklärungskampage –, warum macht man nicht so etwas anstelle dieses unheilvollen

Referendums? Man könnte meinen, es gäbe hier ausschließlich unbefleckte Empfängnis und Frauen, die um schöne Ferien in der Abtreibungsklinik wetteifern!

Aus: *Die Pferdeohren*, 1983

März 1990

Nach drei Kindern war Schwangerschaft Mord, jede schwerer als die letzte, die Bauchmuskulatur überstrapaziert; allein schon das Gewicht im sechsten Monat, der ausladende Bauch. Sarah spürte, wie sich das Kind in ihr bewegte und legte die Hand auf die Wölbung. Ist das dein Kopf, kleiner Schatz? Wer bist du? Was wird einmal aus dir? Bist du ein Mädchen oder ein Junge? Mir ist das gleich. Sei nur gesund, vollständig, mit zehn Fingern und zehn Zehen.

Mein Gott, bin ich müde. Nach diesem bekomme ich keins mehr. Du bist unwiderruflich das letzte! Soll er sich doch einen Knoten reinmachen, hatte Fiona ihr zugeflüstert. Sie lachte über die absurde Vorstellung. Jims Schwanz verknotet! Fiona war lustig, und nett war sie auch. Sie hatte heute Vormittag Dara genommen.

Wieder bewegte sich das Baby. Einen richtigen kleinen Fußballer habe ich da. Sarah stellte sich das Kind in ihrem Bauch vor, eingekuschelt, die Knie am Kinn, durchscheinende Haut, das Gesicht von einem überirdischen Frieden erfüllt, so wie auf dem Foto eines Ungeborenen, das sie gesehen hatte.

Sie spülte das Geschirr fertig, trocknete es ab und verstaute es im Schrank. Dann wischte sie die Oberflächen, kratzte das Eigelb auf dem Tisch mit dem Fingernagel ab. Du lieber Himmel, ich seh' aus wie eine Schlampe, dachte sie, als sie ihre ungepflegten Fingernägel betrachtete, unter denen Eigelb klebte. Vor ihrem geistigen Auge leuchtete das Bild des aufgeräumten Wohnzimmers auf mit einem behaglichen Feuer im Kamin, Feile und Nagellack griffbereit auf dem Tisch. Handcreme, Parfum, Haare frisch gewaschen und geföhnt – Sarah, so wie sie früher einmal war; Sarah, die ihren Geliebten erwartet. Jim war damals eine Art Geliebter gewesen, hatte darauf geachtet, was er sagte und tat, war darauf bedacht gewesen, ihr zu gefallen.

Aber sie musste noch Windeln waschen und dann die Betten machen. Und der Küchenfußboden sah wieder aus! Jim hatte schon vor zwei Wochen versprochen, das neue Linoleum zu verlegen. Aber es war noch nichts passiert, Sarah stand noch immer auf nacktem Beton. Sie stellte sich das Linoleum vor, von dem eine Rolle in der Garage stand: kleine achteckige Kacheln, gelb, passend zu den Wänden. Mit der neuen Einbauküche würde das gut aussehen. Sie freute sich, dass sie endlich eine schöne Küche hatte. Dafür hatte sie ihn einige Zeit bearbeitet – immer dann, wenn er einen gut gelaunten Eindruck gemacht hatte.

Sie setzte sich und blickte auf den Garten hinaus, in dem noch der Morgentau glitzerte.

Wie hatte sie sich gefühlt, als er ihr einen Antrag machte, als er ihr seine Liebe erklärte? Liebte er sie noch? Vielleicht liebte er sie ja auf seine Weise? Wenn er es doch nur manchmal sagen, sie festhalten würde, wenn sie dunklen Gedanken nachhing, wenn sie nachts angsterfüllt aufwachte. Sie fürchtete, dass sie im Kindbett sterben könnte. Unsinn, hatte der Doktor gesagt, heutzutage stirbt niemand mehr bei der Geburt. Auf jeden Fall blieb Jim immer öfter über Nacht weg oder kam erst gegen Morgen ins Bett. Dennoch hatte sie eine Vorahnung wie eine Hellseherin, die in ihrer Kristallkugel nach der Zukunft forscht und nur Dunkelheit sieht.

Sie räumte die Spüle aus und ließ die Windeln aus dem Plastikeimer hineinfallen. Von dem Geruch nach Babycreme und Urin wurde ihr schlecht, aber die Stoffwindeln kamen billiger als Pampers. Sarah spülte sie unter fließendem Wasser durch, wrang sie aus und steckte sie in die Waschmaschine. Oben machte sie die Betten, putzte die Toilette, wusch Daras Topf aus, unterdrückte die Übelkeit bei dem Geruch, sammelte Hemden, Socken und Unterwäsche auf, die überall herumlagen. Am schlimmsten war das Zimmer der Jungs. Liam hatte seine Socken einfach in eine Ecke geworfen, aber auch Lorraine, deren Schlüpfer unterm Bett lagen, war nicht viel besser. Wie oft hatte sie den Kindern gesagt: Bringt eure schmutzige Wäsche runter, lasst sie nicht oben liegen, so dass ich sie aufsammeln muss.

»Okay, Mama.«

Okay kostete nichts. Das Bücken war das Problem. Das Gewicht des Kindes zerrte an ihrer Wirbelsäule; sie hatte Rückenschmerzen. Der Bauch war ihr bereits im Weg, schon musste sie sich seitwärts bücken. Sie sah sich im Spiegel: müdes Gesicht, aufgeblähter Körper. Wieder stand es ihr bevor: der Schmerz, der im Kreuz begann, der rasende Schmerz, der ihren ganzen Körper durchbohrte, während sie presste und sich quälte und Blut floss. Dann der Schrei eines neuen Menschen, die dicke, verwickelte Nabelschnur, der Kopf des Babys leicht eingedrückt vom Geburtskanal, das Blut auf seinen Haaren. Die überwältigende Freude. Geht es ihm/ihr gut? Ja. Das Gefühl, eine vollkommene, gottähnliche Leistung vollbracht zu haben. Der plötzliche vollkommene Frieden. Aber da war der Arzt, stand zwischen ihren Beinen. Seine unbeteiligte Miene war ihr zuwider, sein Vergnügen an der Macht. Schließlich würde er das nie durchmachen müssen. Er war in Sicherheit. Und obwohl er blind für diese Erfahrung war, nahm er sich heraus, sie zu benennen. Aber er konnte sie nicht richtig benennen, denn er kannte die überwältigende Freude über diese Leistung nicht, diesen absoluten, echten Augenblick der Erfüllung.

Wieder stand ihr das bevor. Die Korridore der Entbindungsstation mit den Frauen, die am Tag danach bereits herumhumpelten, und den jungen blasierten Männern – Studenten, Assistenzärzten. Sie erlebten das prickelnde Gefühl der Macht, des quasi sexuellen Zugriffs auf die Frauen, auf ihre Körper, offen und schmerzgepeinigt, offen vor ihren Augen, blutend, nackt. Junge Männer, die *Penthouse* und den *Playboy* lasen, beobachteten Frauen beim Akt des Gebärens, hilflos vor Schmerz. Den Frauen war es zuwider, aber sie redeten sich ein, es sei in Ordnung, weil diese glattrasierten Männer, die sie mit verstohlener Lüsternheit untersuchten, ›Ärzte‹ waren, weil das Leben, wenn sie sich die Wahrheit eingestanden hätten, unerträglich gewesen wäre. Warum kann ich mein Baby nicht zu Hause bekommen? Dann wäre ich diese kleinen Arschlöcher im weißen Kittel los. Mein Gott, warum sind sie nicht fähig, die Last des Menschseins mitzutragen?

Sarah brachte die schmutzige Wäsche nach unten und stopfte sie in die neue Automatikwaschmaschine, die Jim ihr geschenkt hatte. Für sie persönlich. Er hatte sie in einem Anfall von Reue gekauft, nachdem er seine Frau das letzte Mal verprügelt hatte. »Es tut mir Leid, Sarah, ich weiß nicht, was in mich gefahren ist.«

»In diesem Haus leben fünf Leute«, hatte sie erwidert. »Fünf Ladungen schmutziger Wäsche. Warum sagst du, das Ding sei für mich? Bin ich eine Sklavin?« Dann hatte sie gelacht, weil er gut aufgelegt war; er hatte ihre Bemerkung gar nicht verstanden.

Sie belud die Maschine, gab das Waschpulver hinein, drückte den Knopf. Der Motor brummte, Wasser strömte in die Trommel. Gott sei Dank hatte sie das Ding. Die alte Maschine hätte es nicht mehr lange gemacht. Früher hatte sie die Bettlaken im Bad gewaschen, sie gewalkt und ausgewrungen; das war in der ersten Zeit ihrer Ehe gewesen.

Jim kaufte gerne Haushaltsgeräte ›für sie‹. Er meinte es gut. Im übrigen tat er, was ihm gefiel. Sarah war nur der Haussklave.

Ich verhungere, dachte Sarah. Ich muss mich mit der Waschmaschine und der Einbauküche zufrieden geben. Und mit den Kindern. Ich liebe die Kinder. Aber mein Leben liebe ich auch, zumindest würde ich das, wenn ich eines hätte. Schuldgefühle. So darf ich nicht denken. Sonst werde ich noch verrückt.

Es klingelte an der Tür. Draußen stand Fiona mit Dara auf dem Arm.

»Ich glaube, es geht ihm nicht gut, Sarah. Er weint und jammert ständig und will sich hinlegen. Außerdem fühlt er sich heiß an.«

Sarah nahm Fiona das Kind ab und trug es ins Wohnzimmer. Dara war blass und teilnahmslos.

»Was ist los mit dir, Liebling?«

Sie befühlte Stirn, Wangen und Hals, spürte, wie die Sorge in ihr aufstieg; ihr Puls schlug schneller und ihr Magen zog sich vor Angst zusammen.

»Er hat hohes Fieber!«

Dara fing an zu weinen. Sarah wiegte ihn und merkte, wie sich das Baby in ihr krampfartig bewegte.

»Ich hole lieber den Arzt.«

»Bleib, wo du bist, ich rufe an.«

Fiona ging auf den Flur hinaus. Sarah hörte, wie sie den Hörer abnahm und die Tasten drückte. Dara hatte die Augen geschlossen, auf seinen runden Backen glänzten Tränen.

»Mami legt dich ins Bett. Willst du ins Bett?«

»Nein«, wimmerte Dara.

»Scht, Liebling, scht. Der Doktor kommt gleich. Er macht dich wieder gesund.«

Das Kind deutete auf seine Augen, schniefte jämmerlich und schloss die Augen. Sarah hielt ihn auf dem Schoß, seinen Kopf an ihre Brust gebettet. Dara schmiegte sich an sie, klammerte sich an ihren Kleidern fest, aber sein Nacken wirkte merkwürdig steif. Er hatte mollige Hände mit Grübchen an den Gelenken, lange Wimpern und lockige blonde Haare. Ich habe ihn gemacht, dachte Sarah, diesen kleinen Menschen, mein Kind. Ihre ganze Willenskraft stand hinter seinem Leben. Ihre Müdigkeit war verflogen, aber innerlich zitterte sie vor Angst. Dieses Kleinkind mit den molligen Fäusten und den blauen Augen, das sie mit solcher Heftigkeit liebte, war sterbenskrank. Um das zu sehen, brauchte sie keinen Arzt.

Aus dem Flur hörte sie Fiona ins Telefon sagen: »Er ist anscheinend sehr krank. Er hat hohes Fieber und Kopfschmerzen.« Dann fügte sie hinzu: »In Ordnung, ich richte es seiner Mutter aus.«

Sarah hörte, wie der Hörer aufgelegt wurde und Fiona mit leisen Schritten näher kam.

»Dr. Roche macht gerade Hausbesuche«, sagte sie, als sie in der Tür stand. »Er kommt mittags vorbei. Kann ich noch etwas tun?«

»Danke, Fiona. Ich bringe ihn einfach ins Bett.«

»Wenn du mich brauchst, weißt du ja, wo ich bin.« Sie ging durch den Flur und zur Vordertür hinaus.

Sarah sah auf die Uhr, die auf dem Kaminsims stand. Sie war ein Hochzeitsgeschenk, hatte die Form einer Kutsche, und wie durch ein Wunder ging sie trotz der Kinder noch. Das Uhrwerk war einmal kaputtgegangen. Jim hatte es repariert und damit gedroht, jedem das Fell über die Ohren zu ziehen, der die Uhr anrührte.

Elf Uhr, sagte die Kutschenuhr. Noch mindestens zwei Stunden Warten. Dara war eingedöst. Sarah überlegte, wie viel Geld sie noch hatte. Reichte es für den Arzt? In ihrer Börse waren noch zehn Pfund. Und Jim hatte ihr für den Notfall Blankoschecks dagelassen. Die könnten zwar platzen, aber das ist nicht mein Problem. Jetzt muss ich dich erst mal ins Bett verfrachten, junger Mann.

Sanft hob sie ihn hoch und nahm ihn auf den Arm. Er erwachte aus seinem Halbschlaf, wimmerte laut und begann zu schluchzen. Sarahs Rücken schmerzte, der Fötus bewegte sich, und sie spürte ein Ziehen im Bauch, den Druck gegen den Muttermund.

Mein Gott, mach du mir jetzt nicht auch noch Probleme. Am liebsten hätte sie geweint. Warum war Jim nie da, wenn sie ihn brauchte? All die Kinderkrankheiten, Masern, Mumps, Gelbsucht, Sorgen über Sorgen jahrelang. Immer war er unten im Bauhof und kaum zu erreichen. Aber vielleicht war es sowieso besser, ohne ihn zurechtzukommen. Häusliche Probleme ertrug er nicht; wenn eines der Kinder krank war, tat er so, als hätte es nichts mit ihm zu tun.

Die Treppe war mörderisch. Eine Stufe nach der anderen, ganz vorsichtig. Dara fühlte sich an, als wäre er eine Tonne schwer, ein massiver Betonklotz von achtzig Zentimetern. Warum nehmen Kinder nur so schnell zu? Sie keuchte, kämpfte sich langsam vorwärts, spürte die aufgeregten Bewegungen in ihrem Bauch.

Oben legte sie Dara in sein Bettchen und setzte sich für eine Weile auf Liams Bett. Sie betrachtete die Tapete, gelb mit kleinen roten Bären, die in roten Autos fuhren. Sie legte die Hand auf ihren Bauch, um das Baby zu beruhigen.

»Ruhe … Ruhe … Ruhe …«, sagte sie zu dem Kind in ihrem Bauch. Das war ihr Mantra. »Ruhig, es wird alles gut.«

Allmählich kamen die Bewegungen in ihrem Bauch zur Ruhe. Dara drehte sich um, öffnete die Augen und begann zu weinen.

Sie ging zu ihm, kniete neben dem Bettchen nieder und legte ihm sanft die Hand auf die Stirn, um die Schmerzen zu lindern.

»Möchtest du etwas trinken?«, flüsterte sie. »Mami holt dir was zu trinken.«

Unten zerdrückte sie ein Kinderaspirin und gab es auf einen Löffel. Dann nahm sie die Flasche mit Orangensaft aus dem Kühlschrank, erleichtert, dass noch etwas im Haus war, und goss ein wenig in eine Tasse.

Da hörte sie Dara schreien, heiser, erstickt vor Schmerz. »Ma-mi, Ma-mi …«

Sarah rannte die Treppe hinauf. Dara schützte seine Augen. Die Sonne schien grell auf die gelbe Tapete, wo der Bär mit der kleinen roten Kappe in dem kleinen roten Coupé fuhr, ein Bär hinter dem anderen, bis ins Unendliche. Daras Gesicht war schmerzverzerrt und gerötet. Sarah lief zum Fenster und zog die Vorhänge zu; Schatten breiteten sich aus. »Ist es so besser, Liebling?«

Er stöhnte. Wieder ging Sarah nach unten, holte den Orangensaft und das Kinderaspirin, lief die Treppe hinauf, hob Daras Kopf an und flößte ihm das Getränk mit dem Medikament ein. Die ganze Zeit betete sie: Lass ihn wieder gesund werden, lieber Gott. Ich werde mich nie wieder beklagen, wenn er nur wieder gesund wird.

Sie legte ihm die Hand auf die glühende Stirn; Daras Wangen und sein Hals waren so heiß, dass sie die Hitze spürte, noch ehe sie ihn berührt hatte. Sie holte das Thermometer, steckte es ihm unter die Achselhöhle und drückte ganz sanft seinen Arm nach unten, damit es nicht verrutschte. Dann zählte sie drei Minuten ab – eins zwei drei vier fünf – Sekunde für Sekunde. Nur nicht zu schnell, volle drei Minuten, sonst stimmt das Ergebnis nicht.

Das Thermometer war warm, als sie es herauszog. Hell schimmerte das Quecksilber in der Glasröhre. Vierzig Grad.

»Heilige Jungfrau Maria.« Ihr Herz begann wieder zu rasen. Das Kind in ihrem Bauch bewegte sich. Sie rannte hinunter zum Telefon. Versuch's bei Dr. Moore. Er könnte da sein.

»Es ist dringend«, sagte sie zu der unbeteiligt klingenden Sprechstundenhilfe. »Mein kleiner Sohn, er ist sehr krank.«

»Der Doktor ist im Krankenhaus«, erwiderte die Frau nun merklich freundlicher. »Hat das Kind Fieber?«

»Vierzig Grad!«

Schweigen, dann ein leiser Laut des Erstaunens. »Sie dürfen es nicht weiter steigen lassen. Sie müssen den Jungen abwaschen, mit warmem Wasser am ganzen Körper. Der Doktor kommt, sobald er zurück ist.«

Sarah hastete wieder in die Küche, holte eine Schüssel mit warmem Wasser und ein Frotteetuch und trug alles zu Daras Zimmer. Als sie die Treppe hinaufrannte, schwappte das Wasser aus der Schüssel auf den Teppich.

Dara lag reglos da, atmete flach und schnell. Sarah machte sich daran, ihn auszuziehen, aber als sie ihn bewegte, weinte er laut. Er schrie, während sie ihm die Kleider abstreifte, das Tuch auswrang und seinen Körper von oben bis unten abwusch, und auch Sarah begann leise zu weinen. Dann erbrach Dara Organgensaft und Porridge auf die Bettdecke, und es breitete sich ein scharfer, säuerlicher Geruch aus. Als Sarah das Kind reinigte, bemerkte sie die roten Flecken, die sich über seinen Körper ausbreiteten.

Kurz nach eins kam Dr. Moore, untersuchte Dara und leuchtete ihm mit einer Taschenlampe in die Augen. Der Junge fühlte sich jetzt, nach der Waschung, kühler an, aber das Fieber stieg bereits wieder und er war schläfrig. Sarah war vor Angst und Erschöpfung den Tränen nahe.

»Wir müssen ihn ins Krankenhaus bringen«, sagte der Arzt und sah Sarah mitfühlend an. »Sieht aus wie Hirnhautentzündung. Ich rufe einen Krankenwagen.«

Schlagartig bekam Sarah einen klaren Kopf. Sie überlegte. Die Kinder kamen um halb drei aus der Schule. Sie würde Fiona bitten müssen, sich um sie zu kümmern.

»In Ordnung«, sagte sie.

Als der Arzt fort war, rief Sarah im Bauhof an. Jim hatte gerade Mittagspause, war in der Kantine aber nicht aufzutreiben. Sie hinterließ eine Nachricht. Dann ging sie nach nebenan, um Fiona zu bitten, die Kinder zu nehmen, wenn sie nach Hause kamen. Aber Fiona war nicht da. Sarah ging von Tür zu Tür, bis sie eine Nachbarin fand, die daheim war – Marian Keely. Sie bat sie nicht gern darum, aber Marian sagte: »Ja, in Ordnung.«

Wieder im Haus, rief Sarah die Schule an und hinterließ eine Nachricht für die Kinder. Dann packte sie eine kleine Tasche für Dara und wartete auf den Krankenwagen. Vorher versuchte sie es noch einmal auf dem Bauhof, wo es hieß, Jim habe nachmittags auswärts zu tun. Dr. Roche traf kurz vor dem Krankenwagen ein. Sie hatte ganz vergessen, ihm abzusagen. Aufgelöst erklärte sie ihm, was los war.

Im Crumlin Hospital wurde Dara untersucht; eine Lumbalpunktion bestätigte Dr. Moores Diagnose: eine durch Meningokokken ausgelöste Hirnhautentzündung. Dara bekam einen Tropf an den Arm und wurde in einem kleinen Zimmer in ein Kinderbett gelegt. Er war nahezu bewusstlos. Sarah blieb bei ihm, murmelte tröstende Worte, hielt seine kleine mollige Hand, sprach leise auf ihn ein. Eine junge Schwester brachte ihr eine Tasse Tee und einen Keks.

»Keine Sorge. Er wird wieder gesund. Sie haben ihn rechtzeitig gebracht!« Sarah trank ihren Tee. Die Gardinen vor dem Fenster waren mit Mickey-Maus- und Donald-Duck-Figuren bedruckt. Sarah zog einen Vorhang ein wenig zurück und blickte in die Station jenseits der Glasscheibe, sah die Kinder in ihren bunten Schlafanzügen. Manche beschäftigten sich mit Spielzeug, andere schliefen, wieder andere lagen nur teilnahmslos da.

»Haben Sie noch mehr Kinder?«, fragte die Schwester, als sie die Tasse später wieder abholte.

»Zwei.«

»Und wann kommt das nächste?«

»Im Juni.«

»Sie brauchen Ruhe. Sie sehen ziemlich mitgenommen aus. Haben Sie schon gegessen?«

»Nein. Ich habe keinen Hunger.«

Abends um acht kam Jim ins Krankenhaus.

»Ich bin heimgekommen und das Haus war wie ausgestorben. Ich wusste nicht, was passiert war. Kein Abendessen und überall stinkt es nach Kotze! Dann hat Marian Keely Tim rübergeschickt, um mir Bescheid zu sagen.« Er sprach leise, anklagend.

»Ich habe dir eine Nachricht hinterlassen.«

»Ich hatte auswärts zu tun.«

»Wo denn?«

»Auswärts eben!«

»Er hätte sterben können!«

Jim blickte in das Bett mit dem schlafenden Dara, der jetzt nicht mehr so blass und offenbar schmerzfrei war. In kleinen Stößen tropfte die Infusion durch den langen Schlauch in seine Vene.

»Er sieht nicht schlecht aus! Kommst du jetzt nach Hause?«

»Nein.«

»Was ist mit den Kindern?«

Sarah lehnte sich zurück. »Du wirst dich um sie kümmern.«

Er zögerte. »Dann bitte ich Marian Keely, sie noch für eine Weile zu nehmen. Ich muss wieder weg.«

Sarah rührte sich nicht. »Marian Keely will die Kinder

nicht«, entgegnete sie langsam. »Was sie getan hat, war schon eine große Gnade. Du wirst dich verdammt noch mal selber um sie kümmern. Denn dafür ist so ein verdammter Vater da«, stieß sie durch die Zähne hervor. Sie war voller Hass. Am liebsten hätte sie geweint. Die Erschöpfung, der körperliche und seelische Hunger, gegen die sie den ganzen Tag angekämpft hatte, überfielen sie nun schlagartig. Seine Augen waren hart und seine Lippen schmal; das Verlangen Sarah zu verprügeln stand ihm ins Gesicht geschrieben.

»Halt dein dreckiges Maul«, zischte er. »Du glaubst wohl, du kannst mit mir umspringen, wie es dir gefällt. Und bist selber zu nichts gut, kannst nur Junge werfen wie eine Sau!« Angeekelt deutete er auf ihren dicken Bauch.

»Ist es das Flittchen?«, fragte Sarah ruhig. »Das, mit dem dich Fiona letzten Samstag gesehen hat?«

Jim antwortete nicht. Er sah hinaus in die Station nebenan, wich Sarahs Blick aus; dann drehte er sich zu ihr um und hob die Hand.

»Wenn du mich hier schlägst, holen sie die Polizei.«

»Ich hab' dir gesagt, du sollst deine Zunge hüten.« Aber er ließ den Arm sinken und griff nach der Türklinke.

»Das muss ich mir nicht anhören.« Er öffnete die Tür, drehte sich aber mit wutverzerrtem Gesicht noch einmal um und zischte: »Und ich schlag dir die Fresse ein, wenn du nicht bald lernst, die Klappe zu halten.«

Sarah sah ihm nach. Sie rechnete damit, dass er die Tür zuknallte, aber er schloss sie einigermaßen leise. Durch den Spalt im Vorhang sah sie sein Profil, als er an der Kinderstation vorbeikam, sah, wie er die diensthabende Schwester anlächelte. Schon war er ein anderer Mensch.

Er hasst mich, dachte sie. Er hasst mich, weil ich in der Falle sitze und von ihm abhängig bin. Er hasst mich, weil wir so viele Kinder haben und er sich angebunden fühlt. Er hasst mich, weil er glaubt, er müsste bis an sein Lebensende für mich sorgen. Er will Abwechslung, frischen Wind um die Ohren. Er will in alle Ewigkeit ein Kind bleiben. Aber er braucht mich als Punchingball; dann fühlt er sich wie Cassius Clay.

Dara bewegte sich. Sie streckte die Hand nach dem schlafenden Kind aus, streichelte es zärtlich, wischte die Schweißperlen von seiner Stirn. Dara öffnete die Augen und lächelte sie verschlafen an.

10. Kapitel

Ich versuchte mit Gerry zu reden, wirklich zu reden. Nicht nur oberflächliches Zeug; wenn er mir zeigen würde, wer er ist, dann könnte ich darauf aufbauen. Ich fragte ihn nach seiner Kindheit. Er wurde ärgerlich, sagte, ihm sei in der Familie immer die Schuld an allem und jedem gegeben worden, er wolle sich von niemandem mehr etwas anhängen lassen.

Dann ging er aus dem Zimmer.

Aus: *Die Pferdeohren*, 1976

März 1990

Die Osterglocken blühten dicht an dicht die ganze Gartenmauer entlang; manche weiß, manche gelb, neigten sie schüchtern die Köpfe. Hie und da fanden sich dazwischen auch Krokusse und Narzissen. Es war Sonntag. Patricia stand im Bademantel am Herd, machte Frühstück und genoss den Blick in den Garten. Durchs Fenster sah sie, wie sich die beiden Elstern, die in der Ulme des Nachbargartens wohnten, an die Katze heranpirschten. Die arme Muffy wollte auf dem Garagendach ein Sonnenbad nehmen. Einer der Vögel griff sie von vorne an, und während sie sich auf ihn konzentrierte und geduckt zum Sprung ansetzte um ihn zu vertreiben, war der andere näher gekommen und pickte die Katze von hinten.

Muffy gab schließlich auf und trollte sich verärgert, tat aber so, als bemerkte sie die Vögel gar nicht. Sie gehörte Simon, war inzwischen sieben Jahre alt und ihre Lieblingsbeschäftigungen bestanden darin, sich im Staub zu wälzen, zu fressen und zu schlafen. Amüsiert beobachtete Patricia das Schauspiel auf dem Garagendach, verblüfft über das großspurige Getue der Elstern, die andere Tiere bewusst drangsalierten. Aggressive Biester, dachte sie.

Die Küche war von den Strahlen der Frühlingssonne erfüllt. Patricia summte vor sich hin, ein altes irisches Klagelied, das sie in der Schule gelernt hatte; sie ließ sich in dem Bewusstsein, wie alt sie waren, die klangvollen Worte auf der Zunge zergehen. Im Lied beklagte ein Mädchen die Verbannung ihres Geliebten, eines irischen Soldaten, der zu den sogenannten Wildgänsen gehörte, die nach der Belagerung von Limerick von 1690 nach Frankreich geflohen waren. Es ist nur recht und billig, diese Sprache bewahren zu wollen, dachte Patricia; sie ist eigenartig und wunderschön. Schließlich ist es unsere Sprache!

»Was singst du in der *Nyaa?*«, fragte Gerry ironisch und blickte von der Zeitung auf, die er zusammengefaltet vor sich liegen hatte, während er sein Ei mit Speck aß. Patricia unterdrückte ihren Ärger. Schließlich war es auch seine Sprache.

»Ein altes Lied über die Flucht der Wildgänse«, erwiderte sie freundlich. Die Anwandlungen von Fröhlichkeit, die sie in letzter Zeit zeigte, färbten allmählich auch auf Gerry ab. Statt sich in verdrossenes Schweigen zu hüllen, ließ er Pat jetzt manchmal an seiner verächtlichen Weltsicht teilhaben. Ihm war bewusst, dass sie seit jenem Abend im Dezember keinen Alkohol mehr angerührt hatte, und darüber war er erleichtert und erfreut. Aber er spürte auch, dass sie auf Distanz gegangen war und er diesen Abstand weder erklären noch überbrücken konnte. Diese Distanz bedeutete für ihn eine unterschwellige Herausforderung, und weil er keine Kontrolle darüber hatte, war ihm unbehaglich zumute.

Patricia wendete die Speckschnitten auf dem Grill. Fett tröpfelte in die Schale und der würzige Geruch erfüllte die Küche.

»Könntest du die Kinder rufen? Ihr Essen ist fertig.«

Gerry murrte. »Tolle Kinder!« Er ging zur Küchentür und

brüllte: »Orla, Simon, Frühstück ist fertig!« Dann kehrte er an seinen Platz zurück.

Patricia stellte ihr eigenes Frühstück auf den Tisch und setzte sich. Gerry warf einen Blick auf ihren Teller. »Warum isst du nichts Anständiges?«

»Das ist etwas Anständiges.«

»Rührei?«

»Ich achte auf meine Figur.«

»Deine Figur ist völlig in Ordnung.« Nach einer Weile fügte er hinzu: »Du bist gut in Form!«

»Heute ist ein schöner Tag«, bemerkte Patricia und wunderte sich, wieso sie sich bemüßigt fühlte, Erklärungen abzugeben. »Wenn sich das Wetter hält, werde ich demnächst mal übers Wochenende wegfahren.«

»Alleine?«

»Warum nicht? Ich hab' mir überlegt Nell zu fragen, aber sie redet wie ein Wasserfall!«

»Was ist mit den Kindern?«

»Mama hat versprochen, in dieser Zeit hier zu wohnen – damit ich einmal ausspannen kann. Das würde dir doch nichts ausmachen, oder?«

»Nein.« Er musterte sie aus kalten blauen Augen.

»Und wohin geht die Reise?«

Patricia machte eine nichtssagende Geste. »Einfach ins Blaue. Vielleicht nach Westen, nach Connemara ...« Bei diesen Worten errötete sie, schlug die Augen nieder und schob sich den letzten Bissen Rührei mit Toast in den Mund. Sie saß mit dem Rücken zum Fenster und hoffte, dass ihm die Röte ihres Gesichts nicht auffiel.

Paddy Johnson hatte keine großen Überredungskünste anwenden müssen, um ihre Beziehung weiter voranzubringen. Andeutungen hatte er von Anfang an gemacht; und als die beiden einander öfter sahen – Gerry hatte ihn sogar einmal zum Abendessen eingeladen, um Geschäftliches zu besprechen –, hatte er schließlich gerade herausgefragt: »Patricia, was soll aus uns werden? Wir brauchen mehr Zeit füreinander.«

Patricia wusste das auch. Er war in ihr Leben zurückgekehrt, als wäre er nie fort gewesen, als sei die Tatsache, dass sie zwanzig Jahre lang getrennte Wege gegangen waren, nur ein Traum gewesen. Nachts lag sie wach und stellte sich vor, wie es wäre mit ihm zu schlafen, seinen Körper neben sich zu spüren, in seinen Armen zu liegen, ihn zu lieben, richtig zu lieben, nicht die verstohlenen Küsse und Zärtlichkeiten im Auto, als wären sie Teenager; dann könnte sie ihm wortlos Dinge sagen, die nur der Körper sagen kann. Er mietete eine Wohnung in einem neuen Apartmenthaus in Ballsbridge und hatte sie schon mehrmals dorthin eingeladen, aber sie hatte stets abgelehnt.

»Ich bin nicht prüde, Paddy, nur vorsichtig. Wir leben hier in einer kleinen Stadt voller gehässiger Menschen.«

»Dann fahr mit mir weg ... übers Wochenende, für eine Nacht – ganz wie du willst.«

Die Aussicht ließ ihr Herz höher schlagen. Sie wusste, dass ihre alten Ängste überholt waren; sie würde nicht ewig leben und sie wollte diesen Mann. Warum sollte sie sich nicht holen, was sie wollte?

»Übrigens«, unterbrach Gerry ihren Tagtraum, »habe ich mir überlegt, dass wir auch eine kleine Reise machen könnten. Ich meine, nur wir beide. Ein richtiger Urlaub ... Ägypten oder so! Ostern würde sich dafür anbieten.«

Bei diesen Worten sah er sie über den Brillenrand hinweg an.

Patricia stand auf und stellte ihren Teller in die Geschirrspülmaschine. »Ich wusste nicht, dass du dich für Ägypten interessierst.«

»Das wäre doch ganz spannend, die Sphinx zu sehen, die Tempel und all das ...«

Patricia sah vor ihrem geistigen Auge, wie ihr Mann zur Sphinx aufblickte, frei von Ehrfurcht, mit spöttisch funkelnden Augen, und murmelte: »Darum wird also so viel Aufhebens gemacht ...«

Sie stellte sich vor, wie er im Tempel von Karnak stand, auf die Uhr blickte und auf den Fremdenführer deutend sarkastisch bemerkte: »Der Kümmeltürke schwafelt jetzt schon seit einer geschlagenen Stunde ...«

»Das klingt verlockend«, sagte sie. »Aber ich glaube, ich nehme mir trotzdem mal ein Wochenende frei. Du hast doch nichts dagegen?«

»Nein.« Er dachte, das sei Teil ihrerTherapie, war aber nicht imstande, dieses Thema zu berühren oder sonst irgendeine persönliche Frage anzuschneiden. »Nimm dir ruhig frei.«

Orla kam in die Küche, dicht gefolgt von Simon. »Fährt Mama weg?«

Patricia lächelte ihre Kinder an, sah, wie sich Orlas Miene aufhellte, wie sich Simon entspannte. Wenn ich in der Nähe bin, wird er nervös. Ist das meine Schuld? Ihr fiel auf, dass er sie mit einem Seitenblick musterte und rasch überlegte, wie er sich verhalten sollte: feindselig und abwehrend oder einfach wie ein Mensch.

»Nur für ein, zwei Tage ... irgendwann in nächster Zeit ...«

»Ach – und wohin fährst du?«

»Das weiß ich noch nicht.«

Gerry blätterte die Seite um und stöhnte plötzlich angeekelt auf.

»Was ist denn los, Daddy?«, fragte Orla.

Er seufzte. »Eine Zwölfjährige wurde von sieben Flegeln vergewaltigt, und zwar immer wieder, bis sie mit vierzehn ein Baby bekam. Zwei der sieben Angeklagten bekannten sich schuldig, aber sie sind alle als freie Männer aus dem Gericht herausspaziert!« Gerry schnalzte mit der Zunge.

Seine Tochter stand auf, trat hinter ihn und las den Artikel über seine Schulter schauend mit. »Das ist ja widerwärtig!«, rief sie aus. »Sie war doch noch ein Kind! Und seht mal – sie gingen nach Hause und wurden wie Helden empfangen!«

»Zumindest haben die zwei, die sich schuldig bekannten, eine Bewährungsstrafe bekommen«, bemerkte Gerry, der des Themas bereits überdrüssig war und die Seite umblättern wollte.

»Was ist das für eine Gerechtigkeit?«, ereiferte sich Orla. »Was soll so ein Urteil ausrichten?« Voll jugendlicher Empörung richtete sie sich auf. Als sie zu ihrem Platz zurückging, bemerkte sie mit einem nur angedeuteten Seitenblick auf ihre Mutter: »Ich finde, Frauen, die sich mit solchem Abschaum einlassen, verdienen es nicht anders!«

»Richtig«, stimmte Simon zu. »Wahrscheinlich war sie sowieso scharf drauf.«

Orla seufzte ärgerlich. »Was hast du für eine Ahnung davon, du Schwachkopf?«, rief sie.

Patricia kündigte an, sie wolle jetzt duschen, und ging hinaus. Noch auf dem Flur hörte sie die erhobenen Stimmen der Kinder, bis Gerry sie mit einer scharfen Bemerkung zum Schweigen brachte.

»Heute nimmst du dir frei«, verkündete Joan. »Es ist Sonntag und wunderbares Wetter!«

David, der vor seiner Staffelei saß, lächelte in seinen Bart hinein. »Zu Befehl, Sir!«, erwiderte er demütig und drehte sich zu seiner Frau um, die in ihrem alten blauen Morgenmantel in der Tür stand und ihn verschlafen ansah. Er war in der Morgendämmerung aufgestanden und in sein Atelier gegangen, um ›einen Blick‹ auf seine neueste Arbeit zu werfen, konnte sich dann aber nicht mehr losreißen. Heute ging es ihm gut; er war voller Lebensfreude.

Joan lachte. »Wage es ja nicht, mich ›Sir‹ zu nennen!«

Unschuldig zog er die Brauen hoch. »Ich wollte dir nur meinen Respekt bezeugen!«

Joan trat auf ihn zu, legte die Arme um ihn und knabberte an seinem Hals. David fuhr hoch.

»Hilfe! Sie hat Zähne!«

»Zumindest hast du jetzt beim Geschlecht richtig geraten!«, murmelte Joan. »Wenn du dir ein bisschen Mühe gibst, kannst du es noch weit bringen …!«

Er grinste. »Was willst du damit sagen?« Er legte seinen Pinsel beiseite, stand auf, öffnete ihren Bademantel und küsste sie am Halsansatz. »Wenn ich mir hier zum Beispiel noch mehr Mühe gebe ...« Sein Mund wanderte weiter. »Oder hier?« Er neigte sich tiefer. »Oder sogar hier? Mmm«, murmelte er verträumt, als Joan aufstöhnte. »Ja, ich glaube, das ist eine gute Stelle.«

Joan keuchte. Sie schloss die Augen, unerwartet überkam sie ein überwältigendes Gefühl der Erregung. David dirigierte sie in Richtung Tür, lehnte sie dagegen, kniete nieder und setzte sein Werk fort.

»O Gott ... bring mich wieder ins Bett!«

»Du kannst ruhig David zu mir sagen.«

Joan schlug die Augen auf, versetzte ihrem Mann einen Klaps und kicherte. Er nahm sie an der Hand und zog sie zurück ins Schlafzimmer, wobei er angriffslustig vor sich hin summte.

Im Zimmer nebenan, der ›Abstellkammer‹, erwachte Paul und lauschte eine Weile den Geräuschen, die aus dem Elternschlafzimmer zu ihm drangen. Er hörte gedämpftes Stöhnen und dann, ein wenig später, einen hellen, hohen Schrei. Das war seine Mutter. Er starrte zur Decke; seine Miene, erst verdutzt, spiegelte Ehrfurcht wider, schließlich lächelte er. Er wartete noch kurz, bis es im Nebenzimmer still geworden war, zog sich an und ging auf Zehenspitzen in die Küche.

»Ich möchte es am liebster immer wieder tun«, flüsterte David seiner Frau ins Ohr, während er sie eng umschlungen hielt, »aber der da unten verweigert mir den Gehorsam.«

Joan zog ihn an sich. »Gönn mir doch erst mal eine kleine Verschnaufpause, du Sexbesessener.«

Sie dösten ein und wachten erst wieder auf, als es an die Tür klopfte. Es war Paul, der mit einem Frühstückstablett hereinkam. Er stellte es diskret auf Davids Nachttisch ab, grinste seinen Vater an – ein Blick von Mann zu Mann, der besagte ›ich weiß schon, was ihr getrieben habt‹ – und ging wortlos wieder hinaus. Seine Eltern sahen sich fragend an. David setzte sich auf und inspizierte das Tablett.

»Ich sehe etwas Verrührtes ... das könnten Eier sein!« Joan lachte, bis ihr die Tränen kamen.

»Was ist eigentlich mit dir los?«, fragte David, eine Tasse in der Hand, »wo sich deine Männer wirklich so viel Mühe geben ...«

»Gib mir den Tee, bevor du ihn verschüttest«, befahl Joan und wischte sich die Augen. Dann flüsterte sie verlegen: »Glaubst du, er hat etwas mitbekommen?«

David setzte ein kummervolles Gesicht auf. »Aber ja. Und warum auch nicht?« Er stocherte in der weißlichen Masse auf seinem Teller. »Du siehst, dass er sogar versucht, das Ereignis mit seinen verblüffenden vulkanisierten Eiern zu feiern ...«

Als seine Eltern in die Küche kamen, lächelte Paul verstohlen. »Danke für das Frühstück, Liebling«, sagte Joan. »Das war wirklich lieb von dir!« Sie sah ihrem Sohn in die Augen, und als sich darin eine Schüchternheit zeigte, die ihm sonst fremd war, fügte sie hinzu: »Ich bin wirklich eine vom Glück gesegnete Frau ... mit einem wunderbaren Mann und einem wunderbaren Sohn!«

Paul wurde wieder lockerer. »Ach, ist doch nicht der Rede wert. Haben euch die Eier geschmeckt?«

»Sie waren köstlich«, versicherte sie und vermied es, David dabei anzusehen.

Zum Mittagessen fuhren sie nach Greystones und machten anschließend einen Spaziergang am Strand. David sprach über die Zukunft, wie sich schließlich für die Familie alles zum Guten wandte ... sie würden sich sogar ein anständiges Haus kaufen können ... was für ein Haus hätte Joan denn gerne? Sie könnte sogar Gerry Galligan und diesem anderen Barrakuda den Rücken kehren und eine eigene Kanzlei eröffnen.

Paul rannte wie ein Kind durch den Sand, blieb hier und da stehen, hob flache, abgerundete Kiesel auf und schleuderte sie auf die Wellen hinaus. Joan forderte ihren Sohn zu einem Wettrennen heraus und lief unter lautem Gelächter durch den weichen, nassen Sand, auf dem frische Fußspuren zurückblieben. Paul siegte. »Och, Mama, da hast du dich aber nicht besonders angestrengt!« Joan drehte sich um und hielt nach David Ausschau, aber der saß so merkwürdig gebückt auf einem Felsen, dass sie zu ihm zurückeilte. »Geht es dir gut?«

Er blickte auf. »Natürlich. Ich meditiere nur.« Aber seine langsame Redeweise, die Vorsicht, mit der er atmete, versetzten ihr einen Stich.

Als der Tag gekommen war, wusste Patricia immer noch nicht, wohin Paddy sie entführen wollte – nur, dass es irgendwo in Irland sein würde. Das war zwar ein bisschen gefährlich, aber sie wollte weder nach London noch nach Paris, was er ebenfalls vorgeschlagen hatte. Ein andermal vielleicht. Ich will nicht mit ihm in London oder Paris sitzen und dann feststellen, dass es nicht klappt.

Sie ging ins Bad, putzte sich die Zähne, duschte und betrachtete dabei ihren Körper: weiß, ziemlich straff, ein Muster blauer Venen auf den Brüsten, die Brustwarzen aufgerichtet unter dem strömenden Wasser. Sie erbebte vor Aufregung. Das Wasser fiel in Kaskaden über ihren Körper, tropfte in Rinnsalen auf ihre Füße. Sie schrubbte sich sorgfältig von Kopf bis Fuß ab. Ihre Arme und Beine röteten sich in der Hitze. Die Duschkabine war voller Dampf, Wasser spritzte durch die Fugen der Schiebetür. Pat sog den Hortensienduft ihrer Seife ein, als sie sich von oben bis unten einseifte. Schließlich trat sie aus der Dusche, trocknete sich rasch ab, zog den Bademantel über und betrachtete ihr feucht glänzendes Gesicht im Spiegel. Ihre Augen leuchteten, ein dunkles Graublau im klaren Weiß, die Pupillen ein wenig geweitet.

»Blühe«, sagte sie zu ihrem Spiegelbild, ihrem noch jungen Körper. »Blühe jetzt. Später ist noch Zeit genug zum Altern! Jetzt möchte ich dich jung und frisch haben!«

»Du kannst doch nicht mit leerem Magen los«, mahnte Mrs. O'Hehir. Pats Mutter war am Abend vorher gekommen. Sie sah gut aus, hatte sich eine Dauerwelle machen lassen. Die Aussicht, das Wochenende mit Orla und Simon zu verbringen, gefiel ihr. Nun musterte sie ihre Tochter kritisch über den Frühstückstisch hinweg.

»Ich weiß nicht, warum du so überstürzt los willst! Aber fahr vorsichtig, hörst du?«

»Ich nehme mir nur mal das Wochenende frei, Mama. Hier in Dublin bekomme ich langsam Platzangst. Mach dir keine Sorgen. Gerry hat meinen Wagen voll getankt und sogar den Reifendruck geprüft.«

Mrs. O'Hehir senkte die Stimme. »Wo ist er denn heute Morgen?«

»Er spielt Golf.«

»Tut er das jeden Samstag?«

»Ja.«

»Er sollte sich mehr Zeit für dich nehmen«, meinte Mrs. O'Hehir stirnrunzelnd. »Das gehört sich nicht.«

Patricia wusste, dass ihre Mutter Gerry nicht mochte; sein fortwährender Erfolg beeindruckte sie, aber sie schätzte ihn nicht.

»Ich treffe ihn im Bett!«

Patricia lachte über den Gesichtsausdruck ihrer Mutter. »So ist das mit Leuten, die ganz hoch hinaus wollen. Die ganze Woche arbeitet er hart und am Wochenende verabredet er sich mit den richtigen Leuten … oder er schuftet weiter.«

»Er leistet viel«, entgegnete Mrs. O'Hehir. »Aber das Leben besteht nicht nur aus Arbeit und gesellschaftlichen Verpflichtungen. Das Heim und die Familie sind sehr wichtig.«

»Er glaubt eben, er hätte uns so fest im Griff«, erwiderte Patricia, »dass er sich keine Gedanken um uns zu machen braucht.«

Ihre Mutter sah sie sorgenvoll an. »Erinnerst du dich an den netten jungen Mann, den du so gern gehabt hast …? Paddy Soundso? Tut es dir nicht manchmal Leid um ihn?«

Patricia bekam fast einen Erstickungsanfall. Sie verschluckte sich an ihrem Tee und hustete.

»Mein Gott, Mama, du bist eine echte Romantikerin!« Am liebsten hätte sie ihrer Mutter die Wahrheit gesagt, begnügte sich aber mit der Bemerkung: »Zufällig habe ich ihn in letzter Zeit wieder gesehen. Er war zweimal hier – zu einer Party und zum Abendessen. Zur Zeit ist er wieder in Irland, zumindest vorübergehend.«

Ihre Mutter musterte sie eingehend. »Das ist schön, Liebes. Alte Freunde sind viel wert. Ich hoffe, ihr verliert euch nicht wieder aus den Augen!« Pat war überrascht. Mrs. O'Hehirs Stimme klang völlig gelassen. »Vielleicht hast du ihn ja immer noch gern?«, fuhr sie fort. »Es kommt vor – sogar in einer Ehe –, dass man einen anderen gern hat!«

Pat schlug die Augen nieder, bemerkte aber sehr wohl den freundlich forschenden Blick ihrer Mutter. Ich brauche ihn, brauche ihn, brauche ihn, wollte sie sagen. Aber sie sah, dass das Gesicht ihrer Mutter ganz arglos war; sie wäre schockiert gewesen.

»Ja, ich mag ihn gern«, sagte Pat. »Natürlich mag ich ihn. Er erinnert mich an früher.« Sie hielt inne. »Und jetzt, liebste Mutter, muss ich los, damit ich möglichst viel von meinem Wochenende habe!«

»Ich hoffe, das Wetter hält.« Mrs. O'Hehir stand auf und stellte die Teller in die Spüle.

»Ich finde es richtig, dass du einen Ausflug machst, wenn dir danach ist«, fuhr sie nachdenklich fort. »Mir ist schrecklich klar geworden, wie dumm es ist in der Zukunft zu leben!« Pat starrte ihre Mutter von einer jähen Ahnung ergriffen an; aber Mrs. O'Hehir lächelte nur und der Augenblick ging vorüber.

Patricia warf einen Blick auf die Uhr. Paddy wartete. Es war Zeit zu fahren.

»Wann kommst du voraussichtlich wieder?«, fragte Mrs. O'Hehir, als Pat ihren Mantel von der Garderobe nahm.

»Morgen Abend gegen sieben«, sagte sie betont beiläufig. Plötzlich meldete sich die Stimme des Verstandes: Du musst nicht fahren, du kannst ihn anrufen und dir eine Ausrede einfallen lassen. Mit einem Mal bekam sie kalte Füße. Der

Weg, den sie einschlug, erschien ihr selbstmörderisch. Sie konnte Paddy sagen, es sei etwas dazwischen gekommen, sie könne nicht weg. Sie erwog diese Möglichkeit, verwarf sie aber sofort. ›Lebe nicht in der Zukunft‹, hatte ihre Mutter sie ermahnt.

»Wo kann ich dich im Notfall erreichen?«

»Ich rufe an.«

Mrs. O'Hehir seufzte und sah sie zweifelnd an. »Na dann, pass auf dich auf!«

Sie trug ihre kleine Reisetasche hinaus zum Auto und verstaute sie im Kofferraum. Dann nahm sie ihre Jacke, hängte sie über eine Schulter und griff nach ihrer Umhängetasche.

»Tschüss, Mama. Danke, dass du gekommen bist. Die Kinder sind zwar schon groß, aber es ist gut zu wissen, dass jemand ein Auge auf sie hat.«

»Tschüss, Liebes. Gute Fahrt.«

Patricia küsste ihre Mutter und blickte hinauf zu den Fenstern im ersten Stock; Orlas Vorhänge waren noch zugezogen. Pat warf die Autotür zu, schnallte sich an und winkte kurz; dann war sie fort, die Auffahrt hinaus, die Straße hinunter, um die Ecke; eine Fahrt von fünf Kilometern bis zu dem Parkplatz, auf dem Paddy sie erwartete.

Später versuchte Patricia sich jeden Moment der Begegnung genau einzuprägen; sie schrieb ihre Eindrücke sogar auf, vernichtete dann aber den Bericht.

Ich steige aus dem Wagen, lächle, merke, dass er mich beobachtet. Er steigt rasch aus, hilft mir mit der Tasche, legt sie in den Kofferraum des weißen BMW.

Wir küssen uns nicht, berühren uns nicht. Ich schließe mein Auto ab, setze mich neben ihn. Er trägt einen Anzug und ein gestreiftes Hemd, eine Rolex, am Handgelenk feine Härchen. An seiner Linken ein Ehering. Den hat ihm Susan angesteckt, an einem schönen Septembermorgen vor vielen Jahren. Ich war dabei, sah sie, den Kopf unter dem weißen Schleier gebeugt, wie sie ihm den Ring ansteckte. Ich bin nervös, aufgeregt. Bin ich verliebt? Ich weiß es nicht. Dafür ist es gewiss zu spät. Aber ich bin voller Hunger.

»Schön, dass du hier bist. Du siehst wunderbar aus.« Seine Augen sind weich. Er greift nach meiner Hand. Seine Finger sind warm und stark, meine wie immer kühl.

»Du hast eiskalte Hände!«

»Kalte Hände, warmes Herz!«

»Aha …« Er sieht mich von der Seite an, ein männlicher Blick, schieres Verlangen, rasch überdeckt.

Er dreht den Schlüssel im Zündschloss, der Motor springt an, der Wagen rollt vom Parkplatz hinaus in den Verkehr. Jetzt habe ich den Pfad der Tugend verlassen.

Paddy Johnson streckte sich genüsslich, während er hinterm Steuer wartete. Führungskraft, Managertyp, verheiratet, zwei Kinder, ein Junge und ein Mädchen, inzwischen erwachsen, auf der Universität. Verheiratet mit Susan, gutes Auftreten, ansehnliches Erbe, das Haus in Richmond, fünf Schlafzimmer, zwei Badezimmer, großer Garten, zweimal die Woche kam die Putzfrau, einmal die Woche der indische Gärtner, Wohnung in Paris (die gehörte Susan), kosmopolitischer Lebensstil, und abgesehen von seiner Arbeit zu Tode gelangweilt.

Paddy erinnerte sich an ein Treffen mit Patricia vor hundert Jahren, 1968 – Earlsfort Terrace. Er hatte sie umworben, mit ihr getanzt in der Aula am St. Stephen's Green, sie unter dem Sternenhimmel geküsst, auf dem von Laternen erleuchteten Weg im Park. Sie war damals neunzehn gewesen, er zwanzig.

»O diese Frauen«, hatte er damals weise gesagt, »so nah und doch so fern!« Sie hatte ein cremefarbenes Wollkleid getragen, das sie umschmeichelte, so wie er es gern getan hätte. Sie lachte, zog sich, plötzlich zurückhaltend geworden, ein wenig zurück. Später hatten sie sich, wie vom Blitz getroffen, ineinander verliebt. Tage und Monate wie im Fiebertaumel, ein ganzes Jahr junger Liebe – unerfüllter Liebe.

Warum hatte sie niemand gewarnt – vor den Jahren der

Reue, dem wachsenden Zynismus, dem Gespenst der Sterblichkeit, der Hohlheit all jener moralischen Gewissheit, die John Charles predigte, der sittenstrenge Erzbischof von Dublin, nebst Gefolgschaft, die die Regeln festschrieben.

»Segne mich, Vater, denn ich habe gesündigt.«

Mein Gott, das war wohl ein Witz! Der ganze religiöse Hokuspokus! Für Paddy spielte das nun schon seit Jahren keine Rolle mehr.

Und nun zu den Frauen! Er brauchte, was sie ihm gaben, was er bei seiner Frau nicht fand, das köstliche Gefühl der Nähe, ihre Reaktion auf seine Ausstrahlung, seine Männlichkeit. Sie gaben ihm neue Kraft und verscheuchten die Schatten der Zukunft. Eines Tages würde er Vorstandsvorsitzender seiner Firma sein, auf der Karriereleiter noch höher klettern. Doch obwohl er zutiefst von seiner Corporate Identity und der alles überragenden Bedeutung seines kontinuierlichen Aufstiegs überzeugt war, überkamen ihn manchmal Zweifel, kalte Schauer der Sinnlosigkeit.

Pat war eine Entdeckung. Seit Jahren hatte er sie nicht gesehen, seit Jahren vergessen, abgesehen vom unwillkürlichen Aufblitzen der Erinnerung, wenn er inmitten all der dringenden Termine, Entscheidungen und Probleme ihr Gesicht vor sich sah.

Romantisch? Irgendwie schon. Sentimental wäre das treffendere Wort. Bei den Treffen mit ihr hatte er das Gefühl, dass sie seinem Leben neue Frische gab; bei ihr fühlte er sich wieder wie damals mit zwanzig im Laternenlicht, hinter ihnen die nächtlichen Schatten von St. Stephen's Green. Die Welt stand ihnen offen und war der Mühe wert und sie waren unbezwingbar. Er fand seine Unschuld wieder, kehrte zurück in die Zeit, als ein Kuss, weiche Lippen, zärtliche Hände atemberaubend waren. Abende, an denen er sie vor ihrer Haustür in Brierly absetzte und mit dem Motorrad zurück nach Sutton fuhr, über Dollymount, vorbei an der von gelben Natriumdampflampen gesäumten Bucht. Damals lebten die Eltern noch, voller Sorge; der Vater in seinem abgetragenen Anzug, die Mutter eine Gold Flake rauchend.

»Klemm dich jetzt hinter deine Arbeit, Paddy ...« Vater war Angestellter bei Arthur Guinness und Sohn. Könnte er jetzt doch nur heim in das Häuschen in Sutton und die Eltern dort antreffen und Claire, seine Schwester, die an einem von Loreto-Nonnen geleiteten College eine Ausbildung zur Sekretärin machte. Claire war jetzt dick geworden, Mutter von drei Kindern, der Mann ein Versager; sie hatte eine Schwäche für Gin und Tonic und den Familienrosenkranz, wenn sie die anderen dazu bewegen konnte, ihn mit ihr aufzusagen. Sie hatte dieser Welt abgeschworen zugunsten des Jenseits.

Immer wenn er seine Schwester sah, und das geschah nicht oft, weil es ihn wütend machte, wie sie ihr Potential vergeudete, suchte er nach dem Mädchen, an das er sich erinnerte, lebendig, fröhlich, verspielt. Wenn Menschen sterben, sollte man sie beerdigen.

Äußerlich hatte sich Patricia nicht sehr verändert: Fältchen um die Augen, die Wangen ein wenig schmaler, und ihr Gesicht sprach nicht mehr von freimütiger Überraschung über das Leben, sondern eher von Zynismus. Damals wäre ihm das nicht aufgefallen. Oder vielleicht hatte sie diesen Ausdruck früher nicht gehabt. Aber jetzt lag auch eine Stärke in ihrem Gesicht, die früher nicht da gewesen war. Und diese Stärke machte ihn neugierig.

»Was machst du, wenn du deinen Abschluss hast?«, hatte sie ihn gefragt.

»Mich an den Meistbietenden verkaufen.«

»Lieber Himmel, du hast aber klare Vorstellungen.«

Das war lange her. Jenseits der Straße das Newman House, der kauernde Löwe über der Tür, nebenan die byzantinische Universitätskirche, unten an der Ecke stand damals noch in diskreter Eleganz das Russell Hotel. Damals.

Paddy sah sie kommen. Weißer Ford Escort. Wunderbares kastanienbraunes Haar. Cremefarbenes Kostüm, Perlenohrringe. Selbst hinter der Windschutzscheibe sah sie gut aus. Sie besaß einen schönen Körper. Jetzt malte er sie sich in einer Weise aus, die ihm früher Schuldgefühle gemacht hätte:

von Kopf bis Fuß, Schultern, Brüste, weich und weiß, freche braune Brustwarzen, runde, volle Hüften, die Wölbung des Venushügels, die krausen Schamhaare.

Er stellte sich vor, wie er mit den Fingerspitzen über ihren Rücken und ihre Hüften streichen und mit Mund und Zunge ihren Körper erforschen würde. Die Entdeckung, meine Patricia. Mit Verspätung, aber besser spät als nie.

Er dachte an die Dünen in Dollymount an einem bedeckten Sommertag, einem Dienstag; kein Mensch weit und breit – Ebbe, das Meer kaum noch zu sehen –, nur die endlose Ebene aus feuchtem Sand, der traurige, heisere Ruf der Möwen, eingeringelte Köderwürmer im Sand, zur Linken das Kap von Howth, der Geruch des Meeres. Patricia neben ihm, seine Hände auf ihren Brüsten. Sie stieß ihn weg.

»Paddy – nein ...«

»Spiel doch jetzt nicht das Fräulein Rühr-mich-nicht-an.«

»Ich spiele nicht Fräulein Rühr-mich-nicht-an. Ich spiele überhaupt nicht.«

Sie war wütend. Pat wurde leicht ärgerlich, aufbrausend war sie, eine Idealistin. Sie wollte keine Ware aus zweiter Hand sein, bewahrte sich auf fürs Ehebett, für den Richtigen, der ihrem Leben Sinn geben würde. Er hatte sein Verlangen unterdrückt. Man konnte es immer noch mal versuchen.

»Tut mir Leid ...«

Er beugte sich über sie, küsste sie auf den Mund, spürte salzigen Sand zwischen den Zähnen; ihr dickes lockiges Haar roch nach Shampoo. Ihre Augen waren nach der damaligen Mode geschminkt, der Lidstrich schräg nach oben; sie trug flüssiges Make-up, das auf der Haut glänzte, und hellrosa Lippenstift. Die Bluse noch offen, Gänsehaut auf den Brüsten. Sie machte sich los, knöpfte die Bluse zu, etwas außer Atem, mit geröteten Wangen; im Aufstehen warf sie ihm einen Blick zu, der Wind spielte mit ihren Haaren, als sie aus dem Schutz der Dünen trat.

»Machen wir ein Wettrennen zum alten Wrack.« Und

fort war sie, kämpfte sich lachend durch den Sand und Büschel von rauem Strandhafer. Und er folgte ihr. Jetzt, zwanzig Jahre später, saß sie neben ihm, als er in die Straße nach Naas einbog; sie unterhielten sich, lachten gedämpft. In ihrer Gesellschaft fühlte er sich gleichzeitig entspannt und erregt. Noch erregter als damals bei Dollymount in seiner jugendlichen Verwirrung. Jetzt war sie eine Frau und es ging ums Ganze, eine Sinnlichkeit, die sich weder von John Charles fesseln ließ noch von den zehn Geboten, den Ansichten der Eltern, Angst, Panik angesichts der Aussicht, Ware aus zweiter Hand zu sein, eingeimpft durch Erziehung, verfestigt durch Erfahrung.

Paddy warf ihr einen Seitenblick zu, sah, wie sie ihre Knie spröde zusammenpresste. Sie trug eine nerzfarbene Strumpfhose – jedenfalls hielt er es für eine Strumpfhose –, aber er trauerte dem Hüfthalter und den engen Strümpfen nach, dem verdammten Keuschheitsgürtel von damals. Schöne Beine hatte sie immer gehabt. Er begehrte sie, konnte es kaum erwarten. Aber das merkte sie nicht. Bald wirst du es merken, dachte er. Jetzt erleben wir doch noch unsere Hochzeitsnacht, meine Patricia. Damals in Glendalough hätte es geschehen sollen; ich erinnere mich, als sei es gestern gewesen. Aber ich war linkisch und du hattest Angst. Und dann haben wir einander verloren.

Patricia zündete sich eine Zigarette an, lehnte sich zurück, genoss das Gefühl der Geschwindigkeit, das PS-starke Auto. Gemischte Gefühle: Er war der Paddy aus alten Zeiten und doch lagen auf dem Armaturenbrett ein Brief, adressiert an Mr. und Mrs. Paddy Johnson, und ein Paar schwarzer Damenhandschuhe. Susan hatte ihn kürzlich in Dublin besucht. Sie seufzte. Er war nur geborgt.

Sie unterdrückte ein Gefühl des Widerwillens. Es spielt keine Rolle, sagte sie sich. Ich kann stark sein. Diese Gelegenheit lasse ich mir nicht entgehen. Ich stehle mir ein wenig Zeit. Jetzt fühle ich mich so jung, keinen Tag älter als an dem Tag in Dollymount, als ich alles wollte und stattdessen den Strand entlang davonlief. Nur dies eine Mal; Susan braucht es nicht zu erfahren; wenn sie es verstünde, würde sie uns verzeihen. Na ja, vielleicht. Alles verstehen heißt alles verzeihen.

Sie hatte Kopfweh. Die Schmerzen hatten begonnen, als sie sich von ihrer Mutter verabschiedete, ein dumpfes Pochen in den Schläfen, das sich inzwischen auf den ganzen Schädel ausgebreitet hatte. Keuschheit war ihre Idealvorstellung gewesen, eine Art Sicherheitsnetz, das ihren Idealismus befriedigte. Damit schloss sie die Möglichkeit aus, dass ein Mann ihr Leben zerstörte; Keuschheit stand im Einklang mit ihrem Widerwillen gegen das Zufällige und Bedeutungslose. Jetzt aber war sie im Begriff, dem Kreis der gewöhnlichen Menschen beizutreten, die Vaginalmuskeln verkrampft vor Begierde, spannungsgeladenes Prickeln auf der Haut.

»Ich lebe, lebe, lebe ...«

Paddy sah sie von Zeit zu Zeit an. Sie erwiderte sein Lächeln, wobei ihre Zähne blitzten – ein wehmütiges Lächeln; es sprach von einem Selbstbewusstsein, das sie nicht besaß, verbarg die Erregung, die sie empfand. Doch ihre Augen verrieten, dass sie innerlich bebte. Paddy sah es, lächelte in sich hinein, war plötzlich gerührt.

»Sing mir etwas vor«, sagte er nach einer Weile. »Den alten Beatles-Song, den du früher so gern gehabt hast – ›Yesterday‹«. Und Patricia sang leise über das Gestern: »Yesterday, all my troubles seemed so far away«.

Plötzlich hielt sie inne; sie kam sich lächerlich vor. Das Lied war absurd, allzu beziehungsreich. Sie blickte hinaus auf die belebte Straße, die warmen grünen Felder, das Vieh, die Telegrafenmasten, die vorüberflogen, den Schwerlastzug vor ihnen, der sich ganz links hielt, damit sie überholen konnten.

»Sing weiter«, bat Paddy, und als sie lächelnd schwieg, sang er das Lied in seinem klaren Bariton zu Ende. Er warf ihr einen Blick zu, den sie wortlos erwiderte.

»Was ist mit uns geschehen?«, fragte er. Inzwischen hatte er den Schwerlastzug überholt und schaltete in den fünften Gang.

»Das hast du schon mal gefragt! Weißt du nicht mehr?«

Schweigen. »Doch. Ich erinnere mich ...«

»Du hast Susan kennen gelernt!«

»Aha ...«

»Und ich Gerry.«

»So einfach war das also.«

Sie lachte laut auf. Wie kannst du das nur fragen?, dachte sie. Weißt du denn gar nichts mehr? Hast du mein Gesicht vergessen, als du mir in der O'Connell Street begegnetest an dem ersten Abend, an dem ich mit Gerry ausging?

»Wir hatten Streit«, sagte Patricia. »Erinnerst du dich nicht mehr?«

»Doch. Ich erinnere mich genau. Das Leben hastet von einem entscheidenden Augenblick zum nächsten entscheidenden Augenblick, als läge nichts dazwischen. An die Ereignisse vor zwanzig Jahren erinnere ich mich besser als an das, was vor fünf oder sogar vor zwei Jahren geschah ... Ist doch komisch, oder? Erinnerst du dich auch noch so deutlich an uns beide, Pat?«

Patricia, für die der Sommer 1969 und das qualvolle Jahr, das darauf folgte, unvergesslich blieben, wollte nicht darüber sprechen.

»Du bist anmaßend wie eh und je!«, bemerkte sie leichthin.

»Wirklich ... ich wusste nicht, dass ich anmaßend bin!«

»Dann weißt du's jetzt ...«

Bei einem entgegenkommenden Wagen blitzte die Lichthupe auf. »Radarfalle«, murmelte Paddy und bremste auf neunzig herunter. »Wenn ich das nächste Mal in den Staaten bin, besorge ich mir ein Radarwarngerät.«

»Kommt es dir seltsam vor, wieder hier zu sein?«

Er sah sie an. »Ja. Sehr seltsam hier mit Patricia O'Hehir! Sehr seltsam mit ihr wegzufahren. Sehr seltsam, dass sie so anders und doch ganz wie früher ist. Ist sie hier, weil ich anmaßend bin?«

»Jetzt fängst du schon wieder an!«

Er lachte. »Was soll ich tun um Ihnen zu gefallen, gnädige Frau?«

»Du könntest es mal mit Bescheidenheit versuchen!«

Beide lachten.

»Also gut! Warum fährst du mit mir weg, Patricia? Vielleicht ist auch diese Frage arrogant, aber ich stelle sie in aller Bescheidenheit.«

»O Gott! Vermutlich willst du die Wahrheit hören?«

»Nur wenn sie schmeichelhaft für mich ist ... Nein, im Ernst ...«

Patricia sah sich im Außenspiegel. Ihr Gesicht war gerötet, wirkte vergnügt, lebhaft. Sie dachte kurz nach, den Blick auf die Straße geheftet.

»Ich bin hier, weil ich dich begehre, weil ich mit dir schlafen will! Weil es Dinge zwischen uns gibt, die unausgesprochen geblieben sind. Weil keiner von uns ewig lebt. Weil du, zumindest für mich, einen Teil der Wahrheit darstellst.«

Sie sprach ganz ruhig und ohne ihn anzusehen. Er schaltete in den vierten Gang. Dann nahm er ihre Hand und hob sie an seine Lippen.

»Danke.«

Das Zimmer war freundlich, mit blauem Teppich und geblümten, von Bändern gehaltenen Vorhängen. Auf dem Doppelbett lag eine Patchworkdecke aus demselben Stoff, mit breiten Volants. In der Ecke stand eine weiße viktorianische Frisierkommode mit seltsamen Schnörkeln. Das Haus war alt – georgianisch – und vor etwa dreißig Jahren in ein Hotel umgewandelt worden.

Pat stellte ihre Tasche auf den Kofferständer, sah aus dem Fenster – die Berge in der Ferne, die Wiesen, das Vieh – und kämpfte gegen die pochenden Kopfschmerzen an. Sie war so nervös, dass sie ein Schwächegefühl in Armen und Beinen hatte. Paddy zog seine Jacke aus und setzte sich aufs Bett. Sie wandte sich zu ihm um und er klopfte einladend auf die Tagesdecke; dann stand er auf, nahm Pat behutsam am Arm, zog sie neben sich aufs Bett, küsste sie und knöpfte ihre Bluse auf. Die Kopfschmerzen wurden heftiger, fast unerträglich.

»Noch nicht«, flüsterte sie. »Lass uns bis heute Abend warten.«

»In Ordnung. Es eilt nicht, weißt du. Wir brauchen nichts zu tun, wenn dir das lieber ist … Ich möchte auf keinen Fall, dass du dich zu irgendetwas verpflichtet fühlst.«

Patricia wurde ärgerlich. Verpflichtet? Wofür hielt er sie?

»Wir könnten spazieren gehen«, schlug sie vor.

»Das könnten wir. Die Möglichkeiten sind unerschöpflich.«

Sie lachte, er lächelte.

»Das meine ich ernst«, sagte er einige Zeit später, als sie durch die Büsche neben dem Hotel gingen. »Ich möchte nicht, dass du irgendetwas tust, was du nicht willst.«

»Lassen wir doch den Abend einfach auf uns zukommen«, meinte Patricia, die allmählich Angst bekam, dass sie, wenn er so weitermachte, einfach würde heimfahren wollen. Er machte ihr mit seinen Worten bewusst, weshalb sie hergekommen waren – und zwar in einer objektiven Art, die den Tod jeden Verlangens bedeutete. »In der Zwischenzeit genießen wir einfach den Spaziergang.«

Er blieb stehen, hielt sie fest und küsste ihre Lippen, und sie fühlte sich wie im freien Fall – die Schwerkraft war außer Kraft gesetzt, der feste Boden unter den Füßen verschwunden. Was blieb, war das Verschmelzen der Lippen, des Atems und der Bann, mit dem er alles belegte, wie der Zauberer, den sie einmal im Fernsehen gesehen hatte, der sein Zaubernetz auswarf, um die Sterne einzufangen.

Nach dem Essen hätte sie gern etwas getrunken, Wodka, Gin, irgendetwas. Die Panik kehrte zurück und mit ihr die Kopfschmerzen, die den ganzen Tag über in Wellen kamen und gingen. Sie brauchte einen Wodka, um die Angst zu unterdrücken. Merkwürdig, gleichzeitig solche Panik und solches Verlangen zu spüren. Aber sie besiegte den Impuls. Du bist erwachsen, Patricia, alt genug, an einmal gefassten Vorsätzen festzuhalten. Du trinkst nichts. Jetzt nicht. Nie wieder.

Nach dem Essen fragte er: »Wollen wir hinaufgehen, Pat,

oder möchtest du lieber fernsehen? Ich glaube, auf RTE läuft etwas Annehmbares.«

Sie lachte verlegen und sah ihn mit glänzenden Augen an: »Auf Fernsehen habe ich keine große Lust.«

Auf dem Zimmer zog er sie aus. Die Vorhänge waren offen, ließen die Dämmerung herein; dunkelblaue Schatten legten sich auf alles. In der Ferne muhte eine Kuh, aus dem Nebengebäude des Hotels, wo gerade eine Party im Gange war, drang nostalgische Musik herüber: »Do you miss me tonight?«

Das Kleid glitt über ihre Schultern, der BH fiel zu Boden, dann die Strumpfhose und schließlich das schwarze Spitzenhöschen, das sie sich eigens für diesen Anlass gekauft hatte.

Er zog sich aus und legte sich neben sie, streichelte sie zärtlich, liebkoste mit Händen und Lippen ihren Körper, bedeckte ihren Rücken mit Küssen.

Weil er ihr so viel Zeit ließ, entspannte sich Patricia allmählich, die Kopfschmerzen flauten ab, sie empfand prickelnde Lust und konnte sich schließlich fallen lassen, als er zwischen ihren Beinen kniete, seine Lippen auf ihrem Schamhaar, seine Zunge forschend, seine Hände zärtlich. Sie keuchte. »Nein, nicht.«

Aber er hörte nicht auf sie. Er zerrte die Bettdecke zurück und zog sie zu einem Zelt zurecht, das beide in warmes, geborgenes Dunkel hüllte.

Ich falle und falle durch Tunnel und Höhlen hinab, durch dunkle verschlungene Wirbel der Empfindung. Ich bin in einer Zauberhöhle, endlich daheim, da, wo ich hingehöre. Und ich bin wach, fast schmerzlich bewusst und erlebe den Augenblick des Eindringens, das weh tut, weil ich immer noch nicht ganz bereit bin, und schließlich den Rhythmus zweier Körper, die einander kennen, als hätten sie sich von jeher gekannt, seit einer schwer zu fassenden Ewigkeit.

11. Kapitel

»Für ein Kind ist der Mutterleib der gefährlichste Ort auf der Welt.« Eine so tiefsinnige Feststellung konnte nur von einem Bischof stammen. Bösartige, hasserfüllte Worte vom Vertreter einer Institution, heute noch befleckt mit dem Blut von Millionen Frauen, die als Hexen verbrannt wurden. Es waren stets Frauen, die für Kinder eingetreten sind. Aber wer ist je für Frauen eingetreten?

Als ich den Wortlaut der Gesetzesänderung sah – »Unter gebührender Berücksichtigung des gleichrangigen Rechts auf Leben der Mutter« –, hätte ich am liebsten geweint. Das Leben der Mutter wird »gebührend berücksichtigt«. Wie großzügig! Die Frau kämpft um rechtliche Gleichstellung ihres Lebens mit dem ihrer eigenen befruchteten Eizelle!

Warum? Das hat doch nichts mit Macht zu tun, oder etwa doch? Erzählt uns nur nicht, dass es aus Liebe zu den kleinen Embryos geschieht! Nicht in einer Welt, in der Männer, die von der Liebe zu kleinen Embryos besessen sind, auf Kosten der Armen leben und über die Milliarden hinwegsehen, die für Massenvernichtungswaffen ausgegeben werden, während sie sich die menschliche Seele mithilfe von todesseligen Dogmen zu unterwerfen wissen.

Wo sind die Beweise für eure absurden Behauptungen?, frage ich diese Bischöfe. Für euren Himmel und eure Hölle und die Unterdrückung der Frauen? Und wenn ihr keine habt, mit welchem Recht ergreift ihr dann das Wort?

Aus: *Die Pferdeohren*, 1983

April 1990

Patricia fuhr zum Supermarkt. Es war Gründonnerstag, der 12. April. Sie wollte den Ostereinkauf hinter sich bringen und hatte Orla gebeten mitzukommen. Die Autofahrt bot die ideale Gelegenheit, sich allein mit ihr zu unterhalten. Orla wurde nach wie vor von Mick belästigt. Manchmal kam er nachts vorbei und warf Steinchen gegen ihr Fenster. Noch vor einer Woche hatte Patricia, die im Nebenzimmer wach lag, das Geräusch gehört. Sie stand auf, und als sie unten auf dem Rasen den jungen Mann sah, pochte sie gegen die Fensterscheibe. Er fuhr zusammen, starrte sie an, zuckte abfällig die Achseln und schlenderte zum Gartentor. Sie wartete, bis sie seine Maschine starten hörte und das Motorgeräusch schließlich in der Ferne erstarb. Am nächsten Tag sprach sie mit Orla darüber.

»Ich kann nichts dafür, Mama. Ich will nicht, dass er vorbeikommt!« War es etwa Angst, was sie im Gesicht ihrer Tochter sah? Sie hatte das Thema ruhen lassen, um keine Konfrontation heraufzubeschwören, mit der sie das Gegenteil der gewünschten Wirkung erzielt hätte. Aber da der Vorfall nun schon eine Woche zurücklag, wollte sie das Problem doch noch einmal anschneiden und herausfinden, was da eigentlich vor sich ging.

»In Ordnung«, sagte Orla unwillig, als Patricia sie aufforderte, mit in den Supermarkt zu fahren. »Ich komme gleich runter.« Orla zog sich in letzter Zeit häufig auf ihr Zimmer zurück – um zu lernen, wie sie behauptete. Aber immer wenn ihre Mutter hereinkam, lag das Mädchen mit abwesendem Blick und einem Buch in der Hand auf dem Bett.

»Ich mache mir Sorgen um Orla«, sagte Pat zu Gerry. »Dieser Kerl war letzte Nacht wieder hier und hat Steinchen ans Fenster geworfen!«

»Ich habe nichts gehört.«

Patricia war sofort klar, dass sie das Thema nicht hätte ansprechen sollen. Gerry war schlecht gelaunt und mit familiären Problemen befasste er sich auch in bester Laune nur höchst ungern. Simon hatte zu Ostern ein schlechtes Zeugnis heimgebracht, was für große Aufregung sorgte. Orlas Zeugnissen schenkte Gerry dagegen nie große Beachtung, obwohl sie in der Regel gut abschnitt.

»Aber ich. Ich bin aufgestanden und habe ihn unten im Garten gesehen.«

»Ich hoffe, dass sie nicht herumhurt«, bemerkte Gerry mit gereiztem Stirnrunzeln. »In diesem Haus werde ich nichts dergleichen dulden.«

»Mein Gott, Gerry ... wie kannst du nur so etwas sagen! Sie ist doch noch ein Kind und sie wird belästigt – und du schiebst ihr die Schuld in die Schuhe!«

»Und was glaubst du wohl, warum er sich hier herumtreibt? Bestimmt hat sie ihn irgendwie ermutigt. Er hat der Polizei erzählt, sie sei seine Freundin. Wahrscheinlich trifft sie sich nach der Schule mit ihm. Und wahrscheinlich hurt sie dann mit ihm herum! Heutzutage sind die Kinder alle so, Faulenzer ohne Rückgrat und ohne jede Moral. Wenn du wüsstest, welche Geschichten ich oft zu hören bekomme!«

Patricia ließ ihn toben. Einerseits war sie erleichtert, dass er die Idee mit der Ägyptenreise nicht weiterverfolgt hatte, aber andererseits tat es ihr auch wieder Leid. Jede Geste, die einen Wendepunkt in ihrer Beziehung bedeutet hätte, wäre ihr willkommen gewesen. Sie wäre ihm gern auf halbem Wege entgegengekommen, hätte er sich versöhnungsbereit gezeigt. Denn ihre Beziehung zu Paddy, die Geschwindigkeit, mit der sie an dem Punkt angelangt waren, an dem sie sich jetzt befanden, die starken Gefühle, die beide füreinander empfanden, all das machte ihr Angst. Die Beziehung zu ihm weckte in Patricia Emotionen, die ihr völlig neu waren, und konfrontierte sie mit einer erschreckenden Verletzlichkeit. Er war die Tür in den Sommer, der Ort, an dem sie leben und wachsen konnte, der Platz, der einzige Platz, an dem sie Freude und Frieden fand. Ohne ihn misstraute sie all diesen Empfindungen; mit ihm erschienen sie ihr vollkommen einleuchtend.

Er sprach von Paris, von einer kleinen Wohnung – nicht

seiner, sondern einer, die er für sie besorgen konnte. Im September könnten sie sich dort treffen. Er würde im Herbst in Paris sein, in der dortigen Niederlassung seiner Firma arbeiten.

»Denk dir einen Vorwand aus und komm zu mir nach Paris. Dann könnten wir uns oft sehen, hätten unser eigenes kleines Nest.«

Nun fuhr er über Ostern nach Richmond und Patricia hatte Zeit zum Nachdenken. Der Gedanke, einige Wochen mit ihm in Paris zu verbringen, war atemberaubend. Aber sie machte sich klar, dass er die Beziehung beherrschte. Er liebte sie; das hatte er ihr an jenem Abend in Kilneary gesagt, als sie erschöpft und eng umschlungen dalagen und durchs Fenster den sich verdunkelnden Nachthimmel betrachteten. Ja, er liebte sie, aber er hatte alle Fäden in der Hand: Er bestimmte, wann sie sich sahen, wann sie telefonierten, wann sie sich auf ein schnelles Mittagessen trafen.

»So kann ich es nicht weiterlaufen lassen«, sagte sich Patricia. »Irgendwie muss ich die Kraft aufbringen, Schluss zu machen. Oder ich stelle ihn vor ein Ultimatum. Was wird er tun, wenn ich ihn vor ein Ultimatum stelle? Es akzeptieren? Sich für seine Frau entscheiden? Er ist stolz und hartnäckig und bestimmt ist er es gewohnt mit Frauen zu spielen, also entscheidet er sich auf jeden Fall für seine Frau! Könnte ich diesen Schmerz ertragen?«

Gelegentlich vermittelte er ihr den Eindruck, dass er eine Härte und Zähigkeit besaß, die mit wahrer Leidenschaft unvereinbar war. Dieser Aspekt seiner Persönlichkeit wachte mit Kälte und Präzision über sein Leben. Patricia vermutete, dass sie, aus diesem Blickwinkel betrachtet, nicht mehr für ihn war als eine Zwischenstation. Bestimmt war sie nicht der Mensch, vor dem er seine innersten Regungen preisgab. Er hatte es sorgfältig vermieden, tief empfundene Bekenntnisse abzulegen, die vom Gegenteil gezeugt hätten. Seine Liebesbeteuerungen gingen nie so weit unter die Oberfläche. Die Frauen haben ihn verdorben, dachte sie. Eine willfährige Ehefrau, willfährige frühere Geliebte. Wie viele weiß ich nicht. Aber es hat sie gegeben. Und Patricia musste sich eingestehen, dass ihr eigenes Verlangen nach ihm ambivalent war. Einerseits wollte sie nun, da sie jemanden gefunden hatte, mit dem solche Nähe möglich war, diese Offenheit und Gemeinsamkeit erleben, um aus ihrem inneren Gefängnis zu entfliehen und zu sich selbst zu finden.

Aber andererseits suchte sie in dieser Nähe Macht. Der Status der Machtlosigkeit war ihr zuwider; sie wollte, dass er sah, wer sie war, und die männliche Sicht aufgab, die Beziehung sei sein Eigentum. In dieser Hinsicht stellte er eine Herausforderung dar. Warum denke ich überhaupt an Macht? Ich habe keine Macht! Aber sie wusste auch: wenn das stimmte, würde sie, Patricia, überhaupt nicht existieren.

»Orla, ich möchte mit dir reden, Liebes!«

»Ach Gott ... Sollte ich deshalb mit dir zum Einkaufen fahren?«

»Schau, ich muss dir ein paar Fragen stellen. Ich liebe dich und mache mir Sorgen um dich.«

»Was möchtest du wissen, Mama? Ob ich mich mit Mick treffe? Die Antwort ist nein. Ob ich schwanger bin? Die Antwort ist nein. Ich habe wesentlich mehr Selbstachtung, als du vermutest.« Orla rümpfte die Nase. Schweigen. Patricia sah, wie verkrampft ihre Tochter war, sah den trotzigen Zug um ihren Mund. Vorsichtig bog sie auf den Parkplatz vor dem Supermarkt ein, auf dem sich die Autos auf der Suche nach einer Lücke im Schritttempo bewegten.

Also deshalb ärgert sie sich; sie ist immer noch sauer auf mich, weil ich sie darauf hingewiesen habe, dass sie schwanger werden könnte. Mein Gott, ich habe so viel vergessen.

»Das wollte ich dich nicht fragen – ob du schwanger bist. Bitte unterstell mir nicht einfach irgendwas, Orla!«

»Das hast du mich doch schon mal gefragt – vor Wochen. Ich treffe mich nicht mehr mit Mick. Er stellt mir manchmal nach, aber ich treffe mich nicht mit ihm und ich bin immer noch Jungfrau. Möchtest du sonst noch was wissen?«

»Ja.«

»Und was?«

»Ich möchte wissen, ob dich dieser Kerl ernsthaft belästigt, ob er dir Angst einjagt.«

»Du lieber Himmel! Warum sollte er mir Angst einjagen? Hältst du mich für einen totalen Schwächling? Nur weil er hier herumlungert?«

»Mir gefällt es nicht, wie er sich aufführt, Orla. Und seine Einstellung zu uns beiden gefällt mir noch weniger.«

»Ich werde mir deshalb jedenfalls nicht in die Hosen machen!«

»Hör mir zu. Vergiss für einen Moment deine Stinklaune und hör mir einfach zu. Auf dieser Welt gibt es Männer, die Frauen nur als Beute, als Eroberung, als Herausforderung ansehen. Sie finden nichts dabei, Gewalt gegen Frauen anzuwenden, sie halten Vergewaltigung für ein Kavaliersdelikt. Ich will nicht behaupten, dass Mick so ist, aber mir gefällt es nicht, wie er ums Haus schleicht. Ständig trifft man ihn hier in der Gegend an. Wo wohnt er überhaupt?«

»Keine Ahnung. Aber nicht in der Nähe. Und du brauchst nicht glauben, dass irgendjemand es wagen würde, mich zu vergewaltigen ... ich würde ihn umbringen!«

Patricia seufzte. Orla war hochrot geworden. Der verletzte Stolz in hellem Aufruhr. Hörte sie überhaupt zu?

»Alles, was ich sagen möchte«, fuhr Patricia mit gedämpfter Stimme fort, »ist, dass du dir nichts von ihm gefallen lassen brauchst. Er hat der Polizei erzählt, du seist seine Freundin. Er hat angedeutet, du hättest eine hysterische Mutter, die übertrieben reagiert, wenn ihre Tochter abends lange ausbleibt. Er hat ihnen zu verstehen gegeben, dass er mit dir verabredet ist, wenn er bei uns vorbeikommt. Ich stehe jetzt wie ein Idiot da. Und da es sich so verhält, möchte ich, dass du selbst mit der Polizei sprichst. Dann werden sie ihn von dir fern halten und du hast keinen Ärger mehr mit ihm.«

»Und ich würde wie ein blöder Angsthase dastehen! Nur weil du einen Männerkomplex hast!«

Darauf antwortete Patricia nicht. Sie stieg aus und sperrte das Auto ab. Außer der kurzen Anweisung, ein paar Packungen Haferflocken aus dem Regal zu holen, wechselte sie kein Wort mehr mit Orla. Dass sie nichts ausrichten konnte, bedrückte sie. Aus allem, was sie sagte, hörte Orla nur heraus, sie hätte einen Männerkomplex!

Orla wirkte jetzt etwas verlegen, schien aber bereit, den Kampf jederzeit wieder aufzunehmen und ihren Standpunkt zu verteidigen.

»Du kannst heimfahren, wenn du willst«, sagte Patricia, als Orla widerwillig die Kartons in den Einkaufswagen warf. »Nimm den Bus. Mir wäre das nur recht!« Sie gab ihr ein Pfund für die Fahrkarte.

Orla trat einen Schritt zurück. »In Ordnung.« Sie nahm das Geld und verschwand in der Menge.

Als Patricia an der Fleischtheke stand, wurde sie aus ihren Gedanken gerissen. »Hallo«, sagte jemand hinter ihr.

Sie drehte sich um und sah, dass es Sarah Dempsey, nein, O'Toole, war, die sie angesprochen hatte. Vor Weihnachten hatten sie miteinander Kaffee getrunken. Jetzt war ihre Schwangerschaft nicht mehr zu übersehen. Sarah hatte ein kleines Mädchen bei sich, das sich schüchtern an die Mutter drängte.

»Hallo, Sarah. Wie geht's?«

Sarah lächelte, auf ihren Wangen bildeten sich Grübchen. »Nicht schlecht. Und dir? Du siehst gut aus.«

»Danke. Ist das deine Tochter?«

»Ja. Das ist Lorraine.«

Patricia lächelte das Kind an, das mit gesenktem Kopf zurücklächelte.

»Sie ist ein braves Mädchen«, bemerkte Sarah. »Eine große Hilfe für ihre Mama.«

»Wie ich sehe, kann es nicht mehr lange dauern«, sagte Patricia mit einem Blick auf Sarahs Bauch. »Wann hast du Termin?«

»Im Juni. Es wird ein Mädchen!«

»Dann hast du bestimmt alle Hände voll zu tun. Wie geht's deinem kleinen Jungen – den du letztes Mal dabeihattest?«

Sarahs Gesicht verdüsterte sich. »Dara? Er war kürzlich schwer krank. Ich musste ihn ins Krankenhaus bringen.«

»Du Ärmste. Was hatte er denn?«

»Hirnhautentzündung.«

»Geht es ihm jetzt wieder besser?«, erkundigte sich Patricia mitfühlend.

»Ja. Gott sei Dank! Er ist wieder zu Hause, aber noch pflegebedürftig. Heute kümmert sich sein Vater um ihn.«

Sie hielt inne, zögerte. »Hättest du Lust auf eine Tasse Kaffee, wenn wir hier fertig sind?«, fragte sie schüchtern. »Heute bin ich dran, dich einzuladen. Ich bin seit einer Ewigkeit nicht mehr rausgekommen«, fügte sie beinahe entschuldigend hinzu.

»Aber gerne!«

»Treffen wir uns in einer halben Stunde in der Cafeteria?«

»Abgemacht.«

Als Sarah fort war, ließ sich Pat noch einmal das Gespräch durch den Kopf gehen, das sie eine Woche zuvor mit Joan de Barra geführt hatte. Sie war in die Kanzlei gekommen, um Gerry einige Unterlagen zu bringen, die er zu Hause vergessen hatte. Auf der Treppe war sie Joan begegnet und hatte sie in ihr Büro begleitet, um noch ein wenig mit ihr zu plaudern.

»Nicht nach rechts und links sehen«, scherzte Joan. »Mein Zimmer sieht aus wie nach einem Bombeneinschlag.«

Pat sah die auf dem Boden ausgebreiteten Papiere, den übervollen Schreibtisch, die Regale, die Unterlagen, die mit rosa Schnüren oder dicken Gummibändern gebündelt waren, und bekam eine Ahnung davon, welche Arbeitslast Joan Tag für Tag zu bewältigen hatte.

»Mein Gott, was für eine viel beschäftigte Frau du doch bist!«

Joan rückte einen Stuhl zurecht. »Setz dich. Das ganze Zeug«, sie deutete auf die Akten auf dem Boden, »ist für einen High-Court-Fall nächste Woche. So viel Papier, dass es am einfachsten ist, es auf dem Boden zu sortieren.«

»Du hast eine sinnvolle Arbeit, die der Mühe wert ist. Darum beneide ich dich ...«

Joan zog die Schultern hoch. »Wirklich? Manchmal habe ich meine Zweifel. So viel Arbeit und letztlich kommt doch nicht viel dabei heraus. Aber wenn du mich beneidest, warum fängst du nicht selbst etwas an? Du könntest studieren ... dir Arbeit suchen.«

»Ich würde wirklich gern Jura studieren, Anwältin werden wie du ... ganz im Leben stehen!«

Joan lächelte. »Und was hält dich auf?«

»Gerry ... der hält das für einen Witz.«

Joan seufzte. Sie sah aus, als wollte sie etwas sagen, besann sich dann aber eines Besseren.

»Du siehst gut aus«, bemerkte Pat nach kurzem Schweigen. Sie wollte das Thema wechseln, wieder zu einem unpersönlichen Plauderton zurückfinden. »Es freut mich zu hören, dass David so großen Erfolg hat. Eine wunderbare Aussicht für euch – die Ausstellung in Paris!«

»Ja, ich kann es selbst noch kaum glauben.«

»Bestimmt ist er hin und weg!«

Joan blickte aus dem Fenster, auf die Wolken. »Er freut sich sehr, ist ganz aufgeregt, sehr beschäftigt. Ich muss praktisch darum kämpfen, dass er sich etwas Zeit für mich nimmt!« Sie sah Patricia an. »Kannst du dir das vorstellen? Manchmal bin ich sogar eifersüchtig auf seine Arbeit.«

Pat lächelte. »Das kann ich gut verstehen. Für manche Männer steht die Arbeit an erster Stelle.« Dann fragte sie fast verlegen: »Wie geht es ihm denn gesundheitlich?«

»Eine Weile ging es ihm viel besser. Aber jetzt weiß ich nicht recht. Manchmal habe ich das Gefühl, dass er mir etwas verheimlicht ... manchmal glaube ich, dass ihn etwas quält und er es nicht zugibt ...« Sie schüttelte den Kopf. »Tut mir Leid, ich sollte dich nicht damit belasten.«

»Was sagen die Ärzte?«

»Denen geht er aus dem Weg. Im St. Vincent Hospital haben sie ihn wieder nach Hause geschickt; Spasmus der Darmmuskulatur, sagen sie. Dagegen nimmt er ein Medikament, aber wenn ich vorschlage, er solle doch einen Spezialisten oder wenigstens einen anderen Arzt aufsuchen, geht er nicht darauf ein.«

Darauf wusste Pat nichts zu sagen. Wieder ließ sie den Blick durch den Raum schweifen. »Beschäftigst du dich auch mit Familienrecht?«, fragte sie, einem Impuls folgend.

Joan zuckte die Achseln. »Ab und zu ein wenig ... warum fragst du?«

»Ich kenne eine Frau, die ziemliche Schwierigkeiten hat. Würdest du ihren Fall übernehmen? Ihr Mann schlägt sie, sie ist schwanger und hat drei Kinder ... Ich glaube, er hat sie sogar vergewaltigt!«

»Das kann er nicht mehr ungestraft tun! Schick sie auf jeden Fall zu mir, obwohl es wirklich nicht mein Spezialgebiet ist. Aber ich werde tun, was in meiner Macht steht, wenn sie sich an mich wenden möchte.«

Pat hatte Joan daraufhin erzählt, was sie von Sarahs Leidensgeschichte wusste. »Ich bin ihr zufällig im Supermarkt begegnet, also kann ich ihr wirklich nicht viel helfen.«

Joan hatte schweigend zugehört; als Pat fertig war, sagte sie schlicht: »Das Beste ist, sie verlässt ihn. Sie wird ihn nicht ändern. Sie kann sich in die Mangel nehmen lassen und dann eine Unterlassungsverfügung erwirken, aber wenn der Mann die missachtet, bleibt nur das Gefängnis. Und ein Mann, der im Gefängnis sitzt, kann die Familie auch nicht mehr ernähren.«

»Aber wie soll sie ihn verlassen? Sie hat kein Geld, keine Arbeit.«

»Dafür gibt es Frauenhäuser. Das ist oft der erste Schritt, um den Teufelskreis zu durchbrechen.«

Während sie die Konserven mit den Reisgerichten anstarrte, erinnerte sich Pat an Joans Worte. Sie würde Sarah beim Kaffee darauf ansprechen. Menschen, die in einer für sie unerträglichen Situation stecken, sollten sich ihr entziehen. Wenn etwas nicht zu retten ist, müssen wir es loslassen. Andernfalls werfen wir unser Leben weg, das einzige Leben, das uns gewiss ist, und zwar für etwas absolut Wertloses.

Als sie Sarah zwanzig Minuten später in der Cafeteria traf, unterhielten sie sich lange, viel länger als es beide beabsichtigt hatten. Sarah dachte an Jim, der jetzt zu Hause bei Dara war, dachte an seine ärgerliche Miene. Aber irgendwie war es ihr gleich. Das Gespräch war ihr wichtig, und Jim konnte ja wirklich einmal im Leben etwas länger auf Dara aufpassen. Lorraine wurde allmählich zappelig, aber zu schüchtern, um ernsthaft zu stören. Schließlich sagte Sarah: »Ich weiß nicht, mal sehen …«

Als Sarah heimkam, hörte sie Dara weinen, spürte die gespannte Atmosphäre, die im Haus herrschte. Sofort legten sich wie ein Leichentuch unausgesprochene Vorwürfe über sie: Sie war länger ausgeblieben als nötig. Jim saß am Küchentisch und rauchte; auf einer Untertasse häuften sich ausgedrückte Kippen.

Dara heulte ärgerlich in seinem Laufstall. Sie holte ihn heraus, setzte sich und wiegte ihn. Er lehnte den Kopf an ihre Brust, beruhigte sich ein wenig und schluchzte nur noch leise.

Lorraine ging unterdessen wortlos nach oben – wie immer, wenn ihr Vater schlecht aufgelegt war.

»So, so«, sagte Jim. »Du hast dich also doch noch entschlossen heimzukommen. Was hat dich aufgehalten?«

»Ich habe eine alte Schulfreundin getroffen«, erwiderte Sarah. »Wir haben Kaffee getrunken.«

Misstrauisch musterte er sie. »Schön, dass du dich dann doch noch an Mann und Kind erinnert hast … Wahrscheinlich sollten wir dankbar sein, dass du überhaupt heimgekommen bist. Schließlich könntest du bis in alle Ewigkeit mit jeder dummen Gans tratschen, die dir über den Weg läuft.« Wütend starrte er sie an, als ihm in vollem Ausmaß bewusst wurde, welche Freiheiten sie sich herausgenommen und welche Beleidigung sie ihm zugefügt hatte. »Wenn du das noch mal machst – mich hier sitzen zu lassen mit einem quengelnden Kleinkind, während du den ganzen Nachmittag lang tratschst – dann kann ich dir jetzt schon sagen …«

Sarah sah ihn nicht an, hielt den Kopf gesenkt. Insgeheim sagte sie sich, er solle sich zum Teufel scheren, und fragte sich, wie er sich nur einbilden konnte, solche Macht zu besitzen; doch sie deutete ihren Protest weder durch Worte noch durch Gesten an.

»Dara ist ziemlich schlecht gelaunt«, murmelte sie stattdessen und ignorierte die Drohung. Es war ihr ein Rätsel, warum das Kind in einem solchen Zustand war. Jim schnaufte ärgerlich und deutete auf das Eckelement der Einbauküche, an dem er noch arbeitete. Sein Werkzeug lag auf dem Boden.

»Ach wie schön«, sagte Sarah so gelassen, wie sie nur konnte. »Toll, dass du es fertig machst. Sieht gut aus.«

»Gut? Du findest also, es sieht gut aus? Siehst du denn nicht, welchen Mist ich gebaut habe?« Er stand auf und legte den Finger auf die Randleiste, die einen Zentimeter zu kurz war. »Ich habe das verdammte Ding zu kurz zugesägt, weil« – er deutete auf Dara – »seine Majestät hier angefangen hat zu quengeln. Wie soll ein Mann arbeiten, wenn das Kind ständig quengelt? Kannst du mir das sagen? Wie soll ein Mann arbeiten, wenn das Kind ewig jammert?«

»Hast du ihn gefüttert?«, fragte Sarah leise.

Im ersten Moment wirkte Jim überrascht. »Gefüttert? Du lieber Himmel! Sollte ich ihn auch noch füttern?«

»Das habe ich dir doch gesagt«, flüsterte Sarah. »Ich habe dir gesagt, dass er geschlafen hat, bevor ich weggegangen bin, und du solltest sein Essen warm machen. Er hat Hunger. Deshalb ist er so schlecht gelaunt.«

Sie ging an den Kühlschrank und zeigte auf die abgedeckte Schüssel mit Hackfleisch und Kartoffelbrei. »Ist schon gut! Dann mache ich es ihm eben jetzt warm.« Sie setzte Dara wieder in den Laufstall, nahm die Schüssel und erhitzte sie im Wasserbad.

»Jesus, Maria und Josef ...«, begann Jim und verhaspelte sich vor Wut. »Für wen hältst du mich eigentlich? Du haust einfach ab zum Einkaufen und machst praktisch Urlaub, lässt mir das Kind da, ich soll es hüten und füttern und gleichzeitig qualifizierte Arbeit leisten! Das ist nämlich qualifizierte Arbeit, so eine verdammte Küche einzubauen. Qualifizierte Arbeit! Und schau dir das an!« Er nahm den schweren Hammer aus der Kiste und drosch auf den misslungenen Eckschrank ein, so dass mit einem Krachen die Holztür zersplitterte. Sarah schwieg, sah den Hammer in der Hand ihres Mannes. Sie spürte die dumpfe Angst, mit der sie lebte, im Magen. Sie war wie gelähmt; selbst das Baby in ihrem Bauch rührte sich nicht – als lausche es den Schritten eines sich nähernden Raubtieres im Wald.

Dara lag eingekuschelt im Laufstall, den Kopf auf das alte Schaumgummikissen gebettet, den Daumen im Mund.

Jim holte noch einmal mit dem Hammer aus; wieder splitterte die Tür, und auch der Rahmen barst. Er sah Sarah an. In seinem Gesicht spiegelten sich gleichzeitig selbstgerechter Zorn und Kummer über die Zerstörung seiner Arbeit. Sarah wich bis an die Wand zurück.

»Wenn du mich mit dem Ding schlägst, bringst du mich um!«, sagte sie. Jim blickte auf den klobigen Hammer in seiner Hand. Er atmete schwer. Zornig zog er seine buschigen Augenbrauen zusammen.

»Ich geh' jetzt weg, du Schlampe«, rief er. Er ließ den Hammer fallen und ging zur Tür. »Und wenn ich wiederkomme, ist die Bude hier blitzsauber, haben wir uns verstanden? Blitzsauber!« Und er versetzte Didi, Daras Teddy, der auf dem Flur lag, einen Fußtritt. »Hier sieht's aus wie im Slum ... und dieser Gestank!«

Sarah roch es auch. Dara, der mit geschlossenen Augen im Laufstall lag, hatte vor Angst in die Windel gemacht. Als die Vordertür ins Schloss fiel, holte sie ihn heraus und wickelte ihn. Sie holte Didi aus dem Flur und setzte ihn auf den Tisch. Dann fütterte sie ihren Sohn, schenkte ihm ihre ganze Aufmerksamkeit, scherzte mit ihm: »Ein Löffelchen für Dara, ein Löffelchen für Didi«, bis das Kind lachte. Sie fragte sich, was Lorraine wohl machte, rief nach ihr, aber es kam keine Antwort. Wahrscheinlich hatte sie sich hingelegt. Wie Dara flüchtete auch sie vor den Wutanfällen ihres

Vaters in den Schlaf. Sie schlich sich leise davon und verkroch sich im Bett. Sarah war froh, dass Liam bei seinen Cousins war und erst morgen wiederkam.

Nach der Mahlzeit brachte sie Dara nach oben und legte ihn in sein Bettchen. Auch Lorraine lag mit geschlossenen Augen im Bett, schlief aber nicht, sondern antwortete, als Sarah sie ansprach. »Ist Daddy weggegangen?«

»Ja, Liebes. Möchtest du nicht raus zum Spielen?«

»Noch nicht. Ich mache erst Hausaufgaben.«

Während Dara schlief und Lorraine Hausaufgaben machte, begann Sarah mit der Hausarbeit, räumte die Küche auf, wischte den Fußboden. Dann saugte sie im Wohnzimmer, sammelte Spielsachen auf. Die ganze Zeit überlegte sie, in welchem Zustand Jim nach Hause kommen würde; dann wieder kehrten ihre Gedanken zu dem Gespräch mit Patricia im Supermarkt zurück. Patricia hatte gesagt, Frauen, die Opfer von Gewalt in der Ehe seien, sollten wenn irgend möglich gehen; der Mann werde sich auf keinen Fall ändern. Sie hatte sogar mit einer Anwältin darüber gesprochen. Es mochte zwar Rechtsmittel geben, doch Sarah wusste selbst, dass sich Jim durch dergleichen nicht lange würde beeindrucken lassen. Irgendwie musste sie einfach den Mut aufbringen, ihn zu verlassen.

Patricia hatte nicht getrunken, sie sah gut aus. Offensichtlich fehlte es ihr an nichts – Kunststück, wenn man mit einem reichen Anwalt verheiratet war. Es stand ihr nicht zu, Sarah zu sagen, was sie tun und lassen sollte. Aber dennoch – welch grenzenlose Erleichterung wäre es für sie, wenn sie einen Platz hätte, wo sie mit den Kindern in Sicherheit wäre, wo sie nicht ständig wie auf die Folter gespannt leben müsste. Sie wusste, wenn sie erst einmal fort war, würde sie niemals zurückkommen.

Aber denken und reden war leicht, handeln dagegen schwer. Wenn sie ginge, würden es alle erfahren; ihr würde nichts bleiben. Sie würde Dinge zurücklassen müssen, die ihr lieb und teuer waren: den chinesischen Kaminvorleger, die guten Gläser, das schöne versilberte Newbridge-Essbesteck, das sie zur Hochzeit bekommen hatten, den Anschein eines normalen Familienlebens. Dann wäre sie tief gesunken, eine schwangere Frau, allein erziehend, mit drei Kindern. Auch das Frauenhaus würde sie, sofern sie überhaupt einen Platz bekam, nicht ewig beherbergen. Und der Gedanke daran, von Almosen zu leben, war ihr zuwider. Sie würde sich Arbeit suchen müssen. Aber wer sollte sie beschäftigen?

Es wäre so viel leichter, wenn Jim immer so wäre wie jetzt. Aber manchmal war er lieb. Manchmal brachte er ihr Pralinen mit, ging mit ihr aus.

Aber heute Abend würde er betrunken nach Hause kommen. Das wusste sie. Und dann würde er an allem herumnörgeln, nach Staub suchen, nachsehen, ob sie gebügelt hatte, sie schlagen. Hasserfüllt würde er sein. Sie hatte Angst vor dem Abend, vor ihrer drohenden Niederlage.

Plötzlich, fast ohne bewussten Entschluss, ging sie auf den Flur hinaus, nahm den Hörer ab und holte den Umschlag mit Patricias Telefonnummer aus der Tasche. Das Telefon am anderen Ende läutete viermal, bis sich jemand meldete.

»Hallo?«

Sarah kannte die Stimme nicht; sie klang jung und ein bisschen gereizt – bestimmt war es Patricias Tochter.

»Könnte ich bitte mit Patricia sprechen?«

»Einen Augenblick ...«

Sarah hörte das Mädchen rufen: »Mama, es ist für dich!« Und dann die Schritte auf dem gefliesten Fußboden.

»Hallo?«

»Pat, ich bin's ... Sarah. Könntest du mir die Nummer von der Anwältin geben, die du erwähnt hast? Ich habe mich entschieden. Ich lasse mir für nächste Woche einen Termin geben.«

Sarah fragte sich, warum sie so leise sprach, warum ihr Herz schneller schlug, so als täte sie etwas Gefährliches, etwas Verbotenes. Mein Gott, sagte sie sich, du bist eine erwachsene Frau, von der man annehmen sollte, dass sie in der Lage ist, die Verantwortung für ihr Leben selbst zu tragen!

»Sehr gut«, sagte Pat. »Hast du einen Stift zur Hand?« Sie nannte ihr die Telefonnummer der Kanzlei. »Die Anwältin heißt Mrs. Joan de Barra. Sag ihr, ich hätte dich geschickt.«

12. KAPITEL

Ich habe in den Softpornomagazinen geblättert, die Gerry von irgendjemandem bekommen hat. Ich gebe zu, dass ich heftig auf die Bilder reagiert habe, denn keine Frau kann sie ansehen ohne wütend zu werden – allerdings mehr wegen der verborgenen Botschaft: »Seht her, wie wir diese Frauen erniedrigt haben. Wer ist hier wichtig?«

Ich sah, wie Gerry sie mit blödem Grinsen betrachtete. Ich hasste dieses Grinsen. Die Frauen waren jung und schön. Sie zogen Schnuten, warfen sich in Pose, reckten Brüste und Po heraus. Sie taten so, als wären sie unfähig zu denken. Weiße Zähne, scheues Lächeln. Sie suggerierten dem Betrachter, jeder x-beliebige Mann könne sie benutzen, ihnen Gewalt antun. Und unterschwellig der Nervenkitzel angesichts der unschuldigen Beute, gemischt mit wildem Hass.

Wäre ich ein Mann, würde mich das nicht auch schrecklich erregen, mir Bestätigung geben und ein Gefühl der Macht verleihen? Aber die Erregung entsteht nicht durch die Nacktheit, sondern durch die Erniedrigung.

Aus: *Die Pferdeohren*, 1990

Auf der Heimfahrt vom Supermarkt dachte Pat an Sarah, an ihr Gespräch beim Kaffee; mit ihr konnte sie ganz frei reden. Nicht einmal bei Nell fühlte sie sich so unbefangen; Sarah gegenüber war sie sogar in Versuchung geraten, über ihre problematische Beziehung mit Paddy zu sprechen. Sarah hatte es von jeher verstanden, zuzuhören ohne zu urteilen. Hinzu kam die Tatsache, dass sie einander kaum kannten;

dadurch wurde es in gewisser Weise leichter, Probleme zuzugeben, die sie eigentlich gar nicht haben dürften.

Sie hatten ein so intensives, einfühlsames Gespräch geführt, dass keine von beiden bemerkte, wie sich die Cafeteria im Lauf der Zeit allmählich leerte und das Kind unruhig wurde. Das kleine Mädchen mit den schüchternen braunen Augen hatte geduldig gewartet und nur gelegentlich von dem Bilderbuch aufgeblickt, das Patricia ihr gekauft hatte. Als Patricia sie anlächelte, lehnte sie sich an ihre Mutter. Sarah wirkte ausgemergelt.

»Du siehst müde aus«, bemerkte Patricia. »Nimmst du deine Vitamine?«

Sarah lächelte. »Du klingst wie meine arme Mutter, Gott hab sie selig.« Sie seufzte. Erschöpfung sprach aus ihren Gesten, ihrem Blick, aus der Art, wie sie sich zurücklehnte. Sie hatte dunkle Ringe unter den Augen, mit einem Netz feiner purpurroter Äderchen dicht unter der Haut.

»Wie geht's dir sonst?«, fragte Patricia schließlich.

»Könnte schlimmer sein«, erwiderte Sarah leise. »Es passt ihm nicht, dass ich schwanger bin.«

»Hat er dich geschlagen ... während der Schwangerschaft?«

Sarah zögerte. »Vor vier Wochen. Es war meine Schuld. Ich hatte seine Stimmung falsch eingeschätzt!«

»Er verursacht noch eine Fehlgeburt, wenn er so weitermacht!«, flüsterte Patricia, damit das kleine Mädchen nichts mitbekam.

»Ich weiß. Das ist schon mal passiert ... vor ein paar Jahren.«

Pat schwieg. Sie hatte plötzlich das Gefühl, dass sie so viel Vertrauen nicht verdiente, es wurde ihr bewusst, in welcher Hölle Sarah lebte.

»Ich war im dritten Monat«, fügte Sarah hinzu. »Es hat stark geblutet.«

»Warst du beim Arzt?«

Sarah lächelte kläglich. »Ich hätte mich fürchterlich geschämt.«

»Hat dein Mann davon gewusst?«

»Ich hab's ihm gesagt, aber er wollte es nicht glauben! Er hat so getan, als wäre ich überhaupt nicht schwanger gewesen!«

Das Paar am Nebentisch stand auf. Lorraine rückte ihren Stuhl näher heran, damit sie bequem vorbeikonnten. Eine Kellnerin räumte ab und wischte die leeren Tische sauber. In der Nähe saß ein Kind im Buggy und verschmierte das Eis, das es aß, über Gesicht und Jacke. Der Raum war erfüllt vom Duft nach Kaffee und dem Klappern und Klirren von Geschirr und Besteck.

Warum erzählt sie mir das alles?, dachte Patricia, gerührt über so viel Vertrauen.

Nach einer Weile fragte Sarah schüchtern: »Dein Mann ist doch Anwalt, nicht wahr?«

Patricia sah vor ihrem geistigen Auge Gerry mit Sarahs Problem konfrontiert, seine unerschütterliche Gleichgültigkeit. Er hatte während der Ausbildung bei einem älteren Anwalt gearbeitet, den eine Klientin wegen der gerichtlichen Aufhebung der ehelichen Gemeinschaft konsultiert hatte. Der Anwalt riet der Frau, brav nach Hause zu gehen und für ihren Mann das Abendbrot zu richten. Gerry hatte das Gespräch zwischen der weinenden Frau und dem unwirschen Juristen mit angehört und es höchst amüsant gefunden. Patricia hielt es jedoch für unwahrscheinlich, dass er selbst mehr Mitgefühl aufbringen würde.

»Ja, und genau das brauchst du jetzt, einen guten Anwalt. Gerry kennt sich mit Familienrecht nicht so aus. Dafür aber sein Sozius – eine Frau, eine Anwältin. Sie ist sehr nett!«

Sarah dachte darüber nach. Dann sagte sie: »Ich kann mir keinen Anwalt leisten!«

»Wenn eine Freundin von mir Rat sucht, kostet das nichts!«, erwiderte Patricia und nahm sich vor, wenn nötig die Rechnung der Kanzlei aus eigener Tasche zu bezahlen.

Sarah lächelte. »Das ist wirklich sehr freundlich. Ich möchte es mir noch durch den Kopf gehen lassen. Aber selbst wenn ich eine Unterlassungsverfügung, oder wie das heißt, bekomme – würde er mich nicht in Ruhe lassen. Er würde wiederkommen. Aber der erste Schritt wäre, bei den Behörden um Schutz nachzusuchen, und auch danach müsste ich weiter mit ihm unter einem Dach leben!« Sie schüttelte den Kopf und lächelte kläglich.

»Über das Thema weiß ich Bescheid«, fuhr Sarah fort. »Ich kenne eine Frau, die dasselbe Problem hat. Sie hat eine gerichtliche Anordnung erwirkt, und danach wich ihr der Mann nicht mehr von der Seite. Sie hatte keinen Augenblick lang Ruhe vor ihm, nicht einmal im Bad! Er schlug sie wieder, aber die Polizei unternahm nichts. Die waren nicht bereit, ihn aus dem Haus zu beordern, obwohl er die gerichtliche Anordnung nicht befolgte. Und der Mann war durchtrieben – er kam nämlich dahinter, dass die Polizei überhaupt nicht einschritt, wenn keine offensichtlichen Anzeichen für Schläge zu sehen waren.«

Sarah schüttelte den Kopf. »Ich bin nicht bereit, das alles auf mich zu nehmen für nichts und wieder nichts.«

»Aber wenn er sich nicht ändert? Ich habe mit meiner Freundin, der Anwältin, gesprochen und sie meinte, jede Frau, die vor diesem Problem steht, sollte weggehen, in ein Frauenhaus. Willst du dich denn für den Rest deines Lebens mit der Situation abfinden?«

»Nein. Wenn für die Kinder gesorgt wäre, würde ich ausziehen. Ich könnte wieder arbeiten.« Sie sah auf. »Ich war früher Zahnarzthelferin, weißt du!«

Pat nickte. Mehr als ich je erreicht habe, dachte sie.

»Heute richtet er etwas in der Küche«, fügte Sarah hinzu, »und hat angeboten, so lange auf Dara aufzupassen. Er ist nicht nur schlecht ... dann wäre es viel leichter zu gehen. Es ist nur im Streit so schlimm; und da ist noch etwas: Er kann nicht anders!«

Patricia trank ihren Kaffee aus. »Wir können alle nicht anders«, sagte sie. »Deshalb ist die Welt so, wie sie ist.«

Sarah beugte sich vor; plötzlich funkelte der Humor in ihren Augen auf. »Hast du aufgehört zu trinken?«

Patricia zuckte zusammen. »Ja«, entgegnete sie bescheiden. »Ich habe aufgehört!«

»Du siehst jetzt auch viel besser aus.«

Aber dann kam Sarah wieder auf ihr Thema zurück. »Hast du kürzlich in den Nachrichten den Bericht über den Fall in England gesehen – wo die Frau ihren Mann umbrachte? Mit dem Tranchiermesser!«

Patricia erinnerte sich. Die Frau war jahrelang geschlagen worden und hatte sich schließlich gewehrt. Sie hatte eine Bewährungsstrafe bekommen.

»Aber sie musste nicht ins Gefängnis«, sagte Sarah, »anders als diese Frau in Cork.«

»Du musst ihn umbringen, während er dich schlägt«, entgegnete Patricia ungerührt. »Dann ist es Notwehr.«

»Ich weiß wirklich nicht, warum Jim immer so weitermacht.« Sarah standen Tränen in den Augen. »Ich bin mit meiner Weisheit am Ende. Er kann so nett sein, weißt du, und dann wieder reitet ihn der Teufel. Es macht ihm richtig Spaß mich zu prügeln, in dem Augenblick kann er nicht anders. Er fühlt sich dann so mächtig, wie Gott, wenn er auf mich eindrischt, wenn er irgendeinen Vorwand findet, zum Beispiel, dass ich seine Hemden nicht richtig gebügelt hätte. Ich habe wirklich versucht es zu verstehen, habe mich in ihn reinversetzt und mir die Schuld gegeben! Mein Gott, wie sorgfältig ich seine Hemden gebügelt habe, stundenlang. Und als es ihm Leid tat, hatte ich immer Mitleid mit ihm! Dann kam ich mir wichtig vor – wenn es ihm Leid tat! Klingt ziemlich verrückt, oder?«

»Opfer glauben immer, es sei ihre Schuld«, sagte Patricia. »Zumindest habe ich das so gelesen.«

»Und außerdem gibt's jetzt dieses ganze Pornozeug, auf Video. Was passiert, wenn die anfangen das nachzumachen, frage ich dich? Hast du schon von den Gewaltvideos gehört?«

Patricia nahm Zuflucht zu einer Lüge. Über Pornographie wusste sie Bescheid, Gewaltvideos hatte sie hingegen noch nie gesehen. Aber sie wollte nicht naiv erscheinen. »Ja«, sagte sie.

»Jim und seine Freunde haben sich tatsächlich mal so etwas angesehen. Das war am Anfang unserer Ehe, bevor die Kinder kamen«, fügte Sarah hinzu, als sie Patricias Gesichtsausdruck sah.

»Ich war bei meiner Mutter. Es war ein paar Wochen vor ihrem Tod und es ging ihr sehr schlecht. Ich kam nur nach Hause, um ein paar Sachen zu packen und Jim zu sagen, dass ich bei ihr übernachte. Aber als ich die Haustür aufsperrte, hörte ich sie johlen und klatschen und da saßen sie, zu dritt, tranken Bier und sahen sich einen Film an, bei dem mir schlecht wurde.«

»Um was ging es denn?«

Sarah warf einen Blick auf ihre Tochter und senkte die Stimme. »Das willst du gar nicht wissen ... eine Bandenvergewaltigung! Ihre Vagina und ihr Anus wurden in Nahaufnahme gezeigt. Und dann haben sie die Frau mit Messern durchbohrt und ihr eine Brust abgeschnitten und dann lag sie blutüberströmt im Sterben. Das hat denen gefallen, das gab ein Gegrunze und Gegröhle! Sie haben nicht einmal bemerkt, dass ich in der Wohnzimmertür stand, so begeistert waren sie. Aber ich kenne sie – Jim und Dan und Bill. Die würden durchdrehen, wenn jemand einen Hund so quälte! Aber weil es eine Frau war, hat es ihnen gefallen.«

»Was hast du getan?«

Sarah holte tief Luft. »Ich weiß nicht, wie es kam, aber ich bin durchgedreht ... es ist einfach über mich gekommen ... Ich habe rot gesehen. Mir war völlig gleich, was passiert. Ich packte den Schürhaken und ging auf die drei Kerle los, die dasaßen wie Salzsäulen. Nicht einmal Jim war fähig sich zu rühren; ich sagte ihnen, sie sollten verschwinden, bevor ich sie umbringe.« Sie sah Patricia an.

»Das Komische war – sie gingen tatsächlich. Jim und die anderen! Danach war er eine Weile ziemlich verlegen, sagte aber nichts weiter dazu. Wir haben nie über den Vorfall gesprochen. Ich glaube, er hat sich geschämt. Er hat mich deswegen auch nie verprügelt oder wenigstens hat er es nicht als Vorwand benutzt. Natürlich war er damals auch vorsichtiger. Er hatte Angst, dass ich ihn verlasse.«

Patricia schwieg.

»Ich sollte dich nicht so schockieren«, sagte Sarah. »Ich sehe es deinem Gesicht an, dass du schockiert bist. Hast du noch nie etwas von diesen Videos gehört?«

»Ich weiß nur etwas über Pornographie. Aber dass es so schlimm ist, wie du sagst, hätte ich mir nie träumen lassen. Bestimmt kommen die Videos aus England. In Irland kann man so etwas nicht kaufen!«

Sarah seufzte. »Die Leute kaufen das Zeug nicht nur, sie verschlingen es geradezu. Sie können gar nicht genug davon kriegen. Das ist eine riesige Industrie. Teenager, junge Männer, alte Männer. Das weiß ich von anderen Frauen aus der Nachbarschaft. Vielleicht sieht sich sogar dein Sohn so etwas an. Dann wird er glauben, dass für einen Mann Mord oder Gewalt gegen Frauen normal sind. Und ihm ist nicht klar, dass er sich zum Affen macht, damit ein paar Geldsäcke noch fetter werden!«

»Dagegen muss man etwas tun«, sagte Patricia, die ihre Panik, ihr Entsetzen, ihr Bedürfnis vor Wut laut aufzuschreien niederkämpfte. »Wir werden wie Wild gehetzt von einer Meute Hunde. Egal wohin wir uns wenden, sie warten schon auf uns mit Geifer am Maul. Wenn es nicht die Kirche ist oder das Recht oder Leute wie dein Mann, dann ist es die so genannte Unterhaltungsindustrie!«

Sie dachte an Simon und seine Aggressionen, die sich vor allem gegen seine Mutter richteten. Er hatte schon oft gesagt, er sehe sich Videofilme bei einem Freund an. Welche Videos das waren, hatte sie nie gefragt. Sah sich ihr kleiner Simon, der einmal die Beakers so gern gehabt hatte, etwa Pornos an?

Sarah stützte das Kinn auf die Hand und warf einen Blick auf ihre Tochter. »In was für einer Welt wird sie einmal leben müssen?«, fragte sie leise. »Mit Männern, die Filme konsumieren, in denen Frauen wie Dreck behandelt werden, wie Freiwild, wie etwas, das man erniedrigen und ermorden und sogar auffressen – ausschlachten – kann, einfach so zur Unterhaltung oder um sich stark zu fühlen. Nur weil es Frauen sind! Ich muss nur noch lachen, wenn ich das ganze Theater um die Vivisektion oder die Dosen mit delphinfreundlichem Thunfisch sehe. Warum kämpfen wir nicht für eine ›frauenfreundliche‹ Welt? Warum haben wir keine ›frauenfreundlichen‹ Filme? Warum sieht niemand ein, dass unsere Körper so sind, wie sie sind, damit die menschliche Rasse weiterbesteht?« Sie zuckte die Achseln. »Man könnte glauben, wir hätten das alles selbst so geplant, um die Männer zu provozieren. Das ist so unfair.«

Mit hohlem Blick sah sie sich in der Cafeteria um. »Gott hat diesen ganzen Schlamassel geschaffen. Warum gibt niemand Gott die Schuld?«

»Wir haben Gesetze«, flüsterte Patricia.

»Wie weit reichen die?«, fragte Sarah bitter. »Dass wir mehr Frauen im Dáil brauchen?« Sie warf Patricia einen verächtlichen Blick zu. »Wenn du auch nur einen Augenblick glaubst, dass effektive Maßnahmen gegen Pornographie ergriffen werden – da kannst du lange warten, kann ich da nur sagen!«

Patricia schwieg. »Schau, Sarah«, sagte sie schließlich, »wenn du verprügelt wirst, musst du etwas unternehmen. Wenn du ihn nicht vor Gericht bringen willst, dann zieh aus. In Dublin gibt es vier Frauenhäuser mit Platz für sechzehn Familien. Da wärst du in Sicherheit. Die Anwältin, von der ich dir erzählt habe, hat gesagt, jede Frau in deiner Lage sollte einfach gehen!«

Sarah schüttelte den Kopf. »Das sagt sich leicht! Ich weiß nicht. Es wäre eine Art Niederlage ... Woher weißt du überhaupt so viel über diese Dinge? Warum glaubst du, dass ich gleich einen Platz bekäme?«

»Ich habe eine Freundin, die sich in verschiedenen Wohltätigkeitsorganisationen engagiert«, erwiderte Pat zögernd, denn ihr war bewusst, dass sie wie die gute Fee daherredete, obwohl sie sich selbst vollkommen hilflos fühlte.

»Ich will keine Almosen«, entgegnete Sarah steif. Sie wandte den Blick ab, sah ihre Tochter an, tastete nach ihrer Handtasche. »Warum wird gerade von uns so viel Mut gefordert?«, zischte sie. »Ich habe eine Todesangst, aber mein zweitgrößtes Problem ist die Hoffnung. Die Hoffnung lässt mich einfach nicht los!«

Pat dachte an ihr eigenes Leben, an Paddy, an die Zukunft. »Mir geht es genauso«, flüsterte sie. »Ganz genauso!«

Als Patricia in ihre Straße einbog, sah sie Mick Clancy auf seinem Motorrad draußen vor dem Haus und neben ihm Orla, die sich mit ihm unterhielt. Die beiden sahen den Wagen kommen und machten Platz. Patricia fuhr in die Einfahrt. Sie blieb noch kurz im Wagen sitzen. Orla hatte nicht den Eindruck gemacht, als sei das Gespräch in irgendeiner Weise unfreiwillig gewesen.

Pat stieg aus, öffnete den Kofferraum und packte den Einkauf aus. Nach einer Weile tauchte Orla neben ihr auf und half ihr wortlos die Tüten ins Haus zu tragen, als wolle sie durch diese Geste Abbitte leisten.

»Belästigt er dich?«, fragte Patricia.

»Um Himmels willen, Mama! Siehst du denn nicht, dass wir uns nur unterhalten haben? Ich kann selbst auf mich aufpassen!«

Ich werde alt, dachte Patricia. Ständig mache ich mir unnütz Sorgen, erteile im Supermarkt einer Frau, die ich kaum kenne, neunmalkluge Ratschläge, und dabei weiß sie über das Leben wahrscheinlich besser Bescheid als ich. Vielleicht ist meine Weltsicht gestört. Vielleicht bin ich diejenige, die einen Fingerzeig Gottes braucht. Vielleicht ist die Welt in Ordnung und nur Patricia spinnt.

Simon war nicht zu Hause.

»Wo ist dein Bruder?«

»Woher soll ich das wissen?«

»Ich finde, du solltest ein bisschen mehr lernen. Die Prüfungen stehen vor der Tür.«

Orla stöhnte genervt und blickte zum Himmel auf.

Später rief Patricia Nell an. »Hast du heute Abend etwas vor?«

»Ich kann nicht weg! Freds Bruder kommt aus England zurück!«

»Ach so ... na, dann einen schönen Abend!« Patricia wollte schon auflegen, da kam ihr ein Gedanke. »Nell ...«

»Ja.«

»Hast du Simon gesehen?«

»Er war hier, als ich heimkam. Peter hatte ein paar Freunde zu Besuch. Sie haben sich ein Video angesehen.«

Pat wurde nervös. »Was für ein Video?«

»Ich weiß nicht. Einer von seinen Kumpels hat den Film mitgebracht.«

»Könntest du mal nachsehen?«

»Warum? Glaubst du etwa, dass sie sich etwas Ungeeignetes ansehen?«

»Das kann man nie wissen.«

Nell seufzte. »Ich frage Peter, aber ich bin mir sicher, dass er von so etwas die Finger lässt.«

Als eine Stunde später das Telefon läutete, schnitt Patricia gerade ein gekochtes Hühnchen für ein Currygericht klein, das es zum Abendessen geben sollte. Sie nahm ab und sagte ihren Namen. Erst hörte sie nur ein leises Summen in der Leitung, dann seine Stimme:

»Hallo, mein Liebling!«

Patricia stieß die Küchentür mit dem Fuß an, so dass sie zufiel. »Hallo. Von wo aus rufst du an?«

»Richmond.«

»Die Verbindung ist gut!«

»Wie geht's dir?«

»Nicht schlecht. Und dir?«

»Mir ist langweilig. Ich vermisse dich schrecklich.«

Paddys Stimme war voller Sehnsucht. »Mir ist alles über. Ich möchte wieder bei dir in Irland sein. Ohne dich hat das Leben einfach keinen Sinn.«

Patricia wurde es warm ums Herz. Paddy hatte eine ausdrucksvolle Stimme. Sein Liebesbekenntnis war zärtlich, weich, voller Leidenschaft. Mit einem Mal sah sie die ganze Welt in einem anderen Licht. Das Leben gewann wieder an

Bedeutung. Pats Vorbehalte gegen die Beziehung waren wie ausgelöscht. Er konnte doch nicht so sprechen, wenn er es nicht ernst meinte.

»Ich vermisse dich auch.«

»Ich will dich, Patricia. Ich will mit dir zusammen sein.« Er hielt inne. »Liebling, hast du über Paris nachgedacht?«

»Ja!«

»Kommst du? Es wäre wunderbar. Wir könnten uns oft sehen. Ich möchte dir die Stadt zeigen, übers Wochenende mit dir in ein ruhiges französisches Städtchen fahren, in ein gutes Hotel. Mich hält nur noch der Gedanke aufrecht, dass wir dann wirklich Zeit füreinander hätten.«

Schweigen, diskretes Summen in der Leitung. »Liebling!«

»Ja?«

»Kommst du?«, fragte er sehnsüchtig. Auch Patricia spürte die Sehnsucht schmerzlich in sich aufsteigen, fühlte sich mit einem Mal wieder lebendig.

»Ich komme«, sagte sie. »Ich komme.«

Auf dem Flur legte Orla, die gerade hatte telefonieren wollen, sachte den Hörer wieder auf. Ihre Augen waren vor Schreck geweitet. Patricia hörte das leise Klicken und sagte zu Paddy: »Bleib einen Augenblick dran.« Sie lief hinaus, aber der Flur war leer.

»Tut mir Leid. Ich musste draußen nachsehen, ob eins der Kinder mithört.«

»Hast du jemanden ertappt?«

»Nein.«

Simon kam um sechs nach Hause.

»Wo warst du?«

»Bei Peter. Wir haben uns ein Video angesehen.«

»Was für eins?«

»Es war ein Kriegsfilm, U-Boote und so was.«

Patricia seufzte erleichtert auf und fühlte sich schuldig, weil sie Zweifel gehegt hatte.

»Hast du Hunger? In ein paar Minuten ist das Essen fertig.«

Simon nickte. »Gut, ich bin nämlich am Verhungern.«

Er griff in die Besteckschublade und wühlte darin herum.

»Was machst du da?«

»Ich suche nur Excalibur!«

Er holte die Gabel mit den gebogenen Zinken heraus, legte sie an seinen Platz am Tisch und entfernte die andere. Patricia lachte. Manchmal war Simon komisch. Er grinste, warf ihr einen Seitenblick zu. Seine Wangen waren gerötet und seine Augen glänzten.

»Rührst du die Soße weiter? Ich laufe nur rasch nach oben.«

»Okay.«

Als Pat in die Küche zurückkam, läutete das Telefon. Orla, die vor ihrer Mutter heruntergekommen war, nahm auf dem Flur ab.

»Ist für dich, Mama.«

»Wer ist es?«

Orla zuckte die Achseln und sagte leise: »Keine Ahnung. Eine Frau.«

Dann bemerkte sie noch leiser, so dass Patricia nicht sicher war, ob sie recht verstanden hatte: »Wenigstens ist es nicht wieder dieser Mann!«

Patricia nahm den Hörer auf und war überrascht, Sarahs Stimme zu hören; sie gab ihr die Nummer der Kanzlei, damit sie nach den Feiertagen Joan anrufen konnte.

13. KAPITEL

Ich habe den Nachmittag mit den Kindern im Garten verbracht. Orla interessierte sich für das Märchen von Cinderella, das ich ihr aus einem Bilderbuch vorlas. Sie war hingerissen von der guten Fee und der Kutsche, dem gläsernen Schuh und dem wunderbaren Prinzen, der Satinhosen trug und Cinderella wegen ihrer Schönheit anbetete. Am Ende dann die prächtige Hochzeit, und sie waren glücklich bis an ihr Lebensende.

»Waren sie wirklich glücklich bis an ihr Lebensende, Mami?«, wollte Orla wissen.

»Natürlich, Schatz«, sagte ich, um ihre eine Freude zu machen. »Natürlich.«

Aus: *Die Pferdeohren*, 1982

Lorraine kam herunter und half ihrer Mutter bei der Hausarbeit. Sarah scherzte: »Schau dir mal den Saustall an, wie auf dem Bauernhof, nicht wahr?« Aber Lorraines wachsame Augen blieben ernst. Sarah war außer Atem vor Anstrengung und Lorraine bat sie, sich hinzusetzen. »Ich sauge das Wohnzimmer fertig, Mami.«

Sarah folgte der Aufforderung nur zu gern; sie setzte sich auf die Couch und lehnte sich zurück, damit das Ziehen im Bauch nachließ. Dann überlegte sie noch einmal, was sie bei dem Gespräch mit der Anwältin, Mrs. de Barra, sagen wollte. Sie schloss kurz die Augen, und als sie sie wieder aufschlug, war das Zimmer leer und sie hörte Lorraine auf der Treppe. Als das Mädchen wiederkam, hatte sie ein Kopfkissen in der Hand, das sie für ihre Mutter auf die Couch legte. »Ruh dich nur richtig aus, Mami.«

Sarah fügte sich, gerührt über die Fürsorglichkeit ihrer Tochter. Sie schüttelte das Kopfkissen zurecht und beobachtete ihr Kind beim Staubsaugen. Lorraine warf ihr von Zeit zu Zeit einen Blick zu und lächelte froh in sich hinein, weil sich die Mutter dank ihrer Hilfe etwas erholen konnte.

»Komm her zu mir, mein Schatz!«

Lorraine ließ sich von ihrer Mutter in die Arme schließen, legte die Wange auf ihre und erwiderte eifrig ihre Liebkosungen.

»Wenn ich sonst nichts Gutes in meinem Leben gehabt hätte – dich zu haben ist alle Mühe wert«, flüsterte Sarah. »Ich möchte, dass du das weißt. Ich habe dich lieb und bin so stolz auf dich, meine kleine Prinzessin!«

Lorraine lächelte ihr heimliches, schüchternes Lächeln. »Ich sehe lieber zu, dass ich mit dem Staubsaugen fertig werde, bevor Daddy heimkommt!« Aber als sie das Gerät wieder einschaltete, läutete es an der Tür.

»Das ist Jennifer«, sagte Sarah. Von ihrem Platz auf der Couch aus hatte sie das Mädchen den Weg heraufkommen sehen. Jennifer, Lorraines beste Freundin, wohnte gleich um die Ecke. Lorraine ließ sie herein; Jennifer trat mit strahlendem Lächeln ins Zimmer und fragte, ob Lorraine bei ihr zu Abend essen und anschließend übernachten dürfe.

Sarah sah die Begeisterung in den Augen ihrer Tochter und dann den gequälten Blick auf den Staubsauger und die unerledigte Hausarbeit.

»Ist das deine Idee, Jennifer – oder hat deine Mutter den Vorschlag gemacht?«

»Meine Mutter. Na ja, ich habe sie gefragt und sie ist einverstanden.«

Sarah sah ihre Tochter an. »Na, worauf wartest du noch?«

»Ich will erst noch zu Ende saugen«, meinte das Kind zögernd.

»Nein, das tust du nicht. Hol deinen Schlafanzug und deine Zahnbürste, und dann ab mit dir!«

Lorraine lachte und rannte mit Jennifer im Schlepptau nach oben.

Dann bin ich heute Abend mit Jim und Dara allein, dachte Sarah. Vielleicht gar nicht das Schlechteste.

Als die beiden kleinen Mädchen fort waren, saugte Sarah das Wohnzimmer fertig. Anschließend machte sie die Betten, ließ aber das Zimmer der Jungen aus, damit Dara ungestört schlafen konnte. Die Krankheit hatte ihn ziemlich mitgenommen; noch jetzt schlief er oft den halben Tag.

Dann ging sie auf Zehenspitzen in sein Zimmer und schaute in sein Bettchen. Das Kind lag auf dem Rücken, beide Arme mit geöffneten Handflächen neben dem Kopf. Sein Gesicht war gerötet und Sarah fürchtete plötzlich, er könnte Fieber haben. Doch als sie seinen Hals berührte, wusste sie, dass er nur vom Schlaf erhitzt war. Er schlug die Augen auf und lächelte seine Mutter an.

»Mami … will hoch.« Er streckte ihr die Arme entgegen. Sarah küsste ihn und legte ihn zum Wickeln auf Liams Bett. Sie war beinahe in so etwas wie Hochstimmung: Sie hatte Patricia O'Hehir – nein, Galligan – angerufen und war jetzt im Besitz einer Telefonnummer, die ihr Leben verändern konnte. Die Linie zwischen Handeln und Nichthandeln war so schmal, aber die Folgen konnten gewaltig sein. Mal abwarten.

»Du bist ein kleiner Fettwanst«, beschied sie ihrem Kind und küsste es von Liebe überwältigt auf den Bauch. Dara gluckste vor Vergnügen und pinkelte in hohem Bogen – ein warmer Strahl, der seine Mutter an der Nase traf.

»Du kleiner Racker, du weißt auch immer, wann du loslassen musst!«

Dara tapste in der Küche herum. Die Töpfe und Tiegel, die Sarah in dem Schrank neben der Spüle aufbewahrte, standen bald auf dem Boden und Dara war angeregt damit beschäftigt, Deckel scheppern zu lassen und kleinere in größere Töpfe zu stellen. Sarah gab ihm noch ein paar Teelöffel, einen Teigschaber, eine Plastiktasse und ein Stück Schnur aus der Schublade. Dann holte sie Didi und setzte ihn neben den Laufstall, damit er das Geschehen besser im Blick hatte. Während sie die Spüle schrubbte, überlegte sie, ob Jim wohl zum Essen heimkommen würde. Wenn sie ihm etwas Gutes kochte, würde sich seine Stimmung vielleicht bessern. Traurig musterte sie die kaputte Tür des Eckschranks, die lose in den Angeln hing. Ein Schandfleck für die Küche – und Jim würde sich unheimlich aufregen, wenn er die neue einsetzte. Dann musste Sarah genau den richtigen Tonfall treffen: nicht zu enthusiastisch, sonst würde er behaupten, es sei geheuchelt, aber auch nicht zu gleichgültig, sonst würde er ihr vorwerfen, dass sie sich nicht freute. Dara begann sich bald für die kaputte Tür zu interessieren, schlug dagegen, streckte seine mollige Faust durch das geborstene Holz und spielte daran herum.

»Nein, Liebling, tu das nicht«, sagte Sarah. »Daddy bringt es wieder in Ordnung. Du machst es nur noch mehr kaputt, und dann wird Daddy böse!« Aber Daras Hand war in dem Spalt zwischen Rahmen und Paneel eingequetscht, und er begann zu weinen. Sarah eilte ihm zu Hilfe, drückte das Paneel zur Seite, um die Hand zu befreien; dabei entstand ein weiterer Riss, und das bereits gesplitterte Paneel, ohnehin aus dünnem Holz, zerbrach in zwei Teile und fiel zu Boden.

»Scht, scht.« Sarah küsste die kleine Hand und sah bestürzt, was sie angerichtet hatte. Rasch nahm sie die Teile des zerbrochenen Paneels und legte sie auf den Kühlschrank. Die Angst saß ihr in den Knochen. Bestimmt würde Jim ihr die Schuld geben. Ihre Hochstimmung war verflogen. Welchen Sinn machte ein Termin bei der Anwältin am Dienstag, also in vier Tagen? Heute war Gründonnerstag. Ihr kam wieder in den Sinn, was Patricia gesagt hatte. Vielleicht sollte sie einen zweiten Anruf machen, und wenn ein Platz im Frauenhaus frei war, ihre Tasche packen und gehen. Aber sie musste an Lorraine und Liam denken. Sie würde die beiden abholen, ihnen den Spaß verderben müssen. Und wenn sie ging, würde sie den Rest ihres Lebens in Angst leben. Jim würde sie verfolgen, einen wahren Kreuzzug daraus machen. Und am Ende würde er sie finden. Aber der Gedanke ließ sie nicht los. Sie sah sich den Weg hinuntergehen bis zur Bushaltestelle, Dara im Buggy, Lorraine und Liam neben ihr. Sie stellte sich vor, wie sie auf den Bus wartete. Wenn Jim aber vorbeikäme und sie sähe, während sie warteten? Er würde sie an den Haaren heimschleifen.

Doch wenn sie es bis zum Frauenhaus schaffte, wäre sie in Sicherheit. Zumindest für die nächste Zeit. Sie würde Atem holen, sich orientieren können. Aber wenn das Baby kam, wo sollte sie dann hin? Ohne Arbeit! Mit absolut gar nichts! Ich sollte lieber Dara etwas zu essen geben, dachte sie und schob das Problem beiseite. Wenigstens kann ich das alles später mit der Anwältin besprechen.

Sie legte zwei Eier in kochendes Wasser. Als sie sich umsah, merkte sie, dass Dara auf den Flur hinausgeschlichen war. Sarah ging ihm nach. Er hatte einen Filzstift gefunden, den sie versehentlich auf dem Fensterbrett hatte liegen lassen, und bekritzelte damit die Wand. Sarah schleppte ihn zurück in die Küche, setzte ihn in den Laufstall, holte einen feuchten Lappen und versuchte den dunkelroten Fleck von der Wand zu wischen. Aber die Farbe war schon in das Papier eingedrungen, und durch noch festeres Reiben würde sich womöglich die Tapete auflösen. Sie kehrte in die Küche zurück und setzte sich an den Tisch, unfähig, die Tränen zurückzuhalten. Dara, der sie vom Laufstall aus beobachtete, heulte los.

»Halt den Mund«, fuhr Sarah ihn an und wischte sich die Augen, »du machst nichts als Ärger!« Sie sah sich in der chaotischen Küche um, die vor einer halben Stunde noch völlig in Ordnung gewesen war. Töpfe und Tiegel, Topfdeckel, Krimskrams auf dem Fußboden, das zerborstene Paneel auf dem Kühlschrank. Jetzt musste sie wieder von vorne anfangen. Dara lehnte am Laufstallgitter und weinte, weil er rauswollte; die Tränen liefen ihm übers Gesicht.

»Ist schon gut, wart noch einen Moment, ja?« Sie warf ihm Didi in den Laufstall, damit er ihm Gesellschaft leistete, holte die Eier aus dem Wasser, setzte sie in Eierbecher, köpfte sie und stellte sie mit ein paar Scheiben dunklem Brot auf den Tisch. Dann machte sie eine Kanne Tee. »Wir müssen essen. Dabei hab' ich eigentlich gar keinen Hunger.«

Sie setzte Dara an den Tisch und fütterte ihn mit Ei. Dara wollte nicht, drehte den Kopf weg, und Sarah spielte das alte Spiel mit Didi. Während sie sich so mit dem Kind beschäftigte, hörte sie, wie die Vordertür aufgeschlossen wurde. Kurze Zeit später stand Jim in der Küchentür. Sarah versuchte zu lächeln. Schon die verspannte Haltung seiner Schultern signalisierte, dass er übler Laune war. Und an seinem roten, glänzenden Gesicht sah sie, dass er getrunken hatte. Er hielt etwas in der Hand. Bei näherem Hinsehen erkannte Sarah, dass es die Lenkradsicherung vom Auto war. Warum hatte er die mit hereingebracht?

Sie stand auf und setzte Dara wieder in den Laufstall. Das Kind starrte seinen Vater an und setzte sich ohne einen Laut. Sarah warf ihm den Teddy zu. Jim sah sich voller Abscheu in der Küche um.

»Dieser Saustall! Immer muss ich in so ein dreckiges Loch nach Hause kommen.« Er trat gegen den Topfdeckel, mit dem Dara gespielt hatte; der Deckel landete unter dem Tisch.

»Ich räume gleich auf«, murmelte Sarah. »Was möchtest du zum Tee?«

»Was ich zum Tee möchte? Das ist dir doch völlig egal. Der Ernährer dieser Familie kommt heim und es sieht aus wie im Slum. Andere Männer kommen heim und ihr Essen steht auf dem Tisch! Aber ich komme heim in ein Slum! Mit mir kann man es ja machen!«

»Was willst du denn mit der Lenkradsicherung?«, fragte Sarah, während sie rasch Töpfe und Deckel vom Boden aufhob. »Stimmt was nicht damit?«

»Sie funktioniert nicht, das stimmt nicht damit!« Er legte sie auf die Arbeitsfläche. »Genauso wenig wie alles andere …!«

Sarah bückte sich mühsam, um Speck und Eier aus dem

Kühlschrank zu holen. Eine Haarlocke löste sich aus der Spange und fiel ihr ins Gesicht. Sie sah ihren Mann an, sah seinen unverhohlenen Abscheu, seinen Hass.

»Schau dich mal an. Weißt du, wie du aussiehst …? Wie ein riesiges fettes Walross … oder so ein blödes Nilpferd. Du siehst aus, als würdest du gleich platzen! Es ist widerwärtig! Genauso widerwärtig wie das Haus. Hab' ich dir nicht gesagt, du sollst sauber machen, bevor ich gegangen bin? Aber nein. Du musst herumtrödeln und diesen Fratz da verziehen!« Er trat gegen das Gitter des Laufstalls und Dara wich zurück, legte sich zu seinem Teddy und lutschte am Daumen.

Sarah schwieg. Sie schlug Eier in die Pfanne und legte Speck in den Grill. Ihr Schweigen ärgerte Jim. Er spürte ihre Missbilligung und ihre Angst.

»Mach nur nichts für mich! Ich gehe aus.«

Als er zur Tür ging, sah er das fehlende Paneel, sah, dass sein Werkzeug hinter dem Laufstall auf dem Boden verstreut lag.

»O Gott! Was hast du getan, du hirnlose Schlampe? Du hast die verdammte Tür ruiniert!«

Er starrte seine Frau mit einem zornigen, irren Ausdruck an, bereit, jederzeit zuzuschlagen. »Du und diese verdammten Kinder …« Wieder trat er gegen Daras Laufstall. »Es nimmt kein Ende!« In sich zusammengekauert sah Dara seinen Vater an, hielt seinen Teddy fest und wagte es nicht, seinen Tränen freien Lauf zu lassen.

Als Jim Anstalten machte, noch heftiger als zuvor gegen den Laufstall zu treten, spürte Sarah, wie eine Sicherung bei ihr durchbrannte, wie sie plötzlich verwegen wurde.

»Rühr das Kind nicht an!«, zischte sie. »Dara war sterbenskrank und ich bemühe mich, dass er wieder zu Kräften kommt. Und ich bin keine hirnlose Schlampe. In ganz Irland gibt es keine Frau, die es mit dir aushalten würde, mit der Art, wie du dich aufführst. Aber ich habe so viel ertragen, wie ich nur konnte!« Und sie schob energisch die Bratpfanne zur Seite.

Jims Augen leuchteten auf vor Vergnügen, da sich nun ein

legitimer Anlass zum Streit bot. Sarah forderte ihn heraus; er musste ihr zeigen, wer der Herr im Haus war.

»Ich werde dich verlassen«, fuhr Sarah mit leiser Stimme fort, damit Dara nicht noch größere Angst bekam. »Und wenn es das Letzte ist, was ich tue. Am Dienstag gehe ich zu einer Anwältin. Ich werde dich verlassen und die Kinder mitnehmen! Du bist kein Mann. Das hat mein Vater gesagt, als er dich zum ersten Mal gesehen hat. Du bist kein Mann und wirst auch nie einer sein!«

Jims Gesicht verdüsterte sich, seine Augen bekamen einen irren Ausdruck und traten unnatürlich hervor. Er nahm die Lenkradsicherungsstange von der Anrichte neben sich, machte zwei Schritte vorwärts und schlug Sarah damit auf den Kopf. Man hörte ein Krachen, als wäre eine Tonschale auf den Boden gefallen, ein dumpfes Stöhnen – und dann Schweigen. Jim holte noch einmal mit der Metallstange aus und schlug ein zweites Mal zu; Sarah brach zusammen; aus einer tiefen Kopfwunde floss Blut. Immer wieder schlug er auf sie ein. Blutspritzer bedeckten Fußboden und Wände. Dara im Laufstall zitterte, sein Gesicht war totenbleich, die Augen glasig, wie in Trance, der Mund geöffnet zu einem unhörbaren Schrei.

Jim beugte sich über seine Frau; seine Wut war verraucht, sein Alkoholwahn abgeflaut.

»O du heilige Scheiße!« Er wollte sie bewegen, aber sie lag reglos und schwer da. Unter ihrem Schwangerschaftskleid war ein Zittern, das schließlich erstarb. Er kniete nieder.

»Sarah ... Sarah, Liebes ... Tu mir das nicht an, Süße!« Er nahm ihr Handgelenk – kein Pulsschlag.

Jim verwüstete die Küche, leerte Schubladen aus, rannte durchs ganze Haus, warf alles durcheinander. Dann rief er die Polizei an.

»Ich bin gerade heimgekommen ... Meine Frau wurde überfallen, ich glaube, sie ist tot. Ich weiß nicht, ich weiß nicht ...« Er brach in Tränen aus.

Die Polizei kam, nahm seine Aussage zu Protokoll und inspizierte das Haus. Ein Krankenwagen holte Sarahs Leichnam ab. Die Lenkradsicherung wurde in einer Plastiktüte fortgebracht. Dara hatte man in Fionas Obhut gegeben. Die Polizisten fragten, ob sie etwas gehört habe.

»Das waren keine Einbrecher«, erklärte sie. »Er schlägt sie seit Jahren. Das arme Kind ist völlig verstört. Ich musste den Arzt holen. Es steht unter Schock.«

»Haben Sie etwas gehört?«

»Nein. Ich bin erst kurz vor Ihnen nach Hause gekommen. Aber eins sage ich Ihnen: Er hat es getan ... Und das Kind hat es gesehen, da gehe ich jede Wette ein!«

14. Kapitel

Heute Mittag sah ich vor dem Ormond Hotel Joanna Hayes, eine kleine Frau, noch jung. Vor Gericht wurde sie mit den unverschämtesten Fragen bedrängt. Die Vernehmung ist so lüstern, so unzumutbar geworden, dass die Frau jeden Morgen von Menschen, die auf ihrer Seite stehen, mit Rosen überhäuft wird.

Sie hatte ein uneheliches Kind. Es ist gestorben. Wie ist es dazu gekommen? Eine Frage, die große Verwirrung stiftet. Aber eines ist nicht zu verkennen – die Orgie des Triumphs, den ihre Befrager feierten, die Schikanen und die grundlosen Beleidigungen. Schließlich steht nicht sie vor Gericht: Sie wird lediglich als Zeugin gehört. Doch jede Einzelheit ihres Privatlebens, der Geburt – ihr Blut, ihre Gebärmutter, ihre Vulva – wird mit ekelhaftem Voyeurismus ans Licht gezerrt.

Welche Bedeutung hat das alles? Dieses Tribunal öffnet uns nicht nur die Augen, es ist purer Terrorismus.

Aus: *Die Pferdeohren*, 1984

Patricia sah die Überschriften und kaufte, neugierig geworden, eine Abendzeitung. Das Bild der toten Frau starrte sie an – Mrs. Sarah O'Toole, Opfer eines Gewaltverbrechens, war tot aufgefunden worden, der Ehemann half der Polizei bei ihren Ermittlungen.

»Mein Gott! Ich kenne sie … Ich kenne die Frau!«

Besorgt beugte sich Paddy über sie und nahm ihre Hand.

»Wir haben beide im selben Supermarkt eingekauft, manchmal miteinander Kaffee getrunken … Erst kürzlich haben wir uns noch unterhalten. Großer Gott!«

Pat war mit Paddy am Zeitungsstand in der Nassau Street vorbeigekommen. Auf der Straße hinter ihr strömte der Berufsverkehr Richtung Lincoln Place und Merrion Square. Ein schöner, vielversprechender Frühlingsabend. Sie hatte sich mit Paddy zu einem kurzen Rendez-vous verabredet. Später wollten sie sich noch einmal treffen und in die Berge hinausfahren.

Patricia traten Tränen in die Augen. »Sie war schwanger. Sie war wirklich nett, so eine nette Frau ... Ich kannte sie von der Schule her. Ich hab' ihr gesagt, sie soll ihn verlassen.« Patricia merkte, dass sie zitterte. Paddy drückte ihre Hand.

»Liebling, du bist aschfahl. Du brauchst etwas zu trinken. Komm mit in meine Wohnung.« Er sah sie an. »Bitte. In der Wohnung kann ich mich besser um dich kümmern!«

Paddys Wohnung lag im ersten Stock eines Apartmenthauses in Ballsbridge. Eine mit dickem Teppich ausgelegte Treppe führte hinauf zu der weißen Tür mit Spion. Er schloss auf und Patricia trat in einen kleinen Flur mit Garderobenständer, Spiegel und einem Telefontischchen. Die Wohnung wirkte warm und gemütlich; die Sonne schien durch die geschlossenen Fenster ins Wohnzimmer. Olivgrüner Teppichboden, Ledercouchgarnitur mit Kissen, neben dem Kamin ein kleiner Tisch mit rosafarbener Lampe, an den Wänden mehrere große Bilder in leuchtenden Farben. Auf dem Kaffeetisch stapelten sich Zeitungen; Paddy schob sie beiseite, ging zu einem kleinen Tisch zwischen den Fenstern, auf dem ein paar Flaschen standen, und schenkte Patricia einen steifen Gin Tonic ein. Sie nahm das Glas mit zittriger Hand und stellte es auf dem gläsernen Couchtisch ab. Wieder starrte sie das Foto in der Zeitung an, ein Bild von Sarah; sie sah jünger aus, lächelte, hatte ihre Tochter auf dem Arm. Patricia las die Bildunterschrift zweimal:

Mrs. Sarah O'Toole, deren Leiche am Donnerstag von ihrem Mann in ihrem Haus, St Teresa's Crescent 42, Dundrum, gefunden wurde.

Mrs. O'Toole, Mutter von drei Kindern, die im Juni ihr viertes Kind erwartete, erlitt schwere Kopfverletzungen. Ihr Mann, James O'Toole, 40, Vorarbeiter bei O'Connors Baustoffhandlung, unterstützt die Polizei bei ihren Ermittlungen.

Paddy setzte sich neben Patricia auf die Couch und legte den Arm um sie.

»Du zitterst, mein Schatz. Trink lieber etwas.«

Patricia nahm das Glas, trank einen Schluck, spürte das bittere Prickeln in der Kehle. Während sie trank, ließ sie ihren Tränen freien Lauf. Paddy hielt ihr ein Taschentuch hin, und sie putzte sich die Nase.

»Die Ärmste, die Ärmste … ich kann es noch gar nicht glauben. Ich habe noch am Donnerstag mit ihr gesprochen. Sie wollte einen Termin mit Joan vereinbaren – weil sie Angst vor ihrem Mann hatte. Ach, Paddy … Sie war so ein anständiger Kerl, humorvoll, ganz vernarrt in ihre Kinder.«

»Hast du sie gut gekannt?«

»Nicht besonders. Wir kannten uns von der Schule, aber sie war ein paar Klassen unter mir. Ab und zu haben wir uns im Supermarkt getroffen, Kaffee getrunken und uns unterhalten, so wie es manchmal vorkommt unter Fremden. Sie hat mir von ihrem Leben erzählt, wir haben uns auf Anhieb verstanden. Obwohl wir uns nur selten trafen, haben wir uns ganz gut kennen gelernt. Es war eine Art Seelenverwandtschaft, verstehst du?«

Paddy nickte. Patricia hatte rote Augen, ihre Wimpern waren feucht und ihr Make-up ein wenig verwischt. Sie fuhr sich mit der Hand durch die Haare.

»Wie konnte sich nur jemand an ihr vergreifen? Sie war im sechsten Monat schwanger …«

Paddy legte ein Kissen auf seinen Schoß, auf das er Patricias Kopf bettete, und massierte behutsam ihre Schläfen.

»Entspann dich, mein Liebling. Du kannst nichts mehr tun. Das einzige, was wir in der Hand haben, ist unser eigenes Leben …«

Patricia schloss die Augen. Der Alkohol war ihr zu Kopf gestiegen; sie spürte, wie die Gefühle mehr Raum bekamen, während das Urteilsvermögen beeinträchtigt wurde. Was hatte er gesagt? Das eigene Leben in der Hand haben. Ist das eine Illusion? Hat Paddy sein Leben in der Hand? Oder ich?

Paddy nahm Pats Glas. »Möchtest du noch etwas trinken?«

Zögernd öffnete Patricia die Augen und sah ihm ins Gesicht. Hinter ihm fiel ein Strahl der Abendsonne auf die Wand, spielte in seinen Haaren und umgab ihn mit einem Lichtkranz wie einen mittelalterlichen Heiligen.

»Liebend gern. Aber weißt du, ich darf nichts trinken. Ich habe damit aufgehört. Ich hatte ein Alkoholproblem und dann hab' ich aufgehört. Ich saß ganz schön in der Klemme!«

Paddys Miene verriet keine Regung, nur um seinen Mund entstand ein harter Zug. Er stellte das Glas wieder auf den Couchtisch.

»Wie schlimm war das Problem?«

»Es war wirklich blöd. Ich habe Wodka getrunken, die Flasche in meiner Nachttischschublade aufbewahrt.« Sie setzte sich auf, wischte sich die Augen. »Du siehst also, was für ein hoffnungsloser Fall ich bin – oder war.« Sie streichelte sein Gesicht. »Aber ich kann die Finger von dem Zeug lassen. Solange ich dich habe, kann ich alles!«

Patricia hätte sich ohrfeigen können. Sie sah die Bestürzung in Paddys Augen, die plötzlich veränderte Wahrnehmung. Sie war nicht länger die Frau, die er zärtlich liebte und begehrte, sondern eine mögliche Bedrohung; sie erschien ihm nicht mehr als autonomer Mensch, sondern als jemand, der sich möglicherweise in seelische Abhängigkeit begab. Pat lachte unsicher.

»Das war ein Scherz. Ein ziemlich schlechter Witz!« Er musterte sie misstrauisch, und sie sah ihm lächelnd in die Augen.

»Ich verschwinde jetzt lieber und wasche mir das Gesicht. Ich sehe bestimmt fürchterlich aus!« Sie ging ins Badezimmer. In dem riesigen Spiegel über dem Waschbecken sah sie ihr fleckiges Gesicht. Sie wusch sich mit kaltem Wasser und holte dann Haarbürste und Lippenstift heraus, während sie sich heimlich verfluchte.

Darauf war er nicht gefasst, dachte sie. Damit kann er nicht umgehen. Du solltest lieber deinen vorlauten Mund halten.

Als sie aus dem Badezimmer kam, stand Paddy in der Küche.

»Ich mache uns eine Kanne Tee.«

»Gut. Ich trinke gern eine Tasse. Dann muss ich aber verschwinden.«

Paddy schaltete den Wasserkocher ein, ging auf sie zu und nahm sie in die Arme.

»Musst du wirklich gehen? Du könntest doch anrufen und sagen, dass du später kommst. Wir könnten etwas unternehmen, in einem netten, kleinen Lokal zu Abend essen!«

Sein Atem streifte ihr Ohr und sie roch den Hauch seines Aftershave, spürte sein raues Kinn an ihrer Wange, die Wärme, die von seinem Körper ausging, seine Hand, die sich an ihrer Wirbelsäule abwärts tastete. Vor ihr öffnete sich ein Raum, in den sie mit wachen Sinnen eintreten und Frieden finden konnte.

Paddy nahm sie an der Hand und führte sie ins Schlafzimmer. Der Kessel kochte und schaltete sich ab. Patricia zog ihren Rock aus, faltete ihn und legte ihn auf einen Stuhl; dann verkroch sie sich unter Paddys Bettdecke. Er kam sofort zu ihr: nackt, erregt, erwartungsvoll. Er zog ihr Strumpfhose und Schlüpfer aus, löste die Brosche an ihrem Kragen, knöpfte ihre Seidenbluse auf, öffnete den Verschluss des BH. Dann barg er sein Gesicht an ihrer Brust. Die Welt um sie herum versank und sie trat in ein anderes Universum ein, eine Welt des Geistes und der Sinnlichkeit.

»Du bist so schön. Ich liebe dich, ich brauche dich …«

»Ich liebe dich auch, Paddy. Schon immer.«

Später hörte Patricia die Türklingel und stieß Paddy an, der fast eingeschlafen war.

»Es ist jemand an der Tür.«

»Ich bin nicht zu sprechen«, erklärte er verschlafen.

Sie lachte, kuschelte sich wieder an seinen Rücken, liebkoste die Härchen an seiner Wirbelsäule. Der Besucher war offenbar wieder gegangen.

Es ist, als hätte ich keine andere Wahl, dachte sie. Wenn ich bei dir bin, habe ich keine andere Wahl. Bei dir sein heißt lebendig sein und warm und ganz. Ohne dich bleibt mir nur Elend, Einsamkeit, Tod. Sie seufzte innerlich. Und das heißt vermutlich, dass ich ernste Probleme habe.

Eine halbe Stunde später war sie angezogen und zum Aufbruch bereit.

»Ich muss nach Hause. Ich will nicht, dass Gerry Verdacht schöpft.«

»Hast du ihm schon von Paris erzählt?« Paddy saß auf der Bettkante und zog seine Socken an.

»Noch nicht. Jedes Mal, wenn ich vom Wegfahren rede, fängt er von der Ägyptenreise an, die er mit mir machen will.«

»Du solltest es lieber bald mit ihm besprechen. Ich muss jetzt die Wohnung für September mieten.«

»Als du sie zum ersten Mal erwähnt hast, dachte ich, sie gehört dir.«

»Nein. Unsere Wohnung ist völlig anders. Susan hält sich oft dort auf. Sie hat eine Schwäche für Paris.«

»Verstehe.«

»Aber im September ist sie nicht da. Und die andere Lösung ist ungefährlicher und unauffälliger.«

Patricia schwieg. »Unsere« hatte er gesagt – über die Wohnung, die ihm und seiner Frau gehörte. Das Wort beschwor eheliche Zweisamkeit, Bindung, das Hab und Gut eines gemeinsamen Lebens, gemeinsame Erfahrungen. Patricia fühlte sich plötzlich ausgeschlossen, eine Randfigur, ausgenutzt, benutzt. Sie war noch erhitzt, aufgewühlt von seiner Umarmung und er sprach von seiner Frau und ihrem gemeinsamen Besitz. Er glich einem Jäger auf Raubzug, der dann aber zu seiner Hütte zurückkehren würde. Sie, Patricia, war die Beute – oder vielleicht ein Zeitvertreib. Susan war sein Leben. So fühlte es sich an.

Sie ging zur Tür.

»Warte einen Augenblick. Ich bringe dich zum Auto.«

Er zog einen Pullover über. Sein Gesicht war noch verschlafen, sinnlich. Er sah wunderbar aus – liebenswert, männlich, begehrenswert, unerreichbar. Patricia war traurig. Schweigend ging sie den Korridor entlang und durch die Eingangstür hinaus zum Parkplatz. Paddy folgte ihr.

Als sie den Wagen aufschloss, hörte sie jemanden rufen. Ein Mann mittleren Alters im Straßenanzug stieg aus einem Auto, das in der Nähe parkte, und kam auf sie zu.

»Hallo, Paddy. Ich dachte, Sie wären nicht zu Hause.« Er musterte Patricia lüstern und grinste Paddy verschwörerisch an – von Mann zu Mann. »Aber ich sehe, Sie waren beschäftigt.«

»Das ist Mrs. Galligan«, sagte Paddy. »Pat, das ist John Millar, mein Buchhalter.«

Sie schüttelte dem stämmigen Mann die Hand. Sein Blick war anzüglich, seine Miene respektlos. Pat war sofort klar, wie er die Lage sah. Paddy, der Weiberheld. Hübsches Frauenzimmer. Paddy hatte eine Gratisnummer bekommen. Der gute alte Paddy. Sein Gesicht, seine lüsternen Augen, selbst die Art, wie er mit unverschämter Vertraulichkeit näher trat, all das kündete von seiner Macht zu benennen, was er sah, eine Macht, völlig unbelastet durch Einsicht. Patricia erstarrte. »Guten Tag«, sagte sie kühl, schloss die Wagentür und fuhr, ohne sich noch einmal umzudrehen, vom Parkplatz.

O Gott, wenn es dich gibt, warum sind sie nur so anmaßend und lüstern? Und wenn sie schon so sein müssen, warum haben sie so viel Einfluss?

Während der Fahrt verfiel sie in dumpfe Verzweiflung. Mit Paddy war es aus. Sie musste Schluss machen. Sie durfte kein Risiko mehr eingehen für einen Mann, der sie leidenschaftlich liebte und anschließend von sich und seiner Frau als »wir« sprach.

Und sie nahm zu viele Risiken auf sich. Dass sie diesen Millar nicht kannte, dass er nicht zu Gerrys Bekanntenkreis gehörte, war reiner Zufall. Ob sie das nächste Mal auch wieder Glück hatte, war fraglich.

»Wo warst du?«, fragte Gerry ärgerlich, als sie nach Hause kam. Vor sich auf dem Küchentisch hatte er Spiegeleier mit Speck. Er war ungehalten darüber, dass sein Essen nicht auf dem Tisch gestanden hatte, als er heimkam, dass Pat keine Nachricht hinterlassen hatte. Orla und Simon waren ebenfalls in der Küche. Offensichtlich hatten sie den Imbiss für ihren Vater zubereitet; sie selbst aßen vor Ketschup triefende Hamburger. Es roch nach gegrilltem Speck und fettem Rindfleisch.

»Ich habe jemanden getroffen.«

»Wen denn?«

»Eine Freundin! Ich habe heute einen schrecklichen Schock erlitten, Gerry. Eine Frau, die ich manchmal im Supermarkt getroffen habe, ist ermordet worden.«

Patricia setzte sich; drei Augenpaare richteten sich fragend auf sie. Die Tränen, gegen die sie auf der Heimfahrt angekämpft hatte, ließen sich nicht mehr zurückhalten und liefen ihr übers Gesicht. Gerry aß weiter. Die Kinder wechselten verlegene Blicke.

»Wer war die Frau?«, fragte Gerry.

»Sarah O'Toole.«

»Das habe ich in den Nachrichten gesehen«, sagte Orla. »Ihr Mann steht unter Verdacht.« Bestürzt sah sie ihre weinende Mutter an. Simon lachte heiser. »Hey, der Typ, der seine Frau mit einer Lenkradsicherung aufgemischt hat … Und du hast sie gekannt, Mama! Das ist cool! Wenn ich das den Jungs in der Schule erzähle!«

Patricia wischte die Tränen fort und starrte ihren Sohn wütend an.

»Hast du getrunken?«, fragte Gerry leise, doch die Kinder hatten die Bemerkung gehört und sahen Patricia anklagend an.

»Um Himmels willen, lasst mich bloß in Ruhe!« Patricia stand auf, ging hinaus und schloss die Tür hinter sich. Aber sie hörte noch, wie Simon hämisch bemerkte: »Muttern ist mal wieder stinkbesoffen!«

»Von mir aus kannst du bei den langhaarigen Flegeln, mit denen du dich rumtreibst, so ungehobelt daherreden«, entgegnete sein Vater kalt, »aber nicht in diesem Hause!«

Oben zog Patricia einen alten Trainingsanzug an und begann ihre Kleider durchzusehen. Im Haus wurde es still; auch aus der Küche waren keine Stimmen mehr zu hören.

Gerry kam die Treppe herauf. Er trat ins Zimmer, nahm ein frisches Hemd aus einer Schublade und zog es an.

»Wie viel hast du getrunken?«

»Einen Gin Tonic.«

»Ich dachte, du hättest es aufgegeben!«

»Das habe ich auch. Ich habe alles aufgegeben: Leben, Erfüllung, Glück!«

Gerry reagierte nicht auf die Verbitterung in ihren Worten, sondern sah sie nur kalt an, während er seine Krawatte band. Plötzlich kam ihr der Gedanke, dass er sich an ihrem Unglück weidete, dass ihm dieses Gefühl der Macht schmeichelte, ja ihn aufrecht hielt, weil sie, Patricia, es ertrug.

»Ich gehe für eine Weile weg.«

Er zog ein Sakko an und ging hinaus. Patricia hörte seine Schritte auf dem Korridor, hörte, wie die Eingangstür hinter ihm ins Schloss fiel.

Unten wurde der Fernseher eingeschaltet; bestimmt war das Simon. Er sah viel zu viel fern.

Das Telefon läutete. Sie nahm ab, meldete sich, hörte die Stimme, leise und besorgt, aber nicht frei von Humor, in den sie stillschweigend einbezogen war.

»Tut mir Leid, Liebling, was heute Abend passiert ist.«

Patricia holte tief Luft.

»Es ist meine Schuld, Paddy. Ich hätte nicht in deine Wohnung kommen dürfen. Es gibt hier keinen Raum und keinen Frieden für uns – weder in diesem Land noch anderswo!«

»Ich hatte nicht mit John Millar gerechnet«, fuhr Paddy fort. »Aber er muss wohl am Montag weg und wollte vorher noch etwas mit mir besprechen. Ich weiß, dass es dir peinlich war. Ich habe ihm gesagt, dass du mir Papiere zum Unterschreiben vorbeigebracht hast. Ich denke, er hat mir geglaubt. Verzeihst du mir?«

Was war nur an seiner Stimme? Warum machte das Timbre seiner Stimme, dass sie die Welt in einem anderen Licht sah? Patricia kämpfte gegen einen Instinkt an, der ihr einflüsterte, sofort Verständnis zu zeigen, auf die schönen Worte einzugehen, sich ihm anzupassen, zu sagen, es spiele keine Rolle. Aber es spielte eine Rolle.

»Es wird nicht wieder vorkommen!«, sagte er einschmeichelnd.

Schweigen.

»So kann es nicht weitergehen, Paddy. Der Schmerz ist zu groß, und ich trage ihn ganz allein.«

»Liebling, ich wollte dir nie Schmerz zufügen. Das weißt du doch!« Aus seiner Stimme sprach echte Verzweiflung – die Erkenntnis, dass sich die Situation verändert hatte und sich seiner Kontrolle entzog. »Ich liebe dich.«

»Danke, Paddy, für deine Liebe. Vielleicht haben wir beide bei der nächsten Inkarnation mehr Glück!«, versuchte sie zu scherzen, um gar nicht erst eine düstere Stimmung aufkommen zu lassen. »Ich muss jetzt gehen, also danke für alles … ich hoffe, dass sich alle deine Probleme lösen.«

»Pat! Warte! Willst du damit sagen, dass es aus ist – dass du mich nicht wieder sehen willst – dass du nicht nach Paris mitkommst?«

»Ja. Genau das. Ich liebe dich mehr, als du dir vorstellen kannst, aber ich will genau dieses damit sagen!«

Als sie aufgelegt hatte, saß sie noch einige Minuten da und starrte das Telefon an. Der Hörer lag auf der Gabel, blöde und gefühllos, als gehöre er zu einem anderen Universum. Draußen dämmerte es, die Vögel lärmten in den Bäumen. Die Welt war vollkommen leer. Keines ihrer Wunder bot auch nur die geringste Befriedigung.

Als das Telefon erneut klingelte, musste sie an sich halten, um nicht sofort aufzuspringen und abzunehmen; und als sie merkte, dass es Nell war, wurde ihr das Herz schwer.

»Pat, weißt du, was ich gerade entdeckt habe? Den Videofilm, den die Jungs kürzlich angesehen haben ...«

»Was ist damit?«

»Er war ... unsäglich!«

Patricia schwieg.

»Du würdest es nicht glauben. Männer, die jungen Frauen schreckliche Dinge antun – nicht einfach Sex – sondern Folter, sie mit Messern aufschlitzen, Gegenstände in sie hineinschieben. Oh, mir ist immer noch schlecht. Peter hat eine Kopie von dem Film gemacht, weil wir zwei Videogeräte haben. Ich habe es mir heute aus Neugier angesehen, weil ich wissen wollte, womit sie sich beschäftigen. Ich dachte, es wäre ein Kriegsfilm.« Sie ging ausführlicher auf den Inhalt des Videos ein, den sich die Sechzehnjährigen zur Unterhaltung genehmigt hatten.

»Krieg ist das tatsächlich«, sagte Pat leise, »nur dass er nicht von den Frauen erklärt wurde.«

»Was wollen wir tun?«, fragte Nell eindringlich. »Ich kann den Gedanken nicht ertragen, dass sich mein Sohn so etwas angesehen hat. Ich finde das absolut demütigend!«

»Wir können mit den Jungs reden«, erwiderte Pat trocken. »Abgesehen davon können wir kaum Einfluss nehmen, es sei denn, wir werfen Bomben in Videotheken oder gründen eine neue politische Partei. Hättest du Interesse?«

»Patricia«, sagte Nell, »du wirst mit zunehmendem Alter immer radikaler. Und ich bin nicht sicher, ob die Videotheken allein die Schuld tragen. Man kann sich dieses Zeug auch mit der Post schicken lassen. Ich werde mit Peter reden und du mit Simon.«

Als Nell aufgelegt hatte, ging Patricia nach unten. Simon saß vor dem Fernseher und sah sich eine Seifenoper an. Als ihn seine Mutter ansprach, machte er nur »Schsch« und konzentrierte sich weiter auf den Bildschirm. Patricia nahm die Fernbedienung und schaltete das Gerät aus.

Aggressiv fuhr Simon sie an: »Warum hast du das getan?«

»Ich will mit dir reden, Simon.«

»Worüber?«

Simon hatte sein Haar zurückgekämmt. Sein Hemdkragen stand offen. Er hatte sich auf der Couch ausgestreckt, seine Turnschuhe lagen auf dem Boden. Seine ganze Haltung drückte Abwehr und Feindseligkeit aus. Er war gut gebaut, hoch gewachsen, das Gesicht mit Pickeln übersät. Ärgerlich starrte er vor sich hin.

»Über die Videos, die du bei Peter siehst. Ich habe gerade mit seiner Mutter gesprochen. Anscheinend hat Peter eine Kopie gemacht und sie herumliegen lassen.«

»Heilige Scheiße!«, fluchte er leise. Er mied den Blick seiner Mutter.

»Die waren doch nur Müll, die spielen keine Rolle«, murmelte er. Es dauerte einen Augenblick, bis Pat klar wurde, dass er von den jungen Frauen sprach, die am Nachmittag für sein Vergnügen hergehalten hatten.

Patricia brannten Tränen in den Augen. Er war ihr Sohn und völlig blind. Er beleidigte sie genauso wie diese Videos alle Frauen beleidigten.

»Du hast dir einen Film angesehen, für den Frauen schrecklich bezahlt haben, vielleicht sogar mit ihrem Leben. Unschuldige Frauen. Ich weiß, dass wahrscheinlich tief sitzende seelische Ängste die Nachfrage nach derartigem Zeug anheizen, aber wenn du solche Videos ausleihst und ansiehst, bist du ihrer Botschaft ausgeliefert. Ich kann nicht verhindern, dass du sie siehst. Ich kann dir nur sagen, dass mit deiner Sexualität und deiner latenten Grausamkeit gespielt wird, dass du dabei verrohst und entmenschlicht wirst. Die Filme lassen auch Rückschlüsse auf Männer zu, die dir vielleicht nicht behagen!«

»Das waren doch bloß Nutten«, erwiderte Simon hitzig. »Die Mädchen in den Videos waren bloß Nutten!«

»›Nutte‹ ist nur ein Wort. Bei ihrer Geburt waren sie genauso unverdorben wie jeder und jede von uns. Egal wie viele plausibel klingende Erklärungen oder Entschuldigungen du dir zurechtlegst, bleibt die Tatsache doch bestehen, dass sie zumindest ausgebeutet und verletzt wurden. Niemand ist darauf aus, wie Dreck behandelt und verstümmelt, gedemütigt, von Hunden gehetzt zu werden!«

»Du brauchst dich nicht so aufzuregen«, meinte Simon. »Jeder sieht sich das Zeug an.«

»Ach wirklich? Stell dir einfach mal vor, stell es dir nur vor, dass Männer schwächer und ärmer wären als Frauen, und dass Frauen derartige Filme über Männer drehen würden. Dass sie ihnen dafür den Penis, die Hoden, die Finger abschneiden. Dass sie den Männern den Bauch mit Jagdmessern aufschlitzen, dass sie einem lebendigen Mann Sprengstoff in den Anus stecken, dass sie Folterungen und deren Folgen filmen – das blutende, kastrierte, erniedrigte Opfer – und das alles zur Unterhaltung. Eine Industrie, die Milliarden umsetzt und deren Filme von Frauen gesehen werden, die zufällig fast die gesamte wirtschaftliche und politische Macht innehaben. Dass dadurch ihre Haltung zu Männern geprägt wird, während sie die Filme selbst als Zeitvertreib, als Quatsch, als unwichtig abtun. Dass viele Frauen dennoch nicht darauf verzichten wollen und grunzen und johlen, wenn sie sich das Zeug ansehen. Dass Tag für Tag Tausende von Männern in aller Welt von Frauen vergewaltigt und umgebracht werden und man ihre halb bekleideten Leichen dann in Parks oder im Straßengraben findet; und selbst wenn die Täterinnen gefasst werden, können sie mit Milde rechnen. Stell dir das vor! Stell dir vor, wie es wäre, wenn Männern das alles angetan würde! Wie würdest du solche Filme dann beurteilen?«

Simon zuckte die Achseln, antwortete aber nicht.

Nach einer Weile fügte Patricia hinzu: »Und es ist an der Zeit, dass du dich an die Arbeit machst. Wenn du schon dein Leben lang Toiletten putzen willst, dann versuch wenigstens so weit zu kommen, dass du dich freiwillig dafür entscheiden kannst! Denn genau darauf steuerst du zu!«

Als sie hinausging, warf Patricia noch einen Blick zurück. »Und noch eins, junger Mann – ich bin nicht ›stinkbesoffen‹.«

Simon antwortete nicht. Er ließ den Kopf hängen und wirkte plötzlich verletzlich. Einen herzzerreißenden Augenblick lang sah Patricia in ihm den kleinen Jungen, den sie so geliebt hatte.

Als sie auf den Flur trat, traf sie auf Orla, die halb schockiert, halb besorgt aussah. Pat fuhr sie an: »Was willst du wissen, Fräulein Besserwisserin?«

Orla entgegnete mit ruhiger Stimme: »Ich wollte dir nur sagen, Mama, dass ich dir eine Kanne Tee und ein paar Sandwiches gemacht habe. Ich dachte, du könntest Hunger haben!« Damit ging sie hinauf in ihr Zimmer.

Pat fasste sich an die Stirn. »Danke«, rief sie ihrer Tochter nach, aber die Tür zu ihrem Zimmer war bereits zu.

Also ging Pat in die Küche und sah gerade noch, wie Muffy, die Katze, durch das offene Fenster über der Spüle verschwand. Muffy, die sehr wohl wusste, wenn sie gegen die Hausordnung verstoßen hatte, warf einen verstohlenen, schuldbewussten Blick über die Schulter. Pat bemerkte bald, warum. Die Hühnchensandwiches, die Orla für ihre Mutter gemacht hatte, sahen wüst aus: die meisten waren angeknabbert, und auf der Butter, die auf dem Tisch stand, prangten Pfotenabdrücke.

15. Kapitel

Als ich heute Abend im Auto auf Gerry wartete, sah ich Joan de Barra. Sie kam aus der Kanzlei, schaute sich erwartungsvoll um und strahlte, als sie ihren Mann erblickte. Er stieg aus seinem Auto und winkte ihr zu. Ich hatte ihn noch nie gesehen, also betrachtete ich ihn genau. Gerry sagt, er sei ein Spinner, aber ich hatte nur den Eindruck, dass er gefühlsbetont ist, vielleicht ein wenig impulsiv. Er nahm ihre Hand, und sie neigte sich ihm zu wie ein Baum im Wind.

Aus: *Die Pferdeohren*, 1985

Juni 1990

Joan und David schlenderten um den Montmartre, sahen sich Sacré-Coeur an, setzten sich in eine hintere Bankreihe. Es war bereits dunkel und die Basilika wurde nur durch eine Unzahl weißer Votivkerzen erleuchtet. Der Duft der Wachslichter erfüllte den Raum und es herrschte die intime, eindringliche Atmosphäre tiefer Andacht. Eine Reihe vor ihnen kniete eine Schwarze, die mit Hingabe betete, den geneigten Kopf auf die Hände gestützt. Auf dem Altar glitzerte die Monstranz mit der Hostie, umgeben von einem Kranz goldener Strahlen.

David sah sich schweigend um. Er betrachtete die Menschen, die mit ernstem Gesicht durch die Seitengänge wanderten wie die Geister von Verstorbenen, beobachtete, wie sie weiße Wachslichter entzündeten und dann im Halbdunkel niederknieten. Er sah das Profil seiner Frau vor dem Hintergrund der Flammen, wie sie kniend betete. Sie betete für David. Sie flehte Gott inständig an, gab aber die Angst, die sie quälte, dem göttlichen Blick nicht preis. Angst war nicht statthaft, weil Angst Zweifel verriet.

Wie oft hatte David zu ihr gesagt: »Siehst du es nicht – es ist in dir, Liebling. Das Wunder – das Leben – ist in dir! Alles auf dem Altar ist tot!«

Aber jetzt saß er schweigend neben ihr, respektierte ihren Glauben. Sie beendete ihr Gebet, setzte sich, berührte ihn. Das Halbdunkel, das beide einhüllte, verströmte Frieden. Er griff nach ihrer Hand. Sie hatte das Gefühl, dass die Grenzen ihres eigenen Seins aufgehoben waren und ohne Anstrengung mit dem seinen zusammenfloss, in gedämpfter Ekstase mit ihm verschmolz.

Als sie aus der Basilika traten, bot sich ihnen ein wunderbarer Blick über das nächtliche Paris. Eine leichte Brise wehte Bonbonpapier durch den Säulengang. Zehn Meter weiter führte die berühmte Treppe von Sacré-Coeur in den Lichterdschungel hinab. Zu Füßen der beiden erstreckte sich die Metropole kilometerweit. Die drückende Hitze des Tages lastete noch auf der Stadt, nur hier oben auf dem Hügel war es relativ kühl.

»Eine große, unmenschliche Stadt«, sagte David. »Schön, aber unmenschlich.«

»Gefällt dir Paris nicht?«

»Doch, selbstverständlich. Aber ich erkenne ihre grausame Selbstgefälligkeit.«

»Willst du etwa behaupten, dass du das kleine Dublin vermisst?«

»Großer Gott, nein ... ich gehöre dahin, wo ich zufällig gerade bin, und natürlich zu dir.« Er drückte ihre Hand und fügte nach kurzem Schweigen hinzu: »Ich bin in dir verwurzelt. Ohne dich gibt es nichts.«

»Dasselbe gilt für mich«, flüsterte Joan. »Das weißt du!«

Sie ließen den Blick über die Stadt schweifen.

»Hast du Hunger?«, fragte sie in aller Unschuld. Die letzte anständige Mahlzeit hatten sie am Tag zuvor eingenommen. Und dann die Nacht. Sie zitterte innerlich noch vor Lust, wenn sie daran dachte, das erste Mal seit Wochen. Auf jede Berührung, jeden Kuss hatte sie heftig reagiert, auf seinen Mund an ihrem Hals, auf ihrer Brust, seine Hände, die ihren Rücken liebkosten – als hätte ihre Haut Feuer gefangen.

»Das sind die heiligen Riten«, hatte er ihr leidenschaftlich ins Ohr geflüstert, »es gibt keine anderen.«

Jetzt wurde ihr klar, wie sehr sie die körperliche Liebe vermisst hatte; sie schliefen so selten miteinander, seit es David gesundheitlich so schlecht ging. Sie hatte ihn überall geküsst, zärtlich sensible Stellen ertastet, mit Händen und Lippen neu entdeckt, sich auf ihn gebettet und das Pulsieren des Lebens gespürt.

Danach, friedlich, befriedigt, tauschten sie ein verschwörerisches Lächeln.

»Du warst schon immer unerbittlich«, flüsterte sie.

»Halt von jetzt an deinen Hut fest«, antwortete er mit spitzbübischem Grinsen, doch in seinen Augen lag Melancholie; und sie sah, dass seine tiefe Erschöpfung nicht allein Folge der befriedigten Lust sein konnte.

»Meinen Hut?«

»Und noch ein paar andere Kleidungsstücke, auf die man unter gewissen Umständen verzichten kann …«

Das Frühstück hatte aus Kaffee und Croissants bestanden, zu Mittag gab es Salat bei Davids Galeristen in der Rue Dauphine, während sie die für September geplante Ausstellung von Davids Bildern besprachen. Der Kunsthändler hatte Joan gefragt, was sie vom Werk ihres Mannes hielt, und wartete aufmerksam auf die Antwort.

»Ich finde, er ist ein großartiger Künstler!« Als sie es aussprach, wurde ihr bewusst, dass sie im Grunde nie viel darüber nachgedacht hatte. Sie hatte sich immer so auf seine Gesundheit, auf ihre Beziehung konzentriert, dass sie nie ernsthaft versucht hatte, die Qualität seiner Arbeit zu beurteilen. Dass nur wenige Künstler den Durchbruch schafften, wusste sie sehr wohl, und sie rechnete nicht damit, dass es

David gelingen würde. Im Fernsehen hatte sie eine Sendung über Kunstwerke als Geldanlage anstelle von Aktien gesehen. Die Experten rieten, nur Werke toter Künstler zu kaufen. Es reichte ihr, bei ihm, mit ihm verheiratet zu sein, ihm Kraft zu geben. Von Kunst verstand sie wenig, aber manche seiner Bilder wühlten sie auf und sie erkannte, wie unorthodox sie waren. Jetzt blickte sie in die fragenden hellblauen Augen des Franzosen, der sich merkwürdigerweise für ihr Urteil interessierte, und lächelte nur, da sie sich plötzlich unzulänglich fühlte.

»Was halten sie zum Beispiel von *Die Nacht?*«, drängte der Mann. Joan erinnerte sich an das Gemälde. Ein seltsames Bild, nichts als ein großer schwarzer Rabe auf einem toten Baum, den Kopf zurückgeworfen, den Schnabel weit aufgerissen, schrie der Vogel in den bleiernen Himmel hinauf. Sonst gab es kein Anzeichen von Leben auf dem Bild. Der Baum war verdorrt, als wäre er irgendwann einmal vom Blitz getroffen worden, und über der Heide ringsum lagen die Schatten der Nacht.

»Es hat Kraft«, sagte sie und fragte sich, warum ihr das früher nie aufgefallen war.

Der Mann lächelte und sah David an, der seiner Frau zuzwinkerte. Joan saß ruhig da, verbarg ihre Erleichterung und ihr Unbehagen in diesem Augenblick der Unzulänglichkeit, der Ratlosigkeit.

Joan merkte, dass ihr der Rock zu weit geworden war. Sie steckte den Daumen in den Bund. »Ich habe abgenommen. Du bist auf jeden Fall gut für die Figur.«

David lachte und drückte ihre Hand. »Ich vernachlässige dich, Schatz, während ich mich meinen schwachsinnigen Träumereien hingebe.«

»Deine Träume sind nicht schwachsinnig«, erwiderte Joan empört. »Du hast doch selbst gesehen, welcher Empfang dir heute in der Rue Dauphine bereitet wurde.«

David lachte und fuhr sich mit dem Zeigefinger durch den Bart. »Das kommt, weil ich so exotisch bin – ein wilder Ire.

In Dublin, wo ich unter all den armen Irren nicht weiter auffalle, bin ich Freiwild für das wahre irische Wesen.«

»Und worin besteht das?«

»In Hohn und Spott.«

Joan lachte. »Du bist ein schrecklicher Zyniker und hast eine Frau, die am Verhungern ist!«

Er küsste ihren Nacken. »Hab schon kapiert.«

Auf den Tischen des Restaurants lagen rote Ginghamtischtücher. Ein junger Mann mit Fliege, der sich sehr aufrecht hielt, spielte auf einem schwarzen Klavier. Das Lokal an einer der kopfsteingepflasterten Straßen in Montmartre war halb leer.

Der Pianist war schlank, etwa um die dreißig, und hatte den erschöpften Ausdruck eines Menschen, der die Dekadenz des Lebens gekostet hatte und dabei ermüdet war. Seine langen Finger liebkosten die Tasten; er spielte eine französische Weise, die die Atmosphäre von Paris, von Kunst, von *joie de vivre* atmete. Danach folgte völlig unvermittelt »Galway Bay«.

Der Gegensatz zwischen den beiden Stücken war verblüffend. Das eine, hell und raffiniert, flüsterte von Liebe, Wein, Straßencafés; das andere schluchzte vor Nostalgie, einer metaphysischen Sehnsucht, die durch nichts befriedigt werden konnte, nicht einmal durch den erträumten Ort.

»Diese verdammten Iren – keine Disziplin – weder des Herzens noch der Seele«, murmelte David. Joan sah, dass er gerührt war; er senkte den Blick auf die Tischdecke und zeichnete ein rotes Karo mit dem Finger nach.

»Wir haben einen mysteriösen Hang zum Leiden – als wüssten wir, dass wir im Kern der Leidenserfahrung schließlich das Leben finden …« Joan sah die Ringe unter seinen Augen und bekam Angst. Am Morgen war es ihm so gut gegangen. Aber er hatte darauf bestanden, eine aufreibende Wanderung zu machen, und die hatte ihn arg mitgenommen. Er sah plötzlich müde, angespannt, erschöpft aus.

Der Kellner nahm die Bestellung entgegen. *Veau aux*

champignons für Joan, *Sole bonne femme* für David, grüner Salat, eine Flasche Weißwein. Joan aß rasch, da sie bemerkte, dass David nur in seinem Essen herumstocherte. Er wirkte lustlos, die Müdigkeit, gegen die er den ganzen Tag unempfindlich gewesen war, überwältigte ihn jetzt. Seine mageren Schultern waren eingesunken, und er sprach mit Anstrengung, als wolle er sich unbewusst entschuldigen.

»Tut mir Leid«, schien die Erschöpfung in seiner Stimme zu sagen. »Mit mir stimmt wirklich etwas nicht, Joan, mein Liebling. Ich habe dir alles verdorben!«

Das, worüber er tatsächlich sprach, war unpersönlich: der Besuch im Louvre, der italienische Saal, »das unglaublich blöde Lächeln« der Mona Lisa. Joan dachte unterdessen an das Bildnis des Florentiners an der gegenüberliegenden Wand, ein undurchschaubarer Mann, dessen in Schatten gehülltes Gesicht den Vordergrund beherrschte, während hinter ihm eine sonnige, farbenfrohe Piazza in hellem Licht erstrahlte.

»Er erinnert mich an den seltsamen Kerl in deinen Bildern. Du weißt schon – den Schatten!«, hatte Joan gesagt, als sie vor dem Gemälde standen.

David hatte gelacht. »Unsinn. Dieser Mann da auf dem Bild ist nur der typische mittelalterliche Vollidiot. Als ich noch studiert habe, war ich einen Sommer lang in Paris«, fügte er hinzu, »da habe ich die Wochenenden im Louvre verbracht und mich mit Kunst vollgesogen.«

Jetzt fragte er: »Sag mal, wo möchtest du morgen hingehen?«

»Morgen würde ich am liebsten einen faulen Tag einlegen«, entgegnete Joan leichthin. Sie warf einen Blick auf seinen Teller. »Hast du denn keinen Hunger? Du schaffst ja dein Essen kaum!«

»Es ist köstlich. Ich lasse mir nur die Bissen auf der Zunge zergehen!«

Joan, die bereits aufgegessen hatte, verzichtete auf Kaffee und Nachtisch. »Wenn du fertig bist, möchte ich gern ins Hotel zurück.«

Sie nahmen ein Taxi.

Obwohl es noch relativ früh war, ging David gleich zu Bett. Er gab jeden Versuch auf, sich noch zu unterhalten, und schlief bald ein. Joan nahm ein Buch zur Hand, betrachtete aber immer wieder sein im Kopfkissen versunkenes Gesicht. Sie rief in Dublin an und sprach mit Paul. Ja, versicherte sie ihm, es sei sehr schön. Sie hätten mit dem Galeristen zu Mittag gegessen. Paris sei wunderbar, aber sie vermissten beide ihren Paul. Sie hoffte, dass er nicht ununterbrochen für die Prüfungen lernte.

»Kann ich mit Dad sprechen?«, fragte Paul und Joan erwiderte, er sei sehr müde und habe sich schon hingelegt.

»Ich möchte ihm nur zum Geburtstag gratulieren für den Fall, dass ich vor Donnerstag nicht mehr mit ihm sprechen kann.«

»Keine Sorge, mein Lieber. Wir rufen morgen wieder an. Und am Donnerstag auch!«

Nach kurzem Zögern fragte Paul: »Geht es ihm gut?«

»Natürlich. Er ist nur ein bisschen müde und das ist ja nur allzu verständlich! Warum fragst du?«

»Ich habe halt so ein komisches Gefühl«, sagte Paul mit ruhiger Stimme. Seine Worte fielen wie Steine in den Teich langen Schweigens.

Joan beruhigte ihn, versuchte ihre eigene Sorge zu verbergen, fragte, ob sie kurz mit Tante Lil sprechen könne. Ihre Schwester kam ans Telefon, sagte, alles liefe wunderbar, Paul sei gut in Form, nur ein wenig in sich gekehrt.

Als Joan aufgelegt hatte, betrachtete sie lange Zeit Davids Gesicht. Er schlief tief und ruhig, sein Atem ging flach, immer noch zeichneten sich dunkle Ringe unter seinen Augen ab. Das einzig Robuste an ihm war sein drahtiger schwarzer Bart. Aber er schlief fest, und sie schaltete die Nachttischlampe aus und lag noch eine Weile wach, lauschte den Geräuschen, die von draußen hereindrangen, dem Trubel des nächtlichen Paris, hörte Stimmen auf dem Hotelkorridor, das Rauschen von einströmendem Badewasser. Sie fühlte sich einsam. Groll stieg in ihr auf.

David ging es nun schon so lange schlecht. Warum konnte sie keinen Mann haben, der gesund war, mit dem sie das Leben und die Liebe und die Welt entdecken konnte? Es kam ihr so vor, als wären Jahre über Jahre ihres Lebens verflossen, in denen sie sich nur um ihn gekümmert und versucht hatte, das Unheil von ihm abzuwenden. Ihre Kraft war verbraucht, sie hatte ununterbrochen nur gegeben. Was würde geschehen, wenn sie all die Kraft zurückholte, die sie so sorgsam dosiert ihm hatte zukommen lassen, damit er lebte, die Unterstützung, die er so vollständig und manchmal auch unwirsch als selbstverständlich hinnahm? Zum ersten Mal überlegte sie ganz nüchtern, dass ein Großteil ihrer Liebe zu David auf ihrem eigenen Willen beruhte, auf der Projektion ihrer Erwartungen, der Leidenschaft, mit der sie ein Zaubernetz webte, das ihn einhüllte, weil sie es brauchte, den Zauber brauchte. Zum ersten Mal ging ihr auf, das Davids körperliches Leiden teilweise durch eine unbewusste Entscheidung seinerseits bedingt war. Die ganze Geschichte mit seinem ertrunkenen Bruder, der ihn an seinem vierzigsten Geburtstag aufsuchen würde. Seine endlosen Schuldgefühle und seine Leiden, die er auf die Leinwand warf und heimtückisch auch ihr aufbürdete, sie so an sich band, ihre gesamte Energie auf sich zog, so dass alles andere, was sie von ihm wegführen und ihr Erfüllung geben könnte, außen vor blieb. Ja! Er hatte sie an sich gekettet!

»Ich habe es satt!«, flüsterte sie plötzlich in die Nacht hinein. »Ich habe es so satt«, flüsterte sie der romantischen Lichterstadt draußen vor dem Fenster zu.

»Ich habe es satt, immer nur eine Stütze zu sein. Ich habe auch ein Recht zu leben!«

Auf diese Eingebung der inneren Stimme folgte die sofortige, heftige Reue. Sie streckte die Hand aus und ertastete David neben sich, schlang den Arm um ihn, wie um sich zu entschuldigen, versuchte die Gedanken, die sie nicht hatte denken wollen, zu tilgen, auszulöschen. Ihr wurde klar, wie stark diese Gedanken waren, sie wusste aber, dass eine gewisse Ungerechtigkeit darin lag, weil sie ahnte, dass sie daran mitwirkte, auch wenn sie nicht genau bestimmen konnte, in welchem Maße sie Mittäterin war. David fühlte sich starr an unter ihrem Arm, und ihr kam der erschreckende Gedanke, er könnte wach sein und alles gehört haben.

»David«, flüsterte sie. Aber er antwortete nicht, und schließlich schlief sie ein.

Während der Nacht stand David auf, ging ins Badezimmer und brach auf dem Weg zurück ins Bett fast zusammen. Joan wachte sofort auf. Sein linkes Bein war geschwollen, und offenbar hatte er Schmerzen. Sie rief den Portier und erkundigte sich nach einem Arzt.

Er kam am Morgen, ein kleiner, lebhafter Mann mit schwarzem Koffer, der David untersuchte, Herz und Lungen abhorchte und sich mit sorgenvoller Miene das geschwollene Bein ansah. David schilderte in gebrochenem Französisch seine Probleme, und der Arzt, der recht gut Englisch sprach, wollte ihn entweder sofort in ein französisches Krankenhaus einweisen, oder aber unverzüglich nach Hause schicken.

»Sie müssen ins Krankenhaus, Monsieur«, sagte er. »Ich rufe Ihnen einen Krankenwagen! Dieses Bein gefällt mir nicht …«

»Nur über meine Leiche!«, erwiderte David. »Ich fahre heim.«

Der Arzt sah Joan an. Sie nickte. »Ich kümmere mich darum.«

»Er muss im Bett bleiben«, sagte der Arzt, als er ging, und gab ihr Tabletten für David. »Er darf auf keinen Fall aufstehen, außer für die Reise! Und selbst das ist überaus riskant …«

»Warum?«

Der Doktor seufzte und sah ihr in die Augen. »Weil er sterben könnte, Madame!«

Joan telefonierte mit Dublin, sprach mit Davids Arzt, erzählte ihm, was geschehen war, dass sein Bein geschwollen sei und sie ihn noch am selben Abend nach Hause bringen würde. Der Arzt versprach, einen Krankenwagen zum Flughafen zu schicken, der David sofort ins Beaumont Hospital transportieren sollte.

Joan legte sich neben David und sann über die verschiedenen Möglichkeiten nach, wie es nun weitergehen würde. Sie dachte an die Ausstellung im September, die man vielleicht würde absagen müssen. Es bestand die Möglichkeit, dass er tatsächlich ernsthaft krank war, wie das besorgte Gesicht des französischen Arztes vermuten ließ, dass er sterben würde.

»Es tut mir Leid«, murmelte David mit ausdruckloser Stimme. »Wegen mir hast du kein Leben. Du wärst viel besser dran, wenn ich stürbe. Du könntest wieder heiraten, wirklich leben, eine richtige Ehe führen!«

Joan fuhr herum. »Du wirst weiterleben, ob es dir passt oder nicht! Ich habe nicht all die Jahre durchgehalten, um dich jetzt zu verlieren. Also halt den Mund. Dieses schwarzseherische Gerede höre ich mir nicht an.« Sie brach in Tränen aus und ließ sich wieder aufs Bett fallen. Aber David machte keine Anstalten, sie zu trösten.

»Ich habe es in Sacré Coeur gesehen«, sagte er schließlich. »Ich hätte dich als Feuer malen sollen, meine Dame.«

»Feuer, so ein Scheiß«, zischte Joan. »Hör einfach auf mit dem Mist und werde gesund.«

David sah sie teilnahmslos an. Dann lachte er kalt. »Na, an Mitleid werd' ich bestimmt nicht sterben!«

Joan starrte ihn an. »Mitleid hast du wahrhaftig mehr als genug bekommen! Wenn du mich, wenn du das Leben willst … dann komm und hol uns!«

David sah ärgerlich aus; er machte Anstalten aufzustehen. »Du hast gehört, was der Arzt gesagt hat. Du bleibst liegen. Ein Bein, das anschwillt und sich blau verfärbt, ist eine ernste Sache!«

Kommentarlos ließ er sich wieder aufs Bett sinken und schloss die Augen. Nach einer Weile sagte er mit eisiger Stimme: »Ich habe dich gestern Abend gehört, als du dachtest, ich sei eingeschlafen. Natürlich hast du Recht. Ich bin eine schreckliche Last, aber so oder so wird es nicht mehr lange dauern.«

Joan war zu müde um zu widersprechen.

Auf dem Dubliner Flughafen wartete ein Krankenwagen. Es herrschte Berufsverkehr und es regnete. Der Wagen raste mit heulender Sirene die Schnellstraße hinunter und bog links in die College Avenue ein. Er fährt wie der Teufel, dachte Joan, und Tränen traten ihr in die Augen angesichts solcher menschlicher Solidarität. David fieberte. Sie nahm seine Hand, aber er reagierte nicht. Er hatte die Augen geschlossen, aber Joan wusste, dass er nicht schlief.

Wie es wohl sein würde zu sterben? Mit diesem Gedanken überkam sie eine Welle der Resignation. Ob es ein allmähliches Dahinschwinden, ein Entgleiten war? Oder kämpfte der Körper bis zuletzt mit aller Kraft, die ihm verblieb? Und wenn es ein Leben danach gab, würde er sich an sie erinnern? Oder würde er alles vergessen, sich nicht mehr entsinnen, was sie einander bedeutet hatten, nichts ahnen von der bitteren Leidenschaft des Kummers?

Und was war mit ihr? Sie sah die Jahre vor sich, eine einsame Frau in mittleren Jahren, und sie blickte auf die vergangenen Jahre zurück, auf den Kampf und die fruchtlosen Mühen. Das alles passte nicht zu dem Lebensplan, den sie einmal entworfen, zu den Zukunftshoffnungen, die sie an ihrem Hochzeitstag gehegt hatte.

Anstrengung überwand nicht jedes Hindernis. Ihr Vater hatte sich geirrt. Es gab Hindernisse, an denen man zerbrach. Es gab Kämpfe, bei denen es nur noch ums Überleben ging.

Im Beaumont Hospital wurde der Chefarzt, Dr. O'Neill, herbeigerufen, der David gründlich untersuchte.

Anschließend sagte er zu Joan: »Ihr Mann hat eine akute Venenthrombose im linken Bein, und ich kann mir beim besten Willen nicht vorstellen, wodurch sie hervorgerufen wurde. Er bekommt Antikoagulantien und wahrscheinlich werden wir ihn morgen operieren, um der Sache auf den

Grund zu gehen. Das heißt, wenn die weiteren Untersuchungen nichts ergeben, denn soviel ich weiß, wurde er bereits im St Vincent allen Tests unterzogen!«

Joan nickte. »Er war ein paar Tage in der Privatklinik. Sie sagten, er hätte einen Spasmus der Darmmuskulatur!«

Der Arzt sah sie ausdruckslos an, ohne sich weiter dazu zu äußern.

Davids Krankenbett wurde in ein Krankenzimmer geschoben. Joan rief ihre Schwester an und sprach mit Paul.

»Wird er wieder gesund?«, fragte der Junge mit unnatürlicher Gelassenheit.

»Natürlich wird er wieder gesund! Du kennst doch deinen Vater!«

Am nächsten Tag wurde David operiert. Joan wartete im Krankenhaus, trank eine Tasse Kaffee, blätterte in einer Zeitschrift. Die Minuten verstrichen, wurden zu Stunden. Sie schloss die Augen, aber die innere Anspannung wich nicht von ihr. Sie lauschte auf das Geräusch von Schritten, hörte menschliche Stimmen wie Hintergrundrauschen.

Als David aus dem Operationssaal geschoben wurde, sprach die Stationsschwester mit ihr.

»Dr. O'Neill möchte gern mit Ihnen reden, Mrs. de Barra. Er erwartet Sie in fünf Minuten in seinem Büro.«

»Was hat er festgestellt?«, rief Joan beunruhigt. »Was fehlt meinem Mann?«

Die Stationsschwester sah sie mitleidsvoll an und sagte mit leiser Stimme: »Es ist Krebs. Ein Mesenteriumkarzinom, immer schwer zu diagnostizieren! Aber heilbar«, fügte sie hastig hinzu, als sie Joans Gesichtsausdruck sah.

»Wie stehen seine Chancen?«, fragte Joan flüsternd.

»Ich weiß es nicht, Mrs. de Barra – Dr. O'Neill kann Ihnen Genaueres sagen. Aber sprechen Sie ein kleines Gebet und Gott wird Ihnen beiden beistehen.«

»Ich bin eine Expertin fürs Beten«, erwiderte Joan verbittert. »Seit Jahren bestürme ich den Gott-den-es-eigentlich-nicht-gibt! Ich bin vor seinem Tor gesessen und habe ihn angefleht wie Lazarus vor dem Tor des Reichen – Sie erinnern sich an das arme Schwein aus der Bibel, dem es so schlecht ging, dass sogar die Hunde Mitleid mit ihm hatten. Aber Er oder Sie oder Es, oder was immer dieses Kontinuum in Gang gesetzt hat, ist vollkommen gleichgültig!«

Die Stationsschwester hob in einer vergebenden, priesterhaften Gebärde die Hände, schüttelte den Kopf und entfernte sich.

»In Ordnung, Gott«, sprach Joan zu sich selbst, »sieh zu, dass du die Sache auf die Reihe kriegst. Mach dich auf die Socken. Weil ich jetzt nicht mehr vor dir auf dem Boden krieche. Weil es das Mindeste ist, was du tun kannst. Weil ich, wenn du es nicht tust, nie mehr mit dir spreche, nie wieder! Und wenn arme Idioten wie ich nicht mehr mit dir sprechen – dann wirst sogar du sterben!«

Sie setzte sich neben David, der noch schlief. Er sah geschwächt und hilflos aus auf seinem Kissen. Sie nahm seine Hand und er öffnete kurz die Augen, sah sie an. Dann schlief er weiter.

»Am besten gehen Sie nach Hause und ruhen sich aus«, sagte die Stationsschwester freundlich. »Es kann noch Stunden dauern, bis die Narkose nachlässt.«

Joan nickte, ging den mit glänzendem Linoleum bedeckten Korridor hinunter und bat den Pförtner, ihr ein Taxi zu rufen.

16. Kapitel

Ich sollte mich nach irgendeiner Arbeit umsehen! Aber ich habe keinerlei Qualifikationen, und ich möchte auch die Kinder nicht gerne allein lassen.

Weshalb nur bin ich so ungern mit Gerry verheiratet? Ich weiß, warum, aber der Grund ist nicht respektabel genug.

Er sorgt gut für die Familie. Er hat ein wunderschönes Haus gekauft, teure Möbel. Offenbar ist er auch treu. Was gibt es also an ihm auszusetzen? Männer würden sagen, an ihm gibt es nichts auszusetzen, wohl aber an mir; ich sei krank; der Hunger, den ich verspüre, sei abartig. Vielleicht haben sie ja Recht!

Aus: *Die Pferdeohren*, 1977

Paddy rief jeden Tag an. Patricia hob nicht ab. Sie hatte den Anrufbeantworter eingeschaltet. Das Telefon klingelte auch abends, Abend für Abend. Einmal nahm Gerry ab. Zweimal Orla.

»Aufgelegt. Schon zum zweiten Mal. Ich nehme an, es war wieder die falsche Nummer«, sagte Orla mit einer Stimme voll versteckter Anspielungen. Sie war mit ihrer Mutter allein in der Küche. Nachdem sie, wie sie es empfand, mit ihrem Versuch, ein besseres Verhältnis zu ihrer Mutter aufzubauen, abgeblitzt war, verlegte sie sich jetzt auf vorsichtigen Zynismus.

»Wahrscheinlich dein Liebhaber!«, fügte sie hinzu und beobachtete den Gesichtsausdruck ihrer Mutter.

Patricia fuhr zusammen. »Mein was?«

»Dein Liebhaber. Hast du denn keinen Liebhaber?«

»Sei doch nicht albern.«

»Es gibt also niemanden, der dich von all dem hier wegbringt: von deinem Mann, deiner Familie?«, fragte Orla spitz.

»Wie kommst du bloß auf die Idee?«

»Das spielt keine Rolle. Aber es verunsichert mich total!«

Patricia sah zögernd ihre Tochter an, die am Tisch stand und tat, als hätte sie sich in die Abendzeitung vertieft, ihre Tochter, die sich verändert hatte, die groß geworden war und sie nun herausforderte.

Der Pferdeschwanz des Mädchens wurde mit einem schwarzen Samtband zusammengehalten, das ihre hellbraune Haarfarbe zur Geltung brachte. Sie war schlank und anmutig, sogar in ihrer marineblauen Schuluniform; ihre schlanken Beine wirkten auch in den schwarzen Schulschuhen elegant.

»Setz dich, Orla.«

Orla warf ihrer Mutter einen vorsichtigen Blick zu und gehorchte.

»Ich will dir eine Geschichte erzählen«, sagte Patricia.

Orla schwieg, die Augen unverwandt auf die aufgeschlagen vor ihr liegende Abendzeitung gerichtet.

»Es war einmal ein Mädchen in deinem Alter. Sie war siebzehn, und als sie aufs College ging, begegnete sie einem Jungen, in den sie sich verliebte.« Patricia hielt inne. Orla tat, als unterdrücke sie ein Gähnen.

»Ein alter Hut, wirst du sagen, nur dass es in ihr Erwartungen weckte, wie eine lebendige Beziehung beschaffen sein könnte. Und diese Vorstellungen behielten auch später für sie Gültigkeit, ob bewusst oder unbewusst.«

Orla spielte mit der Zeitung. »Was ist aus dieser Musterfrau und ihren Erwartungen geworden?«, fragte sie zuckersüß.

Patricia wurde ärgerlich. Was hatte es überhaupt für einen Sinn, mit irgendjemandem in diesem Haus zu sprechen?

»Sie warf ihr Leben weg, das ist aus ihr geworden«, sagte sie kühl. »Man sollte sich stets dem Schmerz stellen und nicht versuchen ihn zu vermeiden. Sie versuchte ihn zu vermeiden. Das war ihr Fehler.«

»Und was ist aus dem Typ geworden, in den sie verliebt war?«

»Er hat eine andere geheiratet.«

»Hatte sie eine Affäre mit ihm, als er zurückkam?«, fragte Orla mit sehr leiser Stimme.

»Wie meinst du das?«

»Als er nach zwanzig Jahren oder wann auch immer anrief. Ich nehme an, das ist die Fortsetzung der Geschichte!«

Patricia zügelte ihren Zorn. Orla konnte ebenso gut erfahren, dachte sie, dass Veränderungen in der Luft lagen.

»Ab und zu traf sie sich mit ihm.«

Orla sah ihre Mutter entgeistert an. Ihre Ablehnung schlug um in Empörung. »Mama, du willst doch nicht ernsthaft behaupten, dass du auch nur mit dem Gedanken spielst, uns wegen diesem Mann zu verlassen. Mein Gott, das ist eine Ewigkeit her, ein Menschenalter. Du kannst dich doch nicht einfach umdrehen und alles stehen und liegen lassen für etwas, das zwanzig Jahre her ist!« Sie hörte sich an wie eine Schuldirektorin, die ein dummes Kind ausschimpft.

Patricia fröstelte. Sie war eine Närrin, eine absolute Närrin. Wie konnte sie von Orla Verständnis dafür erwarten, dass Zeit eine Illusion war, dass manchmal sehr früh im Leben gezeichnete Karten die einzige Orientierung boten; dass man dem Schicksal begegnen und vor ihm davonlaufen konnte, nur um über all die Jahre von ihm verfolgt zu werden.

»Wer hat etwas von verlassen gesagt? Wer hat etwas von mir gesagt? Bist du denn noch bei Verstand, um Himmels willen? Das ist doch nur eine Geschichte!«, sagte sie forsch. »Was reimst du dir da bloß in deinem Hirn zusammen! Deck den Tisch, dein Vater wird bald kommen!«

Orla fügte sich. Ihr Verhalten, die fragenden Blicke, die sie ihrer Mutter zuwarf, drückten Unsicherheit aus.

»Kann ich am Samstag zur Disko im Lulu gehen?«, fragte sie nach einer Weile und legte die Tischdecke auf. »Katie und Helen und die ganze Clique gehen auch hin.«

»Ich denke ja. Kommt Mick auch?«

»Mir ist egal, ob er kommt oder nicht«, sagte Orla abwehrend. »Trotzdem, er ist nicht so schlecht, wie du ihn hinstellst. Er ist viel netter geworden ...«

»Die Menschen sind selten so gut oder so schlecht, wie andere sie machen. Aber manchmal lassen sie sich hinreißen, und gelegentlich sind sie gefährlich.«

Orla zeigte auf den Zeitungsartikel über einen Prozess wegen Vergewaltigung, der kürzlich stattgefunden hatte. Ein Mann hatte eine Frau eine ganze Nacht lang vergewaltigt und misshandelt und in ihre Vagina ein Küchenmesser eingeführt. Er sagte, sie habe es so gewollt. Dem Richter und den Schöffen erschien das höchst plausibel, und der Angeklagte ging straffrei aus.

»Die Gerichte in diesem Land behandeln Frauen wie Dreck«, hatte die Klägerin später gesagt. »Was passiert, wenn ich mir ein Gewehr besorge und ihn erschieße, weil ich vor Gericht nicht mein Recht bekommen habe?«

Orla schüttelte angewidert den Kopf. »Über Vergewaltigungen gibt es haufenweise Artikel. Jeden Tag wird über eine neue Vergewaltigung berichtet. Es ist widerlich.«

Ihre Mutter sah sie an. »Ein Vergewaltiger läuft nicht mit einem Schild um den Hals herum, an dem man ihn erkennt!«, sagte sie. »Gewöhnlich ist er mit dem Opfer bekannt!«

Orla seufzte. »Also, wenn du auf Mick anspielst – er ist nicht gefährlich. Er ist einfach ein Typ!«

Patricia hob zum Zeichen des Einverständnisses die Hand. »Okay, okay! Du kennst ihn. Ich nicht!«

Patricia trauerte um Sarah. Es waren schon zwei Wochen vergangen, und noch immer ging ihr die Tote im Kopf herum; manchmal träumte sie sogar von ihr.

»Wann ist die Verhandlung?«, fragte sie Gerry.

»Ich weiß nicht. Du solltest in die Zeitung schauen. Es kann bis zu einem Jahr dauern. Die Beweisaufnahme ist noch nicht abgeschlossen.«

Gerry hatte ein Auge auf sie, seitdem sie zugegeben hatte, einen Gin Tonic getrunken zu haben – so als erwarte er, dass sie jetzt haltlos dem Alkohol verfiel. Aber der Ausrutscher hatte Patricia etwas klargemacht. Als sie entdeckte, dass sie nach diesem Zwischenfall kein unwiderstehliches Verlangen verspürte, sich voll laufen zu lassen, erkannte sie auch, dass sie nicht süchtig war. Sie hatte ein Problem damit, das schon, aber sie konnte leicht damit fertig werden. Wichtig war nur, dass sie den Alkohol mied. Manchmal musste sie dazu ihre ganze Willenskraft aufbieten; sie dachte jeden Tag an Paddy, beinahe ständig, und als das Verlangen, ihn zu sehen, unerträglich wurde, sehnte sie sich danach, es mit einem Glas Wodka zu stillen. Sie begleitete Nell zu diversen karitativen Treffen und Veranstaltungen, die sie fast den ganzen Tag auf Trab hielten und ihr viel Stoff zum Nachdenken gaben.

Aber sie konnte Paddy nicht vergessen. Die Erinnerung an seine Wärme, das Glück ihrer Begegnung trug sie mit sich herum wie einen Talisman zur Abwehr von Furcht und Zynismus. Einmal nahm sie den Hörer zur Hand, um ihn anzurufen, und legte auf, sobald er antwortete. Überzeugt, dass sie es war, rief er sofort zurück, doch er erreichte nur den Anrufbeantworter und legte auf.

Er muss mich für schrecklich pubertär halten, dachte sie. Wie lange kann ich das noch aufrecht erhalten – so zu tun, als könne ich mich von dem Einzigen losreißen, das mich – möglicherweise – glücklich machen könnte?

Am Tag darauf lag sein Brief in der Post. Der Umschlag war maschinengeschrieben und Gerry musterte ihn wortlos, als er die Post hereinholte, bevor er aus dem Haus ging. Patricia nahm den Brief mit in die warme Küche, die von der frühsommerlichen Sonne hell erleuchtet war; hier war sie ungestört. Sie öffnete den Umschlag mit einem Messer und zog das zusammengefaltete Blatt Papier heraus. Sie fragte sich, von wem der Brief wohl sein könnte, las zuerst die Unterschrift und zuckte vor Freude zusammen.

Mein Liebling,
ja, ich halte es ohne dich nicht aus. Das sollst du wissen!

Alles erscheint mir kalt und unsinnig; die Arbeit und alle Mühen sind bedeutungslos geworden.

Ich war übers Wochenende zu Hause in Richmond. Alles war so sinnlos. Wir aßen mit Freunden zu Abend; ich dachte die ganze Zeit an dich.

Du bist der einzige Mensch, mit dem ich sprechen möchte. Du bist der einzige Mensch, der am Horizont sichtbar ist. Komm zurück zu mir. Wir können über alles reden; bestimmt finden wir eine Lösung für die Probleme.

Es gibt Dinge, die ich nicht verstehe, ich weiß, aber ich muss dich sehen, Patricia. Ich hasse deinen verdammten Anrufbeantworter.

Komm zurück. Ich liebe dich.

Paddy.

Als um zehn das Telefon läutete, hob sie ab.

»Gott sei Dank!«, sagte die geliebte, vertraute Stimme. »Ich bin ganz verzweifelt.«

»Ich auch!«, flüsterte Patricia.

»Ich liebe dich!«

»Ich dich auch!«

Ihre Worte, seine Worte atmeten wie ein Seufzer dieselbe stumme Verzweiflung, Hoffnung, Erkennen, Erleichterung. »Es war so schrecklich.«

»Ich weiß!« Sie lachte und die Spannung löste sich, die zurückliegenden Wochen der Entbehrung wurden ins Reich der bösen Träume verbannt. Erstaunlich, wie leicht es war, solche Qual einfach beiseite zu schieben.

»Wie wärs heute Mittag?«

»In Ordnung!«

Mittags lag sie in Paddys Bett, und sie fielen übereinander her wie Verhungernde.

Als er sich später fürs Büro anzog, fragte er: »Kommst du mit nach Paris? Ich möchte dich eine Zeitlang ganz für mich haben.«

»Ich komme mit nach Paris«, versprach Patricia. »Allmählich sehe ich ein, dass dem freien Willen Grenzen gesetzt sind! Ich werde tun, was du willst, solange ich es ertragen kann. Und zwar vor allem deshalb, weil ich keine Wahl habe.«

»Wenigstens Paris werden wir für uns haben«, sagte Paddy feierlich. »Dann können wir reden, dann sind wir frei und können über alles sprechen, dann haben wir Zeit füreinander.«

In jener Nacht hörte Patricia, wie Kieselsteinchen an Orlas Fenster flogen, und sie hörte Flüstern, als sie aus dem Bett stieg, um nachzusehen.

»Verzieh dich, Mick, und lass dich nicht mehr hier blicken, mitten in der Nacht. Nein ... Ich komme nicht runter!«

Sie beobachtete hinter dem Vorhang, wie der Junge durch den Garten abzog, sah, wie er noch einmal zu Orlas Fenster hinaufschaute, erkannte seinen schwelenden Groll.

Ich kann diesen Kerl nicht ausstehen, dachte Patricia mit Schaudern. Er hatte eine unangenehme Ausstrahlung, wie er so unverhohlen seinen Groll zeigte, als ob ihm Unrecht geschähe, wenn es nicht nach seinem Kopf ging. Aber Pat freute sich, dass Orla sich nicht für ihn interessierte, dass sie ihm gesagt hatte, er solle abhauen.

Sie sollte ihn überhaupt links liegen lassen, dachte sie. Wenn sie ihn völlig links liegen ließe, würde ihr Vater den Rest schon erledigen.

Am nächsten Tag sagte sie Gerry, sie wolle im September einmal ausspannen und für ein paar Wochen nach Paris fahren.

»Doch nicht alleine?«

»Warum nicht! Ich brauche ein wenig Freiraum für mich, Gerry. Ich könnte Französisch lernen, die Sehenswürdigkeiten besichtigen, vielleicht mit dem Zug nach Lyon fahren und Frankreich ein wenig kennen lernen.«

Gerry sah sie verständnislos an. Weshalb sollte man Französisch lernen, wenn man in aller Welt Englisch sprach – und sogar die Franzosen es lernten? Weshalb brauchte sie ›Freiraum für sich‹, schien seine Miene auszudrücken. Seine

Reaktion ließ durchblicken, dass ihn die Vorstellung verunsicherte, seine Frau sei ein selbstständiges Wesen mit eigenen Bedürfnissen.

»Ich dachte, wir fahren nach Ägypten?«

»Das hätten wir im April machen sollen. Im September ist es in Ägypten sehr heiß. Diese Temperaturen könnte ich nicht ertragen.«

»Und wie viel wird deine Parisexpedition kosten?«

»Ich weiß noch nicht. Nicht allzu viel. Ich habe dafür gespart!«

»Und die Kinder?«

»Die Kinder sind alt genug, um ein paar Wochen alleine zurechtzukommen!«

Gerrys Gesicht drückte Missbilligung aus; am liebsten hätte er das Ansinnen rundweg abgelehnt, doch zugleich war er sich seiner Sache nicht ganz sicher. Unerklärlicherweise fand er diese Frau interessanter als jene, an die er sich gewöhnt hatte. Sie hatte sofort seine Aufmerksamkeit erregt – in dem Augenblick, in dem sie einen selbstständigen, von ihm unabhängigen Gedanken zum Ausdruck brachte, der keine Beurteilung durch ihn verlangte und der weder eine Klage noch eine Beschwerde enthielt.

»Du wolltest doch noch nie alleine irgendwohin. Warum jetzt auf einmal?«

»Weil es jetzt höchste Zeit dafür ist! Du nimmst es mir doch nicht übel, Gerry?«, fragte sie beinahe kokettierend, und sie bemerkte, wie dabei ein Lächeln über sein Gesicht huschte. Er zuckte die Achseln.

»Mach, was du für richtig hältst. Solange du das Kreditkartenkonto nicht mit Unsummen belastest.«

»Ganz bestimmt nicht.«

»Wo wirst du wohnen?«

Pat spürte, wie sie unsicher wurde.

»Im Hotel vermutlich.«

»Gute Hotels in Paris kosten ein Vermögen!«

»Vielleicht ... vielleicht könnte ich von Nells Bekannten eine Wohnung mieten. Ihre Tochter beispielsweise hat eine

Wohnung in Paris und die ist vielleicht im September frei …«

Gerry hörte nicht wirklich zu. Sonst hätte er das Zittern in ihrer Stimme bemerkt.

In dieser Nacht liebte Gerry sie auf besitzergreifende Weise. Seine Frau hatte sich aus der einengenden Rolle gelöst, Fleisch von seinem Fleisch zu sein, und er fand sie sehr begehrenswert und sehr eigenständig. Er dachte nicht weiter darüber nach, weshalb er so empfand, aber seine Reaktion war unmissverständlich. Patricia durchschaute es und seufzte. Früher hätte sie es fälschlicherweise für etwas anderes gehalten.

Am 8. Juni starb Patricias Mutter. Am Tag zuvor war sie noch gesund und munter gewesen; sie hatte angerufen und gefragt, wie es der Familie gehe, mit Orla gesprochen und sich nach ihrem Freund erkundigt.

»Ich habe keinen, Oma.«

»Denk immer dran«, rief die alte Dame, die sich ab und zu gern einen boshaften Scherz erlaubte, »Liebe ist blind, aber die Nachbarn nicht!«

Orla gab den Telefonhörer halb ärgerlich, halb lachend, ihrer Mutter zurück. »Oma ist in Höchstform!«

Als Pat aufgelegt hatte, sagte sie zu Orla: »Ich gehe Oma besuchen. Willst du mitkommen?«

Orla mochte ihre Großmutter sehr und hatte nichts dagegen, mit Mutter und Großmutter Tee zu trinken.

»Da wären wir also, alle Frauen der Familie!«, pflegte die alte Dame immer zu sagen und Orla bekam rote Backen, wie jemand, der in einen erlesenen Kreis aufgenommen wird. Sie war bei solchen Anlässen stets unverkrampft, kindlich ausgelassen und hörte den Geschichten aus der Kindheit ihrer Mutter mit echtem Interesse zu.

Also hatte Orla Pat auch diesmal begleitet, und die Frauen aus drei Generationen tranken zusammen Tee. Mrs. O'Hehir fragte Orla über den Debütantinnenball an ihrer Schule aus und erkundigte sich, wen sie dazu einladen würde. Orla blühte auf, beschrieb das Kleid, das sie sich vorstellte, sah Zustimmung heischend zu ihrer Mutter hin und vergaß für einen Augenblick, dass sie sich eigentlich herausfordernd, oder zumindest abweisend geben wollte.

»Violett ist für einen Schulball ein bisschen ungewöhnlich«, meinte die alte Dame. »Aber weshalb solltest du nicht Violett tragen, wenn es dir gefällt.« Sie musterte ihre Enkelin mit kritischem Blick. »Du kannst es dir leisten; die Farbe passt nur zu einem zarten Teint! Und was du hast, das stelle stolz zur Schau, wie ich deiner Mutter zu sagen pflegte!« Sie sah Pat über den Brillenrand hinweg an. »Aber deine Mutter war in ihren Ansichten immer schon ein bisschen älter als ich!«

Orla und Pat lachten.

»Warum war Mama in ihren Ansichten älter als du, Oma?«

»Das arme Mädchen war gescheit: Sie ist ihrem Vater nachgeschlagen. Gescheite Menschen nehmen das Leben immer ernst.« Sie zwinkerte Pat zu und fügte in ernsterem Ton, fast warnend, hinzu: »Sie neigen dazu, Dinge zu erwarten und anzustreben, die unerreichbar sind!«

Und jetzt war Mrs. O'Hehir tot – Herzversagen, mitten in der Nacht. Sie war von Nachbarn gefunden worden, die einen Schlüssel hatten und regelmäßig nach ihr sahen.

Patricia fuhr sofort zu ihr, und als sie mit ihr allein in der Wohnung war, wusch sie ihre Mutter, kämmte ihr das schöne silberne Haar, zog ihr das hellrosa Kleid mit dem Satinbesatz am Kragen an. Sie hatte oft mit Schrecken an diesen letzten Dienst gedacht, den sie ihrer Mutter würde erweisen müssen; ihre Mutter hatte bei der Vorstellung, von Leichenbestattern berührt zu werden, immer wieder ihr Unbehagen bekundet; aber jetzt schien es Patricia weder makaber, wie sie befürchtet hatte, noch wurde sie von Verzweiflung überwältigt.

Etwas in uns versteht sich auf Derartiges, dachte sie. Etwas in uns weiß alles über Tod und Geburt. Im tiefsten Innern wissen wir genau Bescheid über die Gezeiten des Lebens!

Der wirkliche Schmerz kam erst, als der Sarg in die Erde gesenkt wurde: das Wissen darum, dass der Bezugspunkt für so vieles in ihrem Leben, die bedingungslose Liebe, die Mutter mit ihrem Temperament, ihren Anwandlungen von Sarkasmus, ihrer unerschütterlichen Liebe, weg war. Sie sah Gerry in seinem dunklen Anzug, dem es nicht gelungen war, seine Frau zu trösten, der es nicht einmal versucht hatte, da er Gefühle nicht ertragen konnte. Sie sah ihre beiden Kinder, gut aussehend und groß gewachsen, die in stiller Trauer weinten. Hinter Pat lag die Welt ihrer Kindheit, ihre Jahre als junge Erwachsene; vor ihr lag die zweite Hälfte des Lebens, die Zeit der Ernte dessen, was gesät worden war, bevor sie und Gerry und die anderen aus ihrer Generation selbst abtreten mussten. Der Gedanke war entsetzlich. Wie konnte nur so viel Zeit vergangen sein? Und weshalb, so fragte sie sich, fühlte sie sich nach so langer Zeit in ihrem tiefsten Innern nicht anders als das Mädchen, das bei ihrer Mutter in der Küche gesessen hatte, sich romantischen Träumen hingegeben und sich gereckt hatte, um sich in einem Spiegel zu betrachten, auf dem der Name PADDY geschrieben stand. War das Leben ein Scherz oder eine grausame Prüfung – blieb man mit einem jungen Herzen in der Brust allein zurück, während sich fast alle Anhaltspunkte und Vergleichsmaßstäbe änderten, ohne jede Stütze und ganz auf sich gestellt, seinem Schicksal überlassen?

Als hätte sie die Gedanken ihrer Mutter erraten, kam Orla stumm auf sie zu und stellte sich neben sie.

Paddy rief sie aus Amerika an, wo er geschäftlich zu tun hatte. Als Patricia den Hörer abnahm, dauerte es eine Weile, bis seine Stimme klar und deutlich zu hören war.

»Mama ist gestorben«, sagte Pat, als er fragte, wie es ihr gehe. »Gestern war die Beerdigung.«

»Mein armer Liebling! Wie leer und elend du dich fühlen musst. Ich wünschte, ich wäre da und könnte dich trösten!«

Patricia brach in Tränen aus. »Wann kommst du zurück?«

»Am Freitag, Liebling. Um vier landet das Flugzeug. Können wir uns am Abend sehen?« Seine Stimme klang verzweifelt, enttäuscht, so weit weg zu sein, darum bemüht, Trost zu spenden.

»Ich hole dich vom Flughafen ab.«

»Ich hatte gehofft, dass du das sagst.«

»Wo hat deine Mutter ihr Testament aufbewahrt?«, fragte Gerry am gleichen Abend. Er hatte sich immer wieder gewundert, dass sie ihn niemals zu Rate gezogen hatte.

»Wahrscheinlich in dem entsprechenden Safe in deinem Büro. Joan hat das Testament für sie aufgesetzt – du weißt doch, damals, als Mutter vor zehn Jahren Brierly verkauft und die Wohnung gemietet hat, um in unserer Nähe zu sein.«

Gerry überlegte kurz. »Ich frage morgen mal nach. Ich nehme die Sache in die Hand.«

Patricia seufzte. »Ich glaube, sie hat Joan zu ihrer Testamentsvollstreckerin ernannt. Lass sie sich doch darum kümmern!«

Gerry musterte sie kühl. »Wie du meinst!«

»Ich gehe in ein paar Tagen zu ihr. Ich muss erst noch Mutters Sachen durchsehen.«

Am folgenden Tag räumte Patricia in der Wohnung ihrer Mutter auf. In der obersten Schrankschublade befand sich eine Pappschachtel mit Unterlagen, die sie beiseite legte, um sie später Joan zu bringen. Auf dem Nachtkästchen ihrer Mutter stand ein gerahmtes Foto von Patricia, aufgenommen auf dem Rasen vor dem Haus in Brierly, als sie fünfzehn war. Ihr Vater hatte den Arm um sie gelegt und lächelte. Sie schüttelte den Kopf und schluckte schwer, als sie sich erinnerte, wie Papa immer aus der Zeitung vorlas, mit ihr über aktuelle Themen diskutierte, sich nach ihrer Meinung erkundigte und ihr sehr aufmerksam zuhörte.

Sie sortierte die Kleider ihrer Mutter aus und steckte vieles davon in Plastiksäcke für die Gemeinschaft des Heiligen Vinzenz von Paul; ein paar Blusen behielt sie für sich.

»Manche Sachen von mir sind gut und werden dir passen, Pat; wenn du alles wegschmeißt, komme ich wieder und verfolge dich in deinen Träumen«, hatte ihre Mutter einmal gedroht.

Das würde mich kein bisschen stören, dachte Patricia. Wenn du mich doch nur in meinen Träumen besuchen würdest, Mama. Wenn du es doch tätest.

Die Beerdigung ihrer Mutter war am Montag gewesen. Am Freitag holte Patricia Paddy vom Flughafen ab. Sie sah sofort, dass er sehr müde war, und als er erzählte, dass er seine Amerikareise verkürzt und Hals über Kopf und mit mehrmaligem Umsteigen aus Kalifornien zurückgekehrt war, verstand sie weshalb.

»Du musst einen schrecklichen Jetlag haben.«

»Ja, schon!« Er beugte sich zu ihr und sah sie mit zusammengekniffenen Augen mitfühlend an. »Wie geht es dir, mein armer Liebling?«

»Besser, jetzt, wo du da bist!«

Paddy warf sein Gepäck in den Kofferraum, und sie fuhren vom Flughafen nach Norden Richtung Balbriggan; Paddy hatte vorgeschlagen, irgendwo an ein ruhiges Plätzchen aufs Land zu fahren, das Auto zu parken und allein zu sein. Nach einigen Kilometern Fahrt auf einer ruhigen Seitenstraße machte Patricia auf einem breiten Seitenstreifen Halt. Sie schaltete den Motor ab und ließ sich von ihrem Geliebten in die Arme schließen; er drückte ihren Kopf an seine Brust, presste die Lippen auf ihr Haar.

»Erzähl mir, wie es war.«

Und Patricia erzählte. Die Tränen, gegen die sie gekämpft hatte, strömten nun heiß hervor und benetzten sein Hemd. Er wiegte sie wie ein Kind.

Als sie nicht mehr weinen konnte, wischte sich Patricia mit dem Taschentuch, das er ihr gab, die Augen. »Ich hab dein Hemd mit Wimperntusche beschmiert!«

Er begutachtete die dunklen Flecken auf seinem Hemd. »Was soll's, wenn es dir nur gut getan hat.«

Er fragte, ob sie Lust hätte, mit ihm essen zu gehen, aber sie sah, wie erschöpft er war.

»Nein. Ich setze dich unterwegs irgendwo ab. Du siehst fix und fertig aus und musst nach Hause.«

»Dann sehen wir uns also morgen?«

»Ja, morgen.«

Am nächsten Tag eröffnete ihr Paddy, dass er Ende des Monats Irland verlassen würde.

»Die Arbeit, die ich zu tun hatte, ist erledigt. Die Firma hier kommt ohne mich zurecht. Ich kann meinen Aufenthalt hier nicht länger rechtfertigen.« Patricia sah ihn an, ohne Tränen; sie hatte gewusst, dass es so kommen würde, aber jetzt fühlte sie sich, als hätte man ihr den Boden unter den Füßen weggezogen.

»Ich verstehe.«

»Glaub mir, wir werden uns oft sehen, hier oder – wenn du wegkannst – in London, oder wo auch immer. Auf jeden Fall haben wir Paris im September ... Das gilt doch noch, oder?«

»Ja ... Was habe ich für eine andere Wahl als bei dir zu sein, wann immer es mir möglich ist?«, sagte sie mit leiser Stimme. »Was dich betrifft, bin ich nicht frei. Das weißt du doch!«

Ein Schatten zog über sein Gesicht; in seinen Augen spiegelte sich stumme Unruhe. Er hat Angst, dass die Liebe ihn belasten wird, dachte sie müde. Gott, müssen wir uns denn immerzu verstellen?

»Das war nur Spaß, Paddy. Fünfundvierzig liebeskranke Männer sind hinter mir her. Du kannst von Glück reden, wenn ich nach Paris komme! Wenn du nicht aufpasst, brenne ich mit einem von Gerrys Kumpels durch – in irgendein Liebesnest in der Südsee!«

»Du glaubst, dass dieser Kumpel scharf auf dich ist?« Sie lachte. »Glaubst du, dass ich scharf auf ihn bin?«

Ein paar Tage später brachte sie die Schachtel mit den Papieren zu Joan ins Büro. Bei der Durchsicht hatte sie ein Sparbuch gefunden und einen Bausparvertrag mit jeweils wenig mehr als viertausend Pfund.

Joan holte das Testament hervor und erklärte, Patricia sei die Alleinerbin und sie, Joan, die Testamentsvollstreckerin.

»Sie wollte es so«, sagte Joan entschuldigend. »Ich habe vorgeschlagen, dass du das Testament selbst vollstrecken sollst, aber sie meinte, dann würde Gerry darauf bestehen, die Sache für dich in die Hand zu nehmen!«

Patricia nickte. »Sie wollte nicht, dass Gerry sich in ihre Angelegenheiten einmischte! Sie hat ihn nie gemocht!«

Als sie nach Hause kam, sagte sie Gerry, dass sie mit Joan gesprochen hatte.

»Wie hoch ist der Nachlass?«

»An die achttausend Pfund.«

»Was? Ist das alles?«

»Ich glaube ja. Da sie bei klarem Verstand war, hat sie wohl zu Lebzeiten alles ausgegeben!«

Gerry entlockte der fröhliche Unterton in ihrer Stimme kein Lächeln. Er stand da wie vom Donner gerührt. »Aber das Geld aus dem Verkauf von Brierly ... was ist damit passiert?«

Patricia zuckte die Achseln. »Da gibt es viele Möglichkeiten ... Schnelle Männer und langsame Pferde, was weiß ich! In ihren Unterlagen findet sich jedenfalls kein Hinweis darauf! Vielleicht hat sie es für wohltätige Zwecke gespendet«, fügte sie verschmitzt hinzu. »Sie wusste schließlich, dass ich eine gute Partie gemacht hatte, dass es mir an nichts fehlte!«

Gerry war wütend. Im Stillen fragte sich allerdings auch Patricia, was mit dem Geld passiert war. Ihre Mutter war zwar gern auf Reisen gegangen und hatte sich von der Rente ihres Vaters ein schönes Leben gegönnt; aber das erklärte nicht die fehlenden Tausender. Hinter ihrer Überraschung verbarg sich jedoch ein Gefühl der Enttäuschung, das Gefühl, dass sie ihre noch unausgegorenen Zukunftspläne auf die lange Bank würde schieben müssen.

Joan saß an Davids Bett. Er lag immer noch halb im Koma, wie am Morgen.

Der kleine Raum war unpersönlich, dunkel, mit grün-weißen Vorhängen, und wenn man aus dem Fenster sah, bot sich ein Blick über ein kahles und durchweichtes Stück Erde auf einen anderen Trakt des neuen Krankenhauses. Der gesichtslose moderne Bau gegenüber erinnerte an Fotos von Wohnblöcken in Sibirien: funktional, streng, unmenschlich. Allmählich wurde es Abend, und es regnete. Der Regen sammelte sich in keinen Pfützen, und die Regentropfen bildeten in den Pfützen vollendete Kreise, die sich ausweiteten und erstarben. Von einem plötzlichen Windstoß getrieben, prasselte der Regen an die Scheibe.

Paul blickte schweigend aus dem Fenster. Der Junge hatte ein blasses Gesicht; er war schmal geworden, mit mageren Oberarmen, die Schulterblätter traten hervor.

Er stand mitten in der Zwischenprüfung; zwischen den einzelnen Prüfungen hatte er zwar jeweils einen freien Tag, aber er wollte unbedingt seinen Vater besuchen. Es war schwer, ihn dazu zu bewegen, dass er etwas aß.

»Mir ist es egal, Mama. Die Prüfung ist mir scheißegal.« Seine Stimme zitterte. »Ich will nur zu meinem Dad!«

Joan hielt Davids Hand, erspürte mit ihrem Zeigefinger seinen flatternden Puls. Die Flasche mit der Infusion zitterte, als ein weiterer Tropfen Flüssigkeit in den Schlauch und von da weiter in Davids Vene glitt.

Er bewegte sich, öffnete die Augen, sah seine Familie an und lächelte.

»Alles Gute zum Geburtstag, Dad!«, sagte Paul und beeilte sich, ihm eine Karte in die Hand zu drücken, auf der drei Bären mit einem frechen Spruch zu sehen waren.

»Herzlichen Glückwunsch, Liebster«, sagte Joan.

»Wie geht es dir?«

»Ich bin kerngesund«, sagte er mit erstaunlich fester Stimme. »Dieses verdammte Betäubungsmittel hat mich fix und fertig gemacht! Kannst du mir sagen, was los ist? Werde ich überleben, oder müsst ihr bald eine Grube für mich buddeln?«

Joan sah ihren Sohn an. Sie dachte an das Gespräch mit dem Chirurgen.

»Warum hat man das nicht schon im St Vincent entdeckt?«, hatte sie ihn gefragt.

»Ehrlich gesagt, Mrs. de Barra – ich habe keine Ahnung!«

»Wie stehen seine Chancen?«

»Seine Chancen sind gut. Wir fangen am Montag mit der Bestrahlung an.«

Als David den Gesichtsausdruck seiner Frau sah, kniff er die Augen zusammen. »Schon gut, Joan ... Ich weiß Bescheid. Ich weiß, dass ich Krebs habe.«

Er griff nach ihrer und nach Pauls Hand. »Und noch etwas weiß ich ... dass ich es schaffen werde!«

Joan suchte in seinem Gesicht nach Anzeichen von Furcht oder Selbstüberschätzung. Vergebens.

David legte sich zurück und sah zur Decke hinauf. »Ich hatte einen merkwürdigen Traum ...«

Joans Miene verfinsterte sich. Sie trat zu ihrem Sohn, der schluchzend dastand, und umarmte ihn. »Ist schon gut! Der Arzt meint, David hat gute Chancen, wieder ganz gesund zu werden.«

David sah ihr in die Augen. »Das hat er nicht gesagt, Joan, aber es stimmt trotzdem. Und es ist nicht eine Chance, es ist eine Gewissheit!«

Paul schluchzte jetzt unbändig. Er stieß seine Mutter weg und drehte sich zum Fenster hin. Joan saß steif da und bemühte sich tapfer, ihre eigenen Tränen zurückzuhalten.

»Paul«, sagte David streng, »deine Mutter hat bisher alles alleine getragen. Kannst du sie nicht trösten? Oder geht es dir nur um dich?«

Pauls Schluchzen verebbte. Er ging auf seine Mutter zu und umarmte sie sanft.

»Damion war heute in aller Frühe bei mir!«, flüsterte David. »Er sagte mir, dass ich Krebs habe. Und er meinte, ich würde es schaffen!«

Er sah forschend seine Frau an, sah das Entsetzen und die Ungläubigkeit in ihrem Gesicht. »Er hat mir verziehen!«

Joan wandte sich ab. Ich kann das nicht mehr ertragen,

dachte sie. Laut sagte sie: »Entschuldige mich einen Augenblick.« Dann wandte sie sich an ihren Sohn: »Kümmere dich um deinen Vater!«

Joan ging den Korridor entlang, lief ziellos im Krankenhaus umher, kam vorbei an Abteilungen und Zimmern, sah die Transporttische, die in den Operationssaal gefahren wurden, roch den Krankenhausgeruch der Ordnung, der Desinfektionsmittel und der Gefahr. Ihr Kopf war leer, das Gehen auf dem Linoleumboden der Korridore wohltuend und heilsam. Sie fragte sich, ob David nicht den Verstand verloren hatte. Sie musste sich eingestehen, dass sie die mystische Seite an ihm niemals wirklich gekannt und noch viel weniger verstanden hatte; dass er Ansichten hatte, die ihr so fremd waren wie die dunkle Seite des Mondes.

Auf dem Rückweg in sein Zimmer begegnete sie der Stationsschwester. Die Schwester nahm sie zur Seite.

»Mrs. de Barra«, sagte sie in vorwurfsvollem Ton. »Ich weiß, dass Sie sich große Sorgen um ihren Mann machen, aber es ist nicht gut, dass Sie ihn auch nachts besuchen. Es ist gegen die Vorschriften, und außerdem braucht er seinen Schlaf!«

Joan starrte sie entgeistert an. »Wovon sprechen Sie?«

»Ich spreche von letzter Nacht.«

Joan überlegte, erinnerte sich daran, dass sie Paul abgeholt, nach Hause gebracht und getröstet hatte. »Wer war letzte Nacht bei meinem Mann?«

Die Schwester war überrascht, so als wollte sie sagen: Waren das etwa nicht Sie? Sie zuckte die Schultern. »Heute Morgen in aller Frühe. Jemand ist ganz früh aus seinem Zimmer gekommen.«

»Haben Sie gesehen, wer es war?«, flüsterte Joan nach kurzem Schweigen.

»Eine Nachtschwester hat den Besucher gesehen. Er trug einen dunklen Umhang. Die Schwester lief ihm nach – aber als sie um die Ecke bog, war er verschwunden!«

Joan ging ins Zimmer zurück und setzte sich neben David. Er hatte sich mit Paul unterhalten, der jetzt einen fröhlicheren Eindruck machte; sein Gesicht war fleckig von den Tränen, die er weggewischt hatte, und er lachte ausgelassen über etwas, das sein Vater eben gesagt hatte.

David hatte die Augen geschlossen. Aber Joan war aufgeregt und konnte ihre Unruhe nicht länger verbergen. »Wer war er?«, fragte sie. »Dein nächtlicher Besucher?«

David sah sie an. Mit aufgerissenen Augen und erstarrter Miene stand sie da. Er wurde ärgerlich. »Um Himmels willen, Joan!«, flüsterte er beinahe verächtlich, »sei doch nicht so verdammt spießig. Weshalb kannst du nicht ein wenig Abstand nehmen von den Trotteln, die den Erdball bevölkern! Die andere Möglichkeit ist, dass du in die Kirche rennst und betest. Oder – da du offenbar glaubst, das sei der richtige Zeitpunkt für wichtige Enthüllungen – sprich wieder mit mir, wenn du meinst, dass ich schlafe.«

Joan sah ihn an, blickte in düstere, nüchterne, unbarmherzige Augen. Sie wandte den Blick ab, und als sie ihren Mann wieder ansah, schien er eingeschlafen zu sein.

Er wird leben, dachte sie, und spürte seine innere Kraft. Er wird leben, aber nichts wird mehr sein wie zuvor. Angst ergriff sie; die Landschaft, die sie so gut zu kennen glaubte, war ihr plötzlich nicht mehr vertraut; der einzige Mensch auf der Welt, für den sie ihre Seele verkauft hätte, entfremdete sich ihr.

Er wird leben und ich werde vergehen. Das Gesetz, die Jahre der unablässigen Mühsal haben mein Herz und meine Seele ausgetrocknet. Er spürt meine innere Leere. Was kann er sonst tun, als sich von mir zu entfernen? Weshalb sollte er sich an eine Frau verschwenden, die keine Phantasie und keine künstlerische Ader besitzt? Wir haben den Fehler begangen, einander zu entdecken.

17. KAPITEL

Was ist Liebe? Ein plötzlicher Anfall von Großmut? Ich danke dir, Paddy, für die Großmut!

Aus: *Die Pferdeohren*, 1990

September 1990

Paris! Patricia sah die Stadt zu ihren Füßen liegen, während die Maschine den Flughafen Charles de Gaulle ansteuerte. Mit einem heftigen Ruck und aufheulenden Triebwerken landete die Boeing 707, dann ging es inmitten der Menschenmenge mehrere Rolltreppen abwärts, und zehn Minuten später stand sie an der Gepäckausgabe und wartete darauf, dass ihr Koffer auf dem Förderband heranrollte. Sie stellte ihn auf den Gepäckwagen, legte ihren Mantel darüber und strebte dem Ausgang zu. Durch die Glasscheiben sah sie Paddy warten; er blickte sie mit seinem seltsamen Lächeln an, die Hände hinterm Rücken verschränkt.

Sie begrüßten sich mit einem flüchtigen Kuss; er streifte nur ihren Mund, dann nahm er ihren Koffer und führte sie hinaus zu seinem Wagen. Als sie im Auto saßen, drückte er sie an sich.

»Ich habe schon befürchtet, es gäbe Probleme!«

»Wir hatten in Dublin eine halbe Stunde Verspätung«, sagte Patricia mit erleichtertem Kichern, gerührt von diesem leidenschaftlichen Empfang, von der ungeheuchelten Freude. Wie ein Trottel wäre sie sich vorgekommen, wenn kein Paddy da gewesen wäre! Während des Flugs war ihr das ständig im Kopf herumgegangen. Was, wenn er nicht kommen konnte, es vergessen oder es sich anders überlegt hatte? Sie lächelte und liebkoste sein Gesicht.

»Du siehst gut aus.«

»Und du bist sehr schön.« Er lehnte sich zurück und musterte sie. »Elegant, wie immer!«

»Danke.«

Paddy seufzte tief, glücklich. »Da ist es wieder!«

»Was?«

»Das Gefühl, dass alles Wesentliche zum Greifen nahe ist!« Er nahm ihre Hand und küsste sie. Dann ließ er den Motor an, und sie fädelten sich in den Verkehrsstrom ein.

Patricia sah sich in den Vororten um, durch die sie fuhren, war beeindruckt von der Atmosphäre, den Werbeplakaten, bemühte sich, die französischen Wörter auf Verkehrsschildern und Reklametafeln im Vorbeifahren zu entziffern. Sie war glücklich und sie schwelgte in dieser Wonne. Sie gab sich ganz dem Gefühl hin, dass sie da war, wo sie hingehörte, dass sie zu Paddy gehörte und er zu ihr; sie richtete sich in ihrer Phantasiewelt ein, verweilte darin, wehrte alles ab, was diese Welt in Frage stellte.

Paddy war ganz aufs Fahren konzentriert. Sie kamen an einem halb verfallenen Haus vorbei, das jenseits der Eisenbahnschienen lag; mit ausdrucksloser Stimme sagte er: »Das da drüben ist deine Wohnung … kein Glas im Fenster – aber das macht dir sicher nichts aus!«

Sie sah ihn an, merkte, wie sehr er sich anstrengte, keine Miene zu verziehen, zwickte ihn ins Bein. »Natürlich nicht, ich bin doch eine bekannte Frischluftfanatikerin.«

»Aua …«

Sie erreichten das Stadtzentrum, überquerten den Fluss. Paddy fuhr mit vorsichtiger Nonchalance, an den Rechtsverkehr war er gewohnt. Der Verkehr rollte zügig dahin, obwohl er sehr dicht war. Notre-Dame tauchte vor ihr auf – Strebepfeiler, Wasserspeier wie Stein gewordene böse Zaubersprüche flogen vorüber; die steinerne Brücke, Quai d'Orsay mit seinen Bücherständen. Ein warmer und sonniger Tag; die hoch aufragenden Gebäude mit ihren Fensterläden und Dachfenstern boten einen fremdartigen, ungewohnten Anblick, erzählten von Leidenschaft und Intimität.

»Gleich sind wir da«, sagte Paddy. Er bog links ab und parkte nach ein paar hundert Metern. Dann deutete er auf ein Haus etwas weiter unten in der Straße, auf ein Fenster im zweiten Stock.

»Da. Deine kleine Wohnung am linken Seineufer!« Patricia blickte hinauf zu den Fenstern mit den offenen staubigen Fensterläden und den weißbeigen Vorhängen.

»Mein Gott, ich kann das alles noch gar nicht glauben«, dachte sie, während sie ausstieg.

Die Stadt dröhnte vom Verkehr. Auf der anderen Straßenseite stand eine Frau und unterhielt sich mit einem Mann. Sie hielt ein Baguette in der Hand, das in der Mitte in ein Stück Papier eingewickelt war. Die beiden verabschiedeten sich mit einem fröhlichen Gruß.

»*A bientôt, madame*«, sagte der Mann, und die Frau antwortete mit ungekünstelter Koketterie, wandte sich um und sah Patricia an, die soeben die Straße überquerte. Patricias Blick traf den ihren, sie merkte, dass die Frau ihr Kostüm musterte, ein marineblaues Leinenkostüm mit rotem Gürtel, und dass es ihr gefiel. Patricia folgte Paddy, der ihr Gepäck aus dem Kofferraum geholt hatte und auf eine dunkelgrüne Tür auf der anderen Straßenseite zusteuerte.

Paddy drückte einen Knopf. Ein lautes, surrendes Geräusch war zu hören, die schwere Tür öffnete sich auf einen schmalen Flur. Sie traten ein und gingen den Flur entlang eine leicht gewundene Treppe mit Holzstufen hinauf, die in der Mitte ausgetreten waren. Ein schmaler Treppenabsatz, dann nochmals eine dunkelgrüne Tür, die Paddy mit einem Schlüsselbund öffnete. Patricia betrat ein gefliestes Wohnzimmer, möbliert mit einer Couch und zwei Sesseln, einem runden Tisch mit vier Stühlen, einem Fernseher und einem kleinen Schreibtisch in der Ecke, einem Regal mit allem möglichen Krimskrams, darunter auch ein paar Bücher und ein Blumentopf. Der Raum hatte zwei Fenster, und Patricia ging hin und sah hinunter auf die Straße, auf die gegenüberliegenden Häuser mit ihren Fensterläden und den schmiedeeisernen Balkonen. Das war Paris; sie hatte eine Wohnung in Paris! Es war wie in einem Roman, die Mätresse und ihr Liebesnest. Über diesen Unsinn hätte sie am liebsten laut gelacht; gleichzeitig war sie ganz euphorisch angesichts der romantischen Situation.

»Wunderschön«, sagte sie, drehte sich zu ihm um und breitete die Arme aus, die Handflächen nach oben. »Ich kann es nur einfach nicht fassen!«

Er stellte ihren Koffer ab, umarmte und küsste sie. »Ich auch nicht.«

Seine Lippen waren warm; sein Atem umhüllte sie, der Geschmack seines Mundes, die Woge plötzlichen Verlangens. Da ließ er sie los und sagte: »Ich muss gehen. Ich hatte gehofft, ich könnte mir den Nachmittag freinehmen, aber es findet eine Sitzung statt, an der ich unbedingt teilnehmen muss. So gegen vier bin ich zurück, und dann haben wir den Rest des Tages für uns. Es tut mir Leid, dass ich an deinem ersten Tag gleich wieder gehen muss, aber da ist nichts zu machen! Verzeihst du mir?«

Er hatte den Kopf leicht zur Seite geneigt und sah sie mit fragendem Blick an, wohl wissend, wie ihre Antwort lauten würde.

»Ich verzeih dir«, sagte Patricia und verbarg die Enttäuschung, die ihr romantisches Hochgefühl zunichte machte. Er ging an ihr vorbei und öffnete die Fenster, und der Lärm der Stadt flutete herein.

An der Tür lächelte er sie an, spitzte die Lippen zu einem Kuss und verschwand. Sie hörte, wie er draußen auf der Treppe mit jemandem sprach.

»*Bonjour, madame* ...« »*Bonjour, monsieur.*« Und dann entfernten sich seine Schritte, bis die Haustür hinter ihm ins Schloss fiel. Vom Fenster aus beobachtete sie, wie er über die Straße zu seinem Auto ging. Er drehte sich noch einmal um und winkte zu ihr hinauf wie ein kleiner Junge, dann war er verschwunden.

Patricia sah sich in der Wohnung um. Die Küche befand sich gleich neben dem Wohnzimmer. Das Küchenfenster ging auf einen kleinen Innenhof hinaus, wo eine Frau mit kurzen grauen Haaren in einem sonnenbeschienenen Winkel saß und las. Patricia öffnete das Fenster und beugte sich hinaus, um den Hof besser sehen zu können, und die Frau blickte auf und entdeckte sie. Patricia lächelte hinunter. Nach kurzem Zögern lächelte die Frau zurück, ein Lächeln voller Charme und Fröhlichkeit.

Zu ihrer Linken lag das Schlafzimmer, die Wände mit Bast verkleidet, mit alten Drucken aus dem neunzehnten Jahrhundert dekoriert, einem Kalender, einem Bambustisch, einem Doppelbett; Stufen führten in ein enges Bad. Auf dem Fensterbrett blühten Geranien. Die Zimmerdecke war weiß, der Boden purpurrot gefliest.

Sie packte ihren Koffer aus, hängte ihre Kleider in den Einbauschrank. Das Bett war schon bezogen; Paddy war am Abend vorher da gewesen und hatte alles vorbereitet, was sie rührend fand. Sie nahm die Schlüssel vom Tisch, wo er sie hingelegt hatte, ging hinaus und sperrte hinter sich ab. Die herbstliche Wärme der Stadt empfing sie, als sie das Haus verließ, hüllte sie ein. Sie spazierte den Häuserblock entlang und ging dann die Rue d'Ecole hinunter zu den Brasserien und Cafés. Sie bemerkte, wie die Männer sie ansahen, wie Blicke von neugieriger, unpersönlicher Leidenschaftlichkeit sie streiften.

Sie unterbrach ihren Spaziergang um einen Kaffee zu trinken, setzte sich allein an ein rundes Tischchen, blickte auf die belebte Straße, auf der der Verkehr ohne Stocken dahinfloss. Nur flüchtig dachte sie an Dublin; ihre Familie würde ohne sie zurechtkommen. Es war ein außergewöhnliches Gefühl der Freiheit, der Befreiung, von Mann und Kindern weg zu sein; das Gefühl, dass sie ein eigenständiger Mensch war und nicht nur ein Anhängsel im Familienhaushalt, dass sie eine echte, eigene Identität erlangt hatte.

Ihre Gedanken schweiften zu ihrer Wohnung mit den roten Fliesen ab. Um vier würde Paddy kommen und der Rest des Tages gehörte ihnen; sie würden die Nacht zusammen verbringen, mehrmals miteinander schlafen. Er hatte ihr gesagt, dass Susan in London war, dass sie frühestens am Montag nach Paris kommen würde. Sie würden das ganze Wochenende für sich haben.

Ich habe mich für dieses Intermezzo entschieden, dachte Patricia; es hat keinen Sinn sich zu zieren. Ich habe mich mein Leben lang entweder mit halben Sachen oder mit überhaupt nichts abgefunden. Ich tue niemandem weh. Diesmal gehört dieses bisschen Freiraum mir ganz allein.

Um drei kehrte sie in die Wohnung zurück. Es tat gut, in die Sicherheit des kühlen Hausflurs zurückzukommen, in die Wohnung hineinzugehen. Sie hatte sich kurzzeitig verlaufen – sie hatte ja keinen Stadtplan mitgenommen –, nicht einmal an den Namen der Straße hatte sie sich entsinnen können, in der sie jetzt wohnte; aber sie hatte sie wiedergefunden, weil sie sich an das ungewöhnliche Ladenschild einer Weinhandlung erinnerte. Und als der erste Schreck vorüber war, hatte sie sich für ihre Dummheit getadelt.

Im Flur begegnete sie der Frau, die sie zuvor im Hof gesehen hatte, und die soeben im Begriff war, das Haus zu verlassen.

»*Bonjour, madame*«, wurde sie von der Frau begrüßt.

»*Bonjour*«, gab Patricia unbeholfen zurück.

»Sie sind Engländerin?«, erkundigte sich die Frau lächelnd.

»Nein, Irin.«

»Ich wünsche Ihnen einen angenehmen Aufenthalt in Paris!«

»Danke.«

Die Frau ging hinaus, die Tür fiel hinter ihr ins Schloss. Patricia ging in die Wohnung hinauf, mühte sich ab mit dem Schlüssel, zog die Schuhe aus, um die erfrischende Kühle der Fliesen zu spüren. Dann ging sie ins Bad und duschte, besprühte sich mit Parfum von Armani und ging ins Schlafzimmer zurück. Sie zog das Negligé an, das sie ein Jahr zuvor in London gekauft hatte, ein schwarzes, mit Spitzen besetztes Nichts, das die Brüste durchscheinen ließ – ihre weiße Haut, und darüber die schwarze Spitze. Sie hatte es in einer romantischen Anwandlung gekauft und nie getragen. Denn schließlich, was hätte Gerry dazu gesagt? Er hätte kurz die Augenbrauen hochgezogen und Patricia dann nicht weiter zur Kenntnis genommen. Oder er hätte einem plötzlichen Verlangen nachgegeben und es schnell befriedigt. Jedenfalls hätte er sich nie die Zeit genommen sie zärtlich zu umwerben, in irgendeiner Weise die Macht ihrer weiblichen Ausstrahlung anzuerkennen. Das wäre ein Zeichen von Schwäche gewesen. Hätte seinem Ego Abbruch getan, ihr zu viel Ehre erwiesen; und es hätte – und sei es nur für einen Augenblick – das Kräftegleichgewicht ins Wanken gebracht.

Sie betrachtete die Bücher im Regal, nahm das letzte heraus wegen seines merkwürdigen Titels: *Requiem pour la Vie*. Sie legte sich damit aufs Bett, blätterte die Seiten um, ohne sich wirklich konzentrieren zu können, dafür war sie zu angespannt und aufgeregt.

Ich bin angekommen, dachte Patricia. Ich habe diese kleine Wohnung in Besitz genommen, habe den Geruch der Stadt eingesogen. Draußen ist es warm, aber hier drinnen ist es kühl und dunkel, und ich bin allein. Sie verschränkte die Arme hinter dem Kopf; der schwarze Spitzenärmel fiel zurück; das Fleisch war weiß, die Haut auf der Armunterseite sehr weich. Sie führte die Hand an die Nase und atmete das Armani-Parfum ein, lehnte sich dann genüsslich zurück. Aus der Wohnung über ihr hörte sie Stimmen in furchtbar schnellem Französisch, ein Kind jammerte, eine wütende, gestresste Mutter schimpfte. In dem Versuch, so etwas wie Normalität vorzutäuschen, holte sie ihr englisch-französisches Wörterbuch ins Bett und fing wieder an zu lesen. Hier und da schlug sie einen Begriff nach, wenn sie hängen blieb; aber meist las sie tapfer weiter, nahm die Atmosphäre der Erzählung in sich auf, im Vertrauen auf ihr Schulfranzösisch. Aber ihre Gedanken schweiften ab zum Bett, zur dunkelbraunen Tagesdecke, zu ihren weißen nackten Beinen. Sie bewegte die Zehen. Ihre Zehennägel waren blassrosa lackiert.

Sie fuhr sich mit der Hand durchs Haar, fühlte die seidige Beschaffenheit der frisch gewaschenen Strähnen, die sich tausendfach hartnäckig kringelten. Ein angenehmes Gefühl, sie zu berühren.

Das ist die neue Patricia, dachte sie, eine Patricia, die auf ihren Liebhaber wartet, die sich der Sinnlichkeit hingibt. Bald wird er da sein. Ich kenne ihn, den alten Paddy, und den neuen mit seiner Skrupellosigkeit, seiner unerbittlichen Arbeitsmoral. Mit noch dichtem Haar, wenn es auch inzwischen schon grau wird; das alte Lächeln, wenn sich auch Fältchen um die Augen bilden. Ich kenne seinen Körper. Ich weiß viel über ihn und mich. Ich kenne die Quellen unseres Lebens, die Anfänge. Zurück zu den Anfängen.

Zehn vor vier läutete es; glücklich rief sie: »Wer ist da?«, hörte seine Stimme, sprang aus dem Bett und öffnete ihm. Sie wusste, dass er einen Schlüssel hatte, und freute sich, dass er das Feingefühl besaß, ihn nicht zu benutzen.

Er sah sie an; seine Augen, die sie in ihrem Negligé, ihrem Decolleté, ihren bloßen Füßen erfassten, waren voll erstaunten Verlangens. Er schloss die Tür hinter sich.

Ob er mich jetzt für vollkommen daneben hält, überlegte Patricia, plötzlich verunsichert, ihm so gegenüberzutreten.

»Ich habe eben geduscht«, sagte sie, um eine Rechtfertigung bemüht.

»Das werde ich auch tun, ehe ich dich berühre.«

Er kam aus dem Bad direkt zu ihr, nackt, seine bloßen Füße hinterließen feuchte Abdrücke auf den Fliesen. Sie lag da und bewegte sich nicht, sah ihn nur an. Er blieb am Fenster stehen, zog die Vorhänge zu; der schwere, bräunliche Stoff dämpfte das Sonnenlicht, tauchte das Zimmer in geheimnisvolles Halbdunkel. Beide schwiegen, aber sie lächelten sich schüchtern zu, als er die Bettdecke zurückschlug und sich neben sie legte. Das Bett quietschte; er war kühl und noch feucht von der Dusche. Er band den schwarzen Satingürtel ihres Negligés auf, streifte es ab. Seine Hände strichen über ihren Körper, ihren Rücken, ihren Bauch, ihre Brüste.

»Wie wunderschön. Mein Gott, Patricia, du warst immer schön.«

Draußen toste weiter der Verkehr. Ununterbrochen hupten Autos, ratterten Motorräder, wenn sie um die Ecke bogen.

Patricia spürte, wie die Spannung von ihr abfiel. Er senkte seinen Kopf auf ihre Brust, sein Mund berührte ihre Brustwarzen, tastend, wie ein Kind. Sie spürte den Druck seines Penis gegen ihre Beine, warm und steif, mit eigenem Leben erfüllt. Einen Augenblick später schob sie Paddy zur Seite, setzte sich auf, warf die Decke zurück.

»Bleib ruhig liegen«, flüsterte sie. »Ich möchte dich anschauen.«

Er lag auf dem Rücken. Sie kauerte sich über seinen Körper, betrachtete ihn, liebkoste ihn mit Augen und Händen. Seine Hände, die sie streicheln wollten, schob sie zur Seite.

»Bleib ruhig liegen. Mach die Augen zu.«

Er lächelte, die Augen geschlossen, reglos.

Sein Bauch war wohlgenährt, ein Zeichen guten Lebens; darunter sein Penis, stolz und begierig, blaugeädert, seidig bei der Berührung. Unter ihren Fingern bewegte er sich zur Begrüßung.

»Beweg dich nicht«, flüsterte sie, und ihre Lippen berührten ihn sachte.

Mein Körper weiß, was er zu tun hat, weiß, wie er diesen Mann lieben soll. Wusste es immer; ich muss nicht einmal nachdenken. Ich werde ihn so lieben, dass er es nie mehr vergisst; dass er sich für immer erinnert. Jede Faser seines Körpers wird sich erinnern.

Schließlich, aus Furcht die Kontrolle zu verlieren, zog er sie plötzlich an sich, küsste sie wild. Durch ihre Augenwimpern sah sie den benommenen Ausdruck seiner Augen, seinen Mund, sah, wie er sich über sie neigte. Dann senkte sich sein Körper auf sie herab, presste sich auf sie. Sie empfand die Erlösung, die Lust, als er in sie eindrang, die Gelassenheit inmitten des Verlangens.

Der Tag neigte sich seinem Ende entgegen. Stille senkte sich herab, als wäre die Stadt verschwunden und die Zeit gestorben, und dann, nach einer Weile, schrie ein Mann auf aus tiefster Freude, als wäre auch er gestorben und wieder geboren.

»Ist er – oder war er – ein guter Liebhaber?«, fragte Paddy später ein wenig zaghaft. Er sah immer noch erschöpft und verwirrt aus, wie aus einer Trance erwacht.

»Wer?«

»Gerry. Dein Mann.«

»Mein Gott – was für eine Frage!«

Sie lachte auf, warf ihr Haar zurück. Sie war voller Euphorie, fühlte sich durch und durch wohl und genoss das Selbstgefühl, das ihr Paddy beschert hatte. Vor zwei Stunden hatten sie die Wohnung verlassen, waren an der Seine entlangspaziert, hatten Hand in Hand die Ile Saint-Louis und die Ile de la Cité durchstreift, genossen den Fluss und die vom Flutlicht angestrahlte Kathedrale von Notre-Dame. Jetzt saßen sie am linken Seineufer in einem Straßencafé.

Patricias Blick folgte der Menschenmenge, die auf dem Boulevard Saint-Germain vorbeispazierte; Scharen von Menschen, meist junge Leute, Studenten der Sorbonne. Sie strömten die Straße entlang, zum Boulevard Saint-Michel hinunter, fast noch Kinder, Arm in Arm, lachend, sich küssend. Drüben auf der anderen Straßenseite lagen hinter dem Absperrungsgitter inmitten von Bäumen die nächtlich erleuchteten Ruinen von Cluny.

»Wir haben in Irland keine Liebhaber!«, gab Patricia steif zurück.

»Red doch kein dummes Zeug«.

Patricia seufzte. Paris war der Maßstab. Gemessen an Paris war Irland voller Angst; Angst und Leugnen einer starken Beziehung zwischen Frauen und Männern.

Ihr Blick verdüsterte sich. »Ich rede kein dummes Zeug. In Irland herrscht eine Art männlicher Triumphalismus; Frauen kommen dagegen nicht an. Ich weiß, es klingt schrecklich, aber es ist wahr, und für Liebespaare gibt es nicht viel Platz. Wie kann man eine negative Menge lieben? In Irland glauben Männer, dass Frauen ihnen etwas schulden! Vergewaltiger gehen straffrei aus; religiöser Fundamentalismus durchdringt die staatlichen Institutionen. Frauenfeindlichkeit und Dreistigkeit sind gang und gäbe ...«

Sie zündete sich eine Zigarette an, eine Gauloise; sie rauchte selten, aber jetzt hatte sie Lust dazu. Der messerscharfe Rauch brannte ihr im Hals, beruhigte sie.

Paddy schwieg. So schlimm kann es doch nicht sein, schien sein Schweigen zu sagen. Patricia fragte sich, ob sie ihn schockiert hatte. Schließlich war er ein Ausgewanderter, mit romantischen Vorstellungen von seiner Heimat. Aber es war sein Exil, das ihn zum Romantiker werden ließ. Wenn sie ihn schockierte, würde er sich dann von ihr abwenden? Wenn sie von dem sprach, was ihr auf den Nägeln brannte, würde er ihr dann den Rücken kehren? Würde sie mit ihrer Ernsthaftigkeit alles verderben?

»Und hier ist es anders?«, fragte er nach einer Weile.

»Ich glaube ja. Vielleicht hat es etwas damit zu tun, dass Frankreich um den Puritanismus herumgekommen ist. Ich habe das Gefühl, die Männer und Frauen hier wissen, dass sie der gleichen Spezies angehören!« Sie zuckte die Achseln, lächelte. »Auf alle Fälle kommen sie mir hier glücklicher vor.«

Er lachte auf. »Im Gegenteil – die Franzosen wissen, dass es das Glück nicht gibt. Deshalb entscheiden sie sich für das Vergnügen, das es wenigstens gibt!«

Sie blies den Rauch in die Luft, beobachtete, wie er sich im Lichtschein des Cafés kräuselte, sah Paddy ins Gesicht und versuchte, seine Bemerkung zu deuten. Was steckte dahinter? Zynismus? Bitterkeit?

»Tut mir Leid«, flüsterte sie, als sie seine Miene sah. »Ich sollte dir keine Vorträge halten. Ich liebe dich schrecklich und ich hasse es, dass mich das so verwundbar macht. Aber ich bin weder kalt noch zynisch noch verbittert.«

Er lächelte, nahm ihre Hand, sah ihr in die Augen. »Ich

weiß, Patricia. Es ist mein Fehler. Ich hätte nicht fragen sollen. Das geht mich nichts an.«

»Du kannst fragen, was du willst. Du bist mein erster Liebhaber. Beantwortet das deine Frage?«

Sie sah ihm an, dass er bezweifelte, was sie eben gesagt hatte. Er lächelte zaghaft, nachsichtig. »Aber du bist seit Jahren verheiratet. Du musst doch etwas davon gehabt haben ... Du hast Kinder, dazu gehören doch zwei ...«

»Auch wenn ich vierzig Kinder hätte, das würde keinen Unterschied machen. Um Kinder zu zeugen, braucht man lediglich einen Geschlechtspartner. Und ein Geschlechtspartner«, fügte sie, plötzlich auflachend, hinzu, »ist nicht dasselbe wie ein Liebhaber. Ich weiß, wovon ich spreche!«

Er lächelte, lehnte sich zurück, zog schweigend die Augenbrauen hoch. Dann sagte er: »Und du bist sehr zornig.«

»Wahrscheinlich. Aber mehr auf mich selbst als auf andere. Ich bin selbst schuld. ›Hochmut kommt vor dem Fall‹ und so weiter. Als du und ich uns trennten, als du Susan geheiratet hast, habe ich mich wie eine Ertrinkende an einen Strohhalm geklammert. Gerry war ein solcher Strohhalm. Er ist ein zuverlässiger, hart arbeitender Mann und hätte für eine andere sicher einen guten Ehepartner abgegeben; für eine, die keine persönlichen oder seelischen Ansprüche stellt. Aber ich ...«

»Ach, ich bin überzeugt, dass er dich dennoch liebt«, erwiderte er mit leichtem Spott, bemüht, das Gespräch, das ihm Unbehagen bereitete, in eine andere Richtung zu lenken. »Männer mögen Witz. Und du bist wirklich geistreich!«

»Ach, tatsächlich?« Patricia dachte über diese Antwort nach. Wollte er sagen, dass alles in Ordnung war, wenn Gerry sie nur liebte? »Ich vermute, es kommt auf den Mann an. In Gerrys Fall ist es so, dass ein Engel mit einem scharfen Schwert über seine Gefühle wacht. Das ist seine einzige Religion: Er darf nie etwas zeigen, was als menschliche Regung ausgelegt werden könnte. Zärtlichkeit oder Liebe würden ihn vernichten. Also bleibt er unangetastet, untauglich fürs Leben, und damit notgedrungen auch ich.«

»Nicht notgedrungen.«

Patricia sah ihn einen langen Augenblick an, lächelte. »Nein«, sagte sie leise. »Nicht notgedrungen.«

»Hast du Hunger?«, fragte er und beugte sich mit verschwörerischer Miene näher zu ihr. »Wir könnten irgendwo essen, wo es nett ist. Ich kenne ein hervorragendes Restaurant in der Avenue de la Bourdonnais.«

»Nein, ich bin nicht hungrig.«

»Dann bist du also müde?«, fragte er nach einer Weile und verzog die Mundwinkel zu einem Grinsen. »Möchtest du dich gerne hinlegen und ausruhen?«

»Ich möchte mich sehr gerne hinlegen«, sagte Patricia in feierlichem Ton. »Aber ans Ausruhen habe ich dabei weniger gedacht.«

Er lachte und winkte dem Kellner, dass er zahlen wollte. Sie drückte die halb gerauchte Gauloise in ihrem Unterteller aus.

Sie schliefen miteinander. Die Wohnung war halbdunkel, von der Straße draußen drang Licht herein und französische Gesprächsfetzen wurden herangetragen; Lachen, Stimmen, die sich angeregt unterhielten.

Ein solches Glück habe ich nie gekannt, dachte Patricia. Vergiss es nicht, vergiss nicht seine Beschaffenheit, die Berührung, die intensive Wahrnehmung mit Leib und Seele, das Gefühl frei zu sein. Es bedarf nicht einmal des sexuellen Höhepunkts, obwohl das die Krönung wäre. Und er wird kommen. Er wird kommen.

Danach dösten sie und redeten und kuschelten sich aneinander.

Gegen Mitternacht tastete Paddy nach seiner Uhr und knipste das Nachttischlämpchen an. Er seufzte, beugte sich zu ihr, küsste ihre Wange. »Verzeih, mein Schatz. Ich muss gehen.«

Patricia, die in einem halb wachen, halb schläfrigen Zustand angenehmer Trägheit befangen war, starrte ihn entgeistert an, setzte sich auf, zog die Decke bis zum Kinn hoch.

»Hast du nicht gesagt, Susan sei in England?«

»Richtig. Aber sie könnte anrufen.«

Patricia antwortete nicht. Sie verzog den Mund zu einem Lächeln und nickte ihm zu. »Natürlich!«

Paddy zog sich rasch an. »Wir sehen uns morgen. Du bist überwältigend ... wenn nur alles anders wäre. Ich liebe dich – weißt du das?«

Patricia lächelte wieder, nahm das Buch zur Hand, in dem sie zuvor gelesen hatte.

»Vergiss nicht, die Tür hinter mir abzuschließen«, sagte er und warf ihr von der Schlafzimmertür her eine Kusshand zu.

»Bestimmt nicht«, antwortete Patricia gelassen. »Auf keinen Fall.« Als er weg war, sagte sie laut zu sich:

»Er verlässt unser warmes Bett, in dem wir teilten, was wir teilten, weil eine Frau, die er nicht liebt, anrufen könnte! Wenn ich das verstehen könnte, könnte ich auch die Männer verstehen.« Eine innere Stimme flüsterte ihr kalt und abschätzig zu, dass Liebe Handeln erforderte, während Worte billig zu haben waren.

Aber am nächsten Morgen, einem Samstag, als sie Notre-Dame besichtigte und in dem stillen, von Kerzen erleuchteten Raum umherstreifte, folgte sie einem plötzlichen Impuls. Sie ging zum Kerzenstand mit den flackernden kleinen Flämmchen, warf zehn Francs in die Box und wählte eine lange weiße Wachskerze.

»Das«, sagte sie verwegen zu der Statue der Jungfrau Maria, während sie die Kerze anzündete, »ist für Paddy und mich.«

In Hochstimmung kehrte sie zu ihrer Wohnung zurück, und begegnete wieder der Frau von gestern im Flur.

»Hallo.«

»Guten Morgen. Mir gefällt Ihre Stadt.«

Die Frau lachte, ein wenig überrascht, und antwortete in ausgezeichnetem Englisch: »Sie müssen ja nicht hier leben!«

Patricia erklärte, welchen Eindruck sie von Paris hatte; die Französin lächelte nachsichtig über die Komplimente. »Sind Sie zum ersten Mal hier?«

»Vor Jahren war ich für ein paar Tage hier. Aber ich habe es nie richtig genießen können. Es ist wunderbar, hier ein eigenes Zuhause zu haben!«

»Kommen Sie, trinken Sie doch eine Tasse Kaffee mit mir. Dabei kann ich Ihnen sagen, wo man hier am besten einkaufen kann. Wenn man nicht aufpasst, kann man ein Vermögen für Kleider ausgeben!«

Patricia folgte der Frau in ihre Wohnung im Erdgeschoss auf der anderen Seite des Hofes. Wie ihre eigene war auch diese Wohnung gefliest, aber auf dem Boden lag ein alter orientalischer Teppich und an den weiß getünchten Wänden hingen Gemälde. Die Wände waren mit Bücherregalen bedeckt.

»Wo haben Sie so ausgezeichnet Englisch gelernt?«, fragte Patricia aus den Tiefen eines mit einem Dekostoff bezogenen Sessels, in dem sie versunken war.

»Zu liebenswürdig von Ihnen! Ich spreche es beileibe nicht fehlerlos. Aber ich habe in London Französisch unterrichtet. Drei Jahre lang.«

Patricia sah sich um. Da gab es Topfblumen und sich rankende Pflanzen, und über dem Kamin hing ein riesiger Spiegel mit Goldrahmen. Der Duft frischen Kaffees zog von der Küche herein, und die Gastgeberin trug ein Tablett in der Hand, das sie auf dem Couchtisch abstellte. Sie lächelte ihrem Gast zu.

»Wir haben uns noch gar nicht einander vorgestellt. Ich heiße Jeanine Remion.«

»Patricia Galligan.«

Sie sprachen über Irland und tranken dabei Kaffee. Jeanine war in Connemara gewesen, das ihr gut gefallen hatte. Sie war geschieden und hatte eine verheiratete Tochter, die in Lyon lebte. Sie hob die Schultern und breitete die Arme aus. »Besser, geschieden zu sein, als zu streiten! Meinen Sie nicht auch?«

Patricia erzählte von ihrem Leben in Dublin, von ihrem Mann und den beiden Kindern. Dann fragte Jeanine: »Kommt ihr Mann nach?«

Patricia errötete bis an die Haarwurzeln. »Nein. Ich bin alleine hier!«

»Ich verstehe ...« Jeanine begann zu lächeln wie jemand, bei dem der Groschen endlich gefallen war. »Paris ist ein guter Ort für Liebespaare!« Sie lachte freundlich, als sie sah, wie verlegen Patricia wurde. »Sie werden ja rot wie ein kleines Mädchen.«

Patricia lachte verschämt, wechselte schnell das Thema, erzählte von ihrem Wunsch, endlich richtig Französisch zu lernen. Ein paar Minuten später sah sie auf die Uhr. »Ich muss gehen. Ich erwarte jemanden!«

Jeanine lächelte, stand auf und begleitete sie zur Tür. »Ich hoffe, Ihr Liebhaber verdient Sie auch!«, sagte sie ernst, und der Schalk blitzte ihr dabei in den Augen.

Paddy kam gegen Mittag.

»Los, komm. Ich zeige dir Versailles, junge Frau.« Wie ein Wirbelwind war er zur Tür hereingekommen und erfüllte die Wohnung mit seiner Anwesenheit, seiner Lebendigkeit.

»O Paddy ... ich habe einen langen Spaziergang gemacht, ich habe Notre-Dame besichtigt, und als ich zurückkam, habe ich mit einer Nachbarin, Jeanine irgendwas, Kaffee getrunken.«

»Wo wohnt sie?«

»Da drüben, überm Hof.« Und sie zog ihn ans Küchenfenster und zeigte es ihm. »Sie sagte, sie hoffe, dass mein Liebhaber mich auch verdient!«

Paddy lachte. »Er verdient dich nicht«, sagte er und sah sie an. »Und wenn ich ihn erwische, schlage ich ihm den Schädel ein!«

»O Paddy!«

Sie fuhren nach Versailles, spazierten im Park herum, besichtigten die beiden Trianons, küssten sich innig am kleinen Liebestempel, schlossen sich einer Gruppe an und ließen sich durchs Schloss führen. Patricia betrachtete sich im Spiegelsaal, dachte an die glücklose Marie-Antoinette, die hier ihr sechzehnjähriges Spiegelbild betrachtet hatte; dachte daran, wie der Sonnenkönig aufstand und zu Bett ging und keinen Augenblick des Privatlebens hatte, wenn er es sich nicht heimlich gönnte; und er musste sich viele solche Augenblicke gegönnt haben, dachte sie, als sie sein Porträt betrachtete und in seinem Gesicht die Spuren von Ausschweifung und Lasterhaftigkeit sah. Die arme kleine Marie-Antoinette wurde lange nach ihm ein Opfer der Politik, gefangen in der Tretmühle der Hofetikette und der Hofintrigen. Und dann die Eifersüchteleien, der Hass und die politischen Machenschaften, während es jenseits der Mauern von Versailles im ganzen Land brodelte und der aufgestaute Unwille der Notleidenden kurz davor war, sich zu entladen.

Paddy beobachtete sie genau, schien sich zu freuen, dass es ihr gefiel.

»Du hast eine lebhafte Phantasie!«, sagte er, als sie ihn an ihren Gedanken teilhaben ließ.

»Ich glaube nicht. Aber ich interessiere mich für Geschichte.«

Sie aßen in dem Städtchen Versailles zu Mittag und fuhren dann nach Paris zurück, wo sie das Musée d'Orsay besuchten. Anschließend machte Paddy mit ihr eine Fahrt in einem *bateau-mouche*. Sie aßen an Bord, während sie die Seine-Inseln umfuhren, zu den Brücken und den großen, von Flutlicht beleuchteten Bauwerken aufblickten. Dazu spielte ein Harfenist sanfte Melodien auf einer riesigen irischen Harfe.

Patricia verzichtete auf Wein, fand das Essen köstlich, gab sich dem Vergnügen dieser Bootsfahrt in seiner Begleitung hin. Paddy beugte sich zu ihr herüber und küsste sie mehrmals. Er trank ein wenig zu viel.

»Du bist die Frau, die ich will. Mit dir könnte ich überallhin gehen, alles machen.«

Patricia beugte sich zu ihm und fragte unvermittelt, mit gesenkter Stimmte: »Wie haben wir es eigentlich geschafft, uns zu verlieren? Warst du denn so böse auf mich, weil ich auf dich böse war?« Das Gefühl unwiederbringlichen Verlusts trieb ihr die Tränen in die Augen. »Ich glaube, wir hätten es gut hingekriegt, Paddy!«

Paddy schwieg und sah starr vor sich hin. »Ich musste sie heiraten, Pat«, sagte er schließlich. »Sie war schwanger!« Er legte seine Gabel beiseite und ergriff ihre Hand, wie um sich zu entschuldigen.

»Hat sie dich gestern Nacht angerufen?«, fragte Patricia nach einer Weile, scheinbar beiläufig.

»Nein.«

Beim Aussteigen ging Patricia über die mit Teppich bedeckte Gangway hinter Paddy her; als sie sich kurz umdrehte und einen letzten Blick aufs Boot warf, entdeckte sie ein bekanntes Gesicht, erkannte es mit Entsetzen als ein böses Omen. Es war John Millar und er hatte sie gesehen, nickte ihr hinter Paddys Rücken zu, das Gesicht verkniffen, ein Grinsen unterdrückend.

Als sie draußen waren, sagte sie zu Paddy: »Ich möchte gleich nach Hause.«

Paddy, der glaubte, sie fühle sich nicht wohl, brachte sie schnell zum Auto, öffnete ihr die Tür. Als sie losgefahren waren, sagte sie: »Ich habe diesen John Millar auf dem Boot gesehen … er muss irgendwo hinter uns gesessen haben. Er kennt Gerry, weißt du. Gerry hat ihn einmal zu uns nach Hause eingeladen, ein paar Wochen, nachdem du aus Irland abgereist warst. Es war so peinlich. Aber er sagte nichts, obwohl er unverschämt vertraulich tat, sobald Gerry das Zimmer verlassen hatte; er hat mich über dich ausgefragt und dazu gegrinst. Ich hatte vorhin Angst, dass er kommen und uns in ein Gespräch verwickeln würde, deshalb hatte ich es so eilig!«

Paddy sprach eine Weile nicht. »Er hat mir einmal gesagt, er käme im September mit seiner Frau nach Paris. Hat er dich denn erkannt?«

»Natürlich.«

»Das beunruhigt dich doch nicht etwa? Er wird schon nichts sagen. Männer sind diskret in solchen Dingen!«

»Glaubst du wirklich?«

Sie verfiel wieder in Schweigen. Sie hatte immer noch seine Worte im Ohr – »Ich musste sie heiraten, Pat. Sie war schwanger.« Und vor ihrem inneren Auge sah sie das wissende Grinsen von John Millar. Sie fühlte sich, als wäre sie tapfer ins Wasser gesprungen, müsste nun aber feststellen, dass es weitaus kälter und tückischer war, als sie es sich vorgestellt hatte. Paddy begleitete sie hinauf in die Wohnung.

»Ich möchte heute Abend alleine sein, Paddy. Ich hoffe, du nimmst es mir nicht übel!« Er nickte, seufzte, sah sie beunruhigt an. Als er sie küssen wollte, wandte sie den Kopf ab. Er hob beschwichtigend die Hände. Sie schloss die Tür hinter ihm ab und hörte, wie er die Holzstiege hinunterging.

Vom Fenster aus sah sie, wie er die Straße überquerte und zum Auto lief. Er blickte zum Fenster hinauf, aber sie stand hinter dem Vorhang und so konnte er sie nicht sehen.

Sie setzte sich im Dunkeln auf einen Stuhl. »Hör auf, dir so viele Gedanken zu machen!«, flüsterte sie vor sich hin. »Das ist vorbei, ist Vergangenheit. Es war ein anderes Leben! Worauf es ankommt, ist das Heute. Genieße das Heute!«

Aber sie wusste, dass ›das Heute‹ weder von der Vergangenheit noch von der Zukunft geschieden werden konnte. Es benötigte beides, um eine Bedeutung zu haben, um zu existieren.

Sie ging in die Küche, sah aus dem Fenster. In Jeanines Wohnung brannte Licht. Die Vorhänge waren nicht zugezogen, und Pat sah, dass sie Gäste hatte. Sie stellte sich Paddy in seinem Auto vor, unterwegs nach Hause, in die Wohnung seiner Frau unweit der goldenen Kuppel des Invalidendoms. Sie dachte an Gerry und die Kinder in Dublin, die bestimmt kaum einen Gedanken an sie verschwendeten. Sie dachte an sich selbst, dass sie allein war und dummerweise verwundbar, in einer fremden Stadt, in der sie keine Menschenseele kannte.

Ein Gefühl der Einsamkeit überwältigte sie. Sie kam sich vor wie ein Meerestierchen, das es an den falschen Ort verschlagen hatte, und das nun unter einem Stein am Meeresgrund hervorlugte, während das Meer toste, wie es seine Bestimmung war. Sie, Patricia, hatte keine solche Bestimmung. Seit dem Tag, an dem sie geheiratet hatte, hatte sie sich bemüht eine Rolle auszufüllen, die sie sich nicht ausgesucht hatte; eine Rolle, für die sie nicht einmal geeignet war. Und indem sie nach Paris gekommen war, um mit Paddy zusammen zu sein, hatte sie sich auf eine Situation eingelassen, die sich nur eine Frau erlauben konnte, die stark und vollkommen unabhängig war. Eine starke unabhängige Frau betrachtete man als freien Menschen, als Frau, die die Gelegenheit beim Schopf packen durfte, sich für eine Weile mit ihrem Liebhaber die Zeit zu vertreiben. Eine abhängige Frau ohne eigenes Geld galt dagegen als die Mätresse, die Hure, das Flittchen.

Groll stieg in ihr auf. Ich könnte morgen nach Hause fahren, dachte sie. Ich muss nur den Flughafen anrufen und umbuchen. Und dann dachte sie daran, wie sie in die Unsichtbarkeit zurückfallen würde, in den Status des häuslichen Fußabstreifers. Sie dachte an Gerrys Sarkasmus, Simons Aggression, Orlas Überempfindlichkeit.

»Aber ich will nicht nach Hause zurück!«, flüsterte sie. »Ich will leben, und ich will frei sein!«

Paddy fuhr heim, parkte das Auto und sperrte die Tür zu der geräumigen Diele des Apartmentblocks auf. In Gedanken war er bei Patricia. Er sah ihr Gesicht vor sich, wie sie ihm gute Nacht gewünscht hatte, wie sie sich abgewandt hatte, als er sie küssen wollte. Der Tag, der so gut angefangen hatte, hinterließ einen faden Nachgeschmack. Der Tag zuvor war unglaublich gewesen, hatte sich zu Höhen aufgeschwungen, wie er sie selten erlebt hatte.

Er empfand Patricia gegenüber Unbehagen. Sie passte nicht in das gängige Muster einer Affäre. Obwohl Mutter von zwei Kindern, hatte sie etwas Unverdorbenes an sich, als wäre sie noch unberührt. »Du bist mein erster Liebhaber«, hatte sie gesagt. War denn so etwas möglich, in dieser Zeit, in diesem Jahrhundert? Mit was für einem Idioten war sie denn verheiratet? Er wusste, dass er in ihr seine Jugend wiedergefunden hatte, das, was er vor einundzwanzig Jahren zurückgelassen hatte. Die Frische der Beziehung war belebend, aber es konnte keine gemeinsame Zukunft geben, nicht jetzt. Das würde er ihr allerdings so nicht sagen. Er wusste, worauf sie hoffte; er spürte den Sog.

Sein halbes Leben war vorüber, und er war müde. Das Leben, das hinter ihm lag, hatte zu viel Kraft gekostet, als dass noch Raum für leidenschaftliche Träumereien übrig geblieben wäre; in der Liebe wie in anderen Bereichen wusste er, wie die Dinge liefen, er kannte den Reiz der ersten Begegnung, die allmähliche Ernüchterung und am Ende das widerstrebende Gefühl der Beklemmung. Jahrelang hatte er sich sein Vergnügen geholt, wo immer er konnte, mühelos. Er war ein guter Liebhaber; die Frauen spürten seine Sinnlichkeit, seinen Wagemut. Es weckte den ihren. Was er an Frauen liebte, war ihr Anderssein, das Versprechen von etwas Neuem und hinreißend Geheimnisvollem. Was er an Frauen hasste, war ihre Verletzlichkeit, ihre Menschlichkeit, ihre Sterblichkeit. Er wünschte sich eine Frau, die eine ewige Herausforderung darstellte, die das Geheimnis, die Frische ihres Andersseins bewahrte, die verlockende Pikanterie ihrer anfänglichen, unpersönlichen Neugier.

Und bevor sie sich hingab, war da stets die noch verlockendere Herausforderung der Keuschheit.

Bei Pat war das anders. Zuerst hatte er sich einfach etwas beweisen wollen, wieder in seine Jugend zurückkehren, sehen wollen, ob Pat noch so war, wie er sie in Erinnerung hatte, herausfinden, ob sie ihn attraktiv fand, dem Schatten einer Erinnerung nachjagen. Und wenn die wieder aufgenommene Beziehung zu etwas führte – schön und gut. Vorausgesetzt, sie wurde nicht zu einer Belastung, oder zu schwierig, oder zu fordernd.

Aber es lief nicht so, wie er es sich vorgestellt hatte. Immer häufiger dachte er in einer Weise an sie, die ihn beunruhigte; er hatte seinen Frieden verloren, genau wie damals. Er kämpfte mit einer Wirklichkeit, die ihm nicht willkommen war. Es war nur ein Zwischenspiel, redete er sich ein. Sie würde bald nach Hause zurückkehren, und dann würden sie sich nur noch selten sehen.

Er betrat die leere Wohnung. Die Familienfotos starrten ihm vom Kamin im Wohnzimmer entgegen: Susan mit Guy, dem Ältesten; Guy und seine Schwester Michelle; er selbst und Susan am Brunnen auf der Place de la Concorde, an ihrem fünften Hochzeitstag.

In der makellosen Küche trank er ein Glas Wasser. Er versuchte sich auf die Probleme zu konzentrieren, die er am Montag zu lösen hatte: die Sitzung der Geschäftsleitung, die Vorbereitungen, die er dafür getroffen hatte. Doch das Einzige, woran er denken konnte, war Pats Gesicht, ihr Sichabwenden, der niedergekämpfte Schmerz. Er hätte ihr nicht sagen sollen, dass er Susan geschwängert hatte. Was für ein Dummkopf er doch gewesen war, ihr das zu sagen; er hatte Salz in alte Wunden gestreut. Pats Energie, die Kraft, die sie mit so großer Anstrengung verbarg, um den Anstand zu wahren, die Intensität, als sie miteinander geschlafen hatten – all das rief widersprüchliche Gefühle in ihm hervor. Er wollte sich davon befreien, um wirklich frei zu sein; aber gleichzeitig wollte er auch mit ihr zusammen sein und mit ihr sprechen und mit ihr schlafen, bis zum Tod. In ihr fand er das Tor zu sich selbst. Die Aussicht auf eine Nacht ohne sie erschien ihm plötzlich unerträglich.

Er griff nach dem Hörer.

Sie sprang auf, als es läutete, und lief in Strümpfen durch die halbdunkle Wohnung, um abzuheben.

»Hallo?«

Sie hörte, wie er tief Luft holte, bevor er sprach. »Es tut mir Leid, Liebling; ich liebe dich. Ich möchte dich nicht verletzen!«

Patricia zögerte, bevor sie antwortete. »Was vorbei ist, ist vorbei«, sagte sie, obwohl sie wusste, dass sie selbst nicht an ihre Worte glaubte.

»Du fehlst mir ...«, flüsterte er mit sehnsuchtsvoller Stimme. »Soll ich zurückkommen? Darf ich zurückkommen?«

»Ja«, flüsterte Patricia. »Komm; ich warte auf dich!«

Paddy blieb die ganze Nacht. Das Telefon in seiner Wohnung läutete am frühen Morgen, aber niemand war da, um abzuheben.

18. Kapitel

Wir sind Wesen von einer ungeheuren seelischen Kraft, gefangen in unseren Körpern; ausgelaugt von den Problemen des Überlebens und die durch zahllose Religionen verkauften Träume.

Nur durch das Leben – durch Liebe, Leidenschaft, durch Sexualität als deren Feier – finden Männer und Frauen zu einer gemeinsamen Humanität, zu der Polarität und Kraft, die das Menschengeschlecht zusammenhält.

Durch Sexualität und Liebe und das aus ihnen geborene Mitgefühl entdecken wir, wer wir sind, gelangen an unsere Grenzen, überschreiten sie und wachsen. Ich weiß, dass ich in dieser Liebe mich selbst und meine Freiheit finden würde.

Aber wann werde ich diese Liebe finden? Wird sie zu mir kommen, weil das Schicksal weiß, wo ich bin, und mich nicht vergeudet sehen will, oder ist es mir bestimmt, durch die Welt zu ziehen und missverstanden zu werden?

Aus: *Die Pferdeohren*, 1988

Wind auf dem Pont Neuf. Ende September; sechs Uhr nachmittags. Der Abend kam; auf Gehsteig und Straßen wirbelte das trockene Laub in einsamen Spiralen. Clochards kauerten sich in den Schutz der Brücke. Die Lichter der Stadt spiegelten sich im Wasser. Der vom Flutlicht golden angestrahlte Eiffelturm rechts, links die alte Conciergerie mit ihren bedrohlich wirkenden Türmchen, mehr als einhundertfünfzig Jahre, nachdem Marie Antoinette hier gefangen saß. Der Fluss war unruhig; die *vedettes* – die Vergnügungsboote an der Brücke – schienen fast menschenleer. Die Stadt begab sich zur Ruhe; es begann zu regnen.

Patricia war auf dem Rückweg von der Samaritaine, wo sie einen neuen Pullover erstanden hatte. Unterwegs kaufte sie in einer Charcuterie in der Rue Dauphine Essen zum Mitnehmen – zwei Portionen Schweinekoteletts in Pilzsauce, dazu Salat. Zuvor hatte sie eine Galerie in der Nähe besucht, wo eine Ausstellung mit Gemälden von David de Barra stattfand. Es kam ihr merkwürdig vor, seine Werke ausgerechnet hier in Paris zu sehen.

Ich werde ein paar seiner Bilder kaufen, dachte sie, als sie die seltsamen Landschaften betrachtete, deren schattenhafte Gestalten am Rand sie als eine Art Rachegottheit deutete. Aber nicht jetzt, sondern in Dublin. Die Preise hier sind astronomisch! Als sie das Bild von Joan entdeckte, erschrak sie: Joan, die sich zurücklehnte, während eine schattenhafte Figur, halb gespenstisch, halb real, auf sie zukam. Fasziniert betrachtete sie das Bild. Es war, als würde man eine gute Bekannte verwandelt auf der Bühne sehen und müsste feststellen, dass man sie nicht wirklich gekannt hatte; dass sie eine Energie und Entschlusskraft besaß, die man ihr nie zugetraut hätte. Mit ihrer Miene wilder Entschlossenheit wirkte Joan auf seltsame Weise unwiderstehlich. So sah David sie wahrscheinlich, diese Frau mit der geschmeidigen Kraft, die dem bedrohlichen Schatten furchtlos die Stirn bot. Wie eine, die am Ende ihrer Kräfte ist und dennoch standhält. Diese Kraft veränderte ihr Gesicht, machte es schön. Das Licht fiel auf ihr Haar, umtanzte es funkensprühend. Hinter ihr erstreckte sich ein dunkler Nachthimmel, als wollte der Künstler sein Objekt ganz bewusst an der Unendlichkeit messen.

Er braucht und bewundert sie, dachte Patricia beeindruckt. Sie verkörpert die Kraft in dem Gemälde, nicht diese merkwürdige dunkle Gestalt. Und dann überlegte sie, weshalb Joans Gesicht eine solch verzweifelte Entschlossenheit ausdrückte; wodurch war in ihrem Leben mit David diese Entschlossenheit ausgelöst worden? Oder hatte er diesen Wesenszug in ihr herausgefordert, um sie dann so malen zu können?

Was es wohl für ihn bedeutete, in Paris ausgestellt zu werden? Das hieß bestimmt, dass sich allmählich der Erfolg einstellte. Und da sie wusste, wie sehr Joan ihn liebte, freute sie sich darüber.

Sie wollte gerade die Galerie verlassen, als sie David selbst sah. Er stand an der Tür, ins Gespräch mit einem Mann vertieft, in dem Patricia den Galeriebesitzer vermutete. Sie erkannte ihn mit Schrecken; sie war sich ganz sicher, dass er es war, obwohl sie ihn erst zweimal gesehen hatte. Sie blickte sich um und fragte sich, ob auch Joan da war; aber sie war nirgends zu sehen.

Was würde sie Joan sagen, wenn sie plötzlich vor ihr stünde? Dass sie eine Zeitlang in Paris lebte? Und sie und David zu sich in ihre Wohnung einladen? Was, wenn sie kamen und Paddy auftauchte? Nein, das Beste war, sich schnell davonzumachen, ohne ihn anzusprechen.

Patricia war in Gedanken noch bei Joan, während sie den Boulevard Saint-Germain entlang in ihre Wohnung im Quartier Latin zurückging. Es waren jetzt weniger Leute unterwegs; die Aussicht auf einen Abend im Familienkreis, mit Abendessen, Fernsehnachrichten, Besuch von Freunden auf einen Plausch oder ein gemeinsames Mahl, dann ein frühes Zubettgehen, hatte sie nach Hause getrieben.

Pat verglich Paris mit Dublin. Dort würde es jetzt regnen, ganz bestimmt, und zwar nicht zu knapp. Aber der Tag würde erst jetzt beginnen. Die Arbeit war vorbei, der Abend lag vor einem; die Pubs würden sich füllen. Während hier, im glanzvollen Paris, sogar die Cafés ihren Reiz verloren hatten, nachdem sich die Besucher nach innen verzogen hatten und die Tische auf den Bürgersteigen verwaist waren.

Sie ging unter Bäumen, um dem Regen möglichst auszuweichen. Im Eingangsbereich der medizinischen Fakultät der Sorbonne kauerte eine alte Frau, eine Trinkerin, die Flasche griffbereit neben sich, vor dem Regen nur sehr unvollkommen geschützt. Patricia erschauderte, versuchte sich diese Frau vorzustellen, als sie noch ein Kind war, das durch die Sommertage lief und hüpfte. Was hätte sie gesagt, wenn man ihr damals ihre Zukunft gezeigt hätte? Wie war es so weit mit ihr gekommen?

Pat schlug den Mantelkragen hoch, da sie weder Schal noch Regenschirm dabeihatte. Sie konnte sich in einen Türeingang stellen und warten, bis der Regen nachließ, oder nach Hause laufen. Doch dann ging sie mit forschen Schritten weiter, das Haar klatschnass; auch über die Schultern rannen Regentropfen. Wie gut würde nun ein heißes Bad tun, und dann der kuschelig warme Bademantel.

Sie stellte sich in die kurze Schlange in der Boulangerie unweit der Wohnung.

»*Une baguette, s'il vous plaît.*«

Wofür kaufte sie eigentlich dieses Brot? Ein langes knuspriges Stangenbrot, köstlich am gleichen Abend. Doch wenn man etwas davon zum Frühstück am nächsten Morgen aufhob, biss man sich die Zähne daran aus.

Paddys Flugzeug aus Marseille landete heute Abend um sieben Uhr in Orly. Gegen acht würde er bei ihr sein. Sie würde bereit sein, gebadet, parfümiert. Er würde sie in die Arme schließen und allein dadurch sofort ein Gefühl in ihr auslösen. Sie würde lachen und ihm von ihren vermeintlichen kleinen Triumphen erzählen – wie sie mit der *vendeuse* in der Samaritaine gesprochen und sie beinahe verstanden hatte, als sie ihr den Preis nannte. Sie wollte ihre Einsamkeit nicht zeigen. Sie musste eine Herausforderung bleiben, ihre Verletzlichkeit verbergen. Ein paar Stunden würde sie mit ihm verbringen, dann würde er wahrscheinlich nach Hause gehen.

Das Zwischenspiel in Paris hatte nicht das gebracht, was sie sich erhofft hatte. Das Glück, Zeit und Raum zu haben, um mit Paddy zusammen zu sein, hatte sich darauf reduziert, dass sie Zeit und Raum hatte, allein zu sein. Sie war jetzt schon fast vier Wochen im ›Urlaub‹, und Paddy schien hin und her zu schwanken zwischen intensivem Kontakt und kränkender Leichtfertigkeit, als spiele er Jo-Jo mit den Gefühlen, als ringe er darum, wie er ihre Beziehung einordnen sollte. Sie hatte sich mehr oder weniger abgefunden mit dem, was er ihr auf dem *bateau-mouche* gesagt hatte, dass nämlich Susan schwanger war, als er sie geheiratet hatte.

Paddy hatte ihr voller Misstrauen und Zögern am Abend nach ihrer Bootsfahrt auf der Seine die damaligen Umstände dargelegt. Er hatte Susan, so erklärte er, bei einer Party kennen gelernt, die ein gemeinsamer Freund gegeben hatte, der ebenfalls Maschinenbau studierte. Patricia war in der Zeit zu Besuch bei ihren Großeltern auf dem Land gewesen. Der Früchtepunch hatte es in sich gehabt, und sie hatten beide zu viel getrunken. Als er sie nach Hause brachte, lud sie ihn zu sich in ihre Wohnung ein, auf die Couch, und dort zeugten sie ihr ältestes Kind.

»Sie hat mich verführt. Ich mache ihr keine Vorwürfe. Ich war … anfällig dafür, damals, Patricia. Kannst du das verstehen?«

Patricia dachte mit einem Gefühl tiefen Bedauerns an Glendalough. »Wenn ich etwas getaugt hätte, hätte ich dich verführt. Aber ich war verschüchtert … einer Gehirnwäsche unterzogen.«

»Unsere ganze Generation war einer Gehirnwäsche unterzogen«, meinte Paddy. »Kannst du dir vorstellen, was in mir vorging, als ich nicht nur erkannte, was ich getan hatte, sondern auch für die Konsequenzen einstehen musste?«

Er fuhr sich mit der Hand durchs Haar, eine Geste der Erschöpfung. »Wie hätte ich es dir sagen sollen? Du warst die Prinzessin im Elfenbeinturm! Du hättest für mich nur Verachtung übrig gehabt!«

»Nein, das stimmt nicht«, flüsterte Patricia. Aber sie wusste, dass er die Wahrheit sagte.

»Wie auch immer«, fuhr Paddy fort, »die Würfel waren gefallen. Irgendwie gab ich dir die Schuld dafür, weißt du …«

»Weshalb?«

»Keine Ahnung. Ich machte es dir zum Vorwurf, dass du so verdammt sittsam warst. Dass du wie eine Klette an Gerry hingst, mit einem solch erstaunlichen Eifer. Dass du mir keine Chance gegeben hast es dir zu sagen, dir begreiflich zu machen, dass es meiner Liebe zu dir keinen Abbruch tat. Aber nein ... du warst unerreichbar. Du hattest mich beiseite geschoben, einfach so! Ich hörte dich lachen, als du Gerrys Arm in der Haupthalle in Earlsfort Terrace nahmst, einen Tag, nachdem ich versucht hatte, mit dir zu reden.«

»Es war kein fröhliches Lachen«, flüsterte Patricia und die alten Verletztheit, die alte Wut kamen wieder hoch. »Du hast mich gehasst!«, fügte sie entgeistert hinzu.

»Irgendwie ja. Als ich hörte, dass du ihn geheiratet hast, habe ich dir nichts Gutes gewünscht. Schlecht sollte es dir gehen. Ich war wie die dreizehnte Fee bei der Taufe, wenn auch aus der Ferne. Ich habe dir gewünscht, dass du dich ein Leben lang nach mir sehnst, damit du begreifst, was wir verloren hatten!« Er starrte sie an, unverwandt, unbeeindruckt von ihren Tränen.

»So«, sagte er erbarmungslos. »Jetzt kennst du die Wahrheit!«

Nach einer Weile sagte Patricia: »Du bist so ungerecht! Du hast doch zuerst geheiratet. Jetzt begreife ich, dass du nach Dublin gekommen bist, um Rache an mir zu nehmen! Aber du hast deine Rache schon gehabt. Viele Jahre lang. Deine Briefe und Gedichte habe ich durchgeblättert bis zum Geht-nicht-mehr. Dein Gesicht geisterte durch meine Träume! Was willst du noch mehr von mir?« Sie machte eine ausladende Geste.

»Gehört das hier auch zu deiner Rache? Dass ich hier bin, auf deinem Terrain, zu deinen Bedingungen, als eine Art Hure?« Sie machte eine Pause, atmete schwer. »Ist es so? Nun gut, dann genieße es, wenn Rache süß ist, genieße es! Aber das hätte ich von dir nicht erwartet!«

Sie wandte sich ab, ging auf die Tür zu, doch Paddy holte sie ein, hielt sie fest und brachte sie wider ihren Willen ins Schlafzimmer. Er drückte sie gewaltsam aufs Bett, machte sie wehrlos durch das Gewicht seines Körpers. Sie schmeckte seine Tränen in ihrem Mund.

»Es tut mir Leid, es tut mir so Leid ... Es war meine Schuld, Pat, und ich kann es nicht ertragen. Das ist es, was mich quält. Ich kann den Gedanken nicht ertragen, dass ich mein Leben verpfuscht habe!«

Patricia wehrte sich nicht mehr. »So elend geht es dir?«, fragte sie nach einer Weile.

»Manchmal! Manchmal ja! Es ist nicht Susans Schuld, wir sind nur derart verschieden und haben unterschiedliche Bedürfnisse!«

Dann stellte sie eine Frage, die sie gar nicht hatte stellen wollen. »Weshalb bist du ihr dann so sehr verpflichtet?«

Er rollte sich zur Seite und sah zur Decke. »Weil ich ihr mein Wort gegeben habe.« Er seufzte. »Ich habe ihr mein Wort gegeben und ein Leben darauf aufgebaut ... ich halte, was ich einmal versprochen habe!«

»Hast du dein Leben darauf aufgebaut, oder eine Lüge?«, beharrte Pat, und Wut stieg in ihr auf. »Und wenn du deine Versprechungen hältst, was zum Teufel suchst du dann in meinem Bett oder im Bett anderer Frauen? Oder ist es in Wirklichkeit der äußere Schein, an dem du festhältst, heuchelst du, weil dein Stolz auf dem Spiel steht? Weil du attraktiv bist und andere Frauen dazu benutzen kannst, dir deine unerträgliche Ehe erträglich zu machen?«

Er fuhr wütend auf. Sie spürte seine innere Kälte, spürte, wie er sich von ihr zurückzog. Einen Augenblick lang dachte sie, er würde aufstehen und gehen.

»Tut mir Leid«, sagte sie traurig. Er erwiderte nichts, doch nach einer Weile streckte er in der Dunkelheit seine Hand aus und strich ihr über die tränennasse Wange.

An jenem Abend schliefen sie nicht miteinander. Sie hielten einander fest, bis der Schlaf sie überwältigte. Als Pat am Morgen aufwachte, war Paddy fort.

Danach hatte Paddy beruflich schrecklich viel zu tun. Und Susan kam nach Paris und wohnte in ihrer gemeinsamen Wohnung unweit des Invalidendoms.

Manchmal blieb er unter dem Vorwand einer Geschäftsreise über Nacht bei Patricia, aber er kam nie wieder auf die Vergangenheit zu sprechen. Im Großen und Ganzen hatte das Familienleben für ihn Vorrang, als habe er sich bewusst dafür entschieden. Patricia musste zugeben, dass auch das, auch wenn sie einsam zurückblieb, auf eine Art nützlich war. Sie spielte mit dem Gedanken, nach Hause zurückzukehren, genoss aber das Gefühl der neu gefundenen Selbstständigkeit zu sehr, um es so rasch wieder aufzugeben. Der Raum, den sie hier für sich hatte, die Einsamkeit, erlaubten es ihr, sich auf ihr eigenes Leben zu konzentrieren. Sie wusste, dass sie tief greifende Veränderungen vornehmen musste, war aber unfähig, die notwendigen Entscheidungen zu treffen oder zielstrebig einen Entschluss zu fassen.

Sie hatte den Kontakt mit Dublin nicht abreißen lassen, rief ab und zu an und hatte mit Orla gesprochen, die sie über Paris ausfragte und sagte, Daddy arbeite hart. Orla freute sich aufs College. Ihr war ein Studienplatz in Belfield angeboten worden, für Naturwissenschaften, ihre zweite Wahl. Für Jura waren ihre Noten nicht gut genug.

»Belästigt Mick dich immer noch?«

Sie hörte Orla am anderen Ende der Leitung seufzen. »Nein, Mama.«

Simon sprach einmal, Gerry zweimal mit ihr. Gerry tat beschäftigt, sagte, dass alles in Ordnung sei, erkundigte sich aber mit unterschwelligem Sarkasmus, ob sie sich gut amüsiere, und deutete damit zugleich an, dass er arbeitsmäßig überlastet sei und sie im Vergleich dazu ein schönes Leben habe.

»Wenn du wieder da bist, gehe ich ein paar Tage zum Fischen.«

»Ja? Und wohin?«

»Nach Galway.«

»Das ist eine gute Idee! Du musst auch mal ausspannen.«

»Hast du denn noch nicht genug von Paris?«, fragte Gerry salbungsvoll.

»Die Frage müsste eher lauten, ob Paris schon von mir genug hat!«

Aber sie war außer Stande, ihre Erwartungen an die Beziehung zu Paddy ganz über Bord zu werfen. Sie hielt hartnäckig daran fest, wider alle Vernunft und wider den gesunden Menschenverstand. Es ist eine Wirklichkeit von einer Tiefe, wie ich sie nie gekannt habe. Wie kann ich das so einfach wegwerfen? Zwinge mich nicht, das wegzuwerfen! Ich kann nicht und ich will nicht! Diese vollkommenen Augenblicke sind die Schmerzen wert!

In besonneneren Momenten hielt sie sich dann wieder vor, dass sie ja noch relativ jung war und ihr das Wagnis einer neuen Liebe noch offen stand, dass die einzige Macht, die Paddy über sie besaß, die Macht war, die sie ihm selbst einräumte.

Meist sah sie ihn abends für ein paar Stunden, bevor er nach Hause ging. An diesem Abend, an diesem verregneten Freitag Ende September, ihrem vorletzten Abend, würde er direkt vom Flughafen aus zu ihr kommen; er war geschäftlich in Marseille gewesen und sein Flugzeug würde um sieben Uhr landen.

An der grünen Haustür angelangt, tippte sie die Zahlenkombination ein, drückte den Knopf und stieß nach dem Summton die Tür auf. Der geflieste Flur lag im Dunkeln; sie tastete nach dem Lichtschalter, stieg dann die eigentümliche Holztreppe hinauf. Aus anderen Wohnungen drangen Stimmen, das Geräusch eines Fernsehers, Essensgerüche; jemand bereitete ein Omelett zu.

Sie sperrte die Wohnungstür auf und zog gleich die nassen Schuhe aus. Sie hatte gelernt, sehr sauber, sehr ordentlich zu sein, sehr heikel. Niemand nahm ihr jetzt die Arbeit ab.

Ihre nasse Jacke hängte sie über eine Stuhllehne. Sie ging in die Küche, blickte hinaus auf den dunklen Hof, sah das Licht in Jeanines Wohnung.

Sie kannten sich inzwischen recht gut, tranken häufig Kaffee miteinander oder gingen einkaufen. Sie hatte auch Jeanines Tochter und Enkel kennen gelernt, die für ein paar Tage aus Lyon gekommen waren.

Dann zog sie die Vorhänge zu, ging in das schlauchartige Badezimmer, das so winzig war, dass die Badewanne gerade so darin Platz hatte, drehte den Wasserhahn auf. Während sich die Wanne füllte, legte sie sich aufs Bett und spürte, wie die Anspannung von ihr wich. Es war schön, wieder hier zu sein, dem Regen entkommen zu sein, an einem sicheren Ort geborgen. Da läutete das Telefon.

»Hallo, Liebling«, sagte die geliebte Stimme.

»Hallo, Paddy.«

»Das verdammte Flugzeug hat Verspätung. Geht erst um neun. Aber wir sehen uns um zehn, wenn es dir recht ist.« Sie hörte im Hintergrund Stimmengewirr, die verwischten Geräusche eines öffentlichen Fernsprechers.

»Ja. In Ordnung.«

»Tut mir Leid. Ich schaffe es nicht bis zum Abendessen.«

»Wie schade. Schweinekoteletts. Die halten sich noch.«

»Liebst du mich noch?«

»Dumme Frage!«

»Also dann bis um zehn ... Ich muss mich beeilen. Bis gleich.«

Sie legte auf. Stille. Sie drehte das Transistorradio an. Die Klänge von »A Whiter Shade of Pale« erfüllten den Raum, dann kündigte der Sprecher in schnellem Französisch das nächste Lied an. Sie ging ins Bad, schloss die Augen und unterdrückte den Ärger darüber, versetzt worden zu sein. Er konnte ja nichts dafür. Er konnte nichts dafür. Um zehn würde er da sein.

Irgendwo über ihr ertönte eine Frauenstimme, schrill und aufgebracht. Die andere Stimme war kaum zu hören, eine Männerstimme, die nur sehr gedämpft herüberklang. Sie hatte diese Frau nie gesehen, aber schon oft diese schrillen, verzweifelten Töne gehört.

Heute Abend schlafe ich nicht mit ihm, nahm sich Patricia vor. Es ist so verdammt bequem für ihn; er kommt für ein paar Stunden – heute Abend sogar nur für eine Stunde – und kehrt dann zu seiner Frau zurück. Und ich bleibe da und fühle mich wie eine stets zur Verfügung stehende Annehmlichkeit. Heute werde ich unergründlich sein, werde mich entziehen.

Gegen zehn entriegelte sie die Tür, legte Musik auf, setzte sich mit einem Buch aufs Sofa. Er kam, klopfte zuerst, wie er es immer tat, drückte dann die Tür auf. Sie sah ihn von der Couch aus an, lächelte, blieb unbeweglich sitzen, streckte ihm nur die Hand entgegen.

Er beugte sich zu ihr, ging neben ihr in die Hocke. »Du siehst wunderbar aus. Tut mir Leid. Es war so nervig. Ich konnte nur an dich denken, stellte mir dich genau so vor, mit diesen Haaren.« Er neigte den Kopf, tauchte sein Gesicht in ihr Haar.

»Möchtest du Tee?«

»Nein.«

Sie rückte und machte ihm neben sich Platz. Er sah müde aus, abgespannt. Plötzlich hatte sie Mitleid mit ihm, mit den nicht enden wollenden Anstrengungen, die sein Leben ausmachten, den endlosen Sitzungen, dem Hin und Her von einem Flughafen zum nächsten. Er umarmte sie, drückte sie an sich. »Ich liebe dich«, flüsterte er ihr ins Ohr. Seine Finger ertasteten die Knöpfe ihrer Bluse, seine Hände den Verschluss ihres Büstenhalters.

Das Gefühl sprang auf sie über; Verlangen stieg in ihr auf. Alle Vorsätze waren vergessen. Er stand auf, nahm sie bei der Hand und führte sie ins Schlafzimmer, zum Bett hin, zog sie aus. Sie liebten sich fieberhaft; er drang schnell in sie ein, ejakulierte schnell, und sie, körperlich enttäuscht und im Gefühl, um etwas betrogen worden zu sein, verbarg ihre Ernüchterung.

Als sie aufstand, um ins Bad zu gehen, sah er auf die Uhr und zog sich rasch an. »Ich muss mich beeilen. Susan wird sich schon fragen …«

Patricia erwiderte nichts darauf. Als sie aus dem Bad kam, band er sich seine Uhr ums Handgelenk. Er küsste sie.

»Bis morgen dann. Um halb vier? Tut mir Leid, aber du verstehst doch, Darling … oder nicht? Und vergiss nicht, die Tür abzusperren«, fügte er noch hinzu, bevor er verschwand.

Als er weg war, machte Patricia die Musik aus, dämpfte das Licht und sperrte die Tür ab. Sie blätterte in einer Zeitschrift, konnte sich aber nicht konzentrieren.

Irrsinn. Irrsinn. Irrsinn.

Wut und Trauer stiegen in ihr auf, suchten sich ein Ventil. Sie wusste, dass im Kühlschrank noch eine Flasche Wein stand. Paddy hatte vor einer Woche zwei Flaschen mitgebracht, als sie für ihn gekocht hatte, und eine davon hatte er beinahe ganz allein ausgetrunken. Die andere Flasche war noch da. Sie sah vor ihrem geistigen Auge das rubinrote Leuchten des Weins, stellte sich vor, wie er ihre Kehle hinunterglitt, die leuchtende Farbe, die Befreiung, die Betäubung, die Aufschiebung der Frustration. Sie holte die Flasche aus dem Kühlschrank, entkorkte sie. Als sie sich einschenken wollte, sah sie sich plötzlich als eine Fremde, als beobachte sie sich aus der Ferne, eine Frau, die dabei war, sich selbst zu zerstören. Wie ein Kind, das nicht bekam, was es wollte, und die Luft anhielt, bis es blau anlief. Statt dem Schmerz des Lebens ins Auge zu blicken, suchte sie nach einem Fluchtweg. Wie viele Jahre würde es dauern, bevor auch sie auf den Stufen eines öffentlichen Gebäudes endete, die Flasche in der Hand, mit einem Plastiksack gegen den Regen geschützt, wie die alte Frau an der Sorbonne?

»Zum Teufel damit«, sagte sie laut, hob die Flasche und schmetterte sie mit aller Kraft gegen den Rand des Emailspülbeckens. Die Flasche barst, das Email sprang ab, der Wein floss in den Ausguss.

Der Flaschenhals zersplitterte und schnitt sich zwischen Daumen und Zeigefinger tief in ihre Haut ein. Blut tropfte aus der Wunde, rann den Spülbeckenrand hinab in den Ausguss. Es tat weh, sie saugte an dem Schnitt, sah sich nach etwas zum Verbinden um, nahm dann Toilettenpapier.

Paddy fuhr heim. Er parkte den Wagen und schloss die Wohnung auf. Susan hatte das Licht in der Diele brennen lassen. Er schlich lautlos ins Schlafzimmer, zog sich aus und legte sich ins Bett. Susan bewegte sich nicht, obwohl sie im Halbschlaf murmelte: »Bist du's, Woofie?« Er unterdrückte den Zorn, der in ihm aufstieg. Er hasste es, ›Woofie‹ genannt zu werden. Aber das Bett war warm, und kurz darauf war er bereits eingeschlafen.

Patricia lag stundenlang wach; sie hörte das unaufhörliche Brausen des Verkehrs in der Rue d'Ecole. Studenten zogen singend unten vorbei. In der Wohnung über ihr lief jemand herum; sie nahm eine rhythmische Bewegung in den Deckenbalken über ihrem Kopf wahr. Diese alten Häuser gaben alles preis. War es die genervte Frau? Womöglich mit ihrem Mann oder ihrem Liebhaber? In Paris war es vollkommen in Ordnung, einen Liebhaber zu haben.

Nur für mich nicht!, dachte sie. Wie seltsam, wie überaus grotesk! Ich bin da irgendwie hineingetrieben worden. All die hehren Ideale, die man uns in der Schule mitgegeben hat; all diese Verbote; sie gehen an den lebensnotwendigen menschlichen Bedürfnissen vorbei. Ich möchte leben; und wenn Leben Schmerz bedeutet, dann nehme ich auch den in Kauf.

Sie streckte die Hand aus und zog die Vorhänge zurück, so dass das Straßenlicht ins Zimmer schien. Ihre Hand pochte, als sie Daumen und Zeigefinger bewegte. Das Fenster war offen; sie wollte es zumachen, aber es ließ sich nur schwer schließen, und sie hatte Angst, dass die Hand wieder zu bluten anfing. Im Haus gegenüber, in das den ganzen Tag die Sonne schien, waren die Jalousien heruntergelassen.

Wie viele Menschen mochten wohl hinter diesen Jalousien liegen und schlafen, sich lieben, sich unterhalten, jeder in seiner eigenen Welt?

Ihre Gedanken kehrten immer wieder zu Paddy zurück. Das Pendel ihrer Gefühle hatte ausgeschlagen, ihn einer gründlichen Prüfung unterzogen. Sie spürte, dass aus seiner Perspektive heraus das Leben sich um ihn drehte und alles andere, auch sie, im Vergleich dazu nebensächlich war.

War er eine Falle? Wenn sie an ihn glaubte, an die Liebe glaubte, die er ihr bot, es sich gestattete, darin zu verweilen, war es dann nur noch eine Frage der Zeit, bis er unruhig wurde und nach etwas Neuem Ausschau hielt?

Patricia erwog dies alles. Aber dem entgegen stand die Aussicht auf die innere Einsamkeit, die sie am allermeisten fürchtete. Gewiss, sie konnte dies verhindern. Sie konnte weiterhin eine unbeschwerte Fröhlichkeit an den Tag legen, die ihm schmeichelte und sie nicht verriet. Solange sie geheimnisvoll erschien, würde er ihr den Hof machen; sie brauchte ihn als Höfling; sie brauchte es, dass man ihr huldigte.

Sie erkannte, dass der Schmerz dieser Beziehung eine Art Masochismus war. Bin ich denn pervers?, fragte sie sich. Die Krümel des Lebens sind eben immer noch besser als überhaupt kein Leben. Wenn es darum geht, mich zwischen Schmach und Tod zu entscheiden, muss ich die Schmach wählen. Wenigstens vorläufig. Es war mir nie erlaubt zu leben; ich möchte nicht sterben ohne erfahren zu haben, wer ich bin.

Und dann, kam es ihr einen Augenblick später in den Sinn, liegt tief in meinem Innern ein Eissplitter, der wird mich am Ende retten.

Am nächsten Tag stand Paddy spät auf. Das Bett neben ihm war leer, das Zimmer dunkel, die Rollläden noch heruntergelassen. Er lag da, ohne sich zu bewegen. Ihm fiel ein, dass Samstag war – welch ein Luxus. Dann gingen ihm die Probleme des vergangenen Tages durch den Kopf und er dachte mit Wohlgefallen an Patricia. Sie hielt sich für unergründlich, und das berührte ihn. Er war überrascht von ihrer Fähigkeit, in diese Beziehung hineinzugreifen und so viel herauszuholen, so viel emotionale Unverwüstlichkeit zu zeigen. Es tat ihm Leid, dass er sich vergangene Nacht so beeilt hatte; es war ihr gegenüber nicht fair gewesen. Im Grunde war sie eine starke Frau. Gewiss wäre Sue zu etwas Derartigem niemals fähig, aber sie würde sich auch nie auf eine Affäre einlassen. Die Vorstellung allein – Sue in den Armen eines anderen – war schon grotesk.

Er stand auf, zog seinen Morgenmantel an und ging in die Küche. Susan war da. Es war ein freundlicher Raum mit einem kleinen Kiefernholztisch und allen möglichen Geräten, beigen und dunkelbraunen Kacheln, beigefarbenen Wänden. Susan saß über eine Liste gebeugt, die sie gerade zusammenstellte; lange Strähnen ihres blonden Haares hatten sich aus den Klammern gelöst. Sie rauchte, und der Rauch aus der Zigarette kringelte sich in der Luft; ein Wölkchen entstand, wenn sie den Rauch aus dem Mund blies. Er stand in der Küchentür und beobachtete sie, und sie hob den Kopf und sah ihn an, lächelte, legte den Stift aus der Hand. Sie war fast so schlank wie vor zwanzig Jahren, wenn ihr Lächeln auch seine unbeschwerte Fröhlichkeit eingebüßt hatte und sich um Mund und Augen Fältchen gebildet hatten, wozu auch das Rauchen beitrug.

»Hallo, Darling«, sagte sie. »Hast du gut geschlafen?« Sie ließ die Zigarette im Aschenbecher liegen, stand auf, füllte den Wasserkocher. Der Frühstückstisch war fast fertig gedeckt, und er setzte sich an seinen gewohnten Platz. Sie gab ihm einen flüchtigen Kuss auf die Wange. Er roch die Mischung aus Eau de Toilette und Zigarettenrauch. Sie erfüllte ihre Rolle als Ehefrau, griff nach dem Wasserkocher, legte die frischen Croissants heraus, die sie gekauft hatte.

»Ja, ich habe geschlafen wie ein Stein.« Er lächelte sie verschlafen an. Sein Haar war struppig und zerzaust, sein Morgenmantel über der Brust offen.

Susan lächelte zurück. »Wie war die Reise? Du bist spät gekommen.«

»Ja ... schon gut«, sagte Paddy, »du kannst weitermachen mit deiner Beschäftigung von vorhin, Sue. Ich mach mir den Tee schon selbst.«

Sie sah ihn fragend an.

»Du sollst nicht das Gefühl haben, dass du für mich Tee kochen musst«, fuhr er fort. »Ich will, dass du du bist, dass du tust, was du willst, dein eigenes Leben führst ...«

Sie runzelte die Stirn, ihr Blick verdüsterte sich. »Aber ich tue doch immer, was ich will. Ich bin deine Frau; ich mache dir doch bloß dein Frühstück.«

Paddy seufzte. »Du bist nicht meine Sklavin«, sagte er gereizt. »Ich will nicht, dass du meine Sklavin bist.«

»Nur weil ich dir Tee mache? Also wirklich, Darling!« Sie schnalzte mit der Zunge und sah ihn vorwurfsvoll an. Er küsste sie auf die Wange. Trotz dieser Zuneigungsbekundungen wusste er, dass sie stets eine gewisse Distanz zu ihm wahrte, zumeist ihrer eigenen Wege ging, mit sich selbst beschäftigt war, ihrem hektischen gesellschaftlichen Leben, den romantischen Romanen, die sie las, ihrer Sorge um die abwesenden Kinder. Nach über zwanzig Jahren war sie, was ihn betraf, immer noch unsicher, wusste im Grunde immer noch nicht, wer er war. Deshalb war sie auch unfähig, im Hinblick auf ihn etwas zu unternehmen, was nicht vorher abgesprochen, was nicht auf seine Stimmung zugeschnitten war. Wo er sich doch nichts sehnlicher wünschte als eine Frau, die für ihn eine Herausforderung darstellte und sich vor Leidenschaft verzehrte; damit er spürte, dass er Blut in den Adern hatte, wusste, dass er lebte; damit er die erotische Unruhe in seinem Innern loswerden konnte. Ich will nicht viel, sagte er sich, und ganz gewiss nicht diese Bürde, dankbar sein zu müssen.

»Danke, Schatz«, sagte er.

Sie machte den Tee. »Erzähl mir von deiner Reise«, forderte sie ihn freundlich auf, setzte sich zu ihm an den Tisch. Paddy erzählte ihr von der Sitzung in Marseille. Er ging für eine Weile darin auf, froh, darüber sprechen zu können, weil es so wichtig war und es ihm ständig im Kopf herumging; aber als er sie ansah, merkte er, dass ihr Blick abwesend wirkte. Sie fühlte sich unbehaglich, wie jemand, der lieber woanders wäre, und sie interessierte sich kein bisschen für das, was er sagte. Aber sie lächelte ihm aufmunternd zu und nickte.

»Was meinst du, was ich machen soll?«, fragte er abrupt. »Meinst du, wir sollten den Vertrag akzeptieren, so, wie er ist, ohne uns gegen diese Bedingungen zu stellen?«

Sie zuckte zusammen. »Ähm … also, wie du meinst, Woofie Darling.«

Paddy trank seinen Tee, strich Butter auf ein Stück Croissant. »Ich muss heute Nachmittag noch mal weg«, sagte er nach kurzem Schweigen.

Ihr Ausdruck veränderte sich. »Wohin? Ist es wegen Marseille?«

»Ja. Ich muss mich mit jemandem treffen.«

»Wann kommst du wieder? Denk dran, wir sind mit Patrick Rouvier und den Martins heute Abend zum Essen verabredet. Vergiss das nicht, Darling.«

»Nein, nein. Um sieben bin ich wieder da.«

Sie wartete, bis er seinen Tee getrunken hatte. Dann, als er ihr bedeutet hatte, dass er nicht mehr wollte, nahm sie Tasse und Untertasse und spülte sie im Waschbecken, trocknete sie ab und stellte sie in den Schrank zurück. Sie fing an zu summen; sie dachte an die Abendgesellschaft, daran, was sie anziehen würde, an die anderen Gäste, besonders an Patrick Rouvier, in dessen Gesellschaft sie sich immer so wunderbar fühlte. Patrick, seit mehreren Monaten verwitwet, bemühte sich seit Jahren um sie; er fand sie hinreißend weiblich und begehrenswert; das hatte er ihr jedenfalls zu verstehen gegeben. Während Paddy das alles anscheinend weit hinter sich gelassen hatte. Besonders in den letzten neun Monaten. Sie schliefen zwar noch miteinander, aber nicht sehr oft, und gewöhnlich musste sie die Initiative ergreifen. Sie war es leid, von ihrem Mann so gleichgültig behandelt zu werden. Er gab sich überhaupt keine Mühe, sie zu verstehen, und auf das, wonach sie hungerte – Geselligkeit, Fröhlichkeit, Bewunderung – reagierte er ungehalten.

Sie dachte mit Freude an das neue jadegrüne Seidenkleid. Dazu würde sie die Perlen tragen.

Als Paddy merkte, dass seine Frau nicht weiter auf ihn achtete, begab er sich in sein Arbeitszimmer. Er fühlte sich seltsam verloren, merkwürdig einsam. Susan, erleichtert, dass sie nicht mehr über die Marseille-Angelegenheit diskutieren musste, ging ins Schlafzimmer, um ihren Kleiderschrank zu durchforsten.

Patricia ging hinaus. Es war ein schöner Morgen. Paris war warm, roch nach frisch gebackenem Brot. Sie kaufte ein paar Croissants in der Boulangerie nebenan; köstlich, aber Gift für ihre Figur. Was machte es schon? Sie hatte durch ihre langen Spaziergänge sowieso viel abgenommen, und morgen würde sie nach Hause zurückkehren. Sie ging spazieren, den Fluss entlang, vorbei an Notre-Dame, machte kehrt und strebte aufs Pantheon zu. Die Stadt atmete Erhabenheit, Kultur.

Das Vergnügungsboot durchpflügte das Wasser der Seine an der Kathedrale und fuhr die Kinder des 20. Jahrhunderts um die Insel herum, wo Abaelard vor achthundert Jahren gepredigt hatte. Héloise und Abaelard. Man hatte ihn kastriert. Sie war ins Kloster gegangen.

Das Pantheon vermittelte eine ganz andere Atmosphäre: ein geschichtsträchtiger, gigantischer Bau, der über der Sorbonne aufragte. Sie fand den Eingang, löste eine Eintrittskarte und durchstreifte die Krypta, in der die sterblichen Überreste Victor Hugos und anderer großer Literaten ruhten, ein stiller steinerner Ort mit schmiedeeisernen Gittern vor den Gruften; jemand hatte einzelne rote Rosen auf die Gräber gelegt – wunderschöne, blutrote Rosen, gefangen in dem großen steinernen Schweigen unter der Erde, fern von Licht und Luft. Ihre Schritte hallten wider auf dem Kalkstein. Größe, Ruhm, Gedenken. Und dies war das Ende – welkende Rosen auf Steinsarkophagen und eine Stille unendlich und kalt wie das Meer.

Zehn Minuten später stand sie, froh über die Wärme und das Licht des Tages, auf dem Dach unter der Kuppel und blickte auf die Stadt hinunter. In der Ferne erkannte sie durch den graublauen Dunst die Basilika Sacré-Coeur. Der Himmel war verhangen. Unten die Dächer, die großen Wohnhäuser, vor vielen Fenstern Geranien; wie war es wohl, im sechsten Stock ohne Aufzug zu wohnen? Beim Hinunterschauen erfasste sie ein Schwindelgefühl. Sie ging die gewundene Steintreppe wieder nach unten. Ihre Hand schmerzte, doch der Schnitt von vergangener Nacht begann bereits zu heilen. Sie hatte Pflaster gekauft und behielt die Hand, soweit es ging, in der Jackentasche.

Paddy würde um halb drei kommen. Die Aussicht ihn zu sehen erfüllte sie mit einer ganz eigenen Freude. Sie fühlte sich wieder wie ein Mädchen, die nächtlichen Entschlüsse waren vergessen in der Vorfreude, der frischen Energie, dem neuen Optimismus. Sie konnte es meistern, sie konnte alles meistern, das ganze Szenario, wie sie es sich in der Totenstille der vergangenen Nacht in aller Nüchternheit vor Augen geführt hatte. Sie konnte die dargebotenen Krümel der Beziehung entgegennehmen und das Potenzial, das darin steckte, vergessen. Sie kannte dieses Potenzial. Sie wusste, dass es unermesslich groß war. Aber es stand nicht zur Disposition – wohl aber die Krümel.

Wieder in der Wohnung, machte sie Kaffee und aß genießerisch die Croissants mit Aprikosenmarmelade. Aus dem Radio erklangen französische und englische Lieder.

Paddy kam pünktlich um halb drei. Er hatte eine Schachtel handgemachter Pralinen mitgebracht. Sie legte die Musik der Chieftains auf, die sie aus Dublin mitgebracht hatte, und sie lauschten den schwermütigen Klängen von »An Cualainn«. Auf dem Sofa ließ sie sich in seine Arme sinken. Er strich ihr übers Haar.

»Was ist mit deiner Hand passiert?«

»Ach, nichts. Ich habe eine Flasche fallen lassen und mich dabei geschnitten. Tut mir Leid«, fügte sie noch hinzu. »Es war dein Burgunder!«

»Der Wein spielt keine Rolle. Kann ich die Wunde sehen?«

»Nein, nein. Es ist keine große Sache, wirklich nicht.«

Er flüsterte, beugte sich über ihr Gesicht, bedeckte ihre Stirn und ihre Nase mit kleinen scheuen Küssen; schon seit dem Morgen empfand er ein Gefühl der Leere, das zunehmend stärker wurde, weil er wusste, dass Pat am nächsten Tag nach Hause zurückkehren würde.

»Ich liebe dich. Ich liebe dich und ich brauche dich«.

Patricia antwortete ihm zärtlich: »Ich liebe dich auch.« Sie hatte diese Worte nicht aussprechen wollen, aus Furcht, sie klängen besitzergreifend; sie sprach sie gegen ihren Willen, und ihr Gefühl dabei war so stark, dass sie nicht mehr wusste, ob sie dieselbe Person war, die in der Nacht nicht hatte schlafen können und in ihrer Seele nichts als Eiseskälte gespürt hatte. Er berührte durch die Bluse hindurch ihre Brustwarzen mit dem Mund, was kleine nasse Flecken hinterließ.

»Komm ins Bett«, flüsterte er, zog sie hoch und führte sie ins Schlafzimmer, das so klein war, dass das Bett beinahe den ganzen Raum ausfüllte.

Sie liebten sich stumm. Er kam lange nicht, versuchte, ihr Lust zu bereiten, wartete auf ihren Orgasmus, der beinahe kam, aber dann doch nicht, weil ihr Körper aus ganz eigenen Gründen sich ihm nicht hingab, sich ihm nie ganz hingegeben hatte, und wenn er ihr noch so große Lust bereitete. Sie hatte herauszufinden versucht, weshalb, weshalb es diesen körperlichen Widerstand gab. Sie dachte im Stillen darüber nach, versuchte, seiner Berührung in der Erinnerung nachzuspüren. Mit Gerry hatte sie mehrmals den Höhepunkt erreicht, zumeist, weil er sich ihrer Reaktionen nicht bewusst und deshalb auch keine Selbstenthüllung damit verbunden gewesen war. Aber weshalb gelang es ihr nicht mit Paddy, der, wie sie wusste, sehr genau auf die Reaktionen ihres Körpers achtete; und als sie darüber nachdachte, nach den Gründen suchte, stieß sie auf die Furcht.

Man hat mir vor langer Zeit eine so tiefe Furcht eingepflanzt, dachte sie, dass sehr viel Zeit nötig sein wird, bis ich sie überwunden habe; bis ich ein so vollkommenes Vertrauen zu ihm entwickelt habe, dass es diese Angst überwindet. Ich habe kein vollkommenes Vertrauen zu ihm.

Dann standen sie auf, zogen sich an und tranken Tee und aßen das Gebäck dazu, das Pat in der Boulangerie gekauft hatte. Er sah auf die Uhr.

»Ich muss gehen, Pat. Es ist fast halb sechs.«

Sie hielt den Kopf gesenkt, sah ihn nicht an, aber sie hatte ein Gefühl der inneren Leere, spürte einen finsteren Abgrund, tief genug, um darin zu versinken.

»Aber ich dachte, wir würden ausgehen.«

»Tut mir Leid, Susan und ich sind zu einem Abendessen eingeladen!«

»Ich verstehe!«

»Tut mir Leid, Liebling; du verstehst das doch, oder?«

Er war zerknirscht. Patricia kniff die Augen zusammen. Mein Gott, so zweitrangig zu sein, und es auch noch zuzulassen. Es war Samstag Abend, ihr letzter Abend, und sie würde ihn allein verbringen. Es schien ihr, als ginge es ihm vor allem darum, es seiner Frau recht zu machen – und an zweiter Stelle um sein eigenes Wohlbefinden. Was sie wollte, spielte keine Rolle.

»Ach, hau doch ab!«

»Ich kann sie nicht verletzen, Pat!«

»Also verletzt du lieber mich.«

Stille trat ein. Künstlerpech, dachte Patricia. Was schert es ihn, wenn du gekränkt bist? Uns bindet kein Vertrag, nichts, was ihm schwarz auf weiß vorliegt und vor den Augen des Gesetzes gilt, also zählt es nicht.

»Aber du bist doch auch verheiratet«, sagte er nach einer Weile. »Du möchtest doch ganz bestimmt nicht, dass deine Ehe darunter leidet.« Sie sah ihn an.

»Erzähl du mir nichts über meine Ehe. Sie saugt alles Leben aus mir heraus. Je länger ich mich bemühe, aus ihr schlau zu werden, umso mehr entgleitet mir alles. Meine Ehe ist eine Katastrophe. Rede mir nicht davon. Ich bin nicht nach Paris gekommen, um mir anzuhören, wie großartig meine Ehe ist, Paddy. Ich bin hierher gekommen, um mit dir zusammen zu sein.«

Er wurde unruhig. »Aber findest du nicht, dass das, was wir haben, besser ist als nichts?«, warf er nach einer Weile ein. »Entweder das oder gar nichts ... Das Leben setzt sich zusammen aus unzähligen verschiedenen Ebenen. Manche Ebenen erreicht man nie. Wir haben unsere Ebene gefunden, unser gemeinsames Plateau. Aber damit verschwindet doch nicht einfach alles, was auf den anderen Ebenen existiert.«

Er gestikulierte, während er sprach, sah sie mit kläglicher Miene an, die Stimme sanft und bittend. Dann warf er einen Blick auf die Uhr.

»Liebling«, sagte er bedauernd, aber entschlossen. »Lass

uns morgen auf dem Weg zum Flughafen weiterreden. Ich muss jetzt gehen.«

Patricia wandte sich von ihm ab. »Tu, was du nicht lassen kannst!« Sie hörte, wie die Tür hinter ihm ins Schloss fiel, und seine Worte klangen in ihr nach: »Entweder das oder gar nichts!«

Als es ein paar Minuten später klingelte, dachte sie, Paddy sei zurückgekommen; groß war die Enttäuschung, als sie stattdessen Jeanines Stimme vernahm. Sie öffnete die Tür.

»Ich habe gesehen, wie Ihr Liebhaber gegangen ist, und dachte, Sie würden vielleicht gern eine Tasse Tee mit mir trinken«, sagte sie mit ihrem angenehmen französischen Akzent. Sie sprach von Patricias Liebhaber, als sei es die natürlichste Sache von der Welt und in keinster Weise anstößig.

Jeanines Stimme stockte, als sie in Patricias vergrämtes Gesicht blickte. »Tut mir Leid!« sagte sie. »Ich wollte mich nicht aufdrängen – aber ich wusste, dass heute Ihr letzter Tag ist!«

Patricia machte die Tür weiter auf. »Kommen Sie rein!«

Jeanine folgte Patricia ins Wohnzimmer.

»Nehmen Sie doch Platz!«, sagte Patricia unglücklich, um Höflichkeit bemüht, ging in die Küche und setzte den Teekessel auf den kleinen Gasherd. Jeanine kam zu ihr und nahm schweigend Teekanne und Becher aus dem Schrank.

»Was ist denn mit Ihrer Hand passiert?«, fragte sie und deutete auf das Pflaster.

»Nichts Schlimmes!«

»Ich habe mir das Teetrinken angewöhnt, als ich in England unterrichtete«, sagte Jeanine nach einer Weile.

»Wirklich?«, gab Patricia höflich zurück; ihre Stimme brach.

Jeanine legte mütterlich den Arm um sie, führte sie zu einem Stuhl und bedeutete ihr, sich zu setzen. »Weinen Sie ruhig, wenn Ihnen nach Weinen zumute ist. Ich werde nicht predigen oder Ihnen sagen, Sie sollen auf *la voix de la raison* hören, wie ich es meiner Tochter nahe legen würde. Ich kenne selbst nur allzu gut die Dornenkrone, die die Geliebte eines verheirateten Mannes trägt.« Sie hielt inne. »So nannte es Lorca«, fügte sie hinzu. »Und er hatte Recht!«

»Ich bin keine Geliebte!«, rief Patricia empört.

Jeanine lächelte, zog die Augenbrauen hoch, schürzte die Lippen auf typisch französische Weise. »Wie man es nennt, bleibt sich gleich!« Sie seufzte. »Das Entscheidende ist, dass er Ihnen wenig oder gar nichts zu bieten hat – mit Ausnahme schier unermesslichen Leids natürlich.« Sie seufzte. »Ich weiß, wovon ich rede, weil ich selbst einmal versucht habe, einen verheirateten Mann zu lieben …«

Patricia sah sie mit verweinten Augen an. Jeanine zuckte die Schultern. »Es war in England. Daran wäre ich beinahe zerbrochen. Ich war frisch geschieden und sehr verletzlich.«

»Und was ist geschehen?«, fragte Patricia.

»Sie meinen, wie es zu Ende ging? Ich kehrte nach Frankreich zurück. Mein Selbstwertgefühl hat den Sieg davongetragen!« Sie tätschelte Patricia die Schulter, reichte ihr einen Teebecher. »Und am Ende, *ma chérie*, werden auch Sie für sich selbst einstehen!«

Als Jeanine gegangen war, rief Patricia den Flughafen an. Ja, es gab einen Flug am Morgen. Um 10.30 Uhr. Ja, eine Umbuchung war möglich. Sie packte ihren Koffer, machte die Wohnung sauber. Dann setzte sie sich hin, stützte den Kopf in die Hände und begann nach langem Nachdenken einen Brief aufzusetzen. Die Hand tat beim Schreiben weh.

Mein Allerliebster,

es gibt Dinge, die ich dir gerne sagen würde. Ich könnte von Liebe zu dir sprechen, die ich nicht verstehe, weil sie mich verzehrt und ich die Objektivität verloren habe.

Ich könnte dir etwas über die Empathie erzählen, die zwischen uns besteht.

Ich könnte versuchen, die Worte zu finden und dir die Intensität unserer gemeinsamen Wirklichkeit zu beschreiben, die (jedenfalls für mich) dem Leben einen Sinn gibt.

Ich wünschte, ich könnte erreichen, dass du verstehst, weshalb eine stolze Frau aus freien Stücken einige Zeit mit dir verbrachte, unter für sie sehr unwürdigen Bedingungen.

Aber du würdest es nicht verstehen. Für dich ist dies, wie ich glaube, gang und gäbe; etwas, was viele tun. Für mich ist es die einzige außergewöhnliche Reise meines Lebens.

Und es gibt Dinge, die ich dir sagen muss, die zu sagen ich mich aber fürchte. Ich habe Angst dir zu sagen, dass, wenn ich die Wahl zwischen nichts und etwas habe (wobei ›etwas‹ die gelegentlichen heimlichen Treffen sind, zu denen ich nicht erhobenen Hauptes kommen kann), ich das ›Nichts‹ wählen muss. Und wie kann ich dir sagen, dass ich das ›Nichts‹ wähle, wenn mein ganzes Sein und Wesen auf dich gerichtet ist? Aber wenn ich es dir nicht sage, wie kann ich dann im Einklang mit mir selbst leben? Und wenn ich dir dies alles sage und wir einander verlieren, wie kann ich dann weiterleben?

Aber ich muss es durchstehen; alles andere führt in den Wahnsinn, in die Auflösung, in die Verzweiflung.

Ich glaube dir, wenn du mir sagst, wie viel du für mich empfindest. Ich habe es in deinem Gesicht gesehen, es gefühlt, es in deiner Berührung erkannt. Darin verweilen zu können bedeutet, frei zu sein, stark, kreativ, in Frieden zu leben. Es ist die Entdeckung meines Selbst und der Welt, wie eine auf wundersame Weise wiedergewonnene Kindheit.

Aber ich weiß auch, dass im Hinblick auf deine Bedürfnisse unsere Beziehung einen sekundären Rang einnimmt; sie ist zweitrangig gegenüber deinem Familienleben.

Ich spüre den Verteidigungsmechanismus in dir, der – in deiner Angst, Susan zu verraten – das verrät, was wir zusammen haben. Du hast diesen ausgeklügelten Mechanismus entwickelt und ihn bereits viele Male benutzt, nicht erst bei mir.

Ich liebe dich. Ich liebe uns. Ich liebe uns beide genug, um Schluss zu machen, bevor Groll das zerstört, was wir haben, und uns die Luft zum atmen nimmt. Ich wäre nicht in der Lage, gegen den Groll anzugehen. Ich habe zwischen den beiden Alternativen gewählt, die du aufgestellt hast, und zwar auf die einzige Weise, die mir möglich war.

Letztlich weigere ich mich wohl, weniger zu sein als ich bin.

Patricia

Sie stellte den Wecker auf halb acht. Wenn Paddy am Morgen an der Tür klingeln würde, säße sie schon im Flugzeug.

Sie nahm ein Bad, und als sie anschließend ins Wohnzimmer kam, las sie den Brief noch einmal.

»Verdammte weibliche Ernsthaftigkeit! Was soll das?«, murmelte sie. Sie faltete das Blatt und riss es in Stücke.

Stattdessen hinterließ sie eine kurze Notiz.

Lieber Paddy,
es ist besser so.
Pat.

Sie hatte das schwarze Negligé nicht eingepackt. Es hing noch außen an der Schlafzimmertür. Sie nahm es vom Kleiderhaken, faltete es sorgfältig zusammen und warf es in den Abfalleimer in der Küche. Dann nahm sie das Buch zur Hand, das sie niemals zu Ende gelesen hatte, betrachtete es ohne es wirklich wahrzunehmen. Der Titel verschwamm vor ihren Augen, die vier Worte in Großbuchstaben: *Requiem pour la Vie*.

Am Morgen klingelte Paddy, und als niemand antwortete, sperrte er auf und trat ein. Die Wohnung war leer, die Betttücher zusammengefaltet, das Waschbecken blank geputzt. Seine Schritte hallten auf den Fliesen wider. Er nahm den Zettel vom Tisch und las, was darauf stand, starrte ihn an und knüllte ihn schließlich zusammen. Im offen stehenden Schlafzimmerschrank hingen die leeren Kleiderbügel. Der helle Tag draußen verdüsterte sich, wurde unerträglich gewöhnlich. Die Leere, die er empfand, verwandelte sich in einen stechenden Schmerz. Er warf einen letzten Blick in die Küche und sah einen Satingürtel aus dem Abfalleimer hervorlugen. Er zog das Negligé heraus, schüttelte es aus, atmete den Duft von Parfum ein und vergrub sein Gesicht darin.

19. Kapitel

Die Fähigkeit loszulassen ist das Geheimnis seelischer Gesundheit.

Aus: *Die Pferdeohren*, 1990

Joan sah immer wieder auf die Uhr. David würde bald ankommen. Seine Maschine aus Paris landete in einer halben Stunde. Etwa eine Stunde später würde er hier vor der Tür stehen.

»Ich hole dich ab«, hatte sie gesagt, aber er hatte höflich abgelehnt. »Ich nehme ein Taxi.«

Er hatte sie nicht gebeten, mit ihm zur Eröffnung seiner Ausstellung nach Paris zu kommen. Das tat ihr so weh, dass sie sich scheute zu fragen warum. Sie wusste warum. Also hatte sie, um einer Auseinandersetzung aus dem Weg zu gehen, nur gemurmelt, sie hätte im Moment ohnehin alle Hände voll zu tun, während sie insgeheim seine Ablehnung als vernichtenden Schlag empfand. Er war ein anderer geworden; aber sie liebte ihn wie eh und je, noch mehr vielleicht, denn sie empfand es als Herausforderung, dass er sich verändert und seine Stärke wiedergefunden hatte. Das war für sie eine Entdeckung, die neue Perspektiven, weitere Horizonte eröffnete.

Die sechswöchige Strahlentherapie war qualvoll gewesen. Morgens hatte sie ihn zur Behandlung ins St Luke Hospital gefahren und anschließend wieder nach Hause gebracht; wenn ihn die Übelkeit überwältigte, hielt sie an, er öffnete die Autotür und erbrach sich. Sie arbeitete bis spät in die

Nacht, um die versäumte Arbeitszeit nachzuholen, obwohl sowohl Gerry als auch Larry angeboten hatten, ihr Arbeit abzunehmen.

Aber sobald die Behandlung abgeschlossen war, hatte eine schrittweise Besserung eingesetzt. David hatte wieder Appetit bekommen, unternahm Spaziergänge zum Lebensmittelgeschäft an der Ecke, schließlich sogar bis zum Supermarkt, und brachte französischen Käse, Knoblauchbrot, merkwürdige Würste mit nach Hause, lauter Nahrungsmittel, die er jahrelang keines Blickes gewürdigt hatte. Er nahm zu, seine Schultern wurden kräftiger, sein Gesicht voller. Dann stürzte er sich mit neuer Energie in die Arbeit und bereitete die Ausstellung vor.

Aber je besser es ihm ging, umso größer wurde seine Distanz zu Joan. Mit der Begründung, es sei bequemer und weniger störend für sie, wenn er bis tief in die Nacht arbeitete, stellte er ein Couchbett in sein Atelier und schlief dort. Er ließ sich sogar einen eigenen Telefonanschluss ins Atelier legen, auf dem er Anrufe aus Paris entgegennahm. Auch die Leute aus seiner Dubliner Galerie, die ihn aufsuchten, empfing er in seinem Atelier. Er benahm sich mehr wie ein Untermieter als wie ein Ehemann.

Einmal sprach sie über den Abend in Paris, an dem sie ihrem Ärger Luft gemacht hatte, versuchte es ihm zu erklären. Aber er sagte nur, wenn alles so schlimm gewesen sei, verstünde er nicht, warum sie nicht schon längst gegangen sei. »Du hättest doch dieses wunderbare Leben führen können, nach dem du dich so sehr gesehnt hast! Warum bist du geblieben?«

Verletzt hatte Joan entgegnet: »Während du krank warst und zu sterben drohtest? Wer hätte dich, wer hätte diese Familie über Wasser gehalten, wenn nicht ich?«

Sie hätte sich auf die Zunge beißen können. David drehte sich um und ging mit den Worten hinaus: »Es war also Barmherzigkeit? Du hast den armen Teufel gepflegt, der schon mit einem Fuß in der Grube stand! Du hast ihn über Wasser gehalten! Unheimlich anständig von dir, das muss ich schon sagen! Damit hast du dir bestimmt große Ehre eingehandelt in dem heiligen Nirgendwo, um das du dich so eifrig bemühst. Ich dachte, du hättest mehr Tiefgang, aber ich halte mich nicht damit auf, von dir enttäuscht zu sein. Ich habe mich eben geirrt!«

»Nein, David ... so war es nicht.«

Aber er war schon fort, zurück in seinem Zimmer, und als sie ihm folgte, war die Tür zu und sie hörte an den leisen Geräuschen, dass er arbeitete.

Wie kann er nur so gemein sein?, fragte sie sich immer wieder. So behutsam sie konnte, versuchte sie die Kluft zwischen ihnen zu überbrücken, aber er wies sie mit Eiseskälte ab. Als sie nachts mit unerklärlichen, qualvollen Bauchkrämpfen erwachte, war er nicht da, um ihr beizustehen. Sie erzählte ihm nichts von ihren Schmerzen, suchte aber den Arzt auf, der ihr sagte, die Krämpfe seien auf Angst zurückzuführen. »Erst wenn man über den Berg ist, setzt die Reaktion ein«, meinte er voller Mitgefühl. »Sie brauchen Ruhe, Urlaub. Sie haben ihre Kräfte lange Zeit überstrapaziert.«

Paul merkte, dass seine Eltern an einem toten Punkt angelangt waren. »Was ist los mit dir und Daddy, Mama?«

»Gar nichts ...«

»Ja, genau das meine ich. Bei euch tut sich nichts mehr. Ihr redet überhaupt nicht mehr miteinander. Ihr schlaft nicht einmal mehr miteinander! Ihr seid so höflich zueinander ...«

Joan sah ihren Sohn an, und weil sie ihm keine Lügen auftischen wollte, blieb sie ihm eine Antwort schuldig.

Jetzt kam David wieder heim. Er hatte nur einmal aus Paris angerufen, ein paar Tage nach seiner Ankunft. Die Ausstellung war gut gelaufen. Er würde einen dicken Scheck mit nach Hause bringen. Unter anderem hatte er einen Londoner Galeristen kennen gelernt, der sich für seine Arbeit interessierte, und einen amerikanischen Nervenchirurgen, der Sammler war und mehrere von Davids Bildern gekauft hatte. Aber es kam kein Wort der Liebe, keine Silbe ihrer alten Geheimsprache, die sie in ihrer Studentenzeit ersonnen hatten und auf die sie im Scherz immer dann zurückgriffen, wenn einer von ihnen auf Reisen war. Seine Stimme klang fröhlich, aber kühl. »Dann dürfte ich in der Lage sein, dir etwas von dem zurückzuzahlen, was du im Lauf der Jahre für mich aufgewendet hast!«

»Bitte sag so etwas nicht«, erwiderte Joan den Tränen nahe. Aber er verabschiedete sich höflich und legte auf.

Er braucht mich nicht mehr, dachte Joan. Ich bin überflüssig. Er liebt mich nicht mehr. Warum sollte er auch? Er ist brillant und originell, und ich bin bloß eine langweilige Anwältin, die ihr Leben zwischen staubigen Aktendeckeln hinbringt, zwischen Bündeln blöder, alter Dokumente, die archiviert und dann vergessen werden. Und im Stillen fügte sie hinzu – als eine Einsicht, die ungebeten gekommen war, wie eine schwarze Flutwelle über sie hereinbrach: Und ich bin so müde, sterbensmüde.

Eine Weile saß sie da und starrte vor sich hin. Dann zog sie ihren Mantel an und rief Paul zu, sie ginge aus. Er blickte über das Treppengeländer hinunter.

»Wo gehst du hin? Dad kommt doch bald nach Hause?«

»Nur spazieren.«

»Es regnet!«

»Das stört mich nicht.«

Draußen war es dunkel; der Himmel war bedeckt und es nieselte. Joan ging die Vorortstraße hinunter, dann um eine Ecke und wieder um eine Ecke. Der Regen wurde heftiger, aber Joan hatte inzwischen die kleine Wohnsiedlung hinter sich gelassen und ging Richtung Fluss.

Als David in Dublin eintraf, goss es bereits wie aus Kübeln. Das Wasser strömte zischend durch die Dachrinnen, floss in kleinen Sturzbächen in die Gosse, schlug gegen die Windschutzscheibe des Taxis. Er freute sich auf sein warmes Haus, auf seine Familie, mit der er seinen Erfolg teilen konnte. Vor allem wollte er mit Joan sprechen. Er wollte sich entschuldigen, ihr alles erklären. Ihre Stimme, so leise und ungewohnt müde, war ihm noch im Ohr, rührend, mahnend. Zudem hatten seine Bildnisse von ihr so viele Kommentare, so viel Bewunderung auf sich gezogen – »Ihre mutige Gattin«, hatte sein Galerist sie genannt, während er gleichzeitig ihre Abwesenheit bedauert hatte –, dass David spürte, wie sein altes Bild von Joan mit neuer Kraft in ihm lebendig wurde. Ihm wurde klar, wie schlecht er sich ihr gegenüber benommen hatte, dass er die Angst und Wut, die in der zurückliegenden Lebenskrise von ihm Besitz ergriffen hatten, an ihr ausließ. Eine Zeitlang war es ihm völlig plausibel erschienen, dass Joan in den Jahren der Dunkelheit und des Leidens nur aus Pflichtgefühl bei ihm ausgeharrt hatte. Joan hatte Pflicht immer groß geschrieben. Sein Stolz hatte gegen alles rebelliert, was damit zusammenhing. Joans Mitleid war ihm verhasst. Und außerdem hatte er, obwohl er es zu verbergen suchte, schreckliche Todesangst durchgestanden. Der Gedanke, dem Vergessen anheim zu fallen, war ihm nach wie vor unerträglich. Es war eine Demütigung. Aber jetzt ging es ihm deutlich besser; jeder Tag war ein Geschenk, mit jedem Tag wurde er stärker. Voller Unbehagen dachte er an die Geschichte mit Damions ›Geist‹. Joan hatte ihre heftige Reaktion nicht verbergen können, und es gab ihm einen Stich, als er sich insgeheim eingestand, dass er sie provoziert hatte, um sie anschließend zu tadeln. Im Aufruhr seiner Emotionen war es ihm vollkommen einleuchtend erschienen, dass er, wenn er schon nicht zu den Lebenden gehören durfte, wenigstens geheimes Wissen um das Totenreich demonstrieren sollte. Er wollte bis zum bitteren Ende seine Überlegenheit, seine Meisterschaft beweisen. Aber Damions Geist war jetzt zur Ruhe gekommen, und er hatte ihn mit Liebe ziehen lassen. Nenn es Halluzination, Autosuggestion, unbewusste Wirklichkeit – Tatsache war, dass das Erlebnis ihm am Tiefpunkt seines Lebens einen positiven Anstoß gegeben hatte. In Wahrheit war er sich seiner Genesung gar nicht so sicher gewesen, wie er getan hatte. In Wahrheit war er sich überhaupt nicht sicher gewesen.

Und als der Galerist beim Abschied sagte, er solle Joan, »die Sie so sehr liebt«, von ihm grüßen, war David ein Licht aufgegangen. Es war viel einfacher, daran zu glauben, dass sie ihn liebte; es machte mehr Sinn und entsprach der Gewissheit, die er im Grunde seines Herzens empfand. Und dann kam ihm schlagartig die erschreckende Einsicht, dass sein Zorn über die Demütigung seiner Krankheit und seines möglichen Todes ihn dazu gebracht hatte, seine Frau bestrafen zu wollen.

Aus dieser neuen Perspektive erschien ihm ihre Unerschütterlichkeit in all den Jahren nahezu übermenschlich. Dass er sie als etwas Selbstverständliches hingenommen hatte, kam ihm mit einem Mal kriminell vor. Überwältigt von seiner neuen Sichtweise litt er Qualen auf dem Heimflug. Er hatte immer nur genommen und genommen, aber was hatte er gegeben? Abgesehen von den kurzzeitigen Ausbrüchen von Hochgefühl, wenn die quälenden Schmerzen nachließen, und den gelegentlichen Liebesbekenntnissen – was hatte er ihr gegeben? Während sie sich jahrelang abgerackert, ihr Leben auf seine Bedürfnisse abgestimmt hatte, was hatte er ihr gegeben? Ihm war es so wichtig gewesen, den Künstler zu spielen; mit seinen Farben war er verheiratet, mit den Gestalten und Bildern, die ihm durch den Kopf schwirrten, mit seiner Vision der Wahrheit, die er auf die Leinwand bannte! Aber die Kunst war dem Leben in jedem Fall unterlegen.

Er wusste ganz genau, dass Joans Ausbruch während jener Nacht in Paris, der ihn so verärgert hatte, der verzweifelte Schrei einer erschöpften Seele war, die letztendlich einfordert, was das Leben verlangt. Und er war nur fähig gewesen zu schmollen wie ein Kind, als ob sie ihm über das hinaus, das sie ihm bereits gegeben hatte, noch mehr schuldete. Als der Flugkapitän die Landung in Dublin ankündigte, war David außer sich vor Ungeduld, sehnte sich nach Joan, wünschte nichts sehnlicher als sich mit ihr zu versöhnen, niederzuknien und ihre Füße zu küssen.

Paul öffnete die Haustür, als das Taxi vorfuhr. David bezahlte den Fahrer, eilte zu seinem Sohn und sah sofort, dass etwas nicht stimmte. Er stellte seine Tasche im Flur ab, umarmte seinen Sohn und sah sich um.

»Wo ist deine Mutter?«

»Ich weiß nicht.«

»Was soll das heißen, ich weiß nicht? Wohin ist sie gegangen?« David wusste, dass der Wagen in der Einfahrt stand, Joans uralter Escort.

»Ist sie bei Lil?«

»Sie ist vor über einer Stunde spazieren gegangen«, sagte Paul mit angstvoller Stimme. »Es hat angefangen zu regnen, nachdem sie fort war!«

»Bestimmt hat sie sich irgendwo untergestellt«, murmelte David, aber Paul sah den gehetzten Blick in seinen Augen. »Bei einem solchen Guss bleibt sie doch nicht im Freien.«

»Ich habe Tante Lil angerufen und auch die Kavanaghs. Bei ihnen ist sie nicht«, flüsterte Paul. »Ich weiß nicht, wohin sie sonst noch gegangen sein könnte. Ich war bei Kinsellas im Laden, aber sie wollten gerade zumachen und niemand hatte sie gesehen. Siehst du, Dad«, fügte Paul hinzu, »in der Gegend gibt es niemanden, bei dem sie sich hätte unterstellen können, es sei denn, sie hat bei Fremden angeklopft.«

Das wusste David selbst. Wütend fuhr er seinen Sohn an: »Warum hast du sie allein weggehen lassen? Hättest du sie nicht begleiten können?«

Paul sah seinen Vater traurig und zugleich erstaunt an. »Ich dachte, sie geht nur mal um den Häuserblock oder zum Einkaufen oder so ...« Er biss sich auf die Lippen. »In letzter Zeit war sie so niedergeschlagen.« Im Flüsterton fügte er hinzu: »Glaubst du, dass ihr etwas zugestoßen ist?«

»Nein«, sagte David. »Aber ich glaube, wir sollten uns lieber auf die Socken machen und sie suchen.«

Der Wagen sprang nicht sofort an, und im ersten Augenblick dachte David, die Batterie sei leer. Aber schließlich zündete der Motor, und David und Paul fuhren kreuz und quer durch die Nachbarschaft. Paul hielt die Augen offen.

Die Straßen waren menschenleer, die Häuser wirkten wie Schiffe mit geschlossenen Luken bei einem Taifun; von der Wärme im Innern konnte man draußen im Unwetter nur träumen. Es regnete mit unverminderter Heftigkeit. Die Straßen waren teilweise überflutet, und wohin David sich auch wandte, von Joan war nichts zu sehen. Er sagte sich, die Suche sei albern. Schließlich war Joan eine vernünftige Frau, bestimmt hatte sie sich irgendwo untergestellt. Vielleicht hatte sie den Bus in die Stadt genommen und eine Freundin besucht. Aber wenn sie in die Stadt gewollt hätte, wäre sie mit dem Auto gefahren. Und außerdem wusste sie, dass er heimkam. Warum hätte sie so lange ausbleiben sollen, wo sie doch wusste, dass er kam? Dieser Frage wollte er lieber nicht nachgehen. Und noch etwas belastete ihn: eine Art unbewusster Panik, die ihn nicht losließ. Sie entzog sich dem verstandesmäßigen Denken, spornte ihn an, als hätte sie ihm etwas mitzuteilen, das er nicht verstand. Und dann fuhr er, teils instinktgeleitet, teils aus einer Furcht heraus, die ihm seine eigene Geschichte eingab, in Richtung Fluss.

Sie fanden Joan beinahe zufällig. Von der schmalen Straße am Fluss, einem normalerweise schmalen Wasserlauf, der nun Hochwasser führte, zweigte ein Fußweg ab und führte die steile Böschung hinunter. David stieg aus, richtete den Strahl seiner Taschenlampe auf die Regenwand und rief ihren Namen; doch abgesehen vom Regen war kein Laut zu hören. Doch als er erneut rief, fiel ihm etwas auf, eine Gestalt, ein Umriss weiter unten an der Böschung, ein Stück von dem Platz entfernt, wo er mit dem Regenmantel über dem Kopf stand. Zuerst dachte er, es sei eine Leiche, und der Atem stockte ihm. Erst als er näher trat, sah er, dass es ein Sack mit Altkleidern war. Seine Erleichterung war so groß, dass er still stehen bleiben musste, um seine Fassung wiederzuerlangen.

Und da sah er ein Stück weiter, von den Zweigen eines Baums und den nächtlichen Schatten verdeckt, die triefnasse Gestalt, die auf einer Bank saß und auf den Fluss hinausstarrte.

Sie fuhr überrascht zusammen, als er ihr die Hand auf die Schulter legte und sie in die Arme schloss, und sie sagte nichts, als er und Paul sie in ihre Mäntel hüllten und nach Hause brachten. Dann rief David den Arzt.

Ein heißes Getränk, ein warmes Bad, ein angewärmtes Bett – hätte man im Krankenhaus bei extremer Unterkühlung mehr tun können?

Der Arzt hatte ihm auf seine stille Art Vorhaltungen gemacht. »Joan hatte in letzter Zeit ziemliche Probleme!«

»Welche Probleme?«

Der Doktor seufzte. »Wollen Sie etwa sagen, Sie hätten es nicht gewusst? Sie hatte klassische Angstzustände. Menschen mit lebensbedrohlichen Krankheiten ahnen oft nicht, welche Auswirkung das auf diejenigen hat, die ihnen nahe stehen und sie lieben.«

Also wachte David de Barra, müde wie er war, in jener Nacht neben seiner schlafenden Frau und hielt sie in den Armen. Er hielt sie die ganze Nacht fest. Sie rührte sich kaum, und auch er bewegte sich nicht, es sei denn, um sie näher an sich zu ziehen. Er zerbrach sich nicht den Kopf darüber, was sie bewogen hatte, im strömenden Regen am Fluss zu sitzen wie ein Geschöpf, das jeden Überlebensinstinkt eingebüßt hat. Er wollte die Antwort nicht wissen. Joan war immer stark gewesen; unvorstellbar, dass ihre Kraft einmal versiegte. Aber manchmal war gerade das Starke zugleich zerbrechlich; manchmal besaßen gerade die Starken Punkte, an denen sie tödlich verwundbar waren.

David wusste, wie brüchig der schmale Streifen war, auf dem Menschen existierten, der physische und seelische Raum, in dem das Wunder des Lebens möglich war. Wie lange hätte Joan dort gesessen und auf den Regenvorhang gestarrt, wenn er nicht gekommen wäre? Wie lange hätte sie auf den Fluss gestarrt, als übte er eine besondere Faszination auf sie aus? Er zitterte innerlich, wenn er an den Sack voll alter Kleider dachte, auf den er im Schlamm des Flussufers gestoßen war.

Gegen Morgen rührte sich Joan. »Dumm von mir«, sagte sie leise, als wüsste sie, dass David wach war.

»Ich weiß, mein Liebes«, flüsterte David, vor Erleichterung bebend. »Wir alle sind manchmal dumm. Ich kenne sogar einen Mann, der eine Zeitlang völlig durchgedreht war. Er hatte etwas sehr Wichtiges vergessen ...«

Joan antwortete nicht, ließ ihn aber auch nicht weitersprechen. Sie seufzte wie jemand, der eine schwere Last absetzt, und zog ihn an sich so wie früher.

20. KAPITEL

Was weckt die Verletzlichkeit einer Frau in einem Mann? Wenn sie auf ihn gerichtet ist – wahrscheinlich Unduldsamkeit. Wenn sie sich auf etwas anderes richtet – und wenn die Frau zudem attraktiv ist –, wahrscheinlich Liebe. Nichts ist so vernichtend für die Leidenschaft, als sich ihrer sicher sein zu können! Ist das die Wahrheit, oder einfach eine zynische Behauptung?

Aus: *Die Pferdeohren*, 1990

Pat blickte auf die leuchtenden Felder Frankreichs hinab, sah dann die Küste in Sicht kommen, das Blau des Ärmelkanals, und spürte schließlich, wie das Flugzeug an Höhe verlor, um zur Landung in Dublin anzusetzen. Bald war die Maschine in die dichte Wolkenmasse über der Irischen See eingetaucht. Durchs Fenster sah Pat nur milchiges Grau und die Tröpfchen, die sich auf der Scheibe niederschlugen. Sie blätterte wieder in *Cara*, der Bordzeitschrift, in der für Waterford-Kristallglas und gediegene irische Hotels geworben wurde. Dann hatte das Flugzeug die Wolkendecke durchdrungen und Pat konnte die irische Küste sehen – Greystones, die Kais von Dun Laoghaire, den Strand von Malahide, den Flughafen selbst, die Meilensteine eines Lebens, die vertrauten Gesichter der Heimat.

Das Fahrgestell wurde ausgefahren, der Kapitän kündigte die bevorstehende Landung an, bat die Fluggäste sich anzuschnallen, und dann raste die Maschine auf die Rollbahn zu. Spielzeughäuser wurden lebensgroß, das Getriebe dröhnte. Sie war zu Hause. Behäbig rollte das Flugzeug über die Landebahn. Pat blickte durch das kleine ovale Fenster. Sie kannte diesen Nebel, diese Grüntöne, diese Brise, die die Windsäcke flattern ließ, die weiche, wohlklingende Sprache der Einheimischen. Sie ging durch die Passkontrolle, wartete am Förderband auf ihr Gepäck. Ihr fiel auf, wie ruhig dieser Flughafen war; die Menschenmengen waren überschaubar, man sah kaum dunkelhäutige Gesichter – ihre Heimat war eine Insel. Aber dieses Land war nicht länger ihre Heimat. Paddy war ihre Heimat, und sie hatte ihn verloren. Ich bleibe trauernd zurück. Eine solche Trennung ist wie der Tod.

Niemand holte sie ab. Gerry erwartete sie mit dem Abendflug zurück. Als sie aus dem Gebäude trat, schlug ihr der Wind entgegen. Regen lag in der Luft, der Winter kündigte sich an. Was wusste diese Insel schon vom Sommer in Paris, dem Lustprinzip, der Entdeckung des Lebens um seiner selbst willen. Sie bestieg ein Taxi und nannte dem Fahrer ihre Adresse.

»Warn S' im Urlaub?«, fragte der Fahrer in breitem Irisch und sie sagte, ja, sie sei im Urlaub gewesen.

Daheim fand sie ein leeres Haus vor. Natürlich. Wahrscheinlich waren sie in der Messe. Gerry ging gelegentlich mit den Kindern in die Kirche, als läge ihm die Religion am Herzen, während er sich in Wirklichkeit für Religion genauso wenig interessierte wie für alles andere, mit Ausnahme des Erfolgs. Überrascht stellte sie fest, dass sie enttäuscht war; sie hätte sich gefreut, wenn ihre Kinder da gewesen wären und ihr das Gefühl vermittelt hätten, gebraucht zu werden. Sie trug ihren Koffer nach oben und packte aus.

Eine halbe Stunde später hörte sie ihre Kinder kommen. Simon und Orla kamen die Treppe herauf, und Pat erwartete sie in freudiger Erregung.

»Mein Gott«, sagte Simon. »Hast du mich erschreckt, Mama!« Aber sie merkte ihm an, dass er sich freute. Seine Augen verrieten ihn. Sie nahm ihn in die Arme. »Gib deiner alten Mutter einen Kuss!«

Er reagierte unbeholfen, verlegen, gab ihr aber dann doch einen Kuss auf die Wange.

Pat ging auf Orla zu, umarmte sie, sah, dass ihre Tochter blass und müde war. »Wann bist du heimgekommen, Mama?«

»Vor ein paar Minuten. Ich habe einen früheren Flug genommen.«

Patricia erwartete, nun mit Fragen nach ihrem Urlaub, ihren Erlebnissen in Paris bestürmt zu werden; aber die Kinder verschwanden wortlos in ihren Zimmern.

Patricia ging Orla nach. »Wo ist dein Vater?«

Orla sah sie aus hohlen Augen an. »Auf der Polizeiwache. Er kommt bald wieder. Ich musste eine Aussage machen!«

Patricia fand das überaus beunruhigend. »Was ist los? Ist etwas passiert?«

Orla seufzte schwer. Aufschluchzend setzte sie sich auf ihr Bett. »Es ist alles meine Schuld.«

»Was ist deine Schuld?«

Orla brach in Tränen aus und verbarg ihr Gesicht im Kopfkissen.

Patricia setzte sich neben sie, streichelte ihr Haar. »Liebes, erzähl es mir … Bitte!«

Orla weinte immer heftiger. Simon erschien in der Tür. »Es war dieser Widerling, dieser Mick Clancy … Er hat letzte Nacht versucht, sie zu vergewaltigen.«

Patricia nahm ihre schluchzende Tochter in die Arme, legte sich neben sie aufs Bett, doch Orla drehte sich nicht um. Pat fing Simons Blick auf. Er schüttelte den Kopf. »Möchtest du eine Tasse Tee, Mama?«, fragte er leise. Pat lächelte. »Ein bisschen später gerne.«

Als Gerry heimkam, erfuhr Patricia die ganze Geschichte.

Orla war in der Disco gewesen. Dort hatte sie zufällig Mick getroffen und sich von ihm auf dem Motorrad nach Hause fahren lassen. Er wollte sie nicht gleich hineingehen lassen und schlug einen kurzen Spaziergang vor. Orla war einverstanden. Sie waren ein paar Häuserblocks weit gegangen und er hatte sie in eine Sackgasse geführt, wo er sein wahres Gesicht zeigte.

»Er sagte, er hätte ein Messer!«, rief Gerry wütend. »Er hat sie zu Boden geworfen. Nur der Tatsache, dass in einem Nachbargarten ein Hund bellte und der Besitzer nach dem Rechten sah, ist es zu verdanken, dass die Sache nicht viel schlimmer ausging. Er hätte sie gepackt, sie gevögelt. Und wir wären womöglich Großeltern geworden! Unsere Tochter von einem solchen Halbstarken geschwängert!«

Typisch Gerry, dachte Patricia, er denkt nur an die Folgen für sich selbst.

»War sie schon beim Arzt?«

»Nein. Ihr fehlt nichts. Er hat es mit der Angst zu tun bekommen und ist weggelaufen, bevor er sein Vorhaben ausführen konnte. Aber wir müssen sie für eine Weile einsperren, bis wir darauf vertrauen können, dass sie sich anständig benimmt. So etwas darf nicht noch einmal geschehen.« Er seufzte ärgerlich.

Patricia starrte ihn an. »Jetzt mal langsam, Gerry. Das war versuchte Vergewaltigung. Habe ich nicht Recht? Orla trifft keine Schuld. Sie hat nicht darum gebeten, vergewaltigt zu werden.«

Das Licht fiel auf Gerrys spiegelnde Halbglatze, die Falten um seinen Mund, seine zornig funkelnden Augen. »Sie hat es doch darauf angelegt! Warum ist sie mit ihm ›spazieren gegangen‹, frage ich dich? Um zwei Uhr morgens!«

»Sie ist jung und arglos. Wahrscheinlich hielt sie das für romantisch!«

Gerry ging auf dieses Argument nicht ein. »Wenn du hier gewesen wärst, wäre das vielleicht nicht passiert. Aber du musstest dich ja in Paris herumtreiben ... Ich hätte das nie erlauben sollen!«

Gerry ging hinaus. Patricia rief den Hausarzt an und bat ihn, so bald wie möglich zu kommen.

»Wann findet voraussichtlich die Gerichtsverhandlung statt?«, fragte sie Gerry später.

»Vorausgesetzt, sie fassen ihn, ziemlich bald.«

Pat leistete Orla Gesellschaft. Der Arzt war da gewesen, hatte Ratschläge erteilt, Mitgefühl gezeigt und einige Schlaftabletten dagelassen. Gerry saß unten und las die Sonntagszeitungen.

»Du bleibst im Bett und schläfst ein bisschen«, sagte Pat. »Das ist das beste Heilmittel bei Schock ... Du hast gehört, was der Arzt sagt. Ich bringe dir dein Mittagessen rauf. Wünschst du dir etwas Besonderes?«

»Nein, Mama, danke. Ich fühle mich wie ein Idiot. Du hast versucht mich zu warnen, sogar die Clique hat es versucht ... aber ich wusste natürlich wieder alles besser!«

»In deinem Alter wissen die Menschen immer alles besser. Das ist eine bemerkenswerte Fähigkeit, die Gott sei Dank irgendwann von allein weggeht ....« Sie lächelte. »Mach dir keine Gedanken. Die Polizei wird ihn schnappen, und dann muss er auslöffeln, was er sich eingebrockt hat!«

»Wird es eine Verhandlung geben?«

»Aber ja. Was er getan hat, ist eine ernste Sache. Er ist ein Krimineller! Das ist ein Verbrechen!«

»Ich weiß, Mama. Ich habe mich nur gefragt, ob er ungestraft davonkommt!« Dann fügte sie mit kläglichem Lächeln hinzu: »Wir haben dich sehr vermisst.«

»Wirklich?«

»Natürlich. Das Haus war so leer, so kalt ohne dich. Es ist schön, dass du wieder da bist.« Dann fragte sie: »Hat Paris deinen Erwartungen entsprochen? Was hast du unternommen?«

»Alles Mögliche. Ich war in Museen und Kunstgalerien und so weiter«, sagte Pat gelassen.

Orla sah sie fragend an. »Es muss seltsam gewesen sein, die ganze Zeit allein zu sein. Hast du jemanden getroffen, den du kennst?«

Patricia überlegte, was sie antworten sollte; sie spürte, dass ihre Tochter sie genau beobachtete.

»Du kommst nie drauf, wen ich gesehen habe ... David de Barra!«

»Wer ist das?«

»Der Mann von Joan de Barra.«
»Du meinst den Mann von Daddys Teilhaberin?«
»Ja. Er ist Künstler ... Seine Arbeiten wurden ausgestellt.«
»Oh«, sagte Orla.

Pat küsste ihre Tochter. »Schlaf jetzt ... Morgen ist dein erster Tag auf dem College ...« Sie betrachtete die weiche Linie von Orlas Wange, sah, wie blass, wie aufgewühlt sie war; sie hatte ihre Sicherheit eingebüßt. Der Eigensinn, ihr wichtigster Charakterzug, war zeitweilig in den Hintergrund getreten. Sie war jetzt verletzlicher als je zuvor, weil sie ihrer eigenen Wahrnehmung, den Wertmaßstäben, die für sie so selbstverständlich gewesen waren, nicht mehr vertrauen konnte. Sie würde den Dschungel des Erwachsenendaseins von neuem erkunden müssen. Aber das hatte noch Zeit.

»Es war nicht deine Schuld«, sagte Patricia.

Orla fuhr herum und umarmte ihre Mutter heftig.

An einem Montagmorgen einige Wochen später lag Patricia auf ihrem Bett und starrte das Hexengesicht an der Decke an. Außer ihr war niemand im Haus, es war ganz still. Gerry war in der Kanzlei, Simon in der Schule, Orla an der Uni. Die Zentralheizung lief, gelegentlich klickte das Thermostat. Es war Spätherbst, bald würde der Winter kommen. Sie hatte einen ganzen Stapel Briefe an Paddy geschrieben, sie zerrissen, neue geschrieben und auch die wieder zerrissen. »Die Dunkelheit bricht mir das Herz«, schrieb sie. »Ohne dich bleibt nur Schweigen.« Und dann vernichtete sie die Botschaften.

An diesem Morgen hatte sie einen Brief von ihm bekommen, aus Richmond, in einem maschinegeschriebenen Kuvert. Es war der zweite Brief von ihm seit ihrer Abreise aus Paris.

»Ich war unverzeihlich unsensibel. Ich liebe und brauche dich. Auch wenn wir keine Liebesbeziehung haben können, will ich dich nicht aus den Augen verlieren. Lass uns wenigstens Freunde sein.«

Sie weinte. »Lass uns wenigstens Freunde sein!« Wie

konnte er sich auch nur entfernt vorstellen, sie könnten ›Freunde‹ sein? Damit war das Ende ihrer Beziehung besiegelt.

Sie legte den Brief zu den alten, betrachtete die Fotografie zwischen den vergilbten Seiten, den jungen Paddy, die junge Patricia, nach einer Tanzveranstaltung im Metropol: er mit schwarzer Krawatte und Abendanzug, sie im schwarzen Kleid mit züchtigem Ausschnitt und großen ›Perlen‹ an den Ohren, die Augen mit Lidstrich geschminkt. Sie lächelten einander zu, strahlend, unglaublich jung.

Sie blickte zum Fenster hinaus in den Garten. Das goldenrotgelbe Laub lag am Boden. Kalter Nebel erfüllte die Luft, Melancholie, Schönheit und Trauer, wehmütige Erinnerungen an die Herbsttage der Vergangenheit.

Vielleicht werde ich eines Tages aufwachen und es macht mir nichts mehr aus, dachte sie. Vielleicht wirst du mich eines Tages freigeben.

»Gerry – ich möchte wieder studieren!« Gerry las Zeitung. Er blickte kurz auf und vertiefte sich dann wieder in den Artikel.

»Hast du gehört, was ich gesagt habe?«

Wieder blickte er auf. »Natürlich habe ich es gehört, Patricia.« Seine Brillengläser reflektierten das Licht. »Mach dich nicht lächerlich.«

»Ich möchte mein eigenes Leben führen, ich will einen Beruf ausüben.«

Seufzend faltete Gerry die Zeitung zusammen. »Das sind doch Hirngespinste! Du führst dein eigenes Leben – als Ehefrau und Mutter! Welchen Beruf könntest du schon ergreifen – als blutige Anfängerin, eine Frau in deinem Alter!«

»Was soll die Bemerkung über mein Alter! Mir macht es nichts aus, ganz von vorn anzufangen! Wenn ich Arbeit hätte, dann hätte ich … Autonomie!«

»Autonomie! Und was willst du damit anfangen?« Er lachte spöttisch. »Das ist wirklich ein bisschen pubertär, Pat! Anscheinend vergisst du, dass du bereits einen Beruf hast!« Sein Tonfall wurde ernst. »Dass du Verantwortung trägst!«

Wenn sein Lachen nicht so spöttisch wäre, dachte Patricia, wenn seine Stimme nicht so selbstsicher und ernst wäre, dann könnte ich es ertragen und darauf antworten.

»Das ist kein Beruf! Und die Kinder sind fast erwachsen ...«

»Wenn du mehr Geld haben möchtest, Pat, brauchst du es nur zu sagen!«

»Ich will Jura studieren«, sagte Patricia mit ausdrucksloser Stimme. Gerry zog die Augenbrauchen hoch, sah sie an und lachte lauthals.

»Mein liebes Kind, Jura hat nichts Romantisches an sich! Frag Joan ... Frag, wen du willst.«

»Es geht mir nicht um Romantik.«

»Übrigens«, fuhr Gerry fort, »würde es mich nicht wundern, wenn sie ihren Beruf an den Nagel hängt!«

Patricia setzte sich auf. »Joan? Du machst wohl Witze. Warum sollte sie das tun?«

»Sie hat angedeutet, dass sie uns verlassen will. Ich glaube, ihr Mann hat ein Vermögen verdient. Anscheinend ist er zum Liebling der internationalen Kunstszene avanciert.«

Er blätterte in der Zeitung, faltete sie und reichte sie Patricia. »In der Zeitung von heute ist sogar ein Artikel über ihn drin.«

Pat nahm die Zeitung und betrachtete die Fotos von David de Barra und einem seiner Gemälde.

»Allerdings«, fuhr Gerry fort, »halte ich nicht viel von seinem Zeug. Es erinnert mich an Picasso. Wenn ich überlege, wie hart manche Leute arbeiten müssen, während solche Windhunde riesige Summen für Bilder bekommen, die ich mit ein paar Tuben Farben und einem Fahrrad auch zustande brächte!«

Patricia musste lachen. Sie lachte, bis ihr die Tränen übers Gesicht liefen. Sie stellte sich vor, wie Gerry auf einem Fahrrad saß und Farbe auf einer auf dem Boden ausgebreiteten Leinwand verschmierte.

»Was ist los mit dir? Was ist daran so komisch?«

Am nächsten Morgen stand Patricia im Flur und sah ihre Post durch. Sie hatte einen Brief von Joan bekommen – mit dem offiziellen Briefkopf der Kanzlei: Galligan, Ryder & Co. Sie nahm ihn mit in die Küche.

»Liebe Patricia«, schrieb Joan, »ich möchte dich bitten, in der Kanzlei vorbeizukommen und die Papiere zur Testamentseröffnung zu unterzeichnen. Außerdem habe ich bei den persönlichen Unterlagen deiner Mutter etwas gefunden, das dich überraschen dürfte.«

Als Patricia Joan drei Tage später aufsuchte, wurden ihr verschiedene Dokumente zur Unterschrift vorgelegt. Als das erledigt war, legte Joan das Sparbuch eines Bausparvertrags vor Patricia auf den Schreibtisch.

»Was ist das?«

»Das habe ich bei den Papieren deiner Mutter gefunden!«

»Ich kann mich nicht entsinnen, es schon mal gesehen zu haben.«

»Es befand sich in einem versiegelten Umschlag.«

Patricia blätterte in dem kleinen Sparbuch mit dem schlichten braunen Umschlag und sah, dass nur einmal ein Betrag eingezahlt worden war: einhundertzwanzigtausend Pfund.

»Mein Gott! Das Geld aus dem Verkauf von Brierly! Sie hat es also nicht ausgegeben!«

»Nein, das hat sie nicht. Schau nach, auf wessen Namen das Konto läuft.« Patricia schlug die erste Seite auf und sah den Namen Patricia Ellen Galligan.

»Sie hat es für mich eingezahlt!«

»Genau. Das Geld ist seit Jahren fest angelegt. Zusammen mit den Zinsen ist das ein kleines Vermögen.«

»Vielleicht hat sie das Konto ja gekündigt?«

»Nein, das habe ich überprüft!«

Patricia lehnte sich zurück. »Ist dir klar, was das heißt, Joan?«, fragte sie. »Das heißt, dass Patricia Galligan frei ist!«

Joan spielte mit ihrem Füller, malte Pfundzeichen auf ein Blatt Papier und grinste Pat an.

»Ist das nicht verrückt?«, fuhr Pat fort. »Jahrelang habe ich den üblichen Papierkram von der Bausparkasse bekommen und nie einen Blick darauf geworfen. Ich habe ein kleines Bausparguthaben in Ballsbridge und dachte, es handelt sich darum!«

»Du bist jetzt eine gut betuchte, unabhängige Frau, Patricia Galligan.« Sie überflog die Zahlen in ihren Unterlagen. »Mit den Zinsen beläuft sich das Konto auf über zweihunderttausend Pfund! Was willst du mit all dem Geld anstellen?«

Patricia holte tief Luft. »Ich weiß noch nicht! Ich möchte studieren, meinen Abschluss nachholen!«

»Und was dann?«

Patricia sah ihre Freundin an. »Am liebsten würde ich Jura studieren!«

»Gut«, sagte Joan munter, als wäre das die natürlichste Sache von der Welt. »Du kannst deine Ausbildung bei mir machen!«

Patricia räusperte sich ungläubig. »Gerry würde sein Veto einlegen.«

»Er kann so viele Vetos einlegen, wie er will! Ich mache mich selbstständig …!«

Pat lachte. »Meinst du das ernst? Gerry sagt, du hättest etwas angedeutet …«

»Aber sicher! David scheffelt jetzt nur so das Geld. Ich kann es mir leisten hier aufzuhören! Seine Ausstellung in Paris war sehr erfolgreich – mein Gott, die Preise waren astronomisch. Und die Lobeshymnen erst!«

»Ich weiß. Ich habe den Artikel gelesen, der kürzlich in der Zeitung stand, und Gerry hat mir erzählt … dass David den Durchbruch geschafft hat.« Bei dem Gedanken an Gerry und sein Fahrrad musste sie sich ein Grinsen verkneifen. »Als ich in Paris war, habe ich die Ausstellung gesehen. Ich dachte, es käme wohl etwas billiger, direkt beim Künstler zu kaufen?«

»Ganz bestimmt«, meinte Joan lachend. »Warum

kommst du nicht einfach mal vorbei? Er arbeitet an einigen interessanten neuen Bildern. Eine Galerie in London hat ihm ebenfalls einen Vertrag angeboten, und er ist völlig in seine Arbeit vertieft. Ich muss schon fast um einen Termin betteln, damit ich ihn auch mal zu Gesicht bekomme!« Sie lächelte selig, so als wären diese ›Termine‹ das Warten wert.

»Ich freue mich für ihn«, sagte Pat. »Er hat es verdient. Ich verstehe nicht viel von Kunst, aber ich finde, seine Bilder strahlen etwas ganz Besonderes aus. Und die Porträts von dir haben mir besonders gut gefallen!«

Joan wurde rot. »Danke. Ich erkenne mich darin gar nicht wieder.«

»Er liebt dich sehr.«

Joan zog lächelnd die Brauen hoch und kramte in den Unterlagen. »Er war wieder bei der Nachsorgeuntersuchung, und es ist alles in Ordnung«, sagte sie, um das Thema zu wechseln.

Pat seufzte innerlich. »Ich habe dich immer beneidet, weißt du, um deine glückliche Ehe. Du vermittelst den Eindruck, dass es keinerlei Unstimmigkeiten zwischen euch gibt. Ich weiß, dass du viel durchgemacht hast, als er krank war, aber du schienst immer eins mit ihm zu sein!«

Joan sah ihr nicht in die Augen. »Tatsächlich? Du würdest dich wundern … Aber ich glaube, jetzt kann ich behaupten, dass wir unzertrennlich sind, ein wirkliches Paar.«

Bevor sie ging, fragte Patricia schüchtern: »War das Angebot mit dem Ausbildungsplatz ernst gemeint?«

»Natürlich. Ich bin nämlich überzeugt, dass du eine ausgezeichnete Anwältin abgeben würdest. Ich habe gesehen, wie du dich für diese arme Frau eingesetzt hast, Sarah O'Toole. Warum holst du nicht deinen College-Abschluss nach und bewirbst dich dann um einen Studienplatz bei der juristischen Fakultät? Dann kannst du bei mir dein Referendariat machen!«

»Ist es dafür nicht zu spät?«

»Unsinn! Die Zeit geht auch so rum. Da kannst du ebenso gut vier Jahre in die Ausbildung investieren und Anwältin werden, statt am häuslichen Herd zu verkommen – was dir überhaupt nicht gut tut, wenn ich mir die Bemerkung erlauben darf.«

»Ich weiß. Ich fühle mich wie ein Forelle, die im Aschenbecher ihr Dasein fristet …«

Joan lachte. »Das ist ein bisschen eng … Warum willst du dich mit einem Lebensraum begnügen, der einfach zu klein für dich ist?«

Patricia sah sie mit verträumten Augen an. »Joan, ist dir klar, dass ich mit dem Geld, das mir meine Mutter hinterlassen hat, das kleine Haus an der Airfield Lane kaufen könnte, das gerade zum Verkauf steht? Ich bin kürzlich dort vorbeigekommen. Es ist wunderschön, mit einer Veranda nach vorne und einem kleinen Garten hinten raus …«

»Du Nutte!«

Die Worte, das plötzlich angeschaltete Deckenlicht, rissen Patricia aus dem Schlaf. Ärgerlich fuhr sie auf, blinzelte vom grellen Licht geblendet.

Es war Gerry. Er beugte sich über sie. Sein Blick war kalt. Alkoholdunst stieg ihr in die Nase. Mühsam setzte sie sich auf.

»Du Nutte!«, wiederholte er.

»Wie kannst du es wagen?«, protestierte Patricia, als sie sich halbwegs gefangen hatte.

»Spar dir deine frechen Bemerkungen. Gerade war ich im Club und habe von John Millar gehört, was du in Paris getrieben hast! Anscheinend kann man dich keine Sekunde aus den Augen lassen!«

Patricia antwortete nicht. Sie war hellwach. Schlagartig wurde ihr klar, was geschehen war. Gerry hatte John Millar im Club getroffen. Sie hatten miteinander getrunken, und Millar konnte der Versuchung nicht widerstehen, Gerry nach seiner Frau zu fragen, wie ihr die Reise nach Paris gefallen habe, begleitet von augenzwinkernden Andeutungen. Gerry war wütend – es war der Zorn des Hahnrei, der auf seinen Besitzanspruch pocht.

Als sie schließlich die Augen öffnete, sah sie ihn, sein verzerrtes, verbittertes Gesicht, und seltsam distanziert, wie aus weiter Ferne, sah sie seine Wut. Er hob die Hand und schlug sie. Dann nahm er ihren Morgenmantel vom Haken an der Tür, warf ihn ihr zu und holte einen Koffer vom Schrank herunter.

»Zieh dich an und verschwinde. Verschwinde aus meinem Haus.« Er stürmte aus dem Zimmer und die Treppe hinunter.

Patricia keuchte vor Schmerz. Vor ihrem rechten Auge tanzten Lichtpunkte. Sie bedeckte es mit der Hand. Ihre Wange war wund und begann bereits anzuschwellen. Nach einer Weile öffnete sie vorsichtig die Augen; sie konnte noch sehen. Ein Blick auf die Uhr zeigte, dass es zwei Uhr morgens war. Sie hörte Orla und Simon auf dem Treppenabsatz miteinander tuscheln. Lautlos stand sie auf, ging zum Schrank und zog sich an.

Es klopfte und Orla steckte den Kopf zur Tür herein; sie sah verängstigt aus. »Was ist passiert?«

»Ich ziehe mich gerade an, Orla. Bitte warte draußen.«

Orla verschwand wieder. Patricia packte einen Koffer, nahm Parfumfläschchen und Make-up von der Kommode und kippte alles in einen Plastikbeutel, den sie in den Koffer legte, griff nach ihrer Armbanduhr. Dann ging sie zum Telefon und bestellte sich ein Taxi.

Als sie aus dem Zimmer trat, sah sie ihre Kinder an der Treppe stehen. Von unten hörte sie das Krachen von splitterndem Porzellan und ahnte, was da vor sich ging. Gerry stand in der Tür zum Wohnzimmer und zerschmetterte Pats Porzellansammlung auf dem gefliesten Flur. Stück für Stück wurde zu Boden geschleudert und barst mit einem feinen aristokratischen Klirren. Gerrys Miene war starr, seine Augen blutunterlaufen. Nur die systematische Zerstörung des Porzellans und sein verzerrter Mund zeugten von seinem inneren Aufruhr, seinen widersprüchlichen Gefühlen.

Orla reagierte zutiefst erschrocken, Simon schicksalsergeben.

»Du Nutte!«, rief Gerry, als Patricia den Flur entlangging. »Verschwinde. Raus aus meinem Haus!«

»Ich bin keine Nutte«, sagte Patricia mit klarer Stimme und bahnte sich einen Weg durch das zerschlagene, in zwanzig Ehejahren angesammelte Porzellan. »Ich bin ein Mensch. Und ›dein‹ Haus verlasse ich mit dem größten Vergnügen. Ich habe mir bereits ein eigenes gekauft.«

Er schwieg wie vom Donner gerührt.

»Unsinn«, sagte Gerry mit höhnischem Lachen. »Wie willst du dir ein Haus kaufen?«

»Mit Geld«, erwiderte Patricia.

Sie drehte sich zu ihren Kindern um. Orla sah das blaue Auge ihrer Mutter und brach in Tränen aus.

»Ihr könnt mitkommen und bei mir wohnen, wenn ihr wollt. Ich bin eure Mutter und werde immer für euch da sein. Ich habe euch beide lieb.« Sie ging zur Tür.

»Wahrscheinlich denkst du, du kannst den Wagen nehmen, den ich dir gekauft habe?«, sagte Gerry und ließ den Autoschlüssel um seinen Zeigefinger wirbeln.

Patricia blieb stehen, sah ihn an. Unter seiner Wut zeigte sich plötzlich Bestürzung; er hatte Angst, dass die Situation außer Kontrolle geriet, dass er eine Krise heraufbeschworen hatte, wo er ihr doch bloß eine Lektion erteilen, ihr zeigen wollte, wer der Herr im Haus war, sie verletzen und bestrafen wollte, bis sie gedemütigt in die Knie ging. Ohne Auto kannst du nicht weg, signalisierte seine Geste.

»Mama, warte! Wo gehst du hin? Was willst du tun?«, rief Orla angstvoll. »Wann kommst du zurück?«

Patricia schüttelte den Kopf.

Simon schrie mit zitternder Stimme seinen Vater an: »Dad! Lass sie nicht gehen!«

Draußen fuhr ein Auto vor. Patricia öffnete die Haustür und sah, dass es das Taxi war.

»Meine Adresse liegt auf meiner Kommode, Orla, wenn du oder Simon zu mir kommen wollt. Es ist nicht weit weg von hier«, fügte sie hinzu, als sie ihre ungläubigen Gesichter sah. »Gut zu Fuß zu erreichen!«

Sie warf einen letzten Blick auf ihre unglücklichen Kinder, sah die Tränen auf Orlas Wangen und Simons angstvoll geweitete Pupillen.

Gerry sagte zu den beiden: »Keine Sorge, sie kommt schon wieder angekrochen!«

»Das glaube ich nicht, Gerry«, entgegnete Patricia leise. »Die Zeit des Kriechens ist vorbei.«

Zuletzt hörte sie noch, wie Orla ihr nachrief: »Mama, kommst du am Dienstag zum Gericht?«

Pat sah ihre Tochter an, entsann sich, dass die Gerichtsverhandlung ja unmittelbar bevorstand. »Natürlich komme ich, mein Schatz. Ich treffe dich dort.« Sie zog die Haustür hinter sich zu.

21. Kapitel

Der erste Schritt zu moralischem Mut besteht einfach darin, die Augen zu öffnen.

Aus: *Die Pferdeohren*, 1990

Am Dienstag stand Orla früh auf. Sie hatte eine schlaflose Nacht hinter sich. Vor der heutigen Gerichtsverhandlung hatte sie Angst; sie war die Hauptbelastungszeugin und würde genau schildern müssen, was geschehen war, was Mick getan hatte. Beides war gleichermaßen demütigend: dass ihr so etwas hatte passieren können und dass sie es in aller Öffentlichkeit erzählen sollte.

Beim Frühstück sagte ihr Vater, es sei ihm etwas dazwischen gekommen und er werde sie nicht zur Verhandlung begleiten können; er könne sie allenfalls vor dem Gerichtshof absetzen. Doch als sie das Gerichtsgebäude betrat, sah sie ihre Mutter bereits auf sie warten. Ihr Fall wurde als erster verhandelt, und sie ging in den Zeugenstand und legte den Eid ab.

Orla hörte die Frage, hörte den verächtlichen Tonfall, spürte, wie ihr der Schweiß ausbrach. Der Verhandlungssaal war klein und unerwartet schäbig; vom Zeugenstand aus überblickte sie den Raum in allen Einzelheiten: neben ihr die Richterbank; der Tisch des Gerichtsschreibers; der Platz des Angeklagten, der blöde grinste; die Bank der Anwälte, die mit ihren Akten darauf warteten, dass ihr Fall aufgerufen wurde; die Plätze der Zuschauer, wo ihre Mutter saß und Orlas Zeuge, John Murphy, sowie verschiedene andere Leute, vor allem Männer, die sie nie zuvor gesehen hatte. Sie sahen Orla erwartungsvoll an. Sie griff nach der Holzbalustrade und versuchte Fassung zu bewahren. Sie wurde gerade von diesem Anwalt vernommen, aggressiv, herablassend, gelangweilt, in einem trägen Tonfall voller Ekel; sie fühlte sich beschmutzt. Mit welchem Recht nahm er sich heraus, so mit ihr zu reden?

»Sprechen Sie lauter«, sagte der Richter. »Wenn die Zeugin in Verlegenheit gebracht wird, lasse ich den Saal räumen«, fügte er gereizt hinzu.

Der Richter trug eine schwarze Robe mit weißen Bändern am Hals. Orla sah erst ihn an, dann den Fußboden. Sie sollten das Gericht besser sauber halten, dachte Orla. Zwischen den Dielenbrettern sammelte sich der Staub.

»Sprechen Sie bitte lauter«, wiederholte der Richter mit lauter Stimme. »Dieser Gentleman muss hören können, was Sie sagen!«

Gentleman?

Der Richter hatte ein runzliges Gesicht; er war kräftig gebaut, in mittleren Jahren; ihm ging es nur darum, seine Tagesordnung abzuhaken.

Mick, der Gentleman, saß neben seinem Anwalt, der ihm etwas zuflüsterte. Ihnen war nicht entgangen, dass Orla durcheinander war; sie lächelten, sie hatten die Situation im Griff. Orla hatte keinen Rechtsvertreter. Daddy hatte gemeint, das würde nichts bringen. »Du brauchst nur klar und deutlich die Wahrheit sagen.«

Sie wünschte, er wäre jetzt bei ihr, aber er hatte eine Besprechung mit einem wichtigen Klienten.

Fieberhaft überdachte Orla die Ereignisse jener Nacht. »Ich gehe lieber rein … danke, dass du mich heimgebracht hast!« Sie hatte ihn angesehen, aber sein Gesicht war im Dunkeln gewesen.

Er hatte sich eine Zigarette angezündet. »Warum machen wir nicht noch einen kleinen Spaziergang …?« Er lächelte. Im Lampenschein wirkte er attraktiv; die Art, wie er die Zigarette hielt, war cool. An diesem Abend war er nett gewesen, hatte ihr nicht nachgestellt, sie nicht bedrängt. Er hatte sich verändert. Was sprach gegen einen Spaziergang? Es war eine so schöne Nacht.

Er nahm sie an der Hand, und sie gingen die Straße hinunter, um ein paar Häuserblocks, unterhielten sich über die Disko. Sie kamen an eine Seitenstraße.

»Das ist eine Abkürzung«, sagte Mick, nahm ihren Arm und zog sie in die dunkle Gasse, die auf beiden Seiten von hohen Gartenmauern begrenzt war.

»Ich glaube nicht, dass es eine Abkürzung ist«, sagte Orla kurz darauf.

»Ich wette um fünf Pfund mit dir, dass es eine ist!«

Das Sträßchen war L-förmig und erwies sich als Sackgasse, was man von der Straße aus nicht hatte sehen können.

»Du schuldest mir einen Fünfer«, sagte Orla so unbefangen sie nur konnte, und versuchte ihre aufsteigende Panik zu unterdrücken.

Mick stieß sie gegen die Mauer. Er drückte seine Lippen auf die ihren, nicht behutsam wie die Jungs, die sie auf Partys geküsst hatte, nicht besitzergreifend, wie er es früher getan hatte, sondern rücksichtslos, so dass ihre Lippen schmerzten. Sie spürte seine Erektion und wollte ihn wegstoßen. Die Mauer hinter ihr war hart, spitze Steine bohrten sich in ihren Rücken.

»Zieh deine Jeans aus«, befahl Mick.

»Sei nicht albern.«

Sie wehrte sich, kam frei, aber er holte sie gleich wieder ein. Er tastete nach ihrer Brust und drückte sie schmerzhaft. Sie hörte, wie ihre Bluse zerriss. Er grunzte wie ein Tier.

»Bitte«, flüsterte Orla, »lass mich los.«

»Deine Jeans ... zieh sie aus, du Schlampe!«

Orla fing an zu weinen. »Bitte, Mick ...«

Er lachte, schob sein Bein zwischen ihre Knie und stieß sie zu Boden. Sie schrie: »Hilfe! Bitte helft mir!«

Er hielt ihr den Mund zu, erstickte ihren Schrei. Sie bekam kaum noch Luft. »Ich habe ein Messer«, zischte er.

»Wenn du noch mal schreist, benutze ich es.« Er machte sich am Reißverschluss ihrer Jeans zu schaffen.

Sie wehrte sich. Er zerrte an ihrer Hose.

Plötzlich begann in einem der angrenzenden Gärten ein Hund zu bellen, deutlich vernehmbar in der nächtlichen Stille. Er bellte mit wilder Entschlossenheit, wachte über sein Territorium. O bitte, lieber Gott, mach, dass jemand aufwacht. Bitte, bitte, bitte, lieber Gott.

Mick lag auf ihr, zog und zerrte an ihrer Kleidung, schlug immer wieder ihren Kopf auf das Pfaster; sie sah alles von außen, als geschähe es mit einer anderen, wie in einem Fernsehfilm. Mit ihrem Leben hatte das doch nichts zu tun. Vergewaltigung und die Folgen davon war etwas, das anderen Leuten passierte.

Orla musterte den Anwalt, der sie befragte, sah, wie er verächtlich den Mund verzog. Was, wenn sie schwanger geworden wäre? Der um diesen Preis gezeugte Embryo würde besonderen Schutz genießen. Zur Abtreibung würde sie nach England fahren müssen. Das würde doch niemand verhindern können, oder?

»... trug aufreizende Kleidung.« Micks Verteidiger sprach immer noch. »Seien Sie jetzt ehrlich, Miss Galligan. Haben Sie meinen Mandanten, der ja schließlich ein gesunder junger Mann ist, nicht absichtlich erregt? Sie trugen eine durchsichtige Bluse ...«

»Nein«, sagte Orla.

»Und keinen BH?«

Orla wurde rot. »Ich trug einen BH.«

»Und Sie tanzten Wange an Wange mit meinem Mandanten und schmiegten sich an ihn?«

»Ich habe mich nicht an ihn geschmiegt«, erwiderte Orla leise.

»Aber Sie haben Wange an Wange mit ihm getanzt?«

»Ja – aber nur für einen Tanz.«

»Und Sie sind aus freien Stücken mit ihm spazieren gegangen?«

»Ja, aber ...«

»Danke, Miss Galligan.« Der Anwalt warf seinem Mandanten einen siegessicheren Blick zu und setzte sich.

Sie hatte gekämpft, ihn mit ihrer freien Hand mit aller Kraft geschlagen, ihn gebissen. Sie wünschte, sie könnte Judo oder Karate, damit sie gegen sein Gewicht, seine Stärke etwas hätte ausrichten können. Dass sie sich wehrte, schien ihn zu erregen. Wieder schlug er ihren Kopf auf das Pflaster. Ihr war schwindelig und sie hatte Schmerzen. Sie weinte.

»Oh, bitte nicht ... Bitte. O nein, nein ...« Die Tränen liefen ihr übers Gesicht und das Salz auf ihrer Zunge schmeckte wie Blut.

»Aber was?«, fragte der Richter ungehalten. »Sprechen Sie lauter, junge Dame. Warum sind Sie mit ihm spazieren gegangen, als er Sie vor Ihrer Tür absetzte? Wo es doch nahe liegend gewesen wäre, ins Haus zu gehen?«

Orla war verwirrt. »Er hat mich daheim abgesetzt«, sagte sie, »und ich habe mich bedankt. Und dann fragte er, ob ich spazieren gehen möchte, und ich wollte. Es war ein schöner Abend«, fügte sie mit matter Stimme hinzu.

»Warum sind Sie nicht nach Hause gegangen wie ein braves Mädchen?«, wiederholte der Richter ärgerlich.

Orla starrte ihn an, diesen Mann in mittleren Jahren mit dem strengen, autoritären Gesicht. Warum begriff er es nicht? Warum musste er alles so in den Schmutz ziehen? Warum musste er andeuten, es sei ihre Schuld gewesen? Sie sah zu ihrer Mutter, die ein wütendes Gesicht machte.

Von ihrem Platz auf der Zuschauerbank aus beobachtete Pat ihre Tochter. Orla hat ihm vertraut, dachte sie. Dafür wird sie nun bestraft.

Offenbar wurde Orla eine Verpflichtung aufgebürdet, eine besondere Verantwortung, die sich nicht nur auf ihre eigenen Handlungen erstreckte, sondern auch auf die von Mick. Wenn sie mit ihm spazieren ging, wenn er diese Gelegenheit nutzte, um sie sexuell zu belästigen, zu vergewaltigen, musste

Orla für ihre Weiblichkeit bestraft werden, die als Ursache des Problems gesehen wurde. Denn wenn sie keine Frau gewesen wäre, wäre das Problem nicht aufgetaucht. Pat fragte sich, warum das System, warum die Männer auf der Richterbank nichts über Frauen wussten, über ihre Gefühle, über den unschuldigen Reiz eines romantischen Spaziergangs bei Mondschein; und wenn sie schon keine Ahnung hatten, warum durften sie dann über sie zu Gericht sitzen? Warum sollte Orla, warum sollten Frauen überhaupt sich ihr Leben lang eine Zwangsjacke anlegen, damit man ihnen nicht die Schuld an den Verbrechen anderer Leute anlastete? Warum wurde vor Gericht nur die männliche Sexualität als Maßstab genommen, als wäre das die einzige Form menschlicher Sexualität, als wäre sie die objektive Wahrheit?

Orla wurde das Gefühl nicht los, dass diese Männer sich gegen sie verschworen hatten. Wieder sah sie zu ihrer Mutter hinüber. Mama hatte sich immer schon über diese Verhältnisse ereifert, aber bisher hatte sie nie so richtig verstanden warum. Orla blickte dem Richter mit erhobenem Haupt entgegen.

»Ich wusste nicht, dass der Mann ein Verbrecher ist, darum bin ich mit ihm spazieren gegangen«, erwiderte sie kühl. »Wenn er mir gesagt hätte, dass er ein Verbrecher ist, wäre ich heimgegangen.«

Der Richter sah sie stirnrunzelnd an und begann mit der Vernehmung des nächsten Zeugen.

»Und was haben Sie um drei Uhr morgens gemacht, Mr. Murphy?« Der Verteidiger nahm den Zeugen John Murphy ins Kreuzverhör; er hatte nach dem Rechten gesehen, als der Hund anschlug.

»Ich habe gelernt.«

»Und was haben Sie gelernt?«, warf der Richter ein.

»Chemie.«

»Sie haben also um drei Uhr morgens Chemie gelernt«, fuhr der Verteidiger fort, »und plötzlich beschlossen Sie, in den Garten zu gehen?«

»Der Hund hat gebellt.«

»Aha, der Hund hat also gebellt und Sie beschlossen, ein wenig durch den Garten zu schlendern?«

»Kommen Sie zur Sache, Mr. O'Brien«, mahnte der Richter gereizt. »Das hatten Sie bereits gesagt.«

Der Verteidiger hüstelte, warf einen Blick in seine Unterlagen. »Und als Sie über die Gartenmauer schauten, sahen sie ein Paar, das sich umarmte?«

»Ich hörte die Stimme eines Mädchens. Sie sagte: ›Nein, nein!‹«

»Und was haben Sie getan?«

»Ich habe über die Mauer geschaut und gerufen: ›Was ist da los?‹«

»Was haben Sie gesehen?«

»Einen Mann und ein Mädchen, die auf dem Boden lagen.«

»Sie irren sich, Mr. Murphy. Es war nur ein Liebespaar, das an der Mauer lehnte.« Er wandte sich an den Richter. »Sie ist schräg, wie ich meine, und in der Dunkelheit muss sich Mr. Murphy geirrt haben.«

»Ich habe mein Lebtag in diesem Haus gewohnt«, sagte der Zeuge, »und diese Mauer war noch nie schräg. Heute Morgen war sie jedenfalls vollkommen senkrecht.«

Wieder blickte der Verteidiger in sein Notizbuch. »In welcher Stellung befanden sich die beiden zueinander, Mr. Murphy?«

»Er lag auf dem Mädchen – Kopf an Kopf. Missionarsstellung, wenn Sie so wollen.«

»Haben Sie gehört, dass mein Mandant von einem Messer sprach, Mr. Murphy?«, fragte der Verteidiger.

»Nein.«

»Was geschah, als Sie riefen?«

»Der Mann stand auf und rannte davon.«

»Eine normale Reaktion, wenn man in dieser Situation überrascht wird«, meinte der Verteidiger. »Hätten Sie nicht dasselbe getan – wären Sie nicht weggelaufen?«

»Nur wenn ich ein Unrecht begangen hätte«, erwiderte der Zeuge ernst und sah den Angeklagten an.

Der Hund, eine zottelige Promenadenmischung, leckte ihr das Gesicht, während sein Herrchen ins Haus lief. Der Garten war dunkel und roch nach Geborgenheit und feuchtem Gras. Apfelbäume standen da, die Wege waren halb überwuchert, aus der Hintertür drang Licht. Er kam mit seiner Mutter wieder heraus, die einen Morgenmantel trug. Sie nahm Orla mit ins Haus und gab ihr Kaffee mit Brandy, aber es dauerte Stunden, bis das Zittern nachließ. Die Polizei kam und stellte ihr Fragen.

Der Angeklagte wurde vernommen. Er war nervös, antwortete in kurzen, abgehackten Sätzen. Er sah nicht aus, als hätte er sich schuldig gemacht, er sah nicht einmal wie der alte Mick aus. Seine Frisur war gepflegt, er trug ein Tweedjackett und sein Gesicht war vollkommen ausdruckslos. Er behauptete, die Zeugin sei seine Freundin, und stritt ab, ihr mit dem Messer gedroht zu haben; er gab aber zu, »ein bisschen die Kontrolle verloren« und »sie an der Brust betastet« zu haben. Sie hätten sich dabei aber nur gegen die Mauer gelehnt.

»Also ist Mr. Murphys Aussage falsch?«, fragte der Richter mit Nachdruck.

»Ja.«

»Wollen Sie damit sagen, dass Mr. Murphy lügt?«

»Ja.«

Anschließend behauptete der Angeklagte, Orla habe ihn verführt und selbst vorgeschlagen, noch spazieren zu gehen, als er sie nach Hause brachte. Auch sei es ihr Vorschlag gewesen, in die Gasse einzubiegen.

Orla starrte ihn mit bleichem Gesicht an. Sie sah sich nach Mr. Murphy um, der noch da war und finster dreinblickte. Ein Mann in einem schmutzigen Regenmantel grinste sie blöde an und zwinkerte ihr zu. Der Richter musterte den jungen Mann, den er vor sich hatte, und erinnerte sich an den schrecklichen sexuellen Druck, der einen mit zwanzig quält. Das Mädchen hätte eben unverzüglich nach Hause gehen sollen. Dennoch sprachen die Beweise eine klare Sprache.

»Der Angeklagte wird in allen Punkten für schuldig befunden«, beschied er schließlich. »Vorstrafen?«

»Keine, Euer Ehren.«

»In diesem Fall setze ich die Strafe zur Bewährung aus. Es ist kein sehr ernstes Vergehen.«

Später, in Bewleys Café an der Westmoreland Street, lehnte sich Orla über den Tisch und nahm die Hand ihrer Mutter.

»Kann ich bei dir wohnen, Mama?«

Patricia nahm einen Ersatzschlüssel von ihrem Schlüsselbund und gab ihn ihr. »Laken findest du im Bügelzimmer und ein Federbett im Schrank.«

Orla nahm den Schlüssel, und die beiden lächelten einander zu.

Am selben Abend läutete es. Simon stand vor der Tür und machte ein verlegenes Gesicht. Er hatte eine alte Segeltuchtasche in der Hand, die aus allen Nähten platzte, und eine weitere, ähnlich zerschlissene Tasche stand neben ihm auf dem Boden.

»Kann ich bei dir wohnen, Mama?«, fragte er nervös. Dann grinste er, als kenne er die Antwort bereits.

Patricia schloss ihn in die Arme und zog ihn in den Hausflur. »Ich dachte, du wolltest bei deinem Vater bleiben?«

Simon zuckte die Achseln, lächelte kläglich und schnitt eine Grimasse, als Orla aus der Küche trat.

»Es ist halt ziemlich langweilig mit ihm. Den ganzen Tag ist er in der Kanzlei, und wenn er heimkommt, ist er schlecht gelaunt. Ich glaube, er möchte, dass du wieder zu ihm zurückkehrst, Mama! Er hat damit gerechnet. Er hat gedacht, dass du Geld möchtest oder irgendwas! Wenn du dir etwas Mühe geben würdest, würde er dich bestimmt wieder zurücknehmen.«

Pat lächelte ihren Sohn an, sah sein hoffnungsvolles Gesicht. »Das ist nett von deinem Vater, Simon … dass er mich wieder zurücknehmen würde, wenn ich mir Mühe gebe … Hat er dich zu mir geschickt, damit du mir das sagst?«

»Eigentlich nicht, Mama. Aber ich weiß, dass er froh wäre«, erwiderte Simon. Die Ironie seiner Äußerung war ihm gar nicht aufgefallen.

Die schmutzige Segeltuchtasche fing an zu wackeln, als besäße sie ein Eigenleben. Ein vorwurfsvolles Miauen ertönte.

»Was hast du denn da in der Tasche?«

»Nur das Vieh«, sagte Simon vergnügt. Er öffnete den Reißverschluss, und die wütende Muffy sprang heraus, warf ihnen einen unwirschen Blick zu und sah sich mit großen Augen in der neuen Umgebung um. Dann verzog sie sich mit einem Satz in die Ecke hinter dem Fernseher.

»Sie wird bestimmt Jahrzehnte brauchen, bis sie sich eingewöhnt hat«, seufzte Pat. »Katzen ziehen nur höchst ungern um.«

»Sie kann einem aber auch Leid tun«, bemerkte Orla sarkastisch. Simon achtete nicht auf sie. »Mmm ... es gibt wohl gleich was zu mampfen?«, erkundigte er sich und warf einen hoffnungsvollen Blick in Richtung Küche.

Nach dem Essen sagte Patricia zu ihren Kindern: »Ich erzähle euch jetzt etwas über das Leben. Es gibt kein Zurück – ein Küken kann auch nicht mehr in die Eierschale zurückkehren.« Sie blickte in die zwei jungen Gesichter, sah ihre Enttäuschung. »Aber es kann und muss vorwärts gehen!«

»Wie gefällt dir deine neue Arbeit, Mama?«, fragte Orla dann. Sie wusste, dass ihre Mutter kürzlich über Beziehungen eine Teilzeitstelle als Gerichtsschreiberin bekommen hatte.

»Ganz gut, ich muss nur Dokumente stempeln und ablegen und so weiter – aber ich begreife allmählich, wie das System funktioniert, und ich habe das Gefühl, im Leben zu stehen. Außerdem besuche ich jetzt einen Abendkurs über Textverarbeitung. Joan macht sich demnächst selbstständig und dann arbeite ich für sie. Im nächsten Oktober gehe ich dann wieder aufs College. Dieses Jahr ist es schon zu spät, um mich noch um einen Studienplatz zu bewerben, aber ich fange schon damit an, mich einzulesen, und nutze die Zeit!« Erstaunt musterte Simon diese neue Mutter, die mit ruhiger Entschlossenheit ihre Pläne darlegte. Aber im Augenblick war der Appetit stärker als die Neugier, und er langte noch einmal kräftig zu.

»Gehst du auch zu Gerichtsverhandlungen und so was?«, fragte er mit vollem Mund.

»Manchmal, einfach um zu sehen, was sich so tut. Es ist sehr interessant Verfahren zu besuchen, von denen man sonst nur durch Zeitung und Fernsehen erfährt.«

»Verfolgst du auch den Prozess gegen diesen Kerl, der seine Frau umgebracht hat?«, fragte Orla. »Du weißt schon, die arme Frau, die schwanger war ... die du gekannt hast.«

»Ach ja«, warf Simon ein, »den Schädel hat er ihr eingeschlagen ... wie hieß sie doch gleich?«

»Sarah«, sagte Pat, »sie hieß Sarah. Und ich habe vor hinzugehen. Ich konnte so wenig für sie tun als sie noch lebte und ich denke, das bin ich ihr schuldig.« Nach einer Weile fügte sie hinzu: »Der Prozess ist ja sozusagen eine Trauerfeier für sie.«

Am Schwurgericht herrschte eine bleierne, seltsam irreale Atmosphäre; so viele schwarze Roben und Perücken und Anwälte, die sich verbeugten, Kreuzverhöre, die einschüchternd wirkten. Patricia musterte den Angeklagten, der einfältig dreinschaute, und dachte an Sarah, wie sie ihr zerschlagenes Gesicht unter einer Schicht Make-up verbarg, an ihre Erschöpfung, ihren Humor, die Liebe zu ihren Kindern. Sie beobachtete den Strafverteidiger, der sich an die Geschworenen wandte. Das Verfahren lief bereits seit einer Woche und für heute wurde mit der Urteilsverkündung gerechnet. Man hatte das Beweismaterial gesichtet und die Aussage des Gerichtsmediziners gehört. Er hatte dargelegt, dass der Schlag mit der Lenkradsicherungsstange Sarahs Schädel gespalten hatte; er schilderte, wie das Blut über Boden und Wände gespritzt war und welche Verletzungen Sarah außerdem erlitten hatte, wie lang ihr Sterben gedauert hatte und dass kein Versuch unternommen worden war, medizinische Hilfe herbeizuholen. Mrs. Fiona McDwyer, die Nachbarin des Angeklagten, bezeugte, sie habe oft gehört, dass das Ehepaar stritt. Mrs. McDwyer wirkte nervös; ja, sie hatte gehört, dass er Sarah schlug; nein, sie hatte es nie gesehen, aber die Prellungen im Gesicht der Verstorbenen waren ihr nicht verborgen geblieben; sie sei mehr als einmal drauf und dran gewesen, die Polizei zu rufen. Warum sie es nicht getan hatte – weil Sarah immer meinte, es habe keinen Sinn, und ihr sogar nahe gelegt hatte, sich um ihre eigenen Angelegenheiten zu kümmern; ja, Sarah sei eine temperamentvolle Frau gewesen. »Aber diesen Tod hat sie nicht verdient«, sagte sie zum Verteidiger des Angeklagten, als er andeutete, die Ermordete sei bis zu einem gewissen Grade selbst für ihren Tod verantwortlich gewesen.

Die Verteidigung brachte vor, der Angeklagte habe unter Alkoholeinfluss gestanden, er sei schon in der Kindheit mit familiärer Gewalt konfrontiert gewesen, seine Frau habe ihn in unerträglichem Maße provoziert, sie hätte immer etwas an ihm auszusetzen gehabt, er habe sehr hart gearbeitet, nur für sie und die Kinder gelebt, erst kürzlich habe er seiner Frau eine neue Einbauküche installiert. Der Angeklagte hatte vorgebracht, es tue ihm Leid, er bitte seine Frau und Gott um Vergebung. Der Angeklagte weinte während der Verhandlung. Er bestritt, dass sein Sohn Dara dabei gewesen sei, als sich der Zwischenfall zutrug. Seine Frau habe ihn beleidigt, ihm gesagt, er sei kein Mann und würde nie einer werden. Er habe das alles nicht gewollt.

Der Strafverteidiger war hoch gewachsen und jung. Mit ruhiger Stimme legte er dar, die Tote habe ständig genörgelt, sie sei psychisch instabil gewesen; er deutete an, sein Klient habe wie ein Heiliger unaufhörlicher Provokation standgehalten, es sei ein Wunder, dass er seine Frau nicht schon vor Jahren umgebracht habe. Er sprach mit Überzeugung und Nachdruck, modulierte seine Stimme sorgfältig, entschuldigte das Verhalten seines Mandanten, erklärte, warum er mit der Lenkradsicherung zugeschlagen hatte.

Patricia erinnerte sich an Sarah klägliches Lächeln, als sie ihr in der Cafeteria gegenübergesessen hatte, das bläuliche Mal an ihrer Wange – eine überlastete, erschöpfte Frau.

»Und sie war im sechsten Monat schwanger und nicht so attraktiv wie sonst.«

Patricia fragte sich, ob sie recht gehört hatte. Die Behauptung wurde mit sachlicher Stimme vorgetragen, um den Sachverhalt nüchtern, als objektives Problem für den Angeklagten hinzustellen – von Mann zu Mann, ein Dilemma, das doch gewiss jeder nachfühlen konnte. Seine Frau war nicht mehr so attraktiv. Was sollte er, der Angeklagte, der arme Mann, in dieser Lage tun? Und überhaupt, wenn sie schon nicht mehr attraktiv war, was konnte sie da anderes erwarten?

Patricia beobachtete den Angeklagten, erinnerte sich an den Gerichtssaal, in dem ihre eigene Tochter einen solchen Spießrutenlauf durchgemacht und am eigenen Leibe erfahren hatte, welches Frauenbild der Rechtsprechung zugrunde lag.

Dieser grobschlächtige Mann, der Sarah mit einer Lenkradsicherung den Schädel eingeschlagen hatte, wurde offensichtlich irgendwie dadurch entlastet, dass sie nicht mehr so attraktiv gewesen war. Vielleicht war sie selbst schuld? Sie hätte attraktiv sein sollen. Sie hätte sein Leben aufregend machen, sein Verlangen wecken sollen. Wenn sie es nicht tat, musste sie eben dafür bezahlen – Knochensplitter auf dem Fußboden, die tiefe Kopfwunde, die blutverkrusteten Haare, die dunkelroten Spritzer an der Küchenwand. Wollte der Verteidiger etwa behaupten, das sei irgendwie angemessen oder ein mildernder Umstand, der seinen Mandanten teilweise entlastete? Der Verteidiger sah gut aus in der schwarzen Robe und der lockigen Perücke, die an altes Filzfutter erinnerte. Er hatte Charisma, hatte die Ausstrahlung eines vom Schicksal Begünstigten, und die Geschworenen hörten ihm zu, waren beeindruckt, nickten zustimmend. Der arme Mann, er hätte es nie getan, wenn sie attraktiv gewesen wäre; an und für sich war er doch ein guter Kerl; man denke nur an die Küche, die er für sie eingebaut hatte.

Der Anwalt reichte Fotografien der Küche herum, in der Sarah gebacken und geputzt, den Boden gescheuert und aufgeräumt, sich über die Spüle gebeugt und Kartoffeln geschält, das Kind auf den Topf gesetzt und Geschirr gespült und abgetrocknet, Wäsche gewaschen und gebügelt und für fünf Personen gekocht hatte, während ihr der Rücken wehtat und die Kinder ihre unablässigen Forderungen stellten und sie sich fragte, was aus ihrem Leben geworden war, aus ihren rosigen Erwartungen, und wie es kam, dass sie nun unaufhörlich das Dienstmädchen spielen musste. Er war jung und stark und stolz, dieser Verteidiger, voll Zutrauen in seine schwarze Robe und seine kleine Perücke, die ihm einen besonderen Status verliehen, eine besondere Macht. Seine Bauchmuskulatur schmerzte nicht unter dem Gewicht eines in ihm heranreifenden Kindes; in seinem Bauch regte sich nichts außer seinem Frühstück; er hatte sich nie unter rasenden Schmerzen gewunden, während sich der Körper blutend öffnete, schier zerriss, um Leben zu geben; seine Drüsen funktionierten gut; er hatte das Vergnügen, ohne dafür bezahlen zu müssen; er war darauf konditioniert, seinen materiellen Vorteil zu suchen.

Die endlose Schwerarbeit der Mutterschaft war ihm nicht bestimmt, nicht das unaufhörliche Geben, ohne etwas dafür zu bekommen, die Ausbeutung, die Leere eines unerfüllten Lebens. Selbstsicher stand er da, stolzierte herum in seiner schwarzen Robe mit der lächerlichen Perücke, die ihm Macht verlieh, und verkündete mit volltönender Stimme angebliche Tatsachen. Sarah hatte eine schöne Küche bekommen; ihr Mann war in Wirklichkeit ein guter Kerl; sie war im sechsten Monat schwanger und nicht mehr so attraktiv wie früher. All diese Dinge zählte er auf, um ihren Tod zu rechtfertigen. Er dachte nicht, dass ihn diese Worte bloßstellten. Und ob er sie ernst meinte oder nicht, diese Verachtung und die Macht, die diese Äußerungen erst ermöglichten, prägten diesen Meinungsaustausch zwischen Anwalt und Geschworenen, zwischen Anwalt und Richter – von Mann zu Mann. Verschwendet nur keinen Gedanken an die

Überforderung, die Erschöpfung des Opfers, an den Schrei, den Schlag, den geborstenen Schädel, das Spritzen von Blut und Gehirnmasse, die blutverklebten Haare, das Schweigen. Sein Mandat lautete nicht, Sarah Gerechtigkeit widerfahren zu lassen; er war der Rechtsbeistand des Angeklagten. Er arbeitete für den Anklagten, wurde von ihm bezahlt.

Pat betrachtete die Perücke, die Robe, die gestärkten weißen Bänder, die Abzeichen von Recht und Vernunft, und fragte sich, ob irgendein Mietling, der sich meistbietend verkaufte, seine Sache hätte besser machen können.

Nach einstündiger Beratung kehrten die Geschworenen in den Gerichtssaal zurück und befanden, der Angeklagte habe lediglich Totschlag begangen. Der Richter führte ihm nachdrücklich vor Augen, die Geschworenen hätten Milde walten lassen, und verurteilte ihn zu zehn Jahren Haft.

Der Richter stand auf. »Erheben Sie sich«, sagte der Gerichtsdiener zum Publikum. Patricia rührte sich nicht. Sie saß da und starrte auf die glänzend polierte Richterbank, während der Saal sich leerte.

Später, als sie den Gerichtshof verlassen hatte, ging Patricia wie benommen am Kai entlang und kämpfte mit den Tränen. In was für einem Land leben wir hier eigentlich, fragte sie sich. Sind wir verrückt oder blind? Ist das Böse angeboren oder erworben?

Sie begegnete einem muslimischen Paar. Auf den Straßen Irlands wirkten die beiden etwas exotisch. Er trug einen normalen Anzug, seine Frau war hingegen in einen grauen, bodenlangen Schleier gehüllt und ging die vorgeschriebene Anzahl von Schritten hinter ihrem Herrn und Meister her.

Epilog

Patricia ging nach Hause zu ihren Kindern und ihren Büchern.

Einige Wochen später nahm sie ihre Arbeit in Joans neuem Büro auf und freute sich auf den Tag, an dem sie offiziell mit ihrer juristischen Ausbildung beginnen konnte. Joans kleine Kanzlei florierte, da ihr ihre alten Klienten treu geblieben waren. Patricia stellte sich Gerrys Gesicht vor – seine Frau als Auszubildende bei seiner ehemaligen Mitarbeiterin – und musste lachen. Gerry würde dadurch keinen Schaden nehmen, abgesehen von seinem verletzten Stolz. Er würde weiterziehen von Erfolg zu Erfolg, bis zu dem Tag, an dem er aufwachen und feststellen würde, dass sein Leben fast vorbei war, und er sich fragen musste, was das alles eigentlich sollte.

Patricia war vorsichtig. Hin und wieder nahm sie eine Einladung an. Aber sie hatte keineswegs vor, in naher Zukunft eine neue Beziehung einzugehen. Sie wollte keine Fehler mehr machen. Lieber kühl bleiben und sichere Distanz wahren. Alles war besser als diese seelische Achterbahnfahrt, auf die sie sich eingelassen hatte.

Auf Paddys Briefe hatte sie nicht geantwortet, nicht einmal auf den letzten, in dem er ihr mitteilte, dass er und Susan sich getrennt hatten. Anscheinend war Susan dem Charme eines gewissen Patrick Rouvier erlegen und wollte die Scheidung.

An Patricia zweiundvierzigstem Geburtstag, einem Samstag, öffnete Orla um die Mittagszeit einem Besucher die Haustür. Mit verlegener Miene kam sie zurück.

»Es ist ein Mann. Er bringt einen Blumenstrauß für dich!«

»Was für ein Mann?«

»Ein … älterer Herr!«

»Sie meint es ist ein Gruftie«, erklärte Simon liebenswürdig. »Einer von denen, bei denen schon der Verfallsprozess eingesetzt hat! Das heißt, er ist mindestens dreißig!«

Patricia ging zur Tür; sie wusste, wer es war, noch ehe sie ihn sah. Er trug denselben Anzug und Trenchcoat wie bei ihrem Rendez-vouz im Shelbourne Hotel.

»Ich möchte nicht hereinkommen«, sagte er und überreichte ihr die Blumen. Seine grauen Augen ruhten sehnsuchtsvoll auf ihr. »Aber ich komme wieder …«

Er drehte sich um und ging weg, seine Schritten hallten auf dem Gehweg wider.

Patricia schloss die Tür. Plötzlich bekam sie ein flaues Gefühl im Magen, so wie früher, das altbekannte Gefühl. Sie gab die Blumen an Orla weiter, die sie in die Küche brachte und in eine Vase stellte.

Pat setzte sich.

Wie praktisch wäre es doch, wenn ich behaupten könnte, ich hätte diese Geister ausgetrieben, dachte sie. Wenn ich völliges Desinteresse zeigen könnte und kein Funken Freude oder Verlangen mehr da wäre. Wenn all die Leidenschaft, die ungestüme Nähe nur eine Seifenblase wäre, die zerplatzt ist. Wenn ich frei wäre.

Sie lächelte über das Ritornell des Lebens, über den ewigen Kampf zwischen Verstand und Seele und Körper, die unbarmherzig einforderten, was ihnen zustand.

»Wirst du ihn wiedersehen?«, fragte Orla leise, als Pat wieder in die Küche kam.

Patricia dachte an Glendalough und Paris, zwei Extreme desselben Spektrums, Anfang und Ende derselben Geschichte. Aber was dazwischen lag, war noch kaum erforscht. Sie sah ihre Tochter an und streichelte ihre Wange.

»Mal sehen«, sagte sie. »Mal sehen.«

Anmerkung der Autorin

Die Schilderung der Prozessszenen in diesem Buch beruht auf tatsächlichen Gerichtsverhandlungen, bei denen ich entweder selbst zugegen war oder von einer zuverlässigen Augenzeugin mit Einzelheiten versorgt wurde.

Die Fälle von Vergewaltigung und die Mordfälle, über die im Roman in Zeitungsartikeln berichtet wird, haben sich in den vergangen zehn Jahren tatsächlich in Irland zugetragen, wenn auch nicht in der hier dargestellten zeitlichen Abfolge.

Sarahs Geschichte ist fiktiv. Die Argumente des Strafverteidigers bei der Verhandlung gegen ihren Mörder im letzten Kapitel wurden jedoch wörtlich von einem Verteidiger in einem vergleichbaren Fall angeführt.

Dieser Roman entstand in den Jahren 1991/92. In der Zwischenzeit sind entscheidende Neuerungen in Gesetzgebung und Verfassung erfolgt, die sich auf einige der hier angesprochenen Probleme beziehen, auf die jedoch in diesem Buch nicht ausführlicher eingegangen werden kann. Dennoch bleibt abzuwarten, ob sich die grundsätzliche Einstellung der Justiz gegenüber Frauen, sofern ihre Interessen als Frauen in Strafrechtsfällen denen von Männern entgegenstehen, tatsächlich ändern wird.

Mary Ryan